純潔

Shining Snow

Novala Takemoto

嶽本野ばら

新潮社

純潔

purity

学生として大学の正門を初めて潜ったのは平成二四年の春でした。

東日本大震災の翌年、といったほうが解りよいかもしれません。

入学して約一週間、そこに至るなだらかに延びた上り坂のあちこちで、この時期、僕等は上級生から部活やサークルのビラを無理矢理に渡される。

断るのも憚《はばか》られるので、抱え切れないくらいのビラを僕達は持たざるを得ない。

カラー刷りのゴージャスなものからモノクロのチープなものまで様々でしたが、君のビラはA４のコピー用紙、手書きの至ってシンプルなものでした。

君は生協前の広場に隣接する食堂の前——広場は学内の中央に位置し、学生の憩《いこ》いの場として活用されており、昼になれば食堂で頼んだ丼物やカレーライスを持ち出して食べている者もいる。食堂の壁に器を外に持ち出さないで下さいとの注意書きが貼られているのだが、守らなかったとて罰則があるでもなし、相席の混雑から逃れ開放的に食事を愉しみたい学生は、それを憚らない。無法な持ち出しをするのは学生生活に慣れた学生だから、僕達からするとやけにカッコよく映る。自分も夏休みを終える頃までには一度、真似してみたいと思う。しかし、それは難しい。やろうとすると、食券を引き換えにカウンターで料理を渡す係のオバチャンが、見咎《みとが》め、強い口調で制止する。四万以上いる学生の誰が一年生でそうでないのか、オバチャンは名前や学部など一切知らねども咄嗟《とっさ》に判別するのだ。二年であればオバチャンから注意は与えられない。これまで一度も食堂を使った経験がなくともだ――、食券の販売機へと一列になり外にあぶれながら順番を待つ者に向けて、抑揚のない小さな声で、ぼそぼそ、ビラにある文言を呪文のように繰り返しながら一人、配布作業を行っていました。

登山用だと思《おぼ》しき大きな黄土色の汚いリュックサックを背負い（足も同系色のとても年季の入っていそうな重量感のあるトレッキングシューズでした）、胸の辺りまであるストレートの長い黒髪を雑に中央から適当に分け、やけに太いテンプルの黒縁の眼鏡を掛けた、ノースリーブだが飾り気のない白いワンピース――胸元に小さな安っぽいリボンが付けられているのがこのワンピースに余計、殺伐とした印象を与えていた――陰鬱《いんうつ》な女子が、俯《うつむ》いてはいないものの、眼光《がんこう》は鋭いものの、オートマチックの人形かの如く無表情で相手構わず、ビラを差し出し続けている。

薄気味が悪い……最初僕は、そんな感情を持ちました。僕以外の者も同様であった筈《はず》です。

ビラを配っているのであれば、上級生であり先輩にあたる訳だし……。

手に、食堂に至るまでに渡されたいろんな勧誘のビラを持っているのに、それだけは不要と拒否する訳にはいかない。僕は君からのビラも受け取りました。

僕のような新入生ばかりではなく二年生、三年生、四年生、眼前を通るのであれば、教員や生協で働く者であろうと、君はビラを差し出しました。殆《ほとん》ど受け取って貰えていない様子でした。

新入生の勧誘目的もあるのだろうが、時期に拘《かかわ》らず、日課のように何時《いつ》でもこのビラを撒いているのだな――。君の事情は簡単に察せられました。

この日、僕はオムライスを注文しました。

セルフで取るプラスチックのトレイの上にそれを載せ、コップに水を汲んで、催し物会場かのようにごった返す食堂で席を探す。日当たりのいい窓辺のテーブル席は割と空いているのだけど、女子学生のグループが多いので一寸《ちょっと》、座りにくい。暫《しばら》くうろうろしていると、一列の数名が一斉に立ち上がり空席が出来たので、多少、小走りになりながら僕は席の確保に向かいました。

テーブルに授業、部活、サークルのインフォメーション、簡単に学内と教室の場所が記された電話帳のように分厚い冊子と携帯電話を置き、渡されたビラに眼を通しながら食べていると、対面する席にいた、アニメ研という文字を襟に丸文字で入れたピンク色のハッピを着た人達——から、話し掛けられました。

「おぬし、まどマギファンかね?」

僕が携帯のストラップに、『魔法少女　まどか☆マギカ』の主人公、鹿目《かなめ》まどかの小さなマスコットを付けていたことに着目しての反応のようでした。

「新入生だよね?　推しは、まどかかね?」

「はい……」

主《おも》に絡《から》んでくるのは、僕と同じくオムライス——しかし僕のものよりも一回りビッグなサイズで、上にケチャップだけでなくマヨネーズも掛かっている——のを貪《むさぼ》るように掻き込んでいた、リーダー格であろう恰幅のいい、老《ふ》け顔の人でした。

ハッピの下には涼宮《すずみや》ハルヒがプリントされた茶色い半袖のTシャツを、白の長袖のTシャツの上から重ね着している。

下半身は安物であるのが一目瞭然のベルボトムのジーンズに、マジックテープ式の白いスニーカー。

ボサボサの髪に無精髭を生やしていることから、いかにも、学内のいろんなことに精通している経験値の高い上級生であると察するに充分でしたが、その風情は漫画などに出てくる昭和の大学生でした。

アナクロ趣味は滑稽でしかないけれども、されど、実際に大学という空間に自分も大学生として入ってみると、このような人物がいることに不思議な安心感を憶《おぼ》える。東京の大学だからといって、バブル期ではなし、ブランドもので着飾った人達ばかりなんてことはあらぬ——それこそアナクロ——と予測していたのですが、上京してまもない者としては、眼に入る人の殆どがスマートに生きているように思えてしまう。ですから、このようにもっさりとした、絶対に東京生まれではない、頭は良いかもしれぬがセンスは悪い、この大学の学生だと打ち明けたところでコンパなどでは絶対にモテはしないであろう人が堂々とキャンパスに馴染んでいるのを観ると、変に心強さを憶えてしまいます。

「アニメ研究会に入らんかね。うちの部室には、まどマギ、通常版、ブルーレイ、全巻揃っているでよ。今なら全て観放題」

「更にいうならば、原点である『リリカルなのは』も揃っています」

「ほむほむのやびゃぁ、レア同人誌もあるでよ」

ラージサイズのオムライスの人と並んで揃いのハッピを纏《まと》ったまま、定食を食べていた人とうどんを食べていた人も、勧誘に加担してきます。

「僕はそこまでオタクじゃないので……」

断りますが、相席《あいせき》になった三人は、攻撃を緩《ゆる》めてくれません。僕がテーブルの上に置いていた沢山のビラを一枚ずつ勝手に手に取り、回し読みしながら、

「うち以外に、気になるクラブやサークルが、あったかね？」

返さず、ビラをどんどん、自分達の膝の上に置いてしまいます。返して欲しいと思いましたが、返

でした。

還を要求する程のものでもなし、殆どは下宿に戻ったら捨てるつもりだったので、文句はいいません
「もしかして、もう何処《どこ》かに入っちゃった？」

「否《いや》、まだですが……」

「アニメ以外の二次元で、何が好き？」

「二次元限定なんですか？」

「そりゃそうですよ」

中学、高校の頃にも周囲にオタクと呼ばれる人達は多くいたし、その人達が独特の態度や口調——

高みの見物者の冷静、それと反するかのような秘儀的イントネーションとでもいうべきか？——を示すことも知っていたのですが、それらが模倣《もほう》と知らされるような異邦人にすら思える完璧なガチオタの雰囲気に、僕は多少、気圧《けお》されます。

「趣味というものでもないですが……。啄木——を、読むのは、好きで」

「タクボク——。そんな同人、あったっけ？」

「非エロ系かも。俺等、そっちは疎《うと》いですしね」

うどんを食べていた人——ハッピの下はadidasのジャージの上下なのに、赤い革靴を履《は》いている
——と、定食を食べていた人——ハッピの下には、俺の予想と筆書きされた白のTシャツ、バギー・ジーンズ、青のスニーカー——は、首を捻《ひね》りましたが、オムライスの人だけは満足そうに頷《うなず》きました。

「なるほど、タクボクか」

「知っているんですか？」

定食の人が訊《たず》ねると、

「ヲタではにゃーといいつつ、この謎の新入生、とんでもない食わせ者だぜよ。タクボクとは同人サークルに非ず、石川啄木じゃぁ」

オムライスの人に指差され、僕は、頷きます。どうも変な誤解をされているようだと思いながらも、とりあえず。

「ふるさとの訛なつかし停車場の――の、啄木ですか？」

「それ以外の啄木がおるかいな。俺も小耳に挟んだだけで詳しいことは解らんのじゃがな、今年の秋の東京ゲームショウに、北海道が開発したご当地アイドルキャラが登場するらしい。アンデッド系の眼帯をしたゴスロリ娘が、ゾンビ設定。脳味噌がないので蟹《かに》味噌で代用するとか、闇色《やみいろ》のペルソナを覚醒させるとか、かなり大胆な厨二《ちゅうに》展開と聞いておるわ。そこに屯田兵《とんでんへい》はいいにせよ、新撰組とか石川啄木とか、北海道と何の関係があるんじゃい！　というキャラも、蘇《よみがえ》り、絡み、進行していくらしい。

まだ披露なされてない、それも北海道限定のローカル作品を、既に青田買いしておるとは、恐れ入ったじょ、ご免なさい。おいどん達の負けでごわすと、はっきょいはっきょい」

「のこったのこった、播磨灘《はりまなだ》」

定食を食べていた人が不可思議な相槌《あいづち》を入れながら、

「スゴい新人ですね。アニメ研に入らないというのは、興味ないというより、俺達なんかの浅いレベルには合わせられないってことか」

唸《うな》ります。

「それでは、ご教授願う為に、部員ではなく、顧問としてお迎えせねばなりませんね」

二次元限定というので、漫画は詳しくないので、文学も一応、二次元になるのかな？　ライトノベルも二次元だから……と、好きな歌人である、啄木の名を挙げてしまったのが間違いでした。

オムライスの人は、食べ終わった皿の中心辺りにスプーンを指で立てながら、

「うに。そうじゃな。仕方ない、おぬしが入部してくれれば、潔《いさぎよ》く一日限定だぎゃ、俺の部長の地位を開け渡そう。一年にしていきなし、部長じゃ。部長では不満か？　部長の上の、超監督でもええぜよ」

既に旧知の仲のよう、僕にいいます。

「そんな、余計、困ります」

「じゃ、しょうがないか」

「強要は出来ませんし」

諦《あきら》めてくれたようなので三人に、「申し訳ないです」――、頭を下げました。

中断を余儀なくされていた自分のオムライスをまた食べ始めると、オムライスの人がいいました。

「いいってことずらよ。おぬしにはおぬしの道があるのじゃろう。しかし部活だとかサークルだとかいいながら、実はマルチ商法だったり、入会詐欺の場合もあるからにゃぁ。勧誘には気をつけんとならんぜよ。毎年、一定量の一年がこの時期、被害に遭《あ》う」

定食の人も、うどんの人も続きます。

「ノルマ分の新入部員を集められなかったら先輩から叱られる。すぐに辞めていいから入部希望の欄に名前だけ書いてくれないかと泣きつかれ、親切心から書くと、後で退部するには百万円必要と脅されたりね」

食べながらも顔を上げ、よく観察すると、うどんの人はなかなかに整った顔立ちをしていました。彫りが深く大きな眼は少し垂れ下がり気味、正統にジャニーズ系です。既にうどんは食べ終えていま

す。

　三人共、もはや食事を終えていました。

　それでも僕との会話を続けるのは、新入生をからかう暇潰《ひまつぶ》しのようなものだろう……。僕は思い、適度に聴く振りをしながらオムライスに精神を集中させました。定食の人が、君が配っていたビラをつまみ上げ、印刷面をこちらに向けていいます。

「解りやす過ぎるが、例えばこういうやつね。ここは、やびゃあ右翼が母体らしいしね」

　深刻とも冗談とも読み取れぬ眉間《みけん》の皺《しわ》の寄せかたをし、

「警戒レベル10」

　脅すように上半身をこちらに乗り出し、ビラを僕の元に返しました。

　その流れで何となく、ビラの文言を改めて黙読する。


　あなたの幸せは本当の幸せですか？　第四世界民主連合

　君のビラにはこれだけしか記されていない。

　勧誘のビラなのか意見広告のようなものなのかすら不明だ。

「右翼……なんですか？　どっちかというと、その反対みたいな」

　訊ねると、

「左翼にみせかけて実は右翼。そういうのも多いから。後、政治結社にみせかけて宗教とかね。実体を知られたくないから、とりあえず導入部分では嘘を吐《つ》く。敢《あ》えて自分達を攻撃する内容の文言のビラを敵対する勢力の振りをして渡したりする。どんな餌《えさ》でも食いついてきてくれればいいんだから。

針に掛かれば、後は何とでも洗脳が出来る」

定食の人が応え、オムライスの人がいいます。

「おぬしが思っちょるよりも新入《しんにゅう》の一年には危険が一杯なのじゃ。それが大学という場所なのじゃぁ。じゃけん、勉強ばっかしておって、中学デビューも高校デビューも逃してしもうた。自分の過去を知るもんがおらんのをいいことに、服装を変え、髪型を変え、キャンパスライフを謳歌《おうか》しようと、大学デビューを目論《もくろ》むと、ロクなことにならせんのよ。大学生になれば自由なんてのは、幻想よ。ここで手に出来る自由なぞ猫の額じゃわ。この国――資本主義経済社会における限りはにゃ」

「よ、流石《さすが》、隊長。名言王！」

「学食で唯一、大盛りのオムライスを食堂のオバチャンに作らせるブラック・マジシャン」

後の二人が囃《はや》し立てると、隊長と呼ばれしオムライスの人は、急に芝居がかり、前にある皿とスプーンを予《あらかじ》め横に避けた後、頭を抱えてテーブルに打ち付け始めました。

「観える。俺には、観えるぜよ！」

「どうしたのですか？　隊長！」

「俺のリーディング・シュタイナーがディストピアからのヴィジョンを受け取ったのじゃ。この謎の新入生は、アーカムの眷属《けんぞく》、バビロンの呪いが掛けられて、おる。このままでは、アカシック・レコードにワルプルギスのカルマが刻まれてしまうぜよ。謎の新入生を救い出せる方法は、我等がアニメ研究会に入部させるしかないらしい。――困ったことよなぁ！」

定食の人も、うどんの人も芝居に乗ります。

「どうすりゃよろしいのでしょうか？　隊長――」

「世界の平和を守りたいであります、隊長――」

オムライスの人は顔を上げ、僕を見詰めながら応えます。

「この謎の新入生を無理矢理にでも部員にするしか、アカシック・レコードは守れない。彼に掛けられた呪いも解くことが出来にゃーでよ」

「人助けですね、隊長。強引な勧誘ではなく、これは人道的措置なのですね」

僕はオムライスを食べ終わりましたし、もうこれ以上、三人の遊びに付き合わされる謂《いわ》れもないので、奪われたビラのうちテーブルの上に残るものだけを引き戻し、冊子等と共に、自分のリュックの中にまとめて放り込みました。

皿が載ったトレイを持って立ち上がろうとすると、うどんを食べていた人に片腕を掴まれます。

「アニメ研、入らないか?」

定食を食べていた人が、もう一方の腕を掴みます。

「君の呪いはアニメ研に入らなくては……」

「もう、いい加減にして下さいよ。そういうことには、興味ないですよ」

やや冷淡な口調で、返したならば、隊長と呼ばれた人は逆に、しめたといわんばかり、顔を輝かせました。

「俺のリーディング・シュタイナーは厨二の妄想などではにゃーぞ。おぬし、上京組じゃろう。いわんでも解る」

如何《いか》にも悪巧《わるだく》みをしている眼を、僕に向けます。

「それがどうかしましたか?」

「では、下宿生じゃな」

「ええ。駅近くの安いアパートを借りました。ここの学生なら敷金礼金不要というのが魅力で。でも思った以上にボロくてびっくりでしたが」

　立ちそびれた僕が応えると、隊長はまた、「観える。観えるぜよ」、頭を抱えます。

「上京組か否かなぞ、半々の確率だから当たっても当然と思っているじゃろう。が、リーディング・シュタイナーでは何処の出身かまで観えるのじゃ。おぬし、関西――。京都じゃな」

　出身地を当てました。これには多少、動揺しました。少しだけど、遣《や》り取《と》りをしたから、標準語を使用しているつもりが訛《なま》っていたのか？　されど、関西のみならず京都と断定出来るのは？

　懐柔出来ると踏んだのか、隊長と呼ばれた人は素早く、腰を浮かせ、ジーンズの後ろポケットから名刺ケースを取り出し、インクジェットのプリンターで出力したのであろうカラフルな名刺を、僕の前に置きました。

　大学名と並列に右上にはアニメ研究会とプリントされ、肩書きは隊長、畠中玄太郎《はたなかげんたろう》――、一番下にはメールアドレスが記されています。

「俺は部長みたいなものでにゃ。教養学部、四年生の畠中というでござるね。卒業したらアニメの制作会社を志望しておる。こっちは副部長的な役割の、書記長の井上。そんでもって、こちらは二年生で後藤と申す。役職は隊員。ま、基本、隊長と書記長以外は、隊員であーるジュウゴ。民主的な部活じゃ。上納金もノルマもあらせんよ」

　定食を食べていた人とうどんの人が、頭を下げます。

　井上というのが定食を食べていた人で、うどんが後藤という人のようでした。

　名刺を出した畠中なる人物は、井上、後藤、両名に筆記具を持ってないかを訊ねました。

　二人が生憎《あいにく》と首を振ると、畠中なる隊長は僕に筆記具の持ち合わせを問いました。僕はリュックからボールペンを出す。隊長は「少し拝借」いい、自分の名刺に電話番号と新たなアドレスを書き加え、ペンを戻すのと一緒に名刺を僕に渡しました。

「新学会館の六階、Ｈ60が部室になっておる。今、書き加えたのは俺の携帯番号とメアドにょろ。おぬしの都合よき時、何時でも連絡してちょ」

「ですから、入りませんって」

「呪いが解けなくてもいいずらか？」

「構いません」

「強情じゃなぁ。まだ俺のリーディング・シュタイナーを疑っておるのか？　何もかも、未来、全てを見通しておるというのに。おぬしは導かれ、我等が前でオムライスを食べ、その後、アニメ研に入ると最初から、サイババに拠《よ》って決められておったのじゃ」

「隊長、もう一寸、リーディング・シュタイナーの威力を知らしめなければならないのではありますまいか？」

井上なる書記長に促《うなが》され、隊長は如何にもインチキ臭く、今度は眼を瞑《つむ》り、顳顬《こめかみ》に右の人差し指を当て、瞑想のポーズを取ります。

「おぬしの下宿先は、ハイツ・リバーサイドじゃ」

流石に、仰天でした。その通りでしたから。

「我が能力に恐れ入ったずらか？」

僕は素直に頷きました。

「どうして、アパート、解ったんですか？」——、訊ねると、隊長はあっさりタネを明かしました。

「うちの学生なら敷金礼金不要という条件で、駅近《えきちか》、マンションでなく安いアパートといえば限られてくるからにゃ。でも失敗したぞな。リバーサイドは確かに安いぎゃ、ボロ過ぎるわいな。この大学の創立当時から下宿を営んでいたらしいのじゃが、伝統のあるアパートなんてもんは古いだけで何の価値もなかろうて。だから常に空室ばかりじゃよ。後、五千円プラスしたら、足は都電になるが、北門に近い、もっとマシなアパートに入れたのだよ。大抵の者はとりあえず棲《す》むが、三ヶ月から遅くとも半年後には出て行くのら。バイトして金、貯めて、自力で脱出する」

「まぁ、四年間なので、別にいいのかなと――」

「雨漏りするじょ、リバーサイドは」

「そうなんですか？」

「うに。だから梅雨になると大変なのじゃ。エアコンがないのは仕方ないとして、パソコンとテレビを両方使用したら、ブレーカーが落ちるにゃあ。部屋の灯《あかり》を全部、トイレも含め、消せば、大丈夫なのじゃが……。だからハイツ・リバーサイドならぬメゾン・ダークサイドと、うちの学生の間では昔から呼ばれておる」

「知りませんでした」

確かにネットで観た外観や部屋の設備以上に、実際に棲んでみるとこのアパートが大変不便なのは一日目で解りました。

コンビニ、銭湯、徒歩圏内と書いてあったけれど、コンビニは歩くと十分かかります。銭湯に至っては十五分かかる。歩ける距離ではあるので圏内といえなくはないのだけれど……。そしてもっと困るのは、ＬＡＮコンセントも何もなく、インターネットの使える環境が整っていないことでした。大家さんに連絡してみたならば、自分で工事の手配をする分にはやって貰って構わないという。そんなに頻繁にパソコンを使う訳ではないので、インターネットは携帯で済ませ、パソコンはレポートなどを書く時のみの使用でいいかと最初は思っていたのですが、数日でどんどんと不自由を感じるようになってきた。

アパートにWi-Fi環境までは期待していませんでしたが、LANもないとは想像だにしませんでした。

隊長は更に、いいます。

「しかしじゃ、大方おぬしは部屋を決める為だけに上京するのも勿体《もったい》ないしと、内見をせず、ネットで検索し、アップしておる部屋の写真と条件のみの判断で、契約をしてしまったのじゃろう。ならば、予想以上に酷《ひど》い物件じゃと、文句はいえん。何処の家主が、雨漏りします、ブレーカーすぐ落ちます、とのネガティヴな情報を教えてくれる？　良心的な家主であってもじゃ、借りる気を失せさせる個条をわざわざ書きはせん。不必要じゃからな。

形は悪いが無農薬野菜なら、買う気を起こさせる情報じゃで、教えるが、無農薬野菜なので形が悪い。更に、作った人は手癖も悪い――とまで正直に教える者はおらんにゃろ。女子がプリクラを盛るのと同様、アパートの写真は現物よりよく撮れているものを載せるのが当然じゃしな。詐欺にはならん。

でも、メゾン・ダークサイドの悲しい現実は、契約の前にいろいろな検索ワードを入れ、ググれば出てきた筈。おぬしがそれをせんかったのなら、調べんかったおぬしに責任があるわい。

憶えておきなんせ、新入生――。これからの世界に必要なのは腕力でも権力でもない。秀でた情報収集能力と処理能力だということを。我等はガチヲタ。学内にも外にも友達のいない者が多数派だけれどもじゃ、しかーし、あらゆる情報収集と交換は欠かさない。我等にとって最も重要とされるのは、情報力じゃからね」

「厳しいですね」

応えると、畠中隊長は俄《にわ》か、シビアな面持《おもも》ちになりました。

「あらゆる情報がネット上に溢れておるが、だからといって便利な世の中になった訳ではにゃい。ネットの情報は全てステマである。反論や批判すらもにゃ。だから、自分で考えんと間違った情報を握らされてしまう。

　されど、一人きりで有効な情報を得るのは無理じゃろう。複数の仲間が必要となる。そもそもは気持ち悪いと世間から疎んじられた我々、ガチヲタがこの時代になって脚光を浴び始めたのは、そのネットワークを一足早く築いたからに他ならぬ」

　思わず聞き入ってしまいました。

　確かに、インターネットを使おうと思ったら工事が必要といわれ、工事や費用を掛けず使う方法はないだろうかと検索してみても、最終的には、大きな通信会社との契約が不可欠であって、簡単に無料にはならないことを思い知らされる。

　いろんな検索ワードを入れてサイトからサイトに移動すれども、疲れ切った頃、工事とお金が掛かるがそうするべきという文言へと辿り着くばかり。闇雲、迷路を歩かされたような徒労感に襲われる。

　畠中隊長は前から退《ど》かせた皿の上のスプーンを再び持ち、それを宙《ちゆう》で上下左右、十字を切るかの動きをしながら、

「情報が大事であったのは今の時代に始まったことではない。昔は情報を独占することで権力者はその地位を保ってきた。聖職者は神の情報を知る――正確には知った振りをしていたが故に、特別な力を持ったのじゃしな」

　最後は先にまだ残ったケチャップとマヨネーズをべろりと全部綺麗に舐《な》め、鈍く光らせて皿の上に戻しました。

そして、

「例えば、この大学近辺の美味い定食屋の情報を、おぬしはサークルなどを紹介した冊子からも知ることが出来るが、味覚には個人差がある。納得出来る情報は、自分の味覚に近い人間からのものを採用するのが最も賢明じゃろう。

情報を個人で収集出来る時代にはなったが、だからこそ個人が個人として絡《つな》がりを意識せなならん時代にもなった。

——従い、これからの四年を過ごすことになる新しい大学生活に於いて、後悔をしたくないならば、とりあえず、何処かの部活やサークルに入るのが得策ということだわさ。高校までと違いここではクラスなんてないのだからさ。

という訳で、ようこそ、アニメ研へ。アニメ研、入れ。掛け持ちしても構わんから。部室でアニメを観てるだけで、学内で不可欠な知識が得られるのじゃ。こんないい話、滅多《めった》に転がっちゃいませんぜ。何時でも辞めてええから、一旦《いったん》、仮入部として名前を貸してはくれにゃーか？　新入部員を集められんと、ノルマがあってのぅ、先輩方にボコられるのにゃん」

最後は結局、入部勧誘をするのでした。

「だから入りませんってば！」

「おお、そうじゃった」

畠中隊長は、首を竦《すく》めます。

「……でも、おぬしもアニメ好きでしょうがぁ。袖振《そでふ》り合うもなんちゃらと申すではにゃーか。ね、部室でごろごろしてるだけでええから。お菓子食べてるだけでええから。どうにか、入部してはくれんかのう」

拝むように隊長は、手を合わせます。後の二人も続きます。

「やめて下さいよ。僕にそんなことを頼まなくたって、幾らでも入部する新入生はいるんじゃないですか？　今、アニメはスゴくブームですし」

「確かにヲタな新入生は多いのだけれどね」

井上書記長が、俯き、隊員という役職の後藤先輩が、説明をします。

「実は、俺達がガチ過ぎて、部員が集まらないんだよ。皆、一昨年に急に出来た新興勢力の二次元愛好会なるサークルに取られてしまう。向こうは『NARUTO』とか広い層に上手くアピールするから、受けが良くってさ」

僕は渡されたビラの中に、確かその名のサークルがあったなと、思い出しました。

しかしそのビラは僕の手元に戻ってきてはいません。

二次元愛好会のそれは、三人の先輩達に拠って押収されてしまっていたのでした。

厚めのコート紙を使った凝った二次元愛好会のビラ——前面に描かれたイラストのうずまきナルトのカンフー着のような前立て部分が観音開きになっており、開くとサークルの説明が現れる仕掛けになっている——を井上書記長は他のビラの束よりおもむろに抜き出すと、僕の眼前でビリッと、引き裂きました。

「こういうのに騙《だま》されちゃいかん。確かに金は掛かっているが、奴等《やつら》はニワカだ」
五、六名の男女が本格的な『NARUTO』コスプレでビラを撒いていたので、華やいだ雰囲気、かなりの人に受け取って貰えている様子だった記憶が蘇ります。——中でもテンテンのコスプレをしていたコは小柄でお団子結びも似合っていて、可愛かった……。
僕の回想を見越すように、後藤隊員は指摘します。

「あのテンテンコスの女子は部員じゃないんだぜ。新入生勧誘の為に雇ったプレイヤーさんだ」

「テンテン目当てに入って、後でそれが解っても詐欺だと文句がいえないだろ。あざといのさ、奴等は」

井上書記長は、かなり二次元愛好会を敵視しているらしく、吐き捨てるような口調になります。そして、

「エロゲ、やり放題、幼女陵辱《りょうじょく》、鬼畜《きちく》シチュ多数あります——と、俺等の部のいいところを宣伝すればする程に、逃げられてしまうんだよ。俺等の部には本当にそれが揃ってるってのに……」

がっくり、肩を落とすのでした。

「そりゃ、そうですよ」

僕は、何かが根本的にズレているらしき三人に、告げます。

「僕だってそんな部には絶対、入部したくないですもん」

三人が揃って項垂《うなだ》れます。まるで宿題を忘れた小学生のようです。

「ヲタの時代が来たと世間は持ち上げるが、現実は厳しいよなぁ」

「一九七六年に創立された伝統ある部なのににゃ。同人誌はかなり有名で、コミケでは毎回、カベであるのに」

「カべって何ですか？」

気の毒なので、一応、訊きます。すると畠中隊長は、

「コミケに於いて、部数が多くはける人気サークルはだにゃ、混乱を避ける為、壁際の行列が出来ても大丈夫にゃ位置の販売ブースが運営サイドから与えられるのじゃよ」

一転、笑顔、自慢気に応えるのでした。

「じゃ、尚更《なおさら》、やっぱり無理です。まるで戦力になれません。本当に僕はオタクじゃないんで……。啄木の件も買い被《かかぶ》りですし、まどっちのストラップも特に考えがあって付けたものじゃないし」

「隠さずともええ。今、まどかのことをまどっち、ヲタ界の愛称で呼んだではにゃーか!」

「そ、それは――」

「ヲタ――で、ないにせよじゃ。おぬし、ポテンシャルがあるのだぞ。我々、ガチの中では今、敢えてまどかに萌えるのがシブいとされる。あの健気《けなげ》なまどかを誑《たぶら》かし、優柔不断でぼんやりしているまどかを口車に乗せて拉致《らち》り、小汚ないアパートの一室に監禁。むつけき腕で壊れるまで犯し、最後は山に捨てたいと、おぬしも思うておるのじゃろうが。同志よー!」

「思いません」

「じゃ、俺達と、さっきの第四世界さんとおぬし、どちらを選ぶ?」

「第四世界さん?」

また厨二病的な単語が出てきたと眉《まゆ》を顰《ひそ》ませると、後藤隊員がいいました。

「さっきのビラさ。食堂の前で受け取ってしまった」

「ああ……」

僕は君に渡されたビラと君の姿を頭に描く。

「あれは宗教の類《たぐ》いじゃないんですか?」

訝《いぶか》る僕に三人は、第四世界さん――と呼ぶ、君に関する情報を語り始めました。

「正式には、第四世界民主連合さん――じゃ。ああして何時も、ビラを配っておられる。あなたの幸せは本当の幸せですか? ――毎回、同じビラ。正式な部でもサークルでもにゃーから、学内の敷地で、勝手に個人的な活動を一人でしておられるのだがな。何が目的かは、未《いま》だ、誰も確かめておりゃせん。

あのインパクトじゃから、知らぬ者はおらぬのだぎゃな。大型の右翼団体がバックにおるちゅうんも、噂に過ぎん。宗教なのかもしれんし、単独で病んでおる、只《ただ》のフシギちゃんなのかもしれん。が、近付かんに越したことは、にゃい。俺達の厨二病とは異なり、マジに病んどるのは確かじゃかんなぁ。笑えんよ」

「俺らは弱小ヲタの部だし、偏見を持たれるも、ボッチにされるも慣れてるけど、あそこまでボッチは辛《つら》い」

「でも、よく観たら意外と、美形ですよ」

後藤隊員が声を潜めるように呟《つぶや》くと、井上書記長が、

「それって、腐り過ぎ」

窘《たしな》めるように、いいました。

しかし、後藤隊員は、尚も主張を続けます。

「マジですよ。今度、よく観て下さいよ。入部？　入会？　よく解りませんが、入ると、やらせてくれるそうです！」

「何を？」

畠中隊長の問いに後藤隊員は大声で応えます。

「セックスです！」

「バカか、おぬし。幾ら好色といえども、一度や二度、たかがセックスが出来るというメリットで、大金を巻き上げられるヤバい宗教や、集団リンチを受けるような政治団体にのこのこ、入るヤツはおるまいて。何処《どこ》、情報じゃ？」

「2ちゃんです。——第四世界民主連合でスレたってますから」

これを聴くと、畠中隊長は口をへの字に曲げました。

「後藤は若いのに2ちゃんなんじゃなー。あそこは旧世代が何でもかんでも、最後はセックス・ネタに落とし込む只のオヤジ世界じゃないか。セックスが絡めば真《しん》、絡まんとガセ。あの国の民共《たみども》のカキコミに信用性などありゃせんわ」

「そうとばかりはいえませんよ。確かにゲスいですけどね」

「じゃろ？」

応える畠中隊長に、今度は井上書記長がいいます。

「でも、たかが一回のセックスの切符を求め、誘惑抗《あらが》い難く、新興宗教でも右翼でも入ってしまうものなんです。それが男ってものです。隊長はガチに三次元女子がダメだから解らないんですよ」

「井上は二次元とナマモノの両刀使いじゃが、それじゃ、お前も隙あらば、三次元のアイドルにそげなこと、したい訳？」

「アイドルはフィギュアと同様。オナニーはしますが、穴がない設定なので、現実にしようとは思えないのであります」

それを聴いて後藤隊員がものスゴい早口で、割り込みます。

「オナニーは自己探求、内的宇宙を模索する実践行動ですものね。アイドルだって人間だから、そういうことをやってると、したり顔でいう人間は教養ゼロですよ。先輩が最近、推してる研究生のコなんて、ホント、うんこすらしないと、俺ですら思いますもん。完璧過ぎておかしい。実は男だという情報が2ちゃんで流れてましたよ」

井上書記長は腕組みしながらいいます。

「いっそ、男であってくれれば俺も嬉しいよ。男なら俺は無垢の少女となって、ガンガン、彼女にアナルを犯されたい」

「そいつは、興奮しますね」

「究極設定だろ？」

やはり、こんな人達の部に入るのは嫌です。あざとくとも二次元愛好会のほうがよっぽどマシだ。

僕は再び、立ち上がろうと、トレイを持ちました。

「うー。我等を見捨てないでおくれー」

畠中隊長がまだテーブルに置いたままであった僕の携帯電話を取りました。

「返して下さいよ。少しだけ興味が湧いたのは事実ですが、先輩方のそういう会話には、僕、とても付いていけませんから、無理です」

「あずにゃん――」

「僕は、あずにゃんではありません。大体、何で偶々《たまたま》、相席になっただけの僕をそんなに執拗に勧誘するんですか」

「後《あと》、一人部員を確保せんと、我がアニメ研は廃部になるのじゃ」

「廃部？」

「そうにゃの」

「伝統があって、コミケでは人気の部なんですよね？　今、何名なんですか？」

「三人。ここにおるのが全員なのじゃ。三月までは十五名おったのじゃが、卒業で抜けてしもうて。……大学の規則で、部員が四人以上いないと部室を取り上げられてしまうずらよ。だからお願い、入部してくれないだろうか。五月のゴールデンウィーク明けに部活の活動状況の調査があるのじゃよ」

「それって、ほぼ『けいおん！』の設定じゃないですか。わざとですか？」

「こればかりは、わざとじゃにゃい。マジに困っておるのじゃ。それともおぬしの眼にも、伝統より、新興勢力の二次元愛好会のほうが楽しそうに映るのか？　そりゃ、向こうはガチに女子部員が多い。リア充するなら向こうだわ。――が、お前は大学に何をしにきた？　恋愛か？　違うだろ。学問だろう。蛍雪《けいせつ》の徒《と》に女は必要ありけむか。さむあらん。肉欲に血迷うは恥と思わんか！」

「……」

「あ、あずにゃんは、もしかして……」

後藤隊員がまた、声を張ります。

「もはや、童貞ではないのか！」

「あの……。声が大き過ぎます」

「童貞が恥ずかしいのか！　それとも、もはや童貞でないという穢《けが》れた己《おのれ》を、吐露《とろ》するのが恥ずかしいのか！」

「話題そのもの、ですよ」

後藤隊員は、僕が周囲の視線を気にしキョロキョロするので、了解したように頷きます。

しかし、

「じゃ、童貞だよな！」

全く声の大きさを落とさずに確認をするのでした。

僕は、無言で俯くしかありませんでした。

「部室がなくとも活動は出来るが、パソコンや我が部の共有財産である大量のＤＶＤを常時、置いておく場所がなくなる。うちの部にはコピー本を作る為、業務用のコピー機もあるのだが、それも誰かの家に持っていかなきゃならなくなる。コンビニにあるようなやつじゃ。大きいし、重いから運ぶのは大変じゃ。

　後藤は埼玉で実家棲みだし、井上と俺は一人暮らしだけども、学校から少し遠いアパート暮らしなのじゃ。そうすると気軽にコピーしたりＤＶＤを観る場所がない。ということは必然的に、学校に一番近い、駅近くのおぬしのボロアパートにコピー機を含む一切合切を置くしかないではないか？　それは困るじゃろ。メゾン・ダークサイドでコピー機なんて使われた日にゃ、一発でブレーカー落ちるじょ。

　そしてこの井上氏は二次元、アイドルのみならず、三度の飯よりエロゲが好きという性根の腐ったお方じゃ。おぬしの部屋が部室になったら、朝から晩まで毎日、部屋で鬼畜設定のエグいエロゲをしまくるじゃろう。どうする？　部屋を部室代わりにされるか、すんなりとアニメ研に入るか。どちらを選ぶ？」

「選択肢が、おかしいです」

「どうでもよかばい。細かいことは気にしなすんな。道産子《どさんこ》じゃろう」

「京都ですってば」

「京都生まれの童貞じゃった」

「それこそ、どうでもいいです」

「否、重要よ。非童貞の部員がおると、部の風紀が乱れるからのう」

「じゃ、経験、あります！」

「おお！　では罰として、おぬしだけ部室でこの春から始まる『AKB0048』を録画したＤＶＤを観られない刑に処す」

「結局、部員になってるじゃないですか！」

畠中隊長と掛け合いのようになってしまうと、後藤隊員が不敵な笑みを浮かべて、いいました。

「そのツッパった発言はもしかして、東京ではリアルタイムで『AKB0048』を観られんのを、知らないんじゃないか？」

「観られないんですか？」

晴れて大学生になってから憂《うれ》いなくオンエアを楽しめる筈の春よりの新作アニメーションだったので、つい、僕は反応してしまいました。

食い付いてしまった僕に、井上書記長が、応えます。

「神奈川、埼玉、千葉では観れるが、何と、東京は干《ほ》されるのだ」

「少しタイムラグを与えられてる。東京棲みのヲタは話題に乗り遅れたくなくば、放送を待たずしてすぐにリリースされるDVDを買いやがれ、ということなのだと思うが、幾らサテライトさんとはいえども強気すぎるぞなもし」

「うちは埼玉なんで、余裕で観られます」

「だから絶対に録画して翌日、持って来いよな。うちの部には後藤隊員、お前しか都内近郊県棲みはいないんだから。もし録画し損ねたら、死刑の上に死刑だからな」

「出た！　隊長の必殺、ハルヒ語録」

「ふえーん、涼宮さぁぁん」

「ガハハ」

「ガハッ」

「本当に、入部すれば『AKB0048』、観せて貰えるんですよね？」

「請け合う」

「東京でオンエアが遅れるってのが嘘だったら、速攻、辞めますからね」

「ガチヲタは、嘘吐《つ》かない」

「じゃ、入ります。入りゃ、いいんですよね」

ぶっきら棒《ぼう》を心掛け、恩着せがましくいうと、畠中隊長は、

「やったー！　部員確保！」

立ち上がり、

「アニメ研存続の危機を免れたと、畠中は喜び、新入部員に握手を求め、感謝の意を表わしてみる」

他の二人と共に腰をくねらせながら、両腕を上げたり下げたり、ヲタ芸のようなおかしな万歳をしました。

「ところで、まだ謎の新入生の名前を訊いておらなんだじょ。おぬし、名を名乗れ」

「柊木殉一郎《ひいらぎじゅんいちろう》です」

「よろぴくにゃん」

「よろです」

「よろー」

あの時、何故《なぜ》に入ることを了承してしまったのかの心境は、今でも定かではありません。

でもこうやって僕はアニメ研究会の一員になったのでした。

進学の為に放課後を勉強にあて、高校まで部活動とはまるで縁のなかった僕が初めて、入部したクラブでした。

まだ僕の携帯電話にはまどかのストラップが付いている。僕は昔から物持ちがいい方でした。

歴史・民俗学基礎演習の講義は六号館の七階、七〇五号室でした。

キャンパスマップを観ながら講義開始の十分前に着くと、教室の前には人だかり、出入り口の扉を丸く取り囲むように学生の輪が出来ていました。

「封鎖だってよ」

「どういうこと？」

一年生の疑問、戸惑いの声が行き交う中、二年生等、事情を察した模様の者等は「休講だな」、諦め顔で立ち去っていきます。

集合しているのは三〇名程でしたから、如何なる事情で教室が封鎖なされているかを知るのは容易でした。扉の前には何人《なんぴと》も立ち入れぬよう室内にあったであろう椅子が積み重ねられています。――扉の横には貼り紙。

日本古代史教授　川内忠彦氏の導く歪曲した歴史観に断固、ボイコットを以て抗議する！
第四世界民主連合

貼り紙の前には、黙して立つ君の姿がありました。

封鎖と貼り紙が君の仕業《しわざ》であるのは一目瞭然――その文言の鹿爪《しかつめ》らしさと君の佇《たたず》まいは同様のものだった――でしたが、何がどうなっているのかを問う者はありませんでした。奇妙な人が奇妙な行動をしているとしか映らなかったからです。

皆、関わり合いを避けている様子でしたが、僕は首謀者と見做《みな》すことの出来る君に訊ねました。

「何をされているんですか？」

僕を睨《にら》むと、君は短く、応えました。

「バリ封だ」

「バリ封？」

鸚鵡返《おうむがえ》しをする僕に君は、眼鏡の奥の決意に満ちた強い眼差《まなざ》しの中から、硬直した武装だけを取り払うようにしつつ、

「失礼。バリケード封鎖です。第四世界民主連合は本講座の川内忠彦《かわうちただひこ》氏の史的唯物論《してきゆいぶつろん》批判を無視したドグマを歴史・民俗学として掏《す》り替え、学生を洗脳しようとする政治意図に就いて見逃すことが出来ない。我々は貴方《あなた》達にこの講義のボイコットを提言する」

――と、補足説明を加えます。

「僕達にとって有害な講義だと？」

「川内氏が講義内容への批判に耳を貸すならこのような封鎖は必要ない。しかし氏は批判を単に悪質な妨害運動として葬《ほうむ》り去ろうとした。そのことに対し抗議している」

僕は面倒な人だと思いながらも、了承する訳にはいかないので意見を述べる。

「迷惑です。川内教授は有名な先生だ。本も何冊も出している。僕は教授の講義が受けたい。貴方に邪魔する権利はない」

「著書がある。有名である。だからといってその講義の内容が優れたものであると考えるのは余りに軽率ではないか。貴方は偶像の顔を拝みにきたのか。それとも教養を高め、より公正な判断を下し社

会的貢献をする為に知識を会得《えとく》しようとするのか？　貴方にとって真の幸いとは一体、何なのか？」

言葉を絡《つな》ぐ度に焦点を合わせようとするせいか、眉間に細い皺が寄るので睨むような目付きとなる。かなり視力が悪いようだ。

簡潔な応対は感情的でない分、こちらに圧迫感を与える。

威圧というよりも遮断を受けている印象だ。

「話にならない」

「この抗議活動は交渉を拒否するものではない。意見を反故《ほご》にするつもりはない」

「それが話にならないってことですよ……」

吐きすてるようにして、僕は君に背を向け、六号館を後にしました。

嫌な気分だ——。

アニメ研の先輩達がいっていた第四世界民主連合なる組織の風評を脳裏に蘇らせながら、僕は立腹していました。そりゃ、抗議や行動も大切だ。思想信条の自由を脅かしてはならない。仮令《たとえ》とてもつまらない独善的なものであろうと……。しかし、だからといって他人の迷惑や都合を顧みず、自分達の意見を通そうとすることが正義である訳がない。

財布に入れていた畠中隊長から貰った名刺を取り出し、携帯に電話を入れてみます。

何となく、あの人達の非生産的な会話が、聴きたくなった。

すぐに畠中隊長は出ました。

「おや、柊木かね。皆、まだきとらんが俺は部室におる。丁度、井上書記長が仕入れてきた新たなる二次創作のエロゲを攻略していたところだじょ。おいで、シャンプー。共にやろうぜ、同胞よ」

記憶以上に緩い口調と内容に、電話なぞするんじゃなかったと後悔してしまったけれども、もう遅い。

僕は、新学生会館——通称、新学会館に向かいました。

この校舎はサークルや部活で使用されるのが殆どのせいか、他と雰囲気が異なる。壁に落書きがあったり蛍光灯が赤や青に替えられる悪戯《いたずら》がなされていたり、廃墟のようなアジトのような、独特の一種、不穏な匂いがする。

かつて、この国にも学生運動というものがあったという。

歴史の時間に軽く習うだけだから詳細は知らないけれども、学生自治などを掲げた学生達が、一般校舎や講堂などに立て籠もり、レジスタンスを繰り広げていた。この大学も大規模な運動で大学側が警察に介入を求め、最終的に機動隊が武力行使した経験を持つ。受験をする際、大学の沿革をググったので、僕はそれを知っている。

そんな形骸が現代にも僅《わず》かばかりではあるけれども、継承なされている結果なのだろうか？　廊下で派手なチャイナドレスを着てジャグリングの稽古をしているがに股に足を開いた男子学生や、部室から延長コードを引き持ち出したアンプに片足を載せ、接続させたエレキギターを掻き鳴らしながら大声で歌い続けるヴィジュアル系メイクをした女子の脇を通過し、H60号室に辿り着くと、思いの外、片付いた、部屋に畠中隊長はいました。

「早速、自主休講かなもし？」

「そうせざるを得なくなったんです」

大袈裟《おおげさ》に過ぎる程に顔を顰《しか》め、僕が応えると、

「ま、ええぜよ。そこの椅子にでも座っとれ。今、セーブするから」

畠中隊長は部屋の奥のデスクトップパソコンが置かれた机の前から、立ち上がり、窓際の冷蔵庫が

あるキッチンスペースで、冷蔵庫の上に置かれたペットボトルのお茶をマグカップに注ぐと、自分と僕の分を持って戻ってきました。

「雁音《かりがね》っていうのを買ってみたんです。上手く淹《い》れることが出来たと思うけど……。味わって飲んでね」

「すみません。気がまわらなくて。そういうことは後輩の僕がやったのに」

「バーカ。みくるちゃんギャグぞな。柊木はハルヒ、観てないの？　これは雁音なんて高級品じゃなく、只の麦茶にょろよ」

座り直し、畠中隊長はまた、キーボードを操作し始めます。

嗚呼《ああ》、雁音というのは『涼宮ハルヒの憂鬱』でのエピソードに出てくるお茶なのか……。

僕は余りよく知らない。

「今、さっきスゴいの出たぞ。ほら、観てみ。萌え殺されるなり」

デスクトップの画面には、倉庫のような場所で、裸に剝《む》かれ、縄で自由を奪われた『まどか☆マギカ』の暁美《あけみ》ほむらが、戦闘服姿の屈強な三人の男達に泣きながら、複数の男根を銜《くわ》えさせられる陰惨なシーンが再生されました。

公式からの承諾を取ってこのようなゲームが制作される筈《はず》はないので、絵は勝手に模倣なされたものなのだろう。

「井上書記長に拠るとこのゲームにはシークレットルートがあり、最後はほむほむを生きたまま切り刻み、コンクリート詰めにして、沼に捨てる最強バッドエンドがあるらしい。同人とはいえ鬼過ぎる」

一瞥《いちべつ》しただけ、すぐに眼を背《そむ》け、

「不愉快です。幾らゲームといえども」

僕は、返しました。

こういうのは、ジョークでも苦手だ。吐き気を催す。

「柊木はこのテはNGな人だったか」

畠中隊長は、しかし、僕の拒否反応に臆する様子もなく、

「正規のルートも、輪姦され妊娠したほむほむが、その子供を産み、陵辱した兵隊達が皆、その子供に呪われ、次々と非業の死を遂げていくのじゃから、グッドエンドなのかどーか、微妙じゃがな」

ゲームの説明を続けました。

「捨てて下さい」

「それは……。井上書記長が苦労して手に入れたもんだからにゃー」

「質問していいですか？　先輩はこういうので、欲情する訳ですか？」

「そりゃ、多少はね」

「いわゆる、一つの、男性が行う……」

「オナニー？」

僕が頷くと、

「しねーよ」

意外にもしらけたような口調で、隊長は、応えました。

「じゃ、実際の恋愛対象は、現実の女性なんですね」

「否、前に食堂で井上氏が申した通り、二次元オンリーだじょ。ナマモノに欲情するなぞ考えられん。着ぐるみすらダメじゃ。中に人が入っていると思うだけで、萎《な》えてしまう。しかしにゃがら、こうい

う鬼畜系では、勃《た》たん。俺はこうみえてもオーソドックスなのでがんす。『Kanon』や『AIR』みたいな、純愛プラスエロがよい」

畠中隊長は急に本気でもじもじとし、頬を赤く染めました。

「うー。いきなし新入生相手に、マジレスしてしもうた……」

そして、

「雁音もう一杯」

マグカップを差し出しました。受け取った僕はキッチンスペースに行く。

「先輩、雁音ってこの出しっぱなしのペットボトルでいいんですよね。何で冷蔵庫に入れないんですか？」

「電源、切ってあるんよ。節電。去年のあの事故以来、一応、俺達も、にゃ」

「福島の……事故ですか？」

畠中隊長からの返答はない。

試しに冷蔵庫を開くと真っ暗、中には幾許《いくばく》かの鯖《さば》の缶詰しかありませんでした。

「柊木は、ゲームせんの？」

「テトリスくらいは人並みに」

「そうじゃなくて、育成でもノベルでもええが、こういう、十八禁ゲー」

「しませんね。興味ないです」

ようやく、畠中隊長が、ゲーム画面を閉じてくれます。

デスクトップの壁紙は、赤い腕章を左腕にしたセーラー服の涼宮ハルヒが、笑顔で右指を突き出している画像でした。

「先輩はハルヒ、好きなんですか？」

「もはや信仰の対象じゃ」

「どうしてそこまで熱くなれるんですか？　飽《あ》きません？　幼稚だとかいうんじゃなくて、所詮、アニメのキャラクターなんてものは空想上の人物だし……という意味での質問なんですが」

「空想上じゃからこそ逆にリアルなんじゃよ。二次元は裏切らん」

「オタクの人はよくそれを口にしますが」

「おぬし、石川啄木が好きだったな？　もし啄木の歌が全て盗作だと解ったら、おぬしは絶望するじゃろう。歴史上の人物であろうとだ、ナマモノである限り、そうやって裏切られる可能性は常にある」

「確かに私生活は借金をしてでも女遊びをするような自堕落な人だった——。後で知った時は愕然《がくぜん》としましたし、今も信じたくないってのが本音ですね」

「でも啄木の歌そのものは誰の作品だったとすれ、おぬしの心を打つじゃろ。ということは柊木は啄木が好きなのじゃなく、啄木の創作、想像、メルヘンが好きってことじゃろ？　この唯物論を進めていくと、全ての好きは対象そのものではなく対象のイメージへ還元される自己愛ということに、にゃーる」

「哲学的——ですね」

「一応、教養学部でごんすからな。ニーチェとかも、イケるクチよ。だから本来なら俺も、おぬし同様、文学部に行こうとしたのだけど、哲学ではツブしが効かんからにゃあ。それで教養学部にしておいた」

畠中隊長はマグカップのお茶を飲み干します。

「自主休講ではなくて、柊木は休講せざるを得なくなったといったにょろが、どうした？　苛《いじ》めにでも遭ったがや」

　そして、僕にも座るように促し、僕が、

「そうではなくて……。第四世界民主連合の人がですね——」

　壁に立て掛けられていたパイプ椅子を持ってきて、デスクトップパソコンの机の横に畠中隊長に並ぶように、開いて、置いて、腰掛け、騒動の経緯を語り終えるのを聴くと、一言、

「スゲーな」

　感心とも非難とも取れない感想を漏らすのでした。

「ええ、スゴいんです。あの第四世界と名乗る人。いい加減にして貰いたいですよ」

　しかし、畠中隊長は僕の言葉を遮《さえぎ》るよう、首を振ります。

「否、俺がスゴいっていっちょるのは、柊木のほうじゃよ。あの人がそんなふうに実力行使している訳を聞き出したのみならず、それは迷惑だっていっちゃったんだろ」

「拙《まず》かったでしょうか？」

　隊長は腕組みをして、唸りました。

「解りゃん。前にもいったが、第四世界さんのことに就いては全く解らんのじゃ。だから皆、学生も大学サイドも触らぬ神の祟《たた》りを畏《おそ》れ、いるけどいない人——として扱っておる」

「毎回、あの講義はああやって封鎖されてしまうんでしょうか」

　尚《なお》も質問をすると、隊長は、

「幾つかの講義で、同じようなことをあの人はしておる。講義を静かに受けていたかと思えば、訂正を求めますといって立ち上がってな、自由とは、幸福とは——と、叫びだしたりするでらよ」

応えました。——僕はいう。

「明らかに妨害ですよね。取り締まって貰えないんですか？」

「何処に？」

「教授達というか——大学に、です」

畠中隊長は苦笑しました。

「柊木——。ここは大学ぞな。おぬしに大学に自由など期待しなすんなといったけんどにゃ、これまでの教育機関と大学が明らかに異なるのは、小中高は私生活や学習態度、進路に至るまで学校が面倒をみてくれておったが、大学は学生の個人的な事情にまで関与せんという前提じゃ。ここでは赤点を取ろうが、サボろうが、おぬしのことを心配してくれる者なぞ一人もおりゃせんのよ。制服もないし、校則もない。自治も、名目上は学生に委《ゆだ》ねられて、おる。じゃから、学内でのトラブルを学校に何とかして貰う訳にはいかんのよ。そりゃ、窓硝子《ガラス》が割れているのを報告すれば学校が修繕をする。しかし、窓硝子を割る学生の指導まで、大学側はしにゃい。窓硝子を割ったことへの賠償請求は、するとしてもじゃ」

「それじゃ、こういう場合、何処に訴えればいいんでしょうね。学生自治をする、自治会に持っていくのが妥当ということですか？」

「まぁ、そうなのじゃが、通り一遍のことは慣例的に自治会が取り仕切るが、このような案件に関しては、何も期待出来んわ。自治会ちゅうても、高校の生徒会に毛の生えたような程度のもんじゃしにゃ。安保の時代みたく、自治会が大学側と激しく対立する……みたいなことは、もはやありゃーせん。より良い大学自治を——。そんな志《こころざし》で参加しておるメンバー自体、おらんしにゃ。自治会におれば就職の面接でポイントが高いとか、学祭で自分の好きなバンド、呼べるとかくらいよ、自治会の奴等が考えるのは」

「……」

畠中隊長は続けます。

「という訳で、放置しかにゃーのよ。第四世界さんの行為は、悪質でも妨害の域を出よらんからにゃ。最悪は警察に相談ということになるのじゃが、これしきのことで警察は動かん。大学も、困った人だからどうにかしてしまいたいのじゃろうが、苟《いやしく》も本校の学生じゃ、出来る限り、学内で警察沙汰を起こされたくはにゃー。

大学として、退学処分にする方法もあるにはあるのじゃが、しかしそれは、暴力沙汰を起こしたり、行き過ぎた扱《しご》きが表沙汰になるような場合にしか発動されん。第四世界さんのような団体は、取り締まろうとすると、言論の自由だとか信仰の自由だとかいいだすのは眼にみえとるでよ。

一応、この大学の創立理念は自由な校風の許《もと》、数多《あまた》の学問を求める者に等しく勉学の場を与えん――じゃからのう。あの人は、ハンマーか何かで講堂前の銅像の首を捥《も》いだこともあったが、それも確たる犯行の証拠がないので、うやむやにされてしまったずらよ」

「事なかれ主義ってことですか？　気に食わないな」

畠中隊長は、同意する代わりににっこりと、嘘臭く微笑みました。

僕ははぐらかされたような誤魔化されたような気になって、つい、畠中隊長を責めるような口調でいってしまいます。

「大学が訴えなかったとはいえ、よく騒ぎになりませんでしたね」

ならば、畠中隊長は、

「なったじょー」

パソコン画面の左下のフォルダをクリックし、幾つかの画像を開きました。

「観てみなしゃんせ」

そこには、頭部のない大学創設者の銅像が写されていました。広場にあるこの大学のシンボルだ。

「朝に来てみるとこうなっているではないか。皆、写メったりtwitterに上げたりで大騒ぎだったさね。昼過ぎに大学側は銅像にブルーシートを掛けて観れなくしたぎゃね、観損《みそこ》ねた学生は隠すな、観せろの大合唱。しかし、大学は犯人は学生か部外者か不明ってことで収めた」

僕はまた君への怒りを新たにする。

……やり過ぎだ。

大学に対してどういう不満があるのかは知らないけれども、広く知らしめたい高邁《こうまい》なる意見を腐るくらいに持っているのかもしれないけれども、どうして手段としてこのような破壊を選択せねばならない？　学生が起こした学内での事柄なら、犯人捜しはうやむやにされてしまう――心得ての犯行であれば、何と卑劣なことだろう！

「きちんとした証拠がなくとも、彼女の所属する、その、第四世界民主連合の仕業だというのは確実なんですよね？　なら、まるで処分をしないというのは明らかに、良くない。増長させるだけですよ」

「直接、犯行現場を目撃した者はおりゃせんからにゃー」

「じゃ、どうして彼女達の犯行だと？」

「声明が出されたばい」

隊長はSafariを開き、Googleに――第四世界民主連合――と、打ち込みました。

「これ、第四世界さんのホームページ。活動記録の中で自分達がやりましたって宣言しておるずら。

丁寧に夜明けに撮った壊した銅像の写真もアップしておる」

昇りゆく太陽が丁度、逆光になり首のない銅像を照らしている。

角帽を被った頭部がないもので、ガウンに身を包む胴体のみにされた燻《いぶ》したように重厚な黒色の立像は厳粛の風格を削《そ》がれ、シュルレアリストが冗談で制作したかの如き奇妙なオブジェへと成り下がって、いる。

それは禍々《まがまが》しいような、神聖であるような不思議な図でした。

付けられたコメントは、

もはや理念の形骸すらなく偶像と堕したイデオロギーを我々は破壊したことをここに声明する！


これはテロリストの乱暴極まりないプロパガンダだ。——と、僕は思う。

入学したばかり、母校愛なぞ芽生えてはいないのだけれど、大学の象徴である像をこのようになされたことに、一介《いっかい》の学生として、屈辱を憶えずにいられない。

「明らかに犯罪ですよ。とても悪質だ。悪戯では済ませられない。こんなれっきとした証拠があるなら、きちんと犯人を捕えるべきです」

不快を示す僕に、しかし畠中隊長はこう応対するのでした。

「証拠なんて、にゃーずらよ。陽の昇り具合からも一番最初に壊された銅像の写真を撮ったのが第四世界さん達であろうことは想像出来る。しかしこういう推測もあり得る。

第四世界さんらは像が壊されたのを誰よりも早く知った。そこで自分達の活動やメッセージを世間に知らしめる為、犯行声明を発信することにした。海外の非合法組織なんかは自分らが起こした事件じゃないのにやりましたといって労せず名を売ることをしよるそうじゃしね」

「じゃ、先輩は、第四世界民主連合の仕業じゃないかもしれないと？」

「先輩と呼ばれると照れるぞなもし。ここに入ったからには隊長と呼んでおくれ」

「……」

「で、柊木、お前は新人であるから後藤と同じ階級で隊員な。とはいえ隊員は毎日、隊長の靴を舐めるというような体育会系の風習は存在しにゃー。そういうのは、俺達、苦手だし。

二次元世界に生きる者は皆、対等というのが、唯一のルールみたいなものじゃ。井上書記長は二次元愛好会のことをニワカの集まりだと差別しておったが、俺はニワカでも何でもええと思っちょる。あれは只の嫉妬じゃわ。

二次元へどれだけ多く関わり時間を費やしておったとしても、それで自分を特別だと思い込むのは見当違いも甚《はなは》だしい。

知識が豊富でも、蔵一杯に同人誌の蔵書があろうともじゃ、ちっとも偉くなんぞにゃい。ハルヒの台詞《せりふ》を丸暗記しておって、モブキャラのセリフすら一言一句間違えず、諳《そら》んじられたとしてもじゃ、何人《なんぴと》も、ハルヒの心を揺り動かすことは出来ん。ハルヒはキョンだけを——あの平凡極まりなき小市民的なキョンだけを、唯一の運命の相手として認知するのやけん、幾ら競い合おうが、俺達は隣の部室のコンピ研の部員にすらなれぬのよ。ここでの隊長や書記長、隊員の区分は、属性に過ぎん。

おぬしがもし、セ・ン・パ・イ——と呼びたければ、ネコミミを付け、あずにゃんになりきることじゃ。さすれば俺も、平沢唯《ひらさわゆい》になろう。おぬしを抱き締めてやろう。男子から先輩扱いされる程、俺は腐ってはおらぬ」

「解りました」

承諾すると、畠中隊長は話を元に戻しました。

「井上書記長はこの前、第四世界さんは右翼と関係があるらしいといっておったけど、彼女一人でこんなことは出来んだろう。ラクガキをするくらいは可能じゃが、台座の上に攀《よ》じ登り、銅像の首を落とすなんて、女子一人じゃ難しい。ブロンズ像の強度がどれくらいかは解らんが、二、三回、金槌で叩いたくらいでここまであっさり、折れはせんだろう」

「もし、犯行声明が便乗だとしたら、彼女は一体、何がやりたいんでしょう？」

「第四世界さんは、かまってちゃん――なんじゃなかろうか」

「かまってちゃん――？」

「うん。匿名ではあるが不快な発言や反対意見を述べて自分に関心を抱かせ、批判ばかりして、注目を受けることでアイデンティティを満足させるけど、実際は何も出来ん、しようとも思っていなくて、でも、そのうちやる、本気を出せば出来ると自分を正当化する、淋しいかまってちゃん」

いうと畠中隊長は――「はとん・うええい」――、首を横に振り、両手で大魔神が顔を現すような奇天烈《きてれつ》のポーズを取りました。

「でも彼女は、少なくとも顔を晒《さら》している訳ですし」

「名無しさんだけがかまってちゃんになるのではないじょ。著名人でも扇情的な発言をしてかまってちゃんになることが、多い。かまってちゃんは、自分がかまってちゃんであるのに無自覚なものさね。捻《ねじ》れまくっておる盆栽の松のようなややこしい自意識とけち臭い自尊心を持っとるヲタは、自分がそうであるから、かまってちゃんへの嗅覚がとりわけ鋭いのじゃ」

「先輩がいうとリアルですね」

返すと、

「柊木——お前って、何気なく人を傷付けることを平気でいう奴よなぁ」

隊長が本気でいじけました。僕は慌てて取り繕う。

「すみません。デリカシーがなくて……。偶《たま》にいわれるんです。いわゆるＫＹです」

「ＫＹ——？　柊木のそれは、空気が読めないのとは、違うにゃ。デリカシーがないのでもない。正直者といえばそうなのだが、それって優しくないともいえるぞなもし」

「そういわれるとへこむなぁ」

僕が俯くと、畠中隊長は唇の先に指を当てながら上を向きました。

「勇敢なのかもしれんな。大抵の人間は憶病じゃけん、人を傷付けるのが恐い。傷付けることそのものではなく、人から恨みをかうのが恐い」

「勇気なんてないですよ」

「恨まれるのが嫌なだけだから、誰の発言か解らぬ場所では雄弁に悪口をいう」

「まぁ卑怯なことが嫌いなのは確かですけどね」

畠中隊長は、口に当てていた人差し指を、離し、顔の前で左右に振りながら、いいました。

「おぬしは驚愕してしまうかもしれんが、大抵の人間は正直五パーセントに対し、卑怯九五パーセントの配分で成り立っておる。そのほうがラクなんよ。衝突せんでええから。自分を卑怯とすら思わぬ自己防衛のバリアを張るのが当然の世界で生き、そして死んでいく。

己の卑怯を自覚したとて、卑怯は弱者の武器だと居直る。亀さんが甲羅の中に首をすっ込めるのは、弱者が故の知恵じゃろ。卑怯だ、ちゃんと顔を出せといわれても、おぬしが亀さんならこれが自分の戦法ですばい——応えるじゃろう。勇敢に首を出して戦いに臨《のぞ》む亀あらば、同じ亀である者達はそいつを浅はかだと罵《ののし》るじゃろう」

「そんなもんですかね？」

「そんなもんじゃ。しかし、おぬしが首を出して殴られる浅はかな亀だとしても、生まれ持った性格というもんは、一生、直らんやろうしな、この部——アニメ研ではよしとしちゃる。包茎でない亀さん属性として、俺等包茎仲間から差別をしないでおいてやろう」

「そんな属性、聴いたことないですよ！」

畠中先輩は、写真付きの声明文の隠れていた下のコメント欄を表示させました。

「根拠なく、第四世界さんをかまってちゃんだと判断する訳ではない。ほら、このカキコミをみてみなさんせ。今はもうカキコミをする者は殆どおらぬが、事件が起こりこの声明がアップされた当初は、いわゆる炎上、サーバーがダウンしてもおかしくない状態だったずらよ。俺が管理人にゃら、発狂するぞなもし」

＊＊＊　マジか？　合成だろ
＊＊＊　終わってるな
＊＊＊　当局はオ●ムの残党と確定
＊＊＊　オメコしたい
＊＊＊　革命バンザイ
＊＊＊　乙　＄＄％＠＊＊■†◎——◎†

「暫くはこんな面白がるだけのコメントばかりのページを放置するしかなかったやろうけど、或る程度収まれば、第四世界さんはこんなレスを削除出来る。仮にどんな批判も受け入れるというポリシーがあったとしてもじゃ、便所のラクガキは消すのが当然。でないと賛同意見が埋もれてしまう。今も遺《のこ》してあることを考えると、かまってちゃんと思わずにいられんやろ」

「大量のアクセスが欲しかっただけだと？」

畠中隊長は、両手を挙げ、どうしようもない――というゼスチャーをしました。

「でもそれだけの為にこんな大それたことをしますかね？」

「そこがかまってちゃんの異常さじゃよ。自殺しますというのが狂言であったとて、人がそれに反応してくれたり、逆に無反応であったりすると、更にかまってちゃんホルモンが活発化し、死に至ることもままある。反応してもいかんし逆でもいかんなら、どうすりゃええんじゃ――ということになるが、答えは簡単でな、かまってやればええだけなのじゃ。肯定も否定も必要なく只、かまえばええ。このカキコミにしろ、この前、俺が後藤隊員に苦言を呈した掲示板にせよ、かまってちゃん同士がかまいあって、結果、需要と供給が満たされる。どうするべきなのかの議論なぞ求められちゃおらんのだ」

頷けなくもない。しかし畠中隊長の解釈に、僕はどうも賛同しかねました。

「確かに……。でも、そういい切っていいものでしょうか。僕には、あの人が何を考えて、何をしたいのかまるで解りません。でも先輩のその理屈からいうと、彼女はこの抗議活動は交渉を拒否、意見を反故にするものではない――といいました。とすれば、議論を望んでいるんじゃないですか？

あの、何となくなんですが、僕は彼女のバリケード封鎖に、信念のようなものを感じました。話題作りの為ならもっと賢くて有効な手段がある訳ですし、それが解らない程に頭がイカレている人だとも――」

「柊木――そなた、迷惑といっておきながら、何で第四世界さんの擁護にまわっとるのじゃぁ」

「そういう訳ではないんですけども」

「人は皆、淋しいんじゃ」

畠中隊長はまた大魔神、「はとん・うえぇい」、のポーズを取ります。

少しばかり沈黙が流れました。

僕は、一緒にデスクトップの画面を観続ける畠中隊長に改めて問いました。

「あの人——。彼女は、まだ、教室の封鎖を続けているんでしょうか？」

怪訝《けげん》な顔付きになって、畠中隊長は向き直ります。

「柊木は、必要以上に第四世界さんが気になる様子じゃな」

「気になってなんて、いませんよ」

「まさか、おぬし……。あのヤンデレに、萌えたか？」

「かまってちゃんの次は、ヤンデレ……ですか」

「行動の動機が推測の域を出ない限り、かまってちゃんか否かは置くとしても、ヤンデレは確定じゃろうて」

「奇妙な行動を取るというだけで、すぐにヤンデレやらかまってちゃんと括《くく》るのは、僕は好きではありませんね。知ろうとする努力をまるでしないで、従来の型に嵌《は》めてしまうのは、怠慢で横暴な行為ではないでしょうか」

「友達、出来んぞ。その性格——」

畠中隊長は警告を発するかの如く、いいました。

そしてすぐに元の呑気《のんき》な表情に戻り、「雁音、もう一杯」——また空になったマグカップを差し出し、三杯目の麦茶を求めました。

僕は、受け取り、ペットボトルから注ぎ、持って戻る。

「味わって……お飲み、下さい。上手く淹れられたと思うのですが」

「その調子にょろ、柊木」

隊長は頷きました。

「……はい」

「うむ。で、おぬしが妨害なされた講義じゃが、後で止むを得ず引き返しましたと教授にいえば、不可抗力でのことと判断され出席扱いにして貰えるから。であるから、今日辺り第四世界さん、来ないかなと望む不埒《ふらち》な輩《やから》もいるが現実」

「単位のことまで考えませんでした」

呆れたような眼差しで、畠中隊長は僕を見詰めました。

「俺にいわれるのは嫌だろうけど……。柊木って、変な奴だにゃ」

「どうしてですか？」

「剝《む》け過ぎなのじゃよ。包茎でない亀とはいえ、勃起しとらん寒い冬に亀頭は包皮の中で縮こまるのが通常じゃ。おぬしはずっと剝けたままなのじゃ。それでは亀でなく、もはや松茸《まつたけ》じゃ。松茸属性なんてものは、ない！」

何でも最後はエロ＆ヲタ話として終結させようとするのだな……。

「ええ、僕は亀じゃなく松茸ですよ！」

こう返し、

「じゃ、次の講義があるので僕はこれで」――帰り仕度をすると、

「何しに来たんじゃ、お前」

畠中隊長は首を捻りましたが、やがて全てを察したかのように独りごちました。

「ま、ええか」

そして、

「また何時でもエロゲしに来いよ。柊木にすら合う初心者向けも一杯、あるし。ここにくれば誰かおるだろうから」

いうのでした。

「はい」

一礼して、僕は部室を出ようとする。

畠中隊長はデスクトップ上にセーブした先程のエロゲを開き、また攻略に向かい始めたようでしたが、扉を開くと背中に、

「余計なお世話だが、第四世界さんにはこれ以上、近寄らんほうがええずらぞ」

――マジレス・トーンの声が聴こえました。

どう返すべきか解らないままに僕が、振り向くと、

「ティロ・フィナーレ！」

そこには銃を撃つような恰好をし、一人、画面に向かい奇声を上げる不審な隊長の姿しかありませんでした。

僕だって好き好んで君と話したかった訳ではない。畠中《はたなか》隊長の忠告通り今度、同じようなことがあ

ればシカトしようと決めていたし、そうあらずともあの時のように不用意な口の利き方は慎《つつし》むべきだと注意していました。

小学生の頃、担任の先生に君は正義感がとても強いようだといわれたことがある。良いことだけれど、気を付けたほうがよいと促されました。その時は何がいけないのだ。納得がいきませんでしたが、そのうち人間関係を良好に築く為には曖昧《あいまい》さや嘘が必要だし、妥協や見過ごしもしなければならない仕来《しきた》りを学びました。

僕は融通の利かない人間ではないし、他人の意見を退《しりぞ》けてまで通したい自我や自意識を強く持ったこともない。

かといって、主流派のいいなりに過ごすのが上手い遣《や》り方《かた》だとも思えなかったけれど……。

君と再び話す機会が訪れたのは、朝のゴミ置き場でした。生ゴミを入れたコンビニエンスストアの袋を捨てに行ったら、同じくコンビニエンスストアの袋を持って出てきた君に逢ってしまった。

長い髪をおさげにし――そのせいで高校生くらいにみえた――臙脂《えんじ》色のジャージの上下姿の君は最初、誰だか解りませんでした。印象的な黒縁の眼鏡も掛けていたのにも拘《かかわ》らず、同じアパートの住人としか認識出来なかった。ですから僕は「おはようございます」、挨拶をしました。

すると、「おはようございます」。

――君は僕よりも大きな声で、滑舌のいい、挨拶を返しました。

そうして、僕が手にしたゴミを観ていいました。

「もう少し、厳重に結ぶべきだ」

君は自分が持ったコンビニエンスストアの袋の結び目を観せました。

「烏《からす》が漁《あさ》りにくる」

「東京は烏が多いとは聞いていたけれど」

僕は自分が捨てようとしていた袋の口を二重に結び直します。

「後、自分が廃棄したことを知られたくないものはここに捨てないほうがいい」

「どういうことですか？」

「ゴミは烏のみが漁るものではない」

「……」

「イヌもゴミ漁りが好き」

「野犬？」

「否《いや》、公安」

「コウアン？」

「つまり、警察」

その時、僕はようやく眼の前の君が歴史・民俗学基礎演習の講義の妨害をしていた者であるのを悟りました。

「ここに棲《す》んでおられるのですか？」

急に、ぎこちなくなる。

「幾らなんでも監視の為に公安が棲み込むことはない。そこまで彼らも暇ではない」

「そうではなくて、僕と同様、北据《きたすえ》さんもこのアパートの住人なんですか――という質問だったんですが……」

「どうして私の名前を貴方《あなた》が……。私は憶えている。貴方が先日の教室封鎖に抗議した学生であることは。しかし」

「だって……」

僕は君の左の胸を指差しました。

そこには、

3 - C 北据

太いフェルトペンで書かれた白い布が縫い付けられている。

君は俯《うつむ》きそれで名字が解ったのを理解すると「なるほど」と、頷《うなず》きました。

そして、

「第四世界民主連合　代表党員　北据ミツユキです」

名乗りました。

「一年生の柊木殉一郎《ひいらぎじゅんいちろう》。第一文学部です」

「柊木君――」

咀嚼《そしゃく》するように、君は僕の名を口にします。

「ミツユキ――。女性にしては少し珍しいですね。どのような字を書くのですか」

「光る雪。雪は、雪月花《せつげつか》の雪。雪のように真っ白に、穢《けが》れなき想いで自らの心を照らせ。母が名付けたのだといういう。いい忘れた。私は政治経済学部の三年生」

「政経ですか。頭、いいんですね」

「そこそこ」

君は否定をしませんでした。驕《おご》っているようには感じられない。事実を只《ただ》、科学的な見地から叙述している、そういった様子です。僕は、次の質問をしました。

「警察にゴミを漁られるってどういうことですか？」

「そのままの意味。公安当局は私達、第四世界民主連合を単なる政治結社ではなく、テロを起こす可能性を持つ危険なセクトであると認識している。従って動きを監視している」

無表情は変わらないが、真摯《しんし》な面持《おもも》ちで、背筋をピンと伸ばし、僕の眼を真っ直ぐに見詰めて君はいう。やっぱり過激派のレッテルを貼られているのだと、僕は畠中隊長から観せられた首のない銅像の写真と第四世界民主連合のホームページの声明文を回想しつつ、思う。でも、融通の利かなそうな人物であるのは確かだろうけれども、暴力を行使してまで無理矢理に自分の意見を通そうとするタイプとは見受けられない。

「かといって、無闇に人の出したゴミを調べていい訳は、ないでしょう」

少々、言葉を選びつつも、僕が見解を述べると、

「ゴミとしてこうして外に出されたものには所有権がない。プライバシーの侵害にはあたらない」

簡潔で、君は返しました。

「行き過ぎだ。調べられて困るものなんて入っちゃいないけれど、いい気はしない」

「だから警戒を促している。貴方に迷惑、被害が及ばないように。観られたくないゴミは、面倒でも大学まで持って行き、ゴミ箱に捨てたほうがいい」

「観られたくないゴミ――。どんな？」

「それは人それぞれだから。例えば猥褻《わいせつ》なＤＶＤや書物の類い――。ディスクは一見、成人指定のありふれたものでもカモフラージュで某《なにがし》かの反体制行動の計画を書き込んだＲＯＭの可能性もある。だから当局は持ち帰り内容を検証する。すると貴方がどのような性的嗜好《しこう》の持ち主であるかを彼等に知

られることとなる」

僕はそんなものをゴミ袋に入れていないけれども、赤面《せきめん》に至る含羞《がんしゅう》を禁じ得ない。

「北掘さんのゴミだけ調べればいいじゃないですか！」

「その通りだ。しかし、当局は、現時点で具体的に何らかの事件に関与している証拠のない私を終日、見張るようなことまではしない。従って、どのゴミがうちから出たものかを彼らは知らない。アトランダムに検査をするのが実際のところだ。それに私の居室のみがアジトであると当局は決めつけない。私以外の同志がこのアパートに部屋を借りて棲む、棲むかもしれないと彼らは考える。だから新しい入居者は私と関係があるのではないかと勘繰《かんぐ》られ、身許《みもと》を洗われる」

「他の住人は、よく耐えてますね」

他人事《ひとごと》のようにいってみると、

「耐えられないから、引っ越していく。新しい所に引っ越す資金がない者は暫《しばら》く仕方なく我慢するが、半年が限度だ」

君からの応えが戻ってくる。僕は好奇心に駆られている訳ではないのだけれど、更に詮索したい欲求を何故か、抑えられない。

「先輩からも聞きました。ここはメゾン・ダークサイドだって。じゃ、雨漏りがするだとか、ブレーカーが落ちるというような理由もあるけど、北掘さんとの関係を詮索されるのが嫌で、皆、出ていくんですか？」

「その質問には応えられない。何故、出て行くのかの理由を私は聞かされないから」

君の話しかたの独特さに就いて、僕は気付きます。抑揚がないというより、リズム感がないから妙なのだ。まるでボーカロイドが朗読をしているかのよう、起伏の欠損した調子で、君は人と、会話を、する。

「今、このアパートには何人棲んでいるんですか？」

「殆《ほとん》ど、棲んでいないのではないだろうか。二階は二〇一号室に一人いるだけだと思う。私が入居する前から棲んでいる。スリランカ人の男性だ。一階の一番奥、一〇五号は私。その隣の一〇四号は学期が始まる前の三月の終わりに荷物が運び込まれたけれど、知らぬ間に空室になった。私とてあの部屋なら出て行くかもしれない。何しろ幽霊が出る。その横の一〇三も空室。一〇二には新入生が入ってきたようだ。一番手前の一〇一号室は入居者を募集していない。昔、学生が首吊り自殺をし、以来、貸してないという」

「一〇二号は僕の部屋です」

「そう。貴方が一〇二号さん」

「はい。でもおかしいな。一〇四号は人が棲んでいると思ってました。灯《あかり》が点《つ》いてるのを観たこともあるし……」

「そう。だからそれが、幽霊」

「馬鹿にしないで下さい！」

嗚呼《ああ》、やっぱりこの人は少し思考回路が、おかしいのだと思いました。

ヤンデレ、かまってちゃん、表層からそのように決めつけてはならないと考える僕でしたが、これは駄目だと、もはや、誠実に接しようと努力する想いを断ちました。

理想の社会の追求でも、終末に訪れるという神の審判に向けての布教でも、勝手にするがいい。天国の存在を信じるのも幽霊の存在を信じるのも、個人の自由だ。だから否定することはしないけれども、僕には信じない自由だって、ある。君の意見に耳を傾けない自由を、僕は、持っているのです。

ゴミの袋をゴミ置き場の烏対策らしき緑色のネットの下に置き、体裁だけのお辞儀をして足早に部屋に戻り大学に行く支度をします。

講義はどうにも頭に入ってきませんでした。二時限目を終え、何となしにアニメ研究会の部室に向かいます。

畠中隊長、井上書記長、後藤隊員、部員の全員が、揃っていました。

「おう、柊木。よいところに現れた。『AKB0048』の第一話、後藤隊員がさっき持ってきたところじゃよ。今から上映会といこうではないか」

井上書記長が、椅子を用意してくれたので、デスクトップパソコンを囲むようにして座る三人に僕も混ざります。

後藤隊員がディスクを本体のドライブに差し込み、僕達は『AKB0048』を観ます。鑑賞を終えると批評、感想の応酬になりました。

「河森正治《かわもりしょうじ》テイスト、炸裂じゃよ」

「戦闘シーンもハンパないですよね」

「只、俺がいうのも何ですが、メンバーに声優をやらせたのは失敗ですね。棒《ぼう》過ぎます」

「そこが、萌えなんじゃろが。今や声優は女子の憧れナンバーワン、幾らでも逸材はおるずらよ。市場は飽和しておるで。のう、柊木——」

「……」

「うにゃ？　何か元気ないぞなもし。余りお気に召さなんだか？」

「面白かったですよ」

繕《つくろ》いましたが、畠中隊長は僕が気もそぞろであることを、見逃してはくれませんでした。

「何か悩み事でもあるにょろかね。一足早い五月病。もしくは、メゾン・ダークサイドの過酷さにめげて鬱《うつ》になったか？」

「……そういう訳《わけ》ではないんですけど、アニメを愉《たの》しむ心持ちになれなくて。少なからずアパートに原因があることは確かです」

「それは仕方なきことよなぁ。あすこは未《いま》だ、ぼっとん便所だからにゃあ。自らの蓄積した排泄物が齎《もたら》す臭気との戦い」

「否、トイレは一応、古い和式ですが、水洗です」

「そうなの？」

「ええ」

「では、タンクに水が溜まるのが遅過ぎて、頻繁に用が足せず、膀胱炎《ぼうこうえん》になってしまいそうだとか……」

「そういうことでもなくて……。北据さんと少々、揉《も》めたというか……。実際には、一方的に僕が会話を打ち切ったんですが」

「北据――？」

「第四世界さんです」

「おぬし、また第四世界さんと接近遭遇をしてしまったのでごじゃるか？」

僕は朝の出来事を打ち明けました。

重たい空気が滞留する。意外にも誰も、冗談口を叩かない。三人共、何といえばよいか思案の様子でした。

やがて畠中隊長が呟《つぶや》きます。

「彼女、メゾン・ダークサイドに棲んでおったのきゃ……」

「隣の部屋に幽霊が出ると信じ込んでいるだなんて、正常な精神状態じゃないですよね」

「うーむ」

「僕は彼女が過激な思想を持っていようが、宗教に傾倒していようが、構わないんです。飽《あ》くまで個人の問題じゃないですか。先輩方がアニメ好きなのと、基本的に同じだと、僕は考えます。しつこく考えを押し付けられたり、入信を強要されたら怒るでしょうけどね。ですから、彼女の事情で、自分のゴミを彼女のせいで漁られることになることも、ギリギリ、赦《ゆる》せますよ。同じアパートに暮らすなら、どこかで計らずも迷惑を掛け合うことって、あると思うので。でも明らかにおかしいじゃないですか。空室に幽霊がいるといい出すだなんて……。信条や習慣が違っても、異なる境遇の間柄であったとしても、両者共に、我慢強く話し合えば、歩み寄りは可能だ。こんなことをいうとまた畠中先輩に、嗤《わら》われそうですが……、僕はそう信じます。けれども彼女は話し合いが成立しない人なんです。そんな人が隣人だなんて……」

「柊木殉一郎の憂鬱――か」

畠中隊長は、井上書記長と後藤隊員に助けを乞うみたく眼を遣《や》ります。

やがて、井上書記長が『AKB0048』の声優を担当するアイドルの棒読み以上の棒読み――しかしものスゴい速度で――いいます。

「日本国憲法第三章第十九条、思想及び良心の自由は、これを侵《おか》してはならない。第二十条、信教の自由は、何人《なんぴと》に対してもこれを保障する、いかなる宗教団体も、国から特権を受け、又は政治上の権力を行使してはならない。幽霊の存在を信じているというのは思想ではないけれども、信教の自由として保障されているという解釈になるのかもしれない」

「憲法に詳しいんですね」

「井上書記長は法学部じゃからな。アニヲタでドルヲタの癖して頭はよい。将来は悪徳弁護士になるらしいじょよ」

「違いますよ」

砕《くだ》けたムードにしようとする畠中隊長の言葉を、ぴしゃり、井上書記長は否定して、僕のほうを向き直りました。

「子供の頃からさ、アニメとアイドルとゲームが大好きだったんだ。だから中学くらいで、こっそり十八禁のエロゲもやるようになって。当然、親には内緒にしていた。でもある日、隠していたエロゲを見付かっちまって。

ひと昔前程ではないにせよ、今でもヲタ、イコール、サイコパス、幼女好き、犯罪者予備軍みたいなイメージが、根強くあるじゃない。幼女を監禁したりする事件が明るみになると、マスコミに拠《よ》って犯人の所有していたエロゲや同人誌が晒《さら》される。こういうものを好んでいること自体が問題なんだといわんばかり。

だから、心配した親は俺を病院に連れて行ったの。心理テストみたいなものを受けさせられた。俺は現実に少女を監禁しようとも思わないし、可愛い女の子を観ると悪戯《いたずら》をしようとも……偶《たま》に思わなくもないが……、それは飽くまで妄想であって、ボーダーラインは踏まえている。殆どのヲタってそうじゃん。だからとても屈辱だった。

エロゲを好きなことが健全だとは思わない。だけどさ、自分が好きなもの、夢中になれるものをそういうふうに否定されるのって、キツいじゃん。お前はダメな奴だといわれる分には構わないんだけど、お前が好きなものはダメだと決めつけられる歯痒《はがゆ》さを感じた——のほうが適切かな。だから、ヲタの気持ちが解る人間も一人くらいは司法にも必要だと思って、弁護士を目指すことにしたのよ。幼女誘拐シチュが表現の自由か否かを議論出来る弁護士ではなく、幼女を誘拐したい気持ちが痛い程解る弁護士――。昔から、暗記は得意だったしね」

「井上書記長は、日本国憲法を全文、諳《そら》んじられるんだよ」

後藤隊員がいう。

「スゴいですね」

僕は返しながらも、やはり晴れやかな気持ちにはなれない。これより先、どう第四世界民主連合の党員だという君――。北据光雪と付き合っていけばよいのか？　同じアパートに居住している限り、顔を合わすことは避けられない。

気味が悪いからといって、無視をするのは僕の流儀に反することでした。

どんなに最悪な人間であろうとも、些少《さしょう》、認めるべき部分を持っている筈《はず》だと僕は考えます。自分と余りに違う考え方だといって、反社会的な者だといって排除してしまうことは簡単だ。でも、相手の事情など全くお構いなしで、理解不能である。イコール、害悪と結論し、思考を打ち切るのは横暴――暴力と同等の行為ではないだろうか？

人間は別の者に対し、その心情を想像することが可能だから人間なのだ。異質なもの、立場の異なる者の事情を解釈する為に、僕達は経験を積み、知識を得る。赤ん坊は経験も知識もないから他人を思い遣れず、時も場所も考えずに泣くのでしょう。

だが、しかし……。

畠中隊長のいうように、アルバイトをし、資金を貯め、出来るだけ早く引っ越すべきなのだろうか？

考え倦《あぐ》ねていると、後藤隊員がいいました。

「自己防衛の為、スタンガンを携帯しておくくらいしか、今のところはないんじゃない？　被害妄想を持ってると、誰彼ともなく攻撃的になる場合があるっていうじゃない。いきなし、お前も公安のイヌだとか、悪魔憑《つ》きだとかいわれて、擦れ違う刹那《せつな》、ブスッと刺されないとも限らないし。貸しておいてやろうか」

僕は驚く。スタンガン——？　それって所持するのは違法ではないのか？

訊《たず》ねると、後藤隊員は微笑と共に解説します。

「スタンガンは護身用だったら所持していても構わないの。護身以外に使用したら犯罪だけどね。電流自体は数ミリアンペアだから殺傷能力はない。アキバでスタンガンや催涙スプレーなんかが充実してる専門店を知ってるから、連れて行ってやってもいいよ」

「後藤隊員は武器マニアでもあるのだよ。学内にはないだけでサバゲのサークルにも入ってるしね」

「エアガンのカスタムからオリジナルのスタンガン製作まで、御用があれば何でも引き受けるよ。それが俺の趣味だから」

自慢気に後藤隊員がいうので、僕は訊ねます。

「人を撃ちたいとは思わないんですか？」

すると、後藤隊員は当然のように応えます。

「思うさ。だって銃なんだぜ。銃は人を撃つ為のものじゃないか。でも井上書記長が現実の幼女に手を出さないのと同様、ちゃんとボーダーラインはひいている。それが出来なきゃ、持つべきじゃないよ。結局、俺はオコチャマなんだと思う。さっきの『AKB0048』でも戦闘シーンがふんだんに盛り込まれているじゃん。ああいうの観ると、高まりまくるんだよね。ぶっ潰《つぶ》せ、壊しまくれと、アドレナリンが出まくる。

気分が落ちている時なんかさ、意味なく、呪文のように、頭の中で、皆殺し——って呟いてみるんだ。そしたら、晴れる。偶に自分でも、ヤバいなと思うけれども、でも、俺はどんなに憎んでも人なんて殺せないんじゃないかな。蛙の解剖すら嫌だもん」

「僕は……嫌いとはいいませんが、そんなに好きじゃないです。爽快なのは理解出来てるつもりですが、相手がバンバン、射殺されていく映画やドラマって、一寸《ちょっと》、苦手です」

「じゃ、狩り系のゲームは？」

「余り好きじゃないです」

「そうなんだ」

「あ、でも、『どうぶつの森』は好きです」

「それ、狩ってないから……」

井上書記長と後藤隊員は、感心しながらも不可解そうに、返しました。

「変わってるね」

「そうでしょうか？」

「柊木は心底、平和主義なのじゃろ。第四世界さんとの付き合いに就いても信条は理解出来んといいながら話し合いで歩み寄れるならそれがベストみたいなこといったずら。まさに『どうぶつの森』——。しかし確かに、スタンガンくらいは持っておいたほうがええかもな。万が一もある」

「いりませんよ」

「まどマギのスタンガンならどうだ？　外見はマミさんのマスケット銃だがその実、スタンガン」

「そんなのも売ってるんですか？」

「俺が作ってやる。塗装も完璧に仕上げるよ」

「考えておきます」

「うむ」

「ところで先輩って何学部なんですか？」

後藤隊員は、身体を横に揺らしながら応えました。

「理工学部。だから機械いじりとかプログラミングとかが好きなのよ。自画自賛するがフィギュアだって、作らせたらカミよ。エアガンだってここだけの話、本物の銃と同様の破壊力のものだって、簡単に作れるぜ」

「卒業したら、何になるつもりですか？」

「はっきり決めてないけど、ハッカーにでもなろうかなと思ってる」

「もろ、犯罪者じゃないですか！」

いうと、後藤隊員は熱っぽく喋《しゃべ》り始めました。

「柊木――。時代は急速に変化しているんだよ。後十年くらいすれば、誰でも簡単なハッキングやクラッキングをしなきゃ生きられない時代になる。権力者は真実、知られたくない情報を厳重に隠す。だったら非合法に情報を得るスキルを持つしかないじゃない。

まもなく国民はIDカードの所持を義務づけられて、スーパーで何を買ったか、何時の電車にどの駅から乗って何処で降りたのかの情報すら、掌握される。防犯、治安維持という名の許、至る処に監視カメラが設置され、行動の全てが監視される。幽閉されているも同然だ。国がそうするなら、逆に個人が行政や司法に対しやり返して何が悪い？　もう既に個人情報なぞないのさ。情報のインフラ整備に拠って、ＤＮＡすらも国家が掌握する未来が訪れる。

国としては情報の採集と管理を先に企業にやられちゃったから、ＩＤカードで一気に巻き返したい訳。

国と国同士がやるものだけが戦争ではない。企業対企業の戦いも戦争になり得るし、国対企業の戦いも戦争になり得る。結果、大勢の人が巻き込まれ、殺される。

ＩＤカードを義務付けられた未来では、権力側に対し都合のよい人間だけが活かされる。洗脳を受けるんじゃない。そもそもＩＤナンバーのない国民を誕生させない――堕胎に拠り生まれてこなかった命にすらＩＤナンバーはこっそりと与えられる――から、洗脳を施す必要が、ない。権力側は自分達がプログラミングした人間のみを輩出し、エラーが出た場合、始末する。そのほうが効率がいい。ハッキングやクラッキングは、その状態への移行を引き延ばすささやかな抵抗のようなものさ」

「後藤隊員は『ラジオライフ』読み過ぎ。警察無線の傍受とか未だやってんじゃろ？」

畠中隊長のツッコミに、

「昔はやってましたけどね」

後藤隊員は、当然とばかり、首を縦に振ります。

「最近はもっぱら政府や企業のプログラムに侵入するほうがメインですよ」

畠中隊長は問い掛けます。

「最近、収集出来た真実の情報って、あるのかなもし？」

「大飯《おおい》原発の再稼働は協議ってことになってますが六月の稼働は決定だそうです」

「マジですかいな？」

「後、二ヶ月程経てば反対派が幾ら強硬に主張しようと動いちゃうんです。動かさないシナリオも用意されてはいるんですが、しかし、大飯原発は必ず再稼働します。政権を野党に委ねることになろうとも、大飯の再稼働の方が優先順位は高いんですよ」

「オヤシロさまの祟《たた》りでもない限り、再稼働中断は、にゃーってことずらかいね？」

「ですね」

オヤシロさまの祟りって、何だ？

疑問に思いつつも、どうせアニメのネタだろうと訊くのを止め、替わりに僕はいいます。

「殺伐とした世の中ですね。未来は暗い、というか何時《いつ》、第三次世界大戦が起こったって不思議じゃない」

すると、畠中隊長は論《ろん》を俟《ま》たないという調子で、いいました。

「起こったって仕方がないじゃにゃーよ。既に起こっておるのだよ」

どういうことですか――？

訊く間もなく、井上書記長が後に続きました。

「かつて冷戦と呼ばれるものがあった。脅威と脅威に拠って睨《にら》み合うだけの戦争。それでも軍事経済は発展させられた。

そして今は、表面上、解らない複雑な遣り方で、戦争が進行しているんだ。国を動かしている政治家や官僚すら気付かないような方法で……。

何の為に戦争をするのか。常に経済の為なんだよ。経済活動は戦争と同義といってしまってもいい。戦後の日本が奇跡的な復興を短期間に成し遂げられたのは、日本人が勤勉だったからじゃない。朝鮮特需で、漁夫の利を得たからさ。日本はもう二度と戦争行為に加担しませんといいながら、隣国の戦争でボロ儲けしちゃった。だからこの国は、本当はまるで反省していない訳。

ドイツが何故、ナチズムに走ったか？　鬼畜なヒトラーが一人、暴走したんじゃない。第一次世界大戦に敗れ、連合国からヴェルサイユ条約を結ばされ、当時のドイツは、到底払える筈もない巨額の賠償金を支払うことになった。従い、大インフレが国民を襲った。事態を打開する為には、もう一度、戦争をするしかない――。そんな選択肢しか持たない国のリーダーとしてヒトラーが選ばれたのは、ドイツ国民が愚かだったからとはいい切れないだろう。

戦争は早い話、奪い合う行為なんだよ。ないから取る。戦争をする理由はそれだけだ。憎いだとか、主義や主張が気に食わないとかは言い訳みたいなもんさ。結果、街が破壊され、人が死ぬ。相手を打ちのめして勝利することが目的なのであれば、柊木が苦手だという狩りのゲームと同様さ。

真に戦争がエグいのは、充分に持っている処から取るんじゃなくて、大抵の場合、奪うのが簡単な――つまり自分より弱い者から分捕ろうとすることさ。いっておくが、俺はナチスの肩を持つ気はないよ。でも、ヒトラーを担ぎ出さなくてはならない状況にドイツを追い込んだ方にも、ナチスを生み出した責任はあるんだと、思う。

話が逸れたけど、世界が慢性のデフレで経済硬直していることは誰もが知っている。もう、戦争をやるしかないんだ。眼に観えない形であろうと、少なくとも国家はそれより選択肢を持たない。そもそも国家とは戦争をやる為に組まれたプロジェクト・チームのようなものだ。国家が軍隊を持つんじゃない。国家とは軍隊のことなんだ。

恐らく、あれ？　もしかしたら戦争になってる？　と皆が気付く頃は、今、起こっている戦争に勝つ見込みがなくなり、負けが明白となった時だよ。

第二次大戦の日本だって、そうだっただろう。負けが込んできたのがあからさまになるまでは、大抵の国民が、正義の戦いだと思い込んでいた。

今、俺達が体験している戦争は赤紙で兵士が召集されることもない。爆弾や化学兵器が使われることもない。

武器が刀から銃、核、化学兵器へと進化してきたように、プログラミングへと移り変わっている。より大量に効率よく殺す――。武器の進化は常にこの一点のみを追求している。つまり、既に俺達は無自覚ながら、兵器として使用されているのかもしれないってことさ。命令する側にしても、自分が戦わされていることを悟っていない兵士の方が動かし易い。罪の意識なく自分の限界値まで果敢に戦闘し、敵を殺戮《さつりく》してくれるのだからね」

井上書記長は、そこで言葉を切りました。

僕は質問でもいい、何かいわなければと思いつつも、黙るしかない。

大袈裟ですよ、考え過ぎ――だなんて、いえやしない。

かといって自分が知らぬうちに殺人兵器になっており、戦争に参加しているという実感を持つことも出来ない。

僕は、くだらない質問であると解りつつ、井上書記長に訊ねました。

「その戦争――否、井上先輩がいうところの現在の戦争は、どのチームとどのチームが戦わされているんですか？」

井上書記長は応えます。

「解らない。敵なんて存在しないのかもしれない。仮想の敵を拵《こしら》え、血の気の多い国家が参戦している――可能性だってある。おかしな話だが、要は経済活動さえ活発になればいいのだから、戦争することを目的にした戦争が、この第三次世界大戦であると定義するのも可能だ」

畠中隊長が、重厚な口調でいいます。

「使徒《しと》――じゃよ」

「はぁ？」

「サードインパクトを起こし、人類を滅亡へと導く謎の生命体。であるからして、我々は、ATフィールドという心のバリアを張り、それで自身を守りつつ、人類補完計画で、敵に立ち向かわねばならないのじゃ」

「もしくはDES」

「何ですか、DESって——」

追随する後藤隊員に対すると、

「もう忘れたの？『AKB0048』に出てきた対立部隊じゃんか」

後藤隊員は、マシンガンか何かを構えて狙撃するゼスチャーを取りました。

僕は頰を膨らませ、不満の意を表明する。真剣に訊ねているのに……。

「おお、柊木隊員がお怒りじゃぞ」

「剝《む》け過ぎた松茸様の祟りがくるぞー」

「松茸目掛けて、エヴァ発進！」

からかわれながらも、僕の気持ちは、少し晴れる。

全ての戦争は経済の活性化を目的とする——。

なるほどと思いつつ、僕にはそれを詮議するだけの能力がない。井上書記長のいっていることは、決して解りにくいものでは、ない。しかし、戦争に対する感情的な嫌悪が僕の思考を鈍らせる。それは刷り込みなのかもしれないが、先《ま》ず、経済活動として戦争を不可避なものとして肯定する——ことが、仮定としても僕にはやれない。

でも早急に結論を出す必要はない。先輩達の意見に就いて考察せねばならないとは思うが、すぐに自分の立場を固めるべきではないだろう……。

何となく、気恥ずかしさのようなものから、意味なく腕時計に眼を遣り、

「それじゃ、僕はこの辺で」

三人に頭を下げ、リュックを肩に掛け、僕は、部室を出ました。

受講する講義は四限目からなので、まだ時間がある。

部室を出たのは、次の予定が迫っていたからではありません。余りにステレオタイプな自分自身の考えをこれ以上、露呈させたくなかったといったところでしょうか。

それでも……。直感として僕は平凡な思想を転倒させない。

戦争に就いて、僕は断固、反対だ。

でも、戦争を一体、僕はどれだけ真剣に自分に関わりのあることとして捉《とら》えているだろう?

そう、銃で撃たれなくとも、人は死ぬ。

棲む土地を焼かれなくとも、人は居場所をなくしてしまう。沢山の悲しみが憎しみに、姿を変えていく。

僕は――どうしようかと考えながら、お腹が空いたと、食堂を目指しました。

時間帯が微妙なのか殆ど人気《ひとけ》は、ありませんでした。

オムライスの食券を買い、食堂の調理場のカウンターに置く。白い制服のオバチャンが、「オムライスね?」と、訊く。

――「あの、大盛りって出来ますか?」、恐る恐る返してみると、「ないよ。そんなの」。にべもなくあしらわれる。

ブラック・マジシャンの称号を持つ畠中隊長にしか学食で大盛りのオムライスが食べられないとい

うのは、本当なのかもしれないなと、思う。

普通サイズのオムライスを食べ終えると、食堂を出て、広場のベンチに腰掛けます。

暇潰《ひまつぶ》しに、常に持ち歩いている、リュックからボロボロになった石川啄木の歌集――文庫本を出して、読み始めました。

我に似し友の二人よ
一人は死に
一人は牢を出でて今病む

驚いて、本から顔を上げました。

前に立ちその歌を諳んじた者がいたからです。

君――。

第四世界民主連合、代表党員、北据光雪でした。

「どうも……」

困ったと思いながらも無礼に当たるといけないので、頭を少し下げましたが、君はそのような社交辞令の言葉は発せず、

「啄木が好きなのか？」

僕の本に視線を落としたまま訊ねます。

小さなリボンの付いた白いノースリーブのワンピース。

この前と同じ服装でした。登山用と思われる大きなリュックを背負い、左手には以前配っていたの

と同様だと思われるビラの束を抱えています。

「ええ。北据さんも、ですか？」

訊ねました。すると君は、

「好きという程ではない。啄木の短歌は拙《まず》いから。でも今の作品には共感出来る」

そういい、

やや遠きものに思ひし
テロリストの悲しき心も——
近づく日のあり。

「これも、心に響く」

ページにない啄木の歌を告げました。

「座りませんか？」

ベンチ中央から少し右に、僕は寄りつつ、応答しました。

「またビラを配っていたんですか？」

「そうだ」

「疲れたでしょう」

「多少」

「ならば、座ればいい」

君は表情を変えぬものの、誘いにとても、戸惑った様子でした。

「私と親し気に話すと勘繰られる。あの新入生は第四世界民主連合に入ったのだと誤解され、誰もが貴方と距離を保つようになる」

「気にしませんよ。それより、二首も暗記しているというのに啄木が好きでないという理由を知りたいですね。あ、そのビラは受け取ってもいいですが、グループに入るつもりは全くありませんので、勧誘はなしですよ」

促すと、口元は動きはしませんでしたが、一瞬、眼鏡のレンズの向こうの君の瞳の奥に閉ざされた白い光が、解放なされ有機的——人間的な——動きをみせた気がしました。

ゆっくりとした動作でリュックを下ろし、君は一人分の間隔を開け、僕の左に、座ります。

「好きではないが嫌いという訳でもない。特に興味がある歌人ではなく、私は只、彼の短歌は余り上手いものではないという事実を告げただけだ。しかし或いはそこが、大衆向けなのかもしれない。しかし、私の意見はさほど参考にはならないだろう。私には文学というものが全く、解らないから。只、今の二つは憶《おぼ》えている」

「どうして興味ないんですか？」

「私見的過ぎるからではないだろうか。非科学的といい換えても、よい」

「僕は好きですよ。何時《いつ》もこの文庫を持ち歩いています。一首に出逢って以来、一番好きな歌人になりました。文学部に入ったのも啄木を深く知りたかったからです」

君が、訊ねます。

「貴方の一番好む作品は？」

「うーん、これかな」

僕は文庫本の頁を捲《めく》り、指差しました。君は覗き込む。

人ありて電車のなかに唾を吐く
それにも
心いたまむとしき

「そして、これも……」

かなしきは
飽くなき利己の一念を
持てあましたる男にありけり

「この歌がきっかけで、僕は啄木を好きになったんです」

「やはり拙い。特に人ありて——非道《ひど》いものだ。しかし、二つ目、かなしきは——それには私も多少、感化を受ける部分がある」

本に眼を遣るのを止め、君は顔を上げます。おかしな座り方だ——と、僕は思うが、何が妙なのか解らない。しかし、そのうちに気付く。禅問答をする者かのよう、余りにもしゃきっと背筋が伸び過ぎている。談話に興じる時のものでは、ない。

「文学が解らないといいましたけど、それじゃ、余り本は読まないのですか？」

君はやはりきちんと揃えられ、直線を目指す自分の両足の膝辺りに視線を移すと、記憶の糸を手繰《たぐ》るように、応えていきます。

「小説や詩は余り読まないが、読書自体は昔から習慣になっている。文学はまどろっこしくて、どうにも苦手なのだ。どうしてもっと明瞭、且《か》つ論理的に、思いの丈《たけ》を記してくれないのか。その意図を、想像しかねる。

嗚呼、しかしドストエフスキーだけは例外だ。『悪霊』、『未成年』、『白痴』はいい作品だと思う。『罪と罰』は駄作だろう。私がよく読み返すものといえば、ショウペンハウエルの『幸福について』──マルクスの『資本論』、それと──ルソーの『人間不平等起源論』辺りだろうか。

だからといって私の目指すものは彼らの目指したものとイコールではない。ショウペンハウエルに関しては仏陀とエックハルトを基軸に論考がなされる。エックハルト的なる要素には納得がいくが仏陀を原点とした東洋思想への傾倒には素直に頷けない部分が多々あるし、『資本論』には論理に矛盾をきたす部分が数多く見受けられる。『人間不平等起源論』に関しては富や血統、力により全ての人は先《ま》ず悉《ことごと》く不平等に生まれて来るからこそ理念により平等を勝ち取る必要があるという記述に対し、私は共感を覚えるのだが行動に至るプロセスは粗暴に思える」

まるで独り言のようでしたが、そこまでいうと君はこちらを観ます。

かなり眼が悪いのは既に察しているが、眼鏡そのものの度が合っていないように見受けられる。だから常に焦点を定めるのに苦労し、眉間に皺を寄せ、険しい表情を作るのではないか？　そういうことをしなければ、そもそも整った顔立ちなのだ。後藤隊員も、いっていた……。

「話しながらで申し訳ないのだが……」

「はい」

「昼食を摂ってもいいだろうか」

許可すると、君はリュックから水筒、次に赤いプラスチック製の楕円形の弁当箱を出し蓋《ふた》を開いて食べ始めました。

窺《うかが》えば、殆どがご飯で後はウィンナーとゆで玉子と沢庵という粗末《そまつ》な内容。

盛りつけも至って雑でした。

「ルソーは『社会契約論』の中で全ての人間が富も身体的特性も含む一切の権利を共同体に譲渡することによって個人の為の正当な国家が形成されると断言する。ならば資本主義を否定するべきか。確かに私は資本主義を否定する。中華人民共和国建国時、毛沢東《もうたくとう》が掲げた政策とプロセスをして――。ウィンナーはどうだ?」

「えっ? ウィンナーですか? それは……。よく、解りません」

「解らないという答えはない筈だ。好きか嫌いか。必要か不必要かのどちらかだろう」

「だって毛沢東がウィンナーを好きだったかどうか、見当が付けられないです」

「そうか」

君はいう。

「話の途中で異なる話題に移行したのが誤解の原因となったようだ。毛沢東がウィンナーを好きか嫌いかを問うているのではない。貴方は私の弁当に関心がある様子だった。だからお腹が空いているのかと思い、ウィンナーくらいなら分けてあげてもいいと、欲しいか否《いな》かを訊ねたのだ」

僕は己の勘違いに思わず苦笑いしてしまいました。

そりゃ、いきなしウィンナーを食べたいかと訊くのも妙だが、毛沢東がウィンナーを好きかどうかを質問するほうがもっと妙だ。科学的ではない。少し考えれば解りそうなものでした。

「何がおかしいのだろう?」

君は先程とは異なる、不審な面持ちを僕に向ける。

子供が大人の態度を不可思議がるように――。

「否《いや》、思い出し笑いです」

僕は誤魔化します。

「さっき食べたばかりなのでお腹は空いていません。有り難うございます」

「全て私が食べていいのか？」

「はい」

「では何故に、じろじろと私の弁当を物欲しげに観ていたのか？」

「観ようと思って観た訳ではないんですが、北据さんがどういうお弁当を作ってきているのか多少、関心があったというか……。自分で作ったんですよね？」

食欲をそそり難き、君の弁当箱の中身を観ながら、訊ねます。

「簡単なものしか作りはしないが。美味しくはないが不味《まず》くもないだろう。疑うのなら食べてみればいい」

君は一口サイズの、切れ目すら入れず、そのまま焼いただけのウィンナーを片方の箸でブスリと刺し、僕の顔の前に突き出しました。

焼いたのみのウィンナーに美味いも不味いもあるものか――。しかしこういう場合、頂くべきだろう。

僕は眼の前のウィンナーに、齧《かじ》り付きました。

少し、不味い……。

油をケチり過ぎている。

「喉が渇いたので、お茶、買ってきます」

生協の前に置かれた自動販売機に向かおうとすると、

「これでよければ」

君は水筒から、お茶をキャップ部分に注いで渡してくれました。

お茶もまた微妙な味でした。やけに薄い。辛うじてお茶の味がする水といったところ。

それでも口内を洗浄するには充分だったので、僕は飲み干しました。

「ウィンナー、美味しかったです」

「うむ」

君は安堵の表情もみせなければ、嬉しそうな素振りもみせない。

世辞をいっているのが丸解りなのかと焦《あせ》り、

「お茶も美味しい」

重ねると、

「このお茶が美味しい筈がない。茶葉を節約しようとみみっちく、出来るだけ薄くしてあるから。本来の味ではない」

返されてしまいました。

「何時も、お弁当なんですか？」

「お金がないから。貴方もあのアパートに入居したということは、得られる生活費がそんなにないのではないだろうか？」

「その通りです。地元の大学に行けという親の意見を振り切って、東京のこの大学を受験しましたから。最低限の仕送りしか受けていません。余裕があるような家庭でもないですし」

僕が応えると、

「ならば確かに学食は安いが弁当のほうが遥かに経済的だ。同じアパートに棲む誼《よしみ》、自分で作れないというなら一人分も二人分も同じ、私が毎日作ってあげてもいい。但し材料費と手間賃が掛かるので、一回につき最低、三百円は欲しい」

君は、提案をしてきました。

金、とるんか！　ツッコミを入れたくなりましたが、知り合ったばかりの、只、同じアパートの住人同士。無償と考えるほうがおかしいと、僕は思い直す。君が料理が好きで堪《たま》らず、誰彼構わず、手料理を振る舞いたいというような性質でないのは明白だ。

しかし、ウィンナーすら不味いのです。

そんな弁当に三百円出すならば、少し不経済でも学食か大学の近所の安い定食屋さんに行きます。行かせて下さい。

僕は申し出を、やんわりと断りました。

「いい思い付きだとは思うのですが、お弁当が必要な日と必要でない日が出てくるし、北据さんにしろ、作りたくても作れない日があるでしょうから、僕の都合で北据さんを拘束するようなことになると申し訳ないですよ」

「気にする必要はない」

「それにです。もし食べるつもりでも、何らかの理由——例えば、急に友人に誘われ、一緒に学食などで昼食を摂らないとならないこともあったりすると思うんですよね。そんな時、手を付けていないお弁当を返されると北据さんとしてもいい気がしないでしょう。一生懸命作ったのに甲斐《かい》がないというか」

「そのような場合は、誰かに売ればいいではないか。学内には多くの学生がいるのだ。誰か買うだろう。学食は安いとはいえ、一番低いものでも四五〇円だ。学食で食べようとする者にもし四百円で売れば、貴方は百円、儲かることになる」

こんなみてくれから不味そうな弁当、誰も、買わないと……思う。

またも、ツッコミを発したくなりましたが、

「今日は食べなかった、一口も手をつけなかったからと返されても困るのだ。作る手間は同じながら材料費は掛かる。返品されても私は貴方に三百円を戻すことが出来ない。私も生活費に余裕がないのだ」

尚《なお》も君が提案を取り下げないので、僕は弁当から話を逸らしたく、

「こんなふうに話していると、周囲からは恋人同士にみえるかもしれませんね」

と、いってみました。このような申し出をされるくらいなら、まだビラにある組織への勧誘の方が、いい。毅然と、関心がない、却下しやすい。

君は、苦し紛れの僕の脱線に、

「そうかもしれない」

特に照れる様子もなく、否定もせず、また、毛沢東に就いて語り始めました。

「かつて中華人民共和国建国後の毛沢東はマルクス主義とレーニン主義を踏まえた共産主義を中国に移植しようとして、失敗した。政策は結果として国全体の経済活動を脆弱《ぜいじゃく》にした。全てが共有財産であるならば、普《あまね》く国民は公務員であり、同様の賃金でそれぞれに振り分けられた仕事、職務をこなさなければならない。だが実際には同じ時間だけ同じ労力を以《もっ》て働いても多くの利潤を産む者とそうでない者の差が生じる。有能な者は不公平を感じる。だからして共産主義は労働意欲を喪失させるものであると批判されることになるのだが、共産主義というものは本来、資本主義を否定するものではな

いのだ。マルクスも資本主義を否定した訳ではない。資本主義は熟成した後、行き詰まる。その結果、共産主義に移行するしかないと唱えたのだ。

共産主義が資本主義を包摂する時、世界はより高次の幸せの可能性を獲得する。完全なる資本主義など存在せず、また完全なる共産主義も存在しない。かつての共産主義革命が失敗に終わったのはそのことに気付けなかったからだ。

革命・解放という名目の許、毛沢東は国共内戦に於いて、夥《おびただ》しい犠牲者を出した。FORCEでの革命はやがてまた新たなるFORCEによってその座を奪われるだろう。私達はPOWERによって世界を変革せねばならない。それは似て非なるもの。如何なる理由があろうと人は人を傷付けてはならない。殺してはならない。憎しみと怒りの連鎖からは後悔しか生じないのだ。資本主義にしろ共産主義にしろ、それは人類の幸福の為に発明された方法論だ。憎しみや怒りの土壌にどんな優秀な種を蒔こうが、その種から幸福が萌芽する筈もない」

パン！　パン！　パン！　パン！

長い語りにブレスを入れ、更に君はまだ語ろうとしましたが、それは乾燥した幾許《いくばく》かの炸裂音によって途切れてしまいました。

音と同時に、君は弁当箱を宙に放りベンチから転げ落ちる。

どうしたのだと思う間もなく僕も蹲《うずくま》りました。肩と腹部に何かが当たった激痛。痛みは一瞬でしたからすぐに体勢を戻すことは出来ましたが、一体何がどうしたのかまるで見当がつきませんでした。

君も起き上がり、散った弁当の中味を弁当箱に拾い集めます。

「すまない」

君は謝りました。

「私が標的であった筈なのに、巻き込んでしまった。怪我はないだろうか？」

「北据さんこそ……」

君は額から血を流していました。

「私は慣れている。やはりこんな目立つ場所でベンチに腰掛け話していたからだ。貴方も私の仲間に思われてしまった」

「第四世界民主連合ということですか？」

「そう」

「対立組織かなんかですか？」

「否、悪戯だろう。只の空気銃だ。殺傷能力はない。私達の敵は国家であり私達も含めた人類が構築した社会システム。対立する組織はなくもないが彼等はこんな場所で武力を行使しない。第四世界民主連合をよく思っていない者達の憂さ晴らしのようなもの。多分、正面の校舎の窓から狙撃したのだろう。まだ狙っている可能性はある。私から離れて」

君は僕にベンチから離れるよう指示し、自分を狙撃する者がいるらしき正面の校舎に向かい歩き始めました。また音が鳴る。

パン！　パン！　パン！　パン！

弾が顔に命中したのでしょう。再度、首を捻《ひね》り君が転倒する。

付近には数名の学生がいましたが眺めるのみ、誰も近付こうとしません。

僕は君に駆け寄りました。

「来てはいけない」

三度目の攻撃が開始され僕は庇《かば》ったけれども一発は君の眼鏡を吹き飛ばし、その後の一発は右眼を直撃しました。

「誰だ！　出てこい！」

僕は周囲に向かい、大声で、怒鳴《どな》りちらしていました。

「卑怯だろ！」

今まで感じたことのない、全身の血が逆流する程の激しい怒りが、僕を震えさせる。

広場の芝生の上に姿勢を崩し倒れてしまった君の姿は、うららかな日差しを浴びる昼の冗長なキャンパスの風景とは、余りに不釣り合いで、とても滑稽なものであるだろう。

それ故、小さな怪我を負わされた君が、あからさまに惨《みじ》めなものとして映る。君の動作も僕の声も、下手糞なコントの練習のようにしか響かない。空気銃とはいえ、複数発、命中させられ、血を流している者が、確実に視線の先にいるのを大勢の同じ学舎に集《つど》う者が目撃しているのに、群衆より、一名のか細い悲鳴すら上がらない。

空気銃での狙撃者が複数であるのは、一時に発射される弾の数の多さと、その微妙に異なる射撃角度から容易に見当が付けられました。しかし犯人らしき集団の影すら見付けられません。

そういえば先程、後藤隊員はエアガンも自分の趣味であるといっていた。

まさか犯人の中に、先輩が……？

広場には桜の樹が植えられている。

僕は狙撃の死角となるよう、その後ろに君を連れて行きます。

右の瞼《まぶた》が腫《は》れ上がっていました。

三限目終了のベルが鳴り、押し出されるよう、校舎から退出する学生が、溢れ、広場の周囲は先程より人口密度が増す。

もうこの状況での狙撃はないだろうと思った僕は、君を医務室に連れて行こうとしましたが場所が解らない。

訊いたけれども、君は教えませんでした。

「大した傷ではない」

「出血してる。眼にも当たったじゃないですか」

「よくボクサーは殴られて額を切る。この場所は切れ易く派手に血が出る。偶《たま》にデモなどで警官隊と衝突することがある。これくらいの傷なら慣れている」

「だけど……」

「一人で医務室くらい行ける。それに柊木君、貴方には四限目の講義があるのではないか？　ないとしても……」

君はすぐに眼鏡を掛け直す。幸いにして、飛ばされた眼鏡に傷はありませんでした。

せめて医務室に入る手前まで一緒に付いていきたいと僕が強情に言い張るので、君は折れました。

弁当の中味は回収出来たものの、君が傍《そば》に置いていた大量の第四世界民主連合のビラは、芝の上に広く散乱したままでした。掻き集める手伝いを僕はする。ビラを君に渡し、それを入れたリュックを僕が持ち上げると、君は「それほど大袈裟な損傷はないといっているではないか」――、怒ったような調子でリュックの返還を求めるので、僕は君の登山用のそれから手を離すしかない。

医務室は、旧学会館の一階の一番端にありました。

「本当にもうここまででいいから」

「解りました」

「百害あって一利なしという諺《ことわざ》を知っているだろうか？」

「ええ」

「なら、どうして柊木君は私を助けようとする？　まさにその諺通りなのに」

「一つ小さなことを見逃してしまうと、諦《あきら》めたり妥協してしまうと、次もまた同じことをしてしまう。そんな気がするから」

「もし、相手が今日のように遊びで狙ってきたのではなく本気で、そう、例えば包丁を振りかざして向かってきたならば？」

「それは……。解らないですね」

「どうして解らないのだろう？」

「……」

僕は応えられない。

凶器を目の前にしたら本能的に怖気付《おじけづ》くだろう……という当然のことが、口に出来ない。

君はしかしそれ以上、問《と》い質《ただ》すをせず、医務室の扉をノックして中に入って行きました。

森閑《しんかん》とした廊下を引き返します。

「有り難う——。柊木君」

君の声がした気がした。

あれは空耳だったろうか？　あの時僕は、振り向くことをしませんでした。

「俺はしないよ！　そりゃ、装備を着用していれば別ね。そういう、悪戯や憂さ晴らしで本当に、無防備な人間を標的にする奴等《やつら》は、武器ヲタの俺達にとっても、迷惑この上ない存在なんだよ。奴等のせいで規制はどんどん厳しくなるし、俺達は肩身が狭くなる。戦争に憧れ、美化する危険なテロリスト予備軍だと誤解されてしまう」

翌日、僕は後藤隊員を呼び出しました。

畠中隊長に後藤先輩と至急連絡がとりたいことがあるので電話番号かアドレスを教えて下さいとメールで頼んだら、隊長は後藤隊員のそれを、早速送ってくれました。

「人に向けてエアガン撃つ奴等は陰湿だよ。彼奴等《あいつら》は第四世界さんが宗教にしろ政治団体にしろ実際には無力なことを知っている。気色悪いと怯《おび》えてはいるけれど、少なくとも仕返しをしない存在であるのを心得ている。俺も見掛けたことがある。彼女は何時も大抵、この広場付近にいて歩いている人や食堂に入る人にビラを配っている。そこを狙撃する。第四世界さんは負傷しても、大学の運営に歯向かっている人だ。助けを求めるようなことはしない。打ってつけのターゲットなのさ」

「彼女も敵対する組織の仕業ではないといっていましたが」

「まさにゲームとしてやっているのさ。嫌なゲームだよ。柊木はモンハンすら嫌だといったが、そんな戦う意思のないものを甚振《いたぶ》るだけのゲームは俺も大嫌いだ。否、ゲームである必要最低限の要素をまるで満たしていない。

でも奴等はこう思っているのさ。何をしでかすか解らない危険分子は、何かをしでかす前に排除するべきだとね。否、排除しても問題がないと考える——といったほうが正しいかな。だから、弱い者苛めをしているという自覚がない。理解出来ないものを攻撃することは正義と思い込んでいる。異端にはどんな残酷な手段を用いようが構わない、魔女狩りのロジックとでもいうべきかね」

「彼等は彼等で恐れている訳ですよね、北据さんのことを……」

「それはそうなんだが、俺は奴等を外道《げどう》だとしか思わないね。恐らく奴等はどんなに第四世界さんに対してそのような感情を持っていたとしても一人では何も出来ない。大人数ではない数名の烏合《うごう》の衆だろうけども、集団であるが故に奴等は暴徒となるんだ。空気銃で人は殺せないけれども、仮に殺せたとしよう。殺してしまったとしよう。すると、きっとこういう。

俺のせいじゃない、最初は本当に他愛無い悪戯程度の筈だった。自分でも解らぬうちに、皆と繰り返していると徐々に行為がエスカレートしてしまった。事故みたいなものだ——とね。そうして内心、こうも思うんだ。運悪く加害者になってしまった俺自身が、一番の被害者だろうと」

後藤隊員は特別なことでもない限りジャージでいる。

大抵はadidas——。なのに靴は革靴。正確には革にみせかけた合皮の靴。

ハンサムなのにちぐはぐさが、その要素を台無しにしている。

今期、一番好きなアニメは『アクセル・ワールド』というバトル系作品らしいが、秋から放送を開始する『ガールズ&パンツァー』をとても心待ちにしている。華道や茶道のように戦車道というものが女子の嗜《たしな》みとしてある世界での戦車に乗る女子高生達の物語だそうだ。

「後藤先輩はやらないですよね。巻き込まれたショックで動転しちゃいました。でも、関わってなくて良かった」

「お前から、早急にどうしても二人きりで話がしたい、それも秘密裏に——と、メールがきた時には驚いたぜ。もしかすると、愛の告白？　柊木ってそっちだったのかって。——でも、訊ねたくもなるわな。俺達がまだ柊木のことをまるで知らないのと同様、柊木だって俺達のことを少し見知っただけに過ぎないんだから。俺に関しては『ラジオライフ』を愛読する盗聴マニアで武器マニアのサバゲ・ヲタというくらいしか、柊木はまだデータを持っていない」

「すみません」

「いいってことよ。実際、俺という人間はそれ以外の何者でもなく、それらの属性を取り除けば、残るものなんてないんだからさ。推測するに、お前達を狙った銃はマルイのライフルだろう。射程距離と威力からして、カスタムが施されている可能性が高い。奴等の中にそういう技術を持った俺みたいなエアガン・ヲタがいるのかもしれないな。ま、俺ならもっと本格的なものが作れるんだが。しかし、柊木──」


僕達は狙撃された広場の桜の樹の下にいました。

広場の端、生協に近い南側に植えられている、桜の樹。

背の低い、やや貧相な枝ぶりの樹なので、さほど美しくなく、入学してきた頃、まだ花は固い蕾《つぼみ》のまま、開いておらず、地味な皺だらけの肢体を曝《さら》け出しているばかりだったもので、僕はこれが桜であることにすら気付けなかった。だけども、ようやく新しい大学生活にも多少、慣れ始めたこの時期、樹は、枝の先々をちらほらではあるけれども小さく薄紅色の花弁で彩らせ始め、自身が桜の樹であることを顕示し出している。

後藤隊員が関わりを持っているかもと疑ってしまったので、畠中隊長や井上書記長に話を聴かれないほうがいいと、僕がここを待ち合わせ場所に指定したのでした。

「お前、スゴい観られてるぞ。もはや、昨日の件でお前も第四世界さんサイドと思われてるな」

後藤隊員にいわれ、初めて僕は遠巻きに、冷やかに、こちらを眺めている人達がいることに気が付きました。

見遣《みや》ると、顔がぎりぎりに識別出来る程の距離でこちらを向いている相手は、さっと眼を逸らす。

「かもしれないですね」

昨日、狙撃の的となった片割れがその現場にまたいることが興味を惹《ひ》いているようでした。

平常を装《よそお》い僕が返すと、後藤隊員は、

「お前、今回のことで四年間、ずっと学内でボッチ確定だぞ。良かったな、アニメ研に入っておいて。俺達はお前が第四世界さんを好きになろうと、どうしようと、面倒なことに巻き込まない限り、仲間として付き合ってやるから」

僕の肩に、ぽんと手を置きました。

「何ですか、それ。ボッチはまぁ、おくとして、好きとか嫌いって」

「嫌いとはいっていない。柊木、お前が第四世界さんを好きになってしまったとて、仕方あるまい。あのテのクーデレには俺も些《いささ》か、萌えるからな。想像するんだろ？　第四世界さん——北据光雪がお前を裸エプロンで迎えてくれる至福を。お前の為だけにネコミミメイドになる彼女を！」

どうやら後藤隊員は猥褻《わいせつ》なことを口にすると、声を大きくする癖があるようでした。

「しませんよ」

僕は否定しますが、更に後藤隊員は声を張り上げます。

「おまけに眼鏡っこ！　バリ封、そして、朝のゴミ捨て場とここでの事件。完全にフラグは立ったしな。で、彼女のほうはどうなんだ？　お前の勃ってしまった剝《む》かれ過ぎの松茸《まつたけ》を、もぐもぐしてくれそうか？　エロいぞ、柊木。朝のゴミ袋はお前のティッシュで一杯だ！」

「おかしな勘繰りは止めて下さいよ。僕も他の人達同様にあの人には迷惑してるんですから。まるで思考回路が解らない」

「解らないってのは解りたいってことだぞ。やはり柊木、お前は彼女に恋をした！」

「そんな揚げ足……」

「彼女は多分、お前が考えているより向こうにいっちゃっている人だぞ。ガチで……。知らないぞ。撤退もまた勇気なりけり。彼女でオナニーをするだけなら、悲劇は誕生せぬ……」

背後から、突風が吹きました。

眼前に庇《ひさし》のように垂れ下がっていた枝の先から、一抹の花弁が舞い、僕達の前を旋回して、宙に消えていきました。

後藤隊員は調子を下げて、言葉を続けました。

「先輩としては、その恋が成就しないことを願わずにはいられない。広場に咲く桜、枯れることのないこの桜の樹が、こうして前に立つ男女の恋を、成就させる不思議な力を持っていようとな」

「そんないい伝えがこの桜にはあるのですか？」

「ないよ」

「……」

「あれっ？　柊木は『D.C.〜ダ・カーポ〜』すら知らぬの？」

「また二次元ネタですか」

「うん」

僕は政治や宗教に興味を持たないし、君が常に問う本当の幸せに就いて、真面目に考察しようとしてみたこともない。

だって幸せの価値観なんて人それぞれじゃないか。議論したところで何になる。

自分が幸せだと感じる人が多くなる程に、己の幸福感を増すことが出来る人もいるだろう。そのような人が、他人が不幸になる程に自分の幸せを噛み締める人よりも尊敬に値するのは確かだ。かといって、普く人間の幸福を願う心情に達するべく努力しなければならないと強制するのは、行き過ぎた、独善的ともいえる行為ではないだろうか？　こんな考えを君は軽蔑するでしょう。利己主義を超え、もっと幸せの本質に就いて広く、深く、学び、思索するべきだと対話を求め、議論を挑んでくることでしょう。

知識を得ようとするのは、より優れた社会的貢献の為の公正な判断を欲するが故だと君は考える。その意見には賛同出来ます。ですが、理想と現実の間にはそんな綺麗事では越えられぬ壁が存在している。

物質的な豊かさは生活を色鮮やかにするが、人生を、魂を充足させるものではないと悟りつつも、でも、僕はお金に固執《こしつ》するし、地位や名誉に無頓着になれやしません。

わざわざ実家を離れ、東京の大学を受験したのは、ここで学びたい、ここでなら自分が望む教養が取得出来るとの思惑があったからだけれども、世間的に認知度の高いこの大学を出れば、就職するに有利だとの狡辛《こすから》い計算もなかったとはいいきれない。まだ、将来に何がしたいのか、僕に具体的な考えはないけれど、どうするにしろ、有利なスタートラインに立っていたほうが都合よいだろうと思ったことは否定し難い。

先輩達は、もはや僕達は既に戦争に巻き込まれているのだといいました。最初は戸惑ったけれど、そうなのかもしれないと、徐々に僕は思い始めている。だけども、実感を得られぬからか、未だ無感覚なままで僕はいる。仮に戦争が起こっているのだとして、それで利益を得るのは一体誰なのかにも、思い当たれない。

僕は戦争を知らない。真の貧困も、差別も、悲しみも、憎悪も、僕は、知らない。

後藤隊員のいう通り、もうこの時期、僕は君に必要以上の関心——否、感情を抱いてしまっていたのかもしれません。この時はまだそれを否定しようとしていた。

でも、僕は何時の間にか君に惹かれてしまっていたのだ。

君を特別に想い、そして君から特別な存在として想われたいと願ってしまっていたのだ。

運動会や遠足など学校の行事以外では女子と手すら絡《つな》いだことなき、童貞……剝かれてなぞいないのだ！　――の僕が、そのことに気付くにはまだもう少し時間が必要でした。


後藤隊員に警告を受けたその日の夜、僕は君の部屋で鍋――水炊きを二人でつついていました。

「柊木君――。恐らく貴方のスタンスはリバタリアニズムに近いのではないだろうか。

『自由論』のミルふうに述べるならば――自分達の意見を真理であると仮定することを許す条件は自分達の意見に反論し論破する完全な自由が存在すること。つまり〝ワタシ〟がどんな思想や主義を持っていようが赦されるのは〝アナタ〟にもどのような思想、主義を持つことが赦されているからである――ということだ。

唯一、例外を挙げれば〝ワタシ〟の思想の自由を〝アナタ〟が強制的に奪う時にだけ自由の契約と尊重は破棄される。しかしそれはまたこう解釈することも出来る。〝ワタシ〟は自由の契約の許〝アナタ〟の思想や主張を自分のそれと同等に尊重するが〝ワタシ〟には〝アナタ〟の自由を奪ってもいいという自由もまた存在すると」

学校からアパートに戻りインスタントラーメンを作って食べようとするとガスがつかない。

何故だろう、ガス会社に電話をすると表にガスメーターがある筈なのでガス栓を閉め、メーターの黒いキャップを外しボタンを押してくれといいます。赤ランプの点滅が一分続くので点滅が終わればガス供給が再開される筈。しかしいわれた通り処置を施してもずっと点滅したままガスは出ませんでした。どうしたものか、お腹を空かせながらメーターの前で悩んでいると、君が通り掛かりました。

「ガスが出ないのだろう。このアパートではよくあることだ。何度かガス会社に調べて貰ったが理由がまるで解らない。そのうちに復旧するから、我慢するしかない」

「北据さんの処も止まっている？」

「恐らく」

「困るでしょう」

「特には」

「ガス、使わないんですか？」

「カセットコンロがあるので、暫時《ざんじ》は凌《しの》げる」

電気ケトルは持っていましたが、生憎《あいにく》、カップ麺のストックはなく、調理せず食べられるものは冷蔵庫に生卵とメンマがあるくらい。コンビニまでは徒歩十分。面倒だと思っていると、ぐう……お腹が鳴りました。

「夕食をすませていないのか」

「ラーメンを作ろうと思っていたので」

「私は今から食べる予定だ。簡単な鍋だけれども……。よければ、一緒にどうだろう？」

「鍋をですか？」

「そう」

「それは……。厚かましい」

いうと君は、不思議そうな顔をしました。

「困った時はお互い様だ。それに私は柊木君――貴方に恩義を感じている。昨日、あのようなことに巻き込んでしまったので」

ゴミ置き場で逢った時と同じ臙脂色のジャージ姿、纏《まと》めた髪を太く緩く三つ編みに結っている。銭湯に行った帰り――アパートに風呂はない――だったのか、立ち話をすることになった君から、僕は微《かす》かな石鹸の香り――無機質だけれど、とても清潔な、若くて白い純潔の香り――を嗅ぎ取っていました。

後藤隊員にいわれた言葉を思い出す。

おかしな胸の鼓動がすることを意識しなければならない己の邪《よこしま》さを、恥じ入る他ない。

「それは気にするべきことではありません。もし北据さんに原因があったとしてもああいう遣り方はよくない。全く面識がなかったとて、僕は同じように振る舞ったでしょう。北据さんが第四世界民主連合かどうかなんて関係ない」

「柊木君は第四世界民主連合の活動を何処まで知っているのか？」

「殆ど知りません。その活動内容が学内で非常に不審に思われているが故に迫害の対象としてみられているというくらいしか。この前の封鎖のような抗議活動を繰り返していること、銅像の首が捥《も》がれた事件の犯行声明を出したこと……。それくらいですね」

「新入生にしては詳しい」

「一寸《ちよつと》した事情からアニメ研究会という部に入部したんです。第四世界民主連合のあらましはそこの先輩達が教えてくれました」

「そして釘を刺された。私とは関わり合いにならないほうがいいと」

「ですね」

頷くと、君は、当然のように、

「ならば仕方ない」

納得をするのでした。

僕は、余りに簡単に君が引き下がったもので、不意を突かれたような心寂しさに、慌て、君が会話を終了して自分の部屋に戻ろうとすることを引きとめようと、する。

「否、そういう理由で厚意《こうい》を無下《むげ》にするんじゃないんです。北据さんは同じアパートに棲む同じ大学の先輩であり、既に顔見知りです。その事実は曲げられない。ですから、挨拶もするしこうして会話も交します。只、こんな夜に同じ建物に居住しているとはいえ、一人暮らしの女性の処にご飯を食べに上がり込むのはいかがなものかと」

「それを口実に、卑猥《ひわい》なことを目論《もくろ》む己《おの》がリビドーを抑え切れないということか？」

「否、しませんよ。しませんけれどね」

辞退はやましい気持ちがなくても常識。しかし君には上手く伝わらないらしい。

僕は鍋をご馳走になることにしました。

厚意からの招待を不実な理由で断ったと思われるのは心外でしたし、第四世界民主連合への勧誘をしないとの約束も取り付けたので。

君の部屋は僕の部屋と同様に古い年月のせいで擦り切れ、雨などが原因で波打った畳敷きの六畳でした。

入ってすぐの処にトイレがあり形ばかりのキッチンがある。僕の部屋と大体、同じ造りだ。

窓は黒い寸足らずの遮光カーテンで閉じられていました。

開かれたままの押し入れの上段には沢山の本が並べられています。下段には寝具。部屋の中央には年季の入った卓袱台《ちゃぶだい》が置かれていました。散らかっている訳ではないけれど、全てのものの彩色は乏しく可愛いものなぞ一つもない。

キッチンの横に立て掛けられた白い小さな鏡台《きょうだい》だけが唯一、女子が部屋の主であることを説明しているようでした。

しかしながら、その上に化粧品らしきものは見当たらず、ヘチマコロンのボトルがティッシュケースと共に地味に佇《たたず》んでいるのみ。

「水炊きといえキャベツとネギ、豆腐くらいしか入っていない。鶏肉も一番安いもの」

君は僕に卓袱台の前に座るよう促すとカセットコンロを持ってきて、姿勢良く正座し、土鍋で水炊きを作り、

「どうぞ」

取り鉢——薄緑色のプラスチックの湯呑み茶碗だった——に、汁と野菜と肉を煮込んで溶けた角砂糖のように不格好の豆腐と共によそって渡してくれます。

「一人分しか用意がないんじゃないですか？　申し訳ないな」

君が正座で座っているので、気後れして僕も胡座《あぐら》より正座に直そうとするけれど、君のように粛然とはやれない。

君のそれは単なる正座というよか弓道の人達の跪座《きざ》に似ている。静かな佇まいの中に凜《りん》とした緊張感が内包されている。

「後で麺をいれるからそれで満たされる筈。柊木君が大食漢でない限り」

「しかしガスが出なくなるのが頻繁とは非道《ひど》過ぎますね。大家さんに抗議しなけりゃ」

三度、取り鉢に貰ったおかわりの具を食べ終え、汁を啜《すす》りながらいうと、

「いっても無駄。これは超常現象だから」

眼鏡のレンズが鍋の湯気で曇っていることを気にすることもなく、僕に用意したのと同じ、お揃いのプラスチックの湯呑みの取り鉢の中の具を食べていた君は、応えます。

「超常現象？」

器を卓袱台に置くと、君は立ち上がり、窓のほうに向かいました。

遮光カーテンを開き、手招きする。

僕も箸を置き、君のいる場所に向かいます。

右手で君は、隣の部屋、一〇四号室を指差しました。

「隣には誰も棲んでいない。しかし、ほら、部屋の中の灯が点いたり消えたりを繰り返しているのが解るだろう」

確かに切れかけた蛍光灯のように明るくなったり暗くなったりしつつ、その部屋からは光が漏れていました。

「入居したけれどすぐに引っ越したといってましたよね。新しく人が入ったのかな」

「誰も入っていない」

「じゃ、何なんですか？」

「幽霊」

「またそんな馬鹿気たことを――」

「無論、幽霊であるというのは推測に過ぎない。プラズマエネルギーが何らかの形で発生しているのかもしれない。だが今この時間、この時点で隣の部屋に人間がいないことは確実だ」

「きっと新しい入居者ですよ。僕等が知らない間に入居したんですよ」

「このような現象は柊木君がここに棲む以前からずっと続いている。疑うならば隣を訪ねてみればいい。鍵が掛かっている筈だ。呼び鈴を押しても応答はない」

「近所付き合いの悪い人なんですよ」

「ならば電気メーターを観に行ってみればいい。電気を使用しているならメーターが動いている筈。ところが動いていない。つまりこの光は送電されている電気を使用したものではないということだ」

僕は絶句する。幽霊やオカルトじみた現象を全く信じない訳ではない。が、不思議なことを悉《ことごと》く、心霊の仕業だと思い込んでしまうような人間でも僕はない。ですから恐怖心は抱くものの君のいう通り部屋から出て、一〇四号室の電気メーターを確認しました。

「メーターは止まったままですね」

「柊木君はなかなか勇気がある」

「かといって、単純に幽霊の仕業だと考えるのは早計だと思います」

「そう。私も奇怪な現象とガスが止まることを結び付けようとは思わない。只、ガスが出なくなる時には必ず隣の部屋で何かが起こっている。経験から導かれた真理だ。しかし不便だが気にしなければさして問題はない」

鍋に麺を入れ、ほぐしながら君はこともなげに告げる。

鍋に投入されたのは、細く黄色い縮れた麺でした。

「この麺は？」

「焼きそば用」

「うどんじゃないんですね」

「うどんは高い。焼きそば用の麺ならコープでオリジナルブランドのものが、三玉、百円で売っている。胃袋に入ってしまえばうどんも焼きそばも大差ない」

見ためは悪いけれども、案外と美味しいものでした。出汁《だし》が利いている。

そういうと君は、

「だしの素を使っているから」

誉めて損をしたと思わされる回答をしました。

「少し味が薄いようなら、これを」

胡椒《こしょう》の瓶を僕に渡します。振り掛けてみると確かに味にアクセントがつきました。

「素っ気ないけれど、北掘さんって意外と料理が出来るんですね」

「前にもいったが一通りは作れる」

「見てくれを考慮すれば、もっと料理らしくなるのに」

「栄養のバランスさえ摂れていればいい」

「北掘さんらしい考え方ですね」

「私らしい？　柊木君が考える私らしさとはどのようなものだろう。柊木君は一体、私の何を知っているというのか」

「すみません」

少し君の語気が荒くなった気がしたので、僕は反射的に詫びてしまう。

「謝る必要はない。恐らく柊木君は誉めてくれたのだろう。非難には聞こえなかった」

「誉めてはいませんが好意的な見解です」

「ならば、嬉しい」

全く嬉しそうな口調でも表情でもなく、君は返しました。

「私には美味しそうにみえるものを作る才能が欠如しているようだ」

「美味しそうにしなければという気持ちがないからではないですか？」

「そうだろうか」

「例えば昨日のウィンナー。只、焼けばいいってもんじゃない。同じ味でも包丁で少し切れ目を入れて、タコさんウィンナーにするだけで気持ちは上がるじゃないですか」

「タコさんウィンナーとは？」

「縦方向に半分くらいまで切れ込みを入れて焼くんです。するとタコの足みたいになるでしょ」

「でも味は変わらないのでは？」

「どうせなら見ためも美味しそうなほうがいいじゃないですか」

「タコの形のウィンナーが美味しそうに思えるだろうか。逆にその付加価値を与えることで、所詮、タコを模したウィンナーと逆にがっかりしてしまわないだろうか」

君は、また眉間に新たな皺を寄せ、険しい眼付きを僕に向ける。もうそれが気分を害したのを示すものでないであろうを察しつつも、僕は肝《きも》を冷やさずにおれない。どうやら君は本当に疑問を感じ、その答えを求めているようでした。

僕は自分の口許が綻《ほころ》ぶのを堪《こら》え、質問に応える。

「しませんよ。要らぬ手間といえばそれまでですけど、可愛いらしく仕上がっていることで食欲が湧きます。そういうものですよ」

「うちの父は論理的で、情緒《じょうちょ》に関しては無頓着だった。ラーメンの上に付く海苔の存在理由が解らない、無駄だと苦言を呈するような人だったから」

「堅物《かたぶつ》だったんですね」

君は眼鏡を外し、素っ気ない口調を少し緩ませ、ゆっくりと応えました。

こうすると身繕いに構わず、化粧っ気がまるでないにも拘らず、君の顔立ちの美しさに驚かずにはいられない。

一直線の眉は太く男性的だが、却《かえ》ってそれが気品を醸し出している。

奥二重《おくぶたえ》——多少、中央により気味の両の眼のバランスが、神経質さと無防備な狂気の狭間で克己《こっき》の清純さを示す。

唇と鼻の間に微《かす》かにある産毛《うぶげ》すら、何も損なわせてはいない。

「そういう訳でもない。只、真面目な人間だったのは確かだ。何が必要で何が不必要なのかを常に考えていた。あらゆることを感情や権威に頼るのではなく、経験と知識をもとにした思考を基礎にして論理的に判断することこそが大事だと考えていた。その影響を少なからず、否、大いに私は受けていると思う。

私はよく感情が欠落しているといわれる。だがしかし私にはよく呑み込めない。目標を達成する為に感情が不要というロジックを私は一度も提示したことがない。不確定な感情が堅牢《けんろう》な論理に劣るとも思わない。人は感情の生き物だ。だが感情にのみ流されるのは愚行だ。何故なら、感情は、個人、もしくは特定の共同体の利益を慮《おもんぱか》る余り、他の共同体に属する者達に不利益を与える場合が多いからだ。全ての人間の幸いを求めるならば、私達は冷静に、偏見や先入観を排除し、透徹《とうてつ》した思考を以《もっ》て世界と対峙《たいじ》せねばならない。自分自身を肯定し、その利益や存在意義を優先しようとするが故に、他者を貶《おとし》めるのが人の本質だというのなら、私達は私達が発明したコンピュータを見習わなくてはならない。

本性を尊重するのと感情を尊重することを混同してはならない。人は社会の中で活かされているのであり、共同体こそが人を人たらしめるからだ。これはハイデガーが現象学的類推から得た実存の性質だ。我々が自身を認識するということは、他者を介在させることでしか成し遂げることが適《かな》わない。仮令《たとえ》、この世界に一人きりの存在であったとしても、人は客体を通さなければ主体を意識しない。つまり、隣人を想わなければ人は正義を得られないのだ。実存は神の存在を否定しながらも、しかし、聖書の言葉の合理性を擁護するものでもあった。

　自分だけの幸せを追求すれば、やがては自分を保護してくれていた共同体を破壊するに至ることになる。全ての人が幸せになってこそ個人の幸せも確立される。全体からすれば個人は部分だ。しかし部分が集合してこそ全体が生まれる。全体は部分であり、部分は全体であるのだ。部分が幸福でなければ全体の幸福もなく、全体の幸福なくして部分の幸福もない。

　――私は自分は誰よりも感情的な人間だと思っている。その上で、自分が部分であるのを自覚し、全体の利益の為に貢献する方法を日々、模索しなければならないと考えている」

「あのビラに貴方《あなた》は本当に幸せになりたいですかと書いていたのは、そういう考えからだったんですね」

　僕は押し入れの前に積まれた君が配っているビラの山に眼を遣りながら、いいました。

「文言が違う。その人が何を幸せと思うかは解らない。個人によって幸福の概念や観念は異なるものだろう。第四世界民主連合の問い掛けは――あなたの幸せは本当の幸せですか？――だ」

「どう違うんですか？」

「第四世界民主連合へのオルグはしない、食事だけといったのは柊木君だ。イデオロギーに就いて語ることは即ちオルグ――勧誘と受け取られかねない。説明しないほうがいいのではないか？」

「こりゃ、一本取られましたね」

今度は軽口を叩いて構わないだろうと、冗談めかしていうと、君は、

「私は何も取りはしない。搾取《さくしゅ》はブルジョワジーの悪習だろう」

食べ終えた鍋を片付け、取り鉢にしたのとは違う新しい空《から》の器、でも取り鉢にしたものと同様のプラスチックの湯呑みに、急須で二人分、お茶を注ぎながら否定の言葉を投げ掛けました。

「では、前言を撤回します。確かに勧誘は困ります。でも第四世界民主連合に就いて、少しばかり僕は関心を持ってしまっています。どのような主張を掲げ、何を目的としているのか？　アニメ研の先輩達も憶測はすれど実体は知らない。だから概要を摑みたい」

「どうして？」

「少なからず興味があるからかな」

君の問いに正直に応えると、

「興味本位ということか」

君は落胆でも批判でもない調子を、口にします。

「失礼ながら、そうですね」

僕も、木で鼻を括《くく》った感じで応対する。

「どうか気を悪くしないで欲しいのですけれど」

少しだけ、君のペースに慣れてきました。

「別に気を悪くなどしない。興味本位でも私達の活動や主張に耳を傾けて貰えるのは非常に有り難いことだ。質問があるなら出来る限り正確に応えよう。無論、外部の人間に対して応えられないこともあるけれど」

「禁則事項——というやつですか？」

僕は湯呑みに注がれたお茶に口をつけました。


「聞き慣れない言葉だが……」

「否《いや》、何でもないです」

アニメ研究会に早くも染まってしまっているのか――。アニメ研の一員になってから『涼宮ハルヒの憂鬱』を僕は無理矢理に何度も観せられた。エロゲの類いの強要ではないのでこれくらいは我慢の範囲だったし、作品は面白かったので僕も途中から気に入ってしまった(『エンドレスエイト』には閉口してしまったが……)。だから、もう自然とみくるちゃん用語が出てしまったのを赤面しつつ、僕は湯呑みに注がれたお茶に口をつけました。

深いが爽やかな独特の味がした。

水筒のお茶と同じなのかな? 訊くと君は、

「雁音《かりがね》という多少、高価なものだからきちんと淹《い》れれば美味な筈《はず》。好き嫌いは分かれるだろうが」

応えました。

「一人の時は勿体《もったい》ないので極力薄くして飲むが、今日は柊木君の為、本来の味を出してみた」

雁音というお茶は実在するのか……。

でも雁音をどうして知っているのかを話すのは憚《はばか》られるので、僕は、

「美味しいですよ、これ」

というに留め、第四世界民主連合に対する問いを発しました。

「先ずお訊きしたいのは、北据さん達の第四世界民主連合は政治団体なのか、宗教団体なのかということです」

眼鏡を掛け直すと少し間を空け、君は応えます。

「宗教では、ない――

歯切れがよくないことに違和感を憶えつつも、僕は次の言葉を待ちます。

「宗教だと思われることもあるだろう。しかし、少なくとも私は第四世界民主連合を宗教であるとは認識していない。それでは政治活動なのか？　恐らくそうだろう。だが、これもまた正確だとはいい難い。人はどうしてカテゴライズすることに拘《こだわ》るのだろう」

「そのほうが、安心出来ますからね」

「そう。戦前の日本は神道という宗教を旗印にし独裁国家になった。宗教と政治は常に密接な関係にある。柊木君達には迷惑を掛けたが、歴史・民俗学基礎演習の講義を妨害したのは川内教授が日本は国家神道を基礎にして成り立つというイデアを以てその学説の史観を構築するからだ」

「僕は教授の『神なき日本が国際社会を救う』という本を読んで感銘を受けました」

「あの著書で彼は一躍、著名人となった。しかしそこに書かれているのは国粋《こくすい》主義の論理だ。戦後、奇跡的な復興を果たした日本はその特殊な経験と優秀なスキルを世界に分け与えなければならないといいながら、その実、彼は高い能力を持つ日本は他国を従えるべき特別な存在だとするサジェストを巧妙に己《おのれ》のロジックに組み込んでいる。日本には謙遜の美学というものがあるが、日本人は余りにその体格差から欧米人に対しコンプレックスを持ち過ぎているのではないかと彼は怒りを露《あらわ》にする。無意味な劣等感を捨て、独自の優れた文化に厭《いや》らしいくらいの誇りを持てと提言をする。アメリカ人にしろフランス人にしろイギリス人にしろ、それを持っているではないか。だからこそ彼等の国は常に一目を置かれるのだと、著書の中で川内教授は繰り返す」

「僕も川内教授の意見に賛成ですよ。日本は他国の顔色を窺ってばかりだ。謙虚さ故だといえなくもないけれども、それじゃバカにされたって仕方がない。日本人が日本人としての誇りを誇示することの何処《どこ》が悪いんです？」

「悪くはない。但し戦前の清算を優先すべきではなかろうか。かつて神の国という名の許に行ってきた非人道的行為を謝罪してこそ、日本人の誇りは保《たも》たれるのではないか」

「アメリカだってベトナム戦争の罪を認めない。でも、確かに日本が第二次世界大戦以降、真摯《しんし》に反省をし続けてきたとは言い難い――ということは、アニメ研の先輩に、日本の復興と朝鮮特需の関係性に就いて指摘された時、そうだなと、遅蒔《おそま》きながら思いました。僕等は歴史の授業で戦後にあった朝鮮戦争と朝鮮特需のことをきちんと、教えられている。言葉の言い換えやレトリックで、その事実を歪曲して伝えようと教科書がしていたとは、いえない。教える者達の誘導に懐疑的でなければならないのは勿論《もちろん》ですが、学ぶ僕達自身もまた身勝手に、自分の都合のいい情報ばかりで歴史観を自分本位に解釈してしまっている場合があるということを心得なければならないのかもしれません。有利な事象ばかり並べ立てた上にのみ成立する誇りなんて、尊重に値するものではないですからね」

「なら柊木君は憲法改正に関してどう思うのか?」

「慎重な議論を重ねないといけないでしょうが、改正すべきだと思いますね」

「私も改正すべきだと思う。しかしそれは民衆から求められ、政治が動かされるものでなくてはならない」

「理想論に聞こえますよ」

「そう、理想論だ。しかし理想なくして果たして、人は幸せになれるだろうか?」

「また、幸せの問題ですか」

「柊木君は、幸せになりたくないのか?」

「そりゃ、なりたいですよ。かといって」

君は僕の眼を真摯に見据える。

その視線の重圧に、思わず僕は眼を背《そむ》けてしまう。

君はいつも掛け値なしだ。百の疑問があれば百の返答を提示する。出し惜しむことを知らない。

「なるようにしかなりませんよ」

逃げ口上だと解っていつつも、僕はそういうしかありませんでした。

「期待し過ぎた」

非議とまではいかないけれども、独りごちるよう、ぼそりと洩らされた君の一言が、突き刺さりました。

平凡な意見、もしくは稚拙《ちせつ》な見解が、君を落胆させたのなら、気にしなかったでしょう。でも、僕は自分の狡《ずる》さを露呈してしまったようなバツの悪さを感じずにはいられなかった。そう、答えの行方を真摯に追い求めれば、出る解答があることを、実は知っている。

でもその答えを出すのが、僕は恐いのだ。

だから問題が難し過ぎて手に負えない振りをしている。手を拱《こまね》いているポーズをとれば、正解には至らないが間違いや失態で糾弾《きゅうだん》されることはない。

ですから、更に僕はこう、口にしてしまうのでした。

「ゆとり世代などと揶揄《やゆ》される僕達に一体、何が出来るっていうんです」

「何だって出来る。出来ないのではない。しようとしないだけなのだ」

君は立ち上がりました。

そして、残った僕の湯呑みのお茶を流しに捨て、窓の傍に行くと、隣——一〇四号室のほうを覗き込みました。

君はキッチンでガスコンロに水を入れたやかんを置き、火を点《つけ》る。

「ガス、使えるようになったんですか」

「そう。幽霊、もしくはそのようなものが起こす怪異は消えたから」

「それじゃ、僕の部屋のガスも……」

「使える筈」

僕は君に無礼を詫びました。君は何を謝罪されているのか解らぬ様子でした。

「北掘さんが一〇四号には幽霊が出るといった時、僕はやはりこの人は先輩達から聞かされた通り、少し頭が変なのだと思ってしまいました。ガスが出なくなるのが超常現象だというのはまだ俄《にわか》には信じられませんけれど、確かに隣の部屋では説明のつかない現象が起きている。きっと北掘さんに対する先入観が、僕に色眼鏡を掛けさせたのでしょう。それを謝りたかったんです」

「それには及ばない。誰しも幽霊がいるなんてことを鵜《う》呑《の》みにはしないだろう。柊木君の言動は正常であり、私はそれをちっとも不快には思ってはいない。逆に――」

「逆に――?」

君はやかんの口から湯気が出たのを確かめ、急須にお湯を注ぎ暫《しばら》く待ち、茶碗に雁音をまた淹れて僕の前に出すと、躊躇《ためら》ったような、戸惑ったような表情でいいました。

「あ、謝らなければ、ならないのは、私のほう……だ。そんなつもりはなかったのだけれど、既に――。私は、貴方を巻き込んでしまって……いる。柊木君は……。どういえばよいか。とても、良い人だ。私と、会話をして、くれる。私の話を……聴いて、くれる」

「当然でしょう。同じ学校の先輩なんだし、同じアパートに棲《す》んでいるんですから。それにこんなご馳走までしてくれる」

「水炊きなぞ誰にでも作れる。私とまともに話をしてくれる人など学内にはいない」

「第四世界民主連合は大学に北据さんを含め、一体、何人いるのですか？」

「私しかいない」

「隊長——アニメ研の部長は、銅像を破壊したのが第四世界民主連合ならばそれは複数犯だと、北据さん一人では不可能だと」

「あの行動の実行犯は私を含め、三人。但し、後の二人は学生ではない。計画は私が立てた。外部の同志がそれを手伝った」

「では第四世界民主連合は北据さんを入れて、三人で構成されているということですか」

「それも正確ではない。第四世界民主連合とはメンバーが固定された組織ではない。互いの了簡《りようけん》が合致する時のみ我々は徒党を組む。いわば超党派のユニオンなのだ」

「ユニオン？」

「同人といってもいい。一人で活動出来る範囲は限られている。だから目的の為に私達は手を組む。どうにも私は言語表現が上手くない。察して貰えれば幸いなのだが……」

「各々《おのおの》の目的や考えは異なっていたとしても、最大公約数として利害が一致すれば団結するデモの集団のような……。語弊があるかもしれないけれども、或る意味、緩《ゆる》い、ネットワークの——ものだと考えればいいのでしょうか」

「流石《さすが》、文学部だ。解釈に表現が妥当を伴っている」

「それくらいは理解出来ますよ」

「そうだろうか。しかし公安を含め私達を危険視する者達は、我々がそれぞれに主張や意識を違《たが》えていて重なる部分はほんの僅《わず》かであることを理解出来ないでいる。彼らにとっては極左も新右翼も新興宗教も、国家を暴力を以て変革しようとするテロ集団なのだ」

「余りに乱暴というか、粗雑ですね」

「そう。しかし権力側は、造反する者を全て悪として捉《とら》える」

慎重に言葉を選びながらも、僕は核心を捉えたく、率直に再度、問います。

「第四世界民主連合は、本当に、宗教団体ではないのですね」

「恐らく」

「現在の日本の政治を改革しようとする北据さんが中心となった結社なのですね」

「相応の見解だと思う。党員は私のみだが……。しかし第四世界民主連合が変革しようとしているのは現政治の在り方ではない。第四世界民主連合はキャピタリズムはコミュニズムによって支えられコミュニズムはキャピタリズムの原理を導入することによってしか成立しないという認識から出発し、イデアによりそれを克服し集合的無意識の段階を高め、人間存在の活路を見出す闘争的理想を求める倫理主義の実践者でしかない」

「そういわれるとよく解らなくなるな」

「説明が、下手だから」

「つまり……。変えたいのは政治のシステムではなくて、意識ということですか」

「そうだ」

「その意識というのが幸せの観念だと?」

君は、僕を改めて見詰めました。

「私達は少しだけ、真の幸せに就いて考察し、議論し、その価値を変動させるだけで生まれ変われる。私は、人類の叡智《えいち》を信じている」

僕は、綺麗だ——と、思う。

地味ながら君の容姿が整っていることに、感嘆するのでは、ない。

真っ直ぐに、人の叡智を信じる——と、断言する曇りのなさを、僕は綺麗と感じるのだ。

僕達は圧倒的な自然の脅威に触れる時、そこに美を観る。激しき河川《かせん》の濁流の氾濫《はんらん》であろうとも、火山の噴火であろうとも、与えられる被害を嘆きつつも、僕達はその運動の圧倒的で純然たる力を崇《あが》めずにはいられない。自然の暴力には迷いがない。欺瞞《ぎまん》がない。難解な語句を多用する君の意見を僕は半分も理解出来はしないのだけれども、それでも僕は、君の原理はとてもシンプルで、直線的なものだと確信する。

だが、僕は賛意を唱えることが出来ない。つい、こう、いってしまう。

「僕には信じられませんね。結局、人は自分の利益の為にしか動けない生き物じゃないでしょうか。だから戦争も起こる。——アニメ研の先輩はこういいました。結局、全ての戦争は経済をどうにかしようとするから起こるんだと」

「その通りだ」

君が同意したので、僕は続けました。

「疲弊した経済の立て直しを図る為に戦争という手段が用いられる。なるほどと思いましたよ。これまでは戦争は憎み合うから起こるのです、だから愛し合うことが戦争をなくす方法なのです——って言葉を丸呑《まるの》みにしていましたからね。でもそうすると、北掘さんの考えや、経済の為に戦争は起こるという考えを総合すると、幸せになる為には莫大な利益が不可欠ってことになりやしませんか？

少しだけ意識を変えたところで、少ししか利益は出ないし、少ししか人は変われない。それよりも果てしない、底なしの欲をコントロールしていく手段を考えるほうが、よっぽど上手い遣り方なんじゃないかと……。

例えば切羽詰まった受験生は、試験の際、他の全ての受験者がイージーミスをすればいいのにと願うでしょ。皆がイージーミスをしたとて自分の実力が足りなければ、試験に受からないことを解っていながらもそう思ってしまう。

幸せは結局、絶対的なものじゃなく、相対的なものなんじゃないでしょうか。自分より不幸な人がいるから感じる優越感こそが幸せの正体。だから、全ての人が幸せになるなんて世界はあり得ないんじゃないでしょうか」

「それは違う」

「昨年、地震が起こり原発事故が発生し、皆が被災地の為に動きましたよね。僕達は少しだけ不幸を平等に分担しようとした。でも未《いま》だ放射性瓦礫《がれき》の処理は進まない。何処かに瓦礫を処分しなければならないことは皆、解っている。放射能汚染の値が深刻なものではないと思っても、そのことを信じていても、ならば自分の棲む土地に埋めればいいじゃないかとは誰もいわない。誰も彼も、結局は貧乏籤《くじ》をひくのが嫌なんです。それが人間の本性なんじゃないでしょうか」

何故にこんなことを口にしているのか……。

君を不愉快にさせたいのか？

更に続けようとすると、遮るようにして君は僕に、こう質問を投げ掛けました。

「柊木君は、絶望に就いてどう思う？」

僕は拍子抜けしたような気になりつつも、考え、やがて応えました。

「したくはないですね。どんなに道が閉ざされていようと、一縷《いちる》の望みを持ってしまうのが人間なんだと思います」

すると、君は湯呑みを両手で持ち上げ、もはや醒《さ》めた雁音を時間を掛けて啜ると、

「その通りだ」

いい、湯呑みを元の位置に置きました。

僕は、取り鉢や湯呑みとして君の家で使用されているプラスチックの器を、自分が以前に何処かで既に目撃しているという、既視感のようなものに急に悩まされ始める。懸命にその正体を想い出そうとするけれども、夢の中の出来事を整理する時のようにまるで上手くいかない。

そんな歯痒《はがゆ》さとは無関係に、君は僕にこう叙述する。

「しかし、柊木君――。人は絶望を抱く。人間に近いとされるオランウータンは死が間近になっても生きることを諦めない。何故なら絶望を知らないから。絶望を抱くのは人間だけだ。自滅することはあっても、人以外は自殺をしない。つまり不幸は人の特権といえる。不幸と幸福は表裏一体のものなのだろう」

絶望を受け入れた時、人は他者の幸せの為に生きられるのではないかと、君は僕に問うた。

絶対的な絶望はないのだから、幸福を求める議論は机上の空論でもなければ自己犠牲を必要とするものでもないのだと、君はいった。私達は幸せになれると、断言した。

ならなければならない――と、君は語った。

君が絶望に就いて見解を述べ終えた後、もう、僕は君への反論を口にしませんでした。

湯呑みの雁音がなくなれば、湯呑みにまた継ぎ足し、明け方まで僕は君と語り合いました。

主に話すのは君で、僕は質問に終始するといった感じでしたが、あんなに時を忘れ、夢中で議論をするのは初めての経験でした。君が黙ると、その沈黙を埋めるように僕が話を始める。

長々と交わしても、統一の見解に至ることはほぼ、ありませんでしたが、それでも僕達は話すことを止めなかった。

石川啄木に就いても、僕は君に熱心に語りました。

君は啄木は下手な歌人だといいつつも、僕よりも啄木に関する知識が豊富でした。

「啄木が金にルーズで遊び好きだったことは私も聞き及んでいる。更にいえば世話になった恩人の与謝野鉄幹《よさのてっかん》を古臭いと酷評したり、金を貸してくれない奴は死ねばいいとの暴言すら吐いているらしい」

「そこまでダメな人だったんですか……」

「そう。ダメな人間の典型だ。カンニングで中学校を退学にすらなっている。しかし、啄木の作品に批判的な私がいっても説得力はないが、判断に素行を加味する必要はないと思う。マルクスにしろ、借金はする、女癖は悪い、嘘ばかり吐く……。人格のみを査定するなら最低の人間であった。だが、だからといって彼の思想が貶められることはない。資質と技量を混同してはならない」

午前四時くらい、僕は急に使っている器の見覚えの根拠を探し当てました。薄緑色の頑丈《がんじょう》には違いないだろうが安物のプラスチックの簡素な湯呑み——。これは、大学の学食で使われているものと同じだ。学食の入り口の机にはセルフサービスで、各人が水、もしくはお茶を飲めるよう、ポットの横に沢山のこの器が何時《いつ》も、積まれている。

気付いたので、僕は君に訊きました。

「北掘さんがいろんな用途に役立ててる、この湯呑み、何処かで観た記憶があると思っていたんですが……。学食のものと似ていますよね」

君は、首を縦に振りました。

「同じものだ」

「わざわざ学食と同じ器を買ったんですか？」

「買ったのではない。必要な数だけ、学食から無断で拝借してきたのだ」

「泥棒じゃないですか！」

「うん。泥棒だ。無論、私は拝借であり、これらを私有財産にしようとした訳ではないが、そのようなロジックは通用しない。明らかにこれは窃盗に当たる」

「ダメじゃないですか」

「そう。ダメだ」

生真面目《きまじめ》に応える君の回答と無表情に、僕は、突然、どうしようもなく笑いが込み上げてきてしまい、しばし、腹筋が痛くなるくらいおかしさをセーブするが適《かな》いませんでした。

君は、僕の反応を不審がっていました。

「万人の幸福を追求する、搾取はブルジョワジーの悪習だなどと高邁《こうまい》なことを打《ぶ》ちながら、学食で窃盗をしている私の生《い》き様《よう》を、顰蹙《ひんしゆく》極まりないと侮蔑しているのは理解するのだが……」

「そうじゃないんですよ。そうじゃない……。啄木の人となりをその作品の判断材料にするべきではないといったのは、北据さんじゃないですか。そうではなくて」

「そうではなくて？」

「否、その、可愛い——と」

「何が、だろう？」

やがて遮光カーテンの隙間から射し込む陽が眩《まぶ》しくなり、鳥の鳴き声が聴こえ始める。

夜明けがきたのを知り、

「厚かましく、とんだ長居をしてしまいました」

僕は、自分の部屋に引き返す旨を告げました。

「構わない」

君が、返す。

「色々話して貰って、とても勉強になりました」

「学ぶだけではいけない。得た知識は実践を伴ってこそ価値を持つ」

「ですね。北据さんは今から寝るんですか？」

「大学の講義は午後からだが、午前中から用があるのでこのまま起きていようと思う。弁当も作らなければならないし」

「なら、そういってくれればよかったのに。僕のくだらない話に付き合ってくれることなんてなかったんですよ。すみません」

「くだらなくなど、なかった」

あの時、何を可愛く思ったのかという君の質問に対し、貴方を可愛く思ったのだ——。

応えていたならば？　僕は、偶《たま》に——自問する。

世界は瞬間、瞬間に、選び取られ、原因となり、次の未来を形成する要素となるのだから、君の問いに応えた場合に於ける未来なぞ想像したところで、全く意義はないのだけれども——僕は僕としての過去を選択してきたからこそ現在の僕に至っていてそのことに何ら後悔はないのだけれども——常に最良の選択をしている訳では、ない。

玄関に至りドアを開いて外に出ようとすると、

「忘れ物がある」

君は、僕を引き止めました。

「忘れ物？」

訝《いぶか》しく首を捻《ひね》ると、君は右手を開いて僕の前に腕を差し出します。

「三百円」

「はい？」

「弁当代をまだ貰っていない」

弁当は不要と断った筈なのだけども。

はっきりと必要ないといわなかったから伝わらなかったのかなぁ……。

財布は部屋に置いてきたままでしたが、幸いにしてポケットを探ると上手い具合に丁度、百円玉が三枚ありました。

渡すと君はそれを握り締め、僕に訊ねました。

「柊木君は明日、否、もう今日だがこれから寝て、何時に起きるのだ？」

「九時くらいですかね」

「ならば私がアパートを出るよりも遅い。起こすのは憚られるから、弁当は袋に入れ、部屋のドアノブに掛けておこう。それでいいだろうか？」

それでいい旨《むね》を告げると、更に君はこういいました。

「弁当を入れた袋の持ち手は中が容易に開けないよう厳重に結んでおくつもりだが、万が一、烏が破ってその中味を食べてしまったとしても、また盗まれるなど如何《いか》なる理由で紛失したとしても、私は責任を負わない。同情はするけれども」

「はい。不可抗力ですからね」

「三百円も返さない」

この人は、よっぽど三百円が得たいのだ――。

僕は了承すると、複雑な気持ちで自分の部屋に戻りました。

翌日のアニメ研究会は、

新入生、第一文学部、柊木殉一郎、政経学部三年、北据光雪《きたすえみつゆき》に恋をする！

但し、柊木殉一郎が第四世界民主連合のメンバーになったかは不明。二人の恋の行方は？


——の話題で、持ち切りでした。

「今期の夏コミの同人は、柊木と第四世界さんの恋をテーマに一冊、作ろうぞ」

「クーデレ攻めの健気《けなげ》な新入男子受け」

「じゃな。クーデレ嬢は邪気眼《じゃきがん》を使う。彼女に魅入られた新入生を救う為にアニメ研、その実、科学忍者の我々が救助を試みるが我々も彼女の呪いに掛けられ、ロボトミー手術を受けさせられるのであーる」

「売れますかね？」

「身内ネタ過ぎて誰も買わんか？」

後藤隊員がいろいろ尾ひれもつけて語ったのでしょう。畠中《はたなか》隊長も井上書記長も興味津々で事情を確かめようとします。

僕はやましいところがないので幽霊が縁で一緒に水炊きを食べるに至ったこと、第四世界民主連合とはどのような団体であると君が説明したのかを出来るだけ正確に話しました。

話す機会を作って貰ったのは喜ばしいことでした。君と親しくなると第四世界民主連合のメンバーになったと判断されるのは必至でしたから。

「つまり、昨日の夜から朝まで幽霊のせいで柊木はあの第四世界さんと鍋、こともあろうに鍋、を二人きりでつついておったのか」

「先程から、そういっています」

「卒業、おめでとう」

「はい？」

「卒業？　何をですか？」

「水炊きだけじゃお腹は膨《ふく》れない。剝け過ぎの松茸も、食べられてしまったのだろう」

「何ですか？　後藤先輩！」

「それはきのこ。或いはへのこ。——屹立《きつりつ》した柊木殉一郎の、愛するが故に滾《たぎ》り勃《た》ち続ける、その邪悪な欲望にまみれた若きペニス！」

「あの……そういうの、ないですから」

「貞操を守るが我が部の掟《おきて》ではあるが、まぁ、食べられてしまったものは仕方がない。京丹波の松茸は、味も香りもしこたま宜《よろ》しいと、昔から評判だからな」

後藤隊員の下品な表現には、容赦がない。

「実際にあったかなかったかが問題なのではなーい。我思う故に我ありならば、妄想も思うならありなのだ。それが二次元の掟」

「本当に何もないんです」

「だって、第四世界さんはヤリマン。自分を支持してくれる可能性があれば、誰のチンコも引き受けるんだろ。フリーセックス万歳。柊木がその誘いに抗《あらが》えなかったとしても責めはしないさ」

「失礼なこといわないで下さい！」

「何故、怒る？　柊木に罪はないといっているじゃないか」

思わず声を荒くしてしまった僕は、身体が、わなわなと震え出すのを止められない。

「北据さんは……。北据さんは……。そんな人じゃ……」

軽口からの罪のない侮辱だと解ってはいても、涙が込み上げてくる。

後藤隊員を殺したいとすら思う。自分でも、恐いくらいだ。

僕の尋常でない様子を観て、後藤隊員は驚きつつも、素直に謝罪をします。

「すまん。つい、いい過ぎた」

「うむ、後藤隊員、いかんぜよ。好きになった相手をそんなふうに揶揄《やゆ》されれば、柊木でなくとも怒るぞな。お前だってイカ娘のエグい二次創作本は買えども、ヲタでない者から『侵略！イカ娘』とは何事だ。韓国、中国に対する日本の行いをパロディにするとは、リテラシーを疑いたくなる。——なんてことをいわれたら、とてつもなく腹を立てるぞなもし。知っとるぞ——。お前がロムるだけだといいつつ、2ちゃんのスレッドでのそんなカキコミに対し、延々と反論していたことを」

畠中隊長はそういうと、

「赦《ゆる》してつかわせ」

自分にも非があったかのよう、慇懃《いんぎん》に頭を下げました。

僕はようやく落ち着き、こう返します。

「何もないっていうかですね、そもそも、好きとか嫌いとかそういうんじゃないんですよ。少なからず彼女に興味があることは認めます。でも……」

　言葉に詰まる僕を観て、畠中隊長は悪戯《いたずら》っぽい目付きで続けました。

「とはいえ、柊木は第四世界さんと解り合おうとして、一晩中、彼女のアパートの一室で腹をわって話し合った訳だろう。その結果、お前が第四世界さんに胸きゅん、そして第四世界さんも、好きじゃないんだからね、お鍋、材料が余っただけなんだから。もう、誤解しないでよ――と、ツンデレてたとて、誰も責めはしにゃー。既にお前達二人は、ラブコメの世界に迷い込んでおるのじゃ！」

「コメディなんですか？」

「恋愛なんてものは悉く、コメディぞなもし。恋愛感情なんてものは一時の気の迷い。精神病の一種だと、ハルヒも申しておる。傍《はた》からみれば、馬鹿馬鹿しいだけじゃ。であるからして、後藤隊員のような卑劣なツッコミが出てしまう」

「しかし、第四世界さんが特待生とは驚きですね。多分、学生の中で柊木以外、その事実を知らされた者はいないでしょう」

　井上書記長がいい、

「大学側、教授達は知ってるだろうがな」

　畠中隊長が頷《うなず》き、話題がまともなものになったので、僕は応えます。

「僕も吃驚《びっくり》でした。貧乏はしていてもそれは自分の主義、お金持ちでないにせよ、同じように中流くらいの家庭の娘さんだろうと思っていましたから。じゃないとこの学校には、入り辛い。あの下宿にしろ、僕は父と母に無理をいえば多少、仕送りを増やして貰って引っ越すことがやれます。私学故、入学金やら何やらは、やっぱり高いですからね」

　畠中隊長はうーむと唸《うな》ると、考える仕草をみせました。

「特待生なのにあのような行動をし続けるとは……。大学としてもそういう理由で奨学金を打ち切れんのだろうが、にゃあ」

「偶然、そんな話になったんです。弁当や調理の話で、彼女が早くにお母さんをなくしていることが解り……。その後は父親の手一つで育てられたと彼女はいいました。お父さんは学者さんで、といっても左翼の活動家、彼女が生まれる頃にはどの大学でも講義をさせて貰えていなかったらしいんですが。割と有名な人らしく――」

「俺も少しばかり気になって調べてみたんだが、日本革命的共産主義者同盟から分派した新左翼団体の代表、活動家であり思想家、堂本圭一《どうもとけいいち》という方らしい。著書に総分社『無抵抗のフーリエ的情念系列の社会運動』がある。ばい、Wikipedia」

　井上書記長が情報を補足するように割って入ります。

「北据というのはお母さんの苗字で、籍は入れてなく、結婚制度というものの在り方に対する抵抗として婚姻関係にはあらずだったんだそうです」

「長い同棲の後、娘、生まれる、でも同棲のままと、ググってみた」

「母親は高校教師、生活費は堂本氏の支援者からの僅かな援助と母親の給与の他なかった。堂本氏の活動費がかさむばかりで家族は極貧生活に甘んじるしかなかった。――と、これは単なる想像」

　井上書記長と後藤隊員が交互に話します。

「でも堂本氏は右翼団体を名乗る男に殺された。犯人は反共産主義団体の何とかさん。十年程前だっけか？」

「もう少し最近じゃないかな？　俺、少し、記憶ある。左翼が右翼に刺され死亡」

「極左と極右の代理戦争。先に手を出したのは左翼のほうだったんじゃないかな？」

「捕まった後、その右翼が堂本圭一さんとやらに天誅《てんちゅう》！　一人一殺《いちにんいっさつ》の教えここにあり――と、供述したのがウケたよな。流行《はや》った」

「一殺多生《いっさつたしょう》じゃろ？」

「そうでしたっけ？」

僕は先輩達の話に耳を傾けます。君は父親が左翼活動家であり亡くなったことは話してくれましたが、詳細を教えてくれなかったので。

「しかし、何で何時《いつ》も北据光雪は、アパートで高校時代の学校指定のジャージを着ている訳だ？　その格好なら柊木でなくとも……」

「部屋着がそれくらいしかないからだそうです。僕も少しそこはツッコみました。ゼッケンはないですよと」

「うん」

「ツッコまずにはいられませんよね。公安からマークされている危険人物が、わざわざ名前入りのゼッケンを付けているだなんて」

すると、畠中隊長も井上書記長も後藤隊員も、本気で不機嫌、軽蔑の眼差しを僕に向けました。

「柊木――俺は今、ガチヲタとしてお前をとてもバカにしたい気分だ」

「というか、撲殺《ぼくさつ》したい」

「魔界に堕《お》ち、呪われ続けろ」

「どうしてですか？」

三人から、応えはありませんでした。

やがて、後藤隊員が訊ねます。

「彼女の母親もやはり右翼関係に？」

「否《いえ》、事故に遭って亡くなられたそうです」

「両親共にじゃ、クーデレにもなるよな」

「クーデレなんかじゃありませんよ」

「何でいいきれる？　やっぱり、したのか、セックスを――」

「だからぁ……」

「若い男女がセックスもせず、一体朝まで何を語り合う？　ずっと政治や理想の社会に就いてディスカッションした訳ではなかろうて」

「そりゃ、色々です……よ」

「その色々に興味があるんだわさ」

「例えばですね――」

「例えば？」

「……石川啄木に就いて」

井上書記長と後藤隊員の問いに、僕が若干照れながら応えると、畠中隊長を含めた三人は、ずっこけます。

「柊木って、そういう奴なの？」

「ええ、まぁ……」

「俺達よりも変態だな」

「腐りきって、おる」

「北据光雪も石川啄木が好きなのか？」

「上手い歌人ではないという評価です」

返答すると、畠中隊長は総括するかのようにいいました。

「そっか。それなら俺達はもはや、この二人の行く末を見守るしかにゃーぞなもし。柊木、ラブ、片想いじゃなくて、よかったにゃろめ」

僕は頰が火照《ほて》るのを意識しながらも、否定します。

「仮に、僕が北据さんにそのような感情を多少でも持ったとしても、彼女は僕のことなんて何とも思っちゃいませんよ」

「お、柊木君が好きだって認めたじょ」

「三次元の女子に恋をするとはけしからんが、ここは大目にみてやろう」

「好意を持たぬ相手を部屋に上げて水炊きを振る舞うなんてあり得んじゃろうが。それに雁音《かりがね》までご馳走になったのだろ。柊木、考えてみなしゃんせ。このご時世に、朝まで石川啄木に就いて話し合える女子が他に存在すると思うか？　二次元ですらもあり得ない！　諦《あきら》めなされ。お前がどう思おうと、彼女とお前は赤い糸で結ばれた同士なのじゃ」

僕は、大声で反論をする。

「仮にっていってるじゃないですか！　北据さんにはそういう感情を持ち合わせる余裕のようなものがないんじゃないでしょうか。あるとしても僕なんかが対象になる訳がありません。棲んでる世界が違う。彼女がパートナーとして求める相手がいるとすれば、それは同じ思想を共有する人でしょう」

「棲んでる世界が違うって、同じアパートに棲んでるじゃん」

「そういう意味じゃなく」

茶化されつつも、先程、後藤先輩の言葉に感じたような不快さを憶えない自分の心情を僕は多少、不思議に思う。

先輩達の意見に混乱していると、

「結局、しかし第四世界民主連合が何をしたいのかは解らんのじゃよな」

畠中隊長が、誰に問うでもない口調ながら訊ねました。

「柊木からの情報を総合すると、カテゴリーとしてはやはり、新左翼と解釈しておくのが妥当だと思いますけどね」

井上書記長が応えました。

「第四世界さんは、完全なる資本主義は存在せず、またその反対に完全なる共産主義も存在しないというんだよな？　柊木」

「はい」

頷くと井上書記長は、

「その意見は正しい」

同意する旨《むね》を口にしました。

井上書記長は講義するかのように、持論を説く。

「資本主義経済には必ず、共産主義的な相互扶助が介入することを、彼女はいいたいのではないかと思う。

資本主義経済を発展させる為には、必ず共産主義的なるもの、相互扶助のシステムが必要となってくる。雇用者が儲けるには労働力が必要となる。労働力の提供と労働力確保の為の保障バランスが保たれる時、経済は安定する。中々そう上手くいかないのは、常に資本家は労働者に対し正当な分配をしようとせず、可能な限り、己《おのれ》の利益、貯蓄を増やそうとするからだ。資本家は労働者を必要とし、労働者がいるから資本家は経済活動を遂行出来る。

本来、資本家と労働者は持ちつ持たれつの対等な関係である筈なんだ。

資本家と労働者はそれぞれの顧客同士である——といい換えてもよい。

資本主義の発明の一つに株式会社がある。少数者の資本では経済活動に限界があるので、企業は株を発行し利益を株主に配当する。株式会社は個人財産ではなく、共有財産として成立する。この仕組みを全ての人間の幸福を目的として再構築し直そうというのが、第四世界さんの考え方なんじゃないかな。

国家は福利厚生や万人の利益、即ち公共性に特化する作用を分担するので、その資金を税金として国民から徴収する。国民が私的な幸福を追求する為に利潤を確保すれば、そこから国家は万民の生活を整備する資金を得られるのだから、経済は正のスパイラルを拡張するってのが、資本主義の原則なのだけれども、それなら国家と個人の役割分担を取り替えてみてはどうだろうか——。第四世界さんの目指す世界モデルは、手段を新解釈し、用いようとしているもののように思えますね」

「流石《さすが》、井上書記長。ヲタでも、法学部だな」

畠中隊長が誉めたからか、更に井上書記長は続けます。

「彼女の考え方が面白いのは、資本主義社会が飽和状態になる時には急進的なコミュニズムの方法論が現れるという部分ですよ。どうやら彼女は、それが人為的ではなく自然の流れとして必然的に用いられると主張しているようです。流れに沿う——大雨が降る時に、雨を降らせることを阻止するのでも屋根を付けようとするのでもなく、氾濫《はんらん》する河川の道理を尊重し、それなら堤防を決壊させてしまえばいいとするのが、彼女の遣《や》り方《かた》です。

安全対策の為に作られている堤防を大雨が呑み込む前に壊してしまおうとするのですから、通常、その行為はテロリズムと見做《みな》されます。

俺達がお世話になりまくりのインターネットは、前提として、全ての人が無料であらゆる情報を入手出来るというコミュニズムの思想を持ちます。実際にそうなってるかどうかは措《お》くとして、YouTube にしろ Wikipedia にしろ所有ではなく共有、知的財産を人類規模でシェアする理念から発生しています。

これらが資本主義大国、アメリカから広まったというのは何かを象徴していると思いませんか？

俺はアメリカという国は、厳密には資本主義に拠って機能している訳ではないと思うんです。

アメリカの根源にある思想は、いわゆるプラグマティズムでしょう。プラグマティズムは、実用主義、経験からしか真理は導き出せないという思想ですが、功利主義とも訳されるが故に、利益至上主義と誤解を受けてしまう場合が多い。ですから資本主義とイコールとされがちなんですが、プラグマティズムは、信念こそが人の行動原理であるという考えに集約されるものなんです。

大雨の喩《たと》えを出しましたが、人間の意思が自然に打ち勝つこと、或いは自然の道理に人間の欲望が服従すること、どちらの方法が正しいのかをプラグマティズムは断定しません。大雨が降ったなら最も有効と思われる行動を取れ──というのが、プラグマティズムの真髄です。

堤防をより強化するのがいい場合もあるし、取り払ってしまうのがいい場合もある。

その時々の都合で選び取るものが真理である──。

一番、都合がいいものを正しいとするんですから、それを利益至上主義と捉《とら》えられてしまうのは仕方ないのかもしれませんが、世の中、弱肉強食なんだから諦めろ──というものではないです。

強いものには強いものの倫理があって、弱いものには弱いものの倫理がある──ということだと、俺は解釈しています。

アメリカが共産主義や社会主義を毛嫌いするのは、全体主義——一つの永続的な真理を定めることを警戒するからです。どのような可能性も否定しない——というのが、アメリカの原理原則です。

もし理想的な共産主義革命が成功するとすれば、俺はアメリカでこそ起こり得ると考えますよ。あの国は、極端なことをやる、常識では考えられないような法律が施行されていたりする——キリンを電柱に絡《つな》いではいけないとか、スカンクをからかってはならないというようなことがわざわざ州の法令として定められている国ですけどね、案外、バランス感覚が優れているんです。恐らくは常に国民の一人一人が——選挙権のない若者も含めです——常に変えようのない何らかの根本的な差異の問題を抱え、討論し合っているからこそ、バランスが上手く変動しながら、保たれるのだと思います。

絶対的な真理やルールを拵《こしら》えず、流動的なものとして事象を捉える。

キリンを電柱に絡いじゃ駄目だという法律があるのは、絡いだ人がいたから出来た法律です。そして絡がれて困る人がいたから出来た法律だともいえます。何でそんなことまで話し合わなきゃならないんだと笑う人もいるでしょうけど、決して不毛な議論じゃないですよ。少なくとも、神様が男なのか女なのかを論じるよりは、きちんと答えが出る議論です。

死刑制度がある州もあればない州もある。ニューヨークでは未装塡《みそうてん》の銃を携帯しているだけで違法になるけども、デラウェアなんかじゃ、ライフルを持つのにも拳銃を持つのにも免許すら必要がない。各々《おのおの》のコミュニティで法律を異ならせながらも一つの国として纏まっているアメリカならば、実験的に、一つの州が共産主義制度を取り入れたっておかしくはない。

アメリカという国は若いからディスカッションをする。若いから、本当にこの遣り方や答えでいいのか、疑問を抱く。一杯《いっぱい》、間違うけど、更生だって、すぐにする。強いアメリカ——に執着しているのは、若さ故の意気がりみたいなもんですかね。不良になりたての中学生が、如何《いか》に自分が強いかを誇示する為に、パンチパーマを当てるのと同じです。年季の入ったワルは、外見でワルいのを悟られなくするじゃないですか。

　こうでなければならないというモデルを、アメリカは有しない。日本や中国やヨーロッパは、無駄に歴史がありますからね、なかなかスタイルを変えられない。この方法や答えがいいに決まっていると、モラルを変えようとしない。

　アメリカの一つの州が共産主義になる。そのことで風穴が開き、この世界に新しい経済モデルが出現する。決して絵空事だとは思いません。

　新しい経済のパラダイムに慣れるのは、大変だと思います。だから、移り変わろうとしている今、俺達のいる世界は異常にギクシャクしているんです。今のままのヴァージョンで充分だという人達と、新しいヴァージョンを望む人達の間での階級闘争、みたいなものがどんどんと深刻化している。『共産党宣言』には、今日までのあらゆる社会の歴史は階級闘争の歴史——と書いてますよね。今、俺達のいるこの世界は、階級闘争の亀裂——この前、柊木にいった第三次世界大戦——で真っ二つに引き裂かれている」

　いい終えると、畠中隊長のツッコミが飛びます。

「井上書記長、おぬし柊木より先に、実は密かに第四世界民主連合のメンバーになっておったのではにゃーか？」

「そりゃ、俺だってどっちかといえばナマモノが好みですけど。でも飽くまで俺の守備範囲は、限りなく二次元に近いアイドルのみです」

「エロゲとアイドルの両立は大変じゃなあ。あ、そういや、後藤隊員、『AKB0048』、第二話以降、早く持ってきやさんせ」

「そのことなのでありますが。HDDが一杯で、途中までしか録れておりませんでした」

「何！　死刑の上に死刑。裁判なしで三〇日間の社会奉仕活動を宣告するずら」

畠中隊長が後藤隊員を叱責する。

僕は君と僕のことから話題が逸れたので、冷蔵庫に向かい、上に置かれた麦茶を人数分コップに入れ、

「上手く淹《い》れることが出来たと思うけど……。味わって飲んでね」

皆に渡しました。

「朝比奈さんの御手《みて》が差し出すものなら仮令《たとえ》、水道水でもアルプスの雪解け水以上です」

畠中隊長が返してくれました。

「水道水は只《ただ》で飲み放題！」

やはり涼宮《すずみや》ハルヒのネタで、井上書記長が続きます。

「メシ、行くにょろか？」

「そうですね」

三人が立ち上がり、学食に向かうようだったので、僕は付き合わない旨を告げました。

「金欠ならば、優しいロリコンの先輩が奢《おご》ってやるよ」

「隊長と行けば、オムライス大盛りが食べられるぞ」

「否《いえ》――」

「おぬし、学食に、行けぬ深刻な理由があるのじゃな？」

畠中隊長が、眉を顰《ひそ》めたので、僕はギクリとする。

君との会話を三人に全て打ち明けた訳ではない。弁当を作って貰ったことは知らせたが、君が学食

から幾許《いくばく》か、湯呑みを無断借用していることを、僕は先輩達にいっては、いない。隠すつもりはない。面白いエピソードなので話して差し支えはないし、漏らしたところでこの先輩達が、それを密告するとは、思えない。趣味嗜好に誉められるところはなく、性格も良くないが、そういうことをする人達でないのを、僕はまだ短い付き合いだけれども、よく承知しているつもりだ。

でも、僕はそのことを教えないのです。僕だけが知るものとして留めておきたい。

「ここで食べようかと。今日は、弁当があるので」

僕は自分のリュックを観ながら、返しました。

君がいった通り、起きてからアパートの部屋の扉を開けると、ドアノブにはコンビニのレジ袋が掛けられていました。中を確認すると、半透明のタッパーが入っています。蓋《ふた》を開けると、三分の二がご飯。

おかずはやはり、ウィンナーとゆで玉子と沢庵のみでした。

北据光雪が製作した弁当は如何なるものか興味津々のようでしたが、観せろとはいわず三人は、

「愛妻弁当。いいですなぁ」

囃《はや》し立てつつ、廊下に、出ていきます。

一人きりの部室でデスクトップパソコンの前に座り、『魔法少女　まどか☆マギカ』のDVD――第三話――を、鑑賞しながら、見ため悲しい君の手作り弁当を、僕はゆっくりと食べ始めました。

準主役級であるマミさんが、こんなにも早く……。

昼食に相応《ふさわ》しくないエピソード回を選んでしまったと、食べながら、僕は著しく後悔をしました。

政治の在り方や価値観を変え、新しい世界を目指すとはどういうことなのだろう。

考えたことがないといえば言い過ぎだけど、十八年間、生きてきた中で、考えを巡らせたことなぞまるであらずといえば嘘になるけれども、そのような問い掛けを自身にし、問題意識を持ち続けた経験なぞ、ないに等しい。

決して僕だけではないでしょう。

殆《ほとん》どの人が、社会や政治に不満を持っている。もっといい暮らしをと願い、裕福とまではいかねどもそれなりに暮らしていける世の中になればいいと願っている筈だ。ニュースで、飢えた子供達が劣悪な環境の中、それでも瞳を輝かせているのを観れば、何とかしなければならない、根本的な間違いが生じていると思うし、地位や名誉に固執し、私腹を肥やしたいが為の悪行を知れば、激昂《げっこう》する。それが現実と悟ったようなことをいう人もいるけれども、そうは思わない。

どうにか出来るのだと、思う。

諦めてはならない。

君がいうように、やろうとしていないだけなんだと、思う。

だけれども、どうすればいいのかの入り口すら見付けられない。

革命が起こる——。

しかしそれらの国には本当に切羽詰まった状況の人達がいるのだ。革命を起こす以外に方法がなかったのだ。

この国にも生活苦で自殺する人はいるけれども、革命を起こさねばならぬ程ではない。

井上書記長はアメリカという国は若いから、呆気《あっけ》なくパラダイムを転換させるかもしれないといった。

社会を変えるのは、若い力だ――。よく耳にする意見だ。

これに就いて、僕はおかしな思い出を持つ。

僕は高校二年の夏休み、初めてアルバイトをした。

製本印刷所での校正作業だ。小さな会社の社史の中に書かれた社長の語録を校正していると、若い力が社会を変える――と、あった。若い力――の誤植だった。

使いにくいならね、使い易いように自分でカスタマイズしなきゃなんないよ――。

二階建ての、主に学校の卒業アルバムや中小企業の社史などを請け負っている小さな製本印刷会社での短期バイト。

完全入稿ではなく、クライアントから文章のデータや写真を貰い、それをレイアウトして版下を作成し、印刷し、クロス貼りの表紙を付け、本にする。

小ロットだから、大抵、百冊から多くとも五百冊くらいしか作らない。

一冊のみの場合だって、ある。

版下にする前のプリントアウトしたデータの文章を読み、文章の意味が通っているか、文法ミスがないか、誤字、脱字が発生していないかを調べる仕事で雇われた。特に経験がなくても丁寧に読んでいけば出来る――といわれた。

そして、まぁ文法のチェックより、主に固有名詞。名称や名前に誤りがないかの確認を入念にやってくれといわれた。

斎藤さんであった人が、後の文章では、斉藤さんと記されてはいないか？　或いは斉藤さんだった人が内藤さんになっては、いないか？　不審に思う箇所は全て洗い出して欲しい。僕は重箱の隅を突《つつ》くように与えられた文章を毎日、チェックし続けました。

年配者が多い会社でした。校正として雇われましたが、働き始め、気になったのは製本をする作業でした。鉄の枠に組まれた活字を嵌《は》め込み、プレス機で、熱したそれを一枚ずつクロスに、箔押《はくお》しする。

クロスの種類と箔の種類に拠《よ》ってプレスする時間、圧力を一回ずつ、調整していかねばならないのだそうです。同じクロスに同じ箔を連続して押していく場合でも、鉄の枠に組まれた活字の耐熱が時間に沿って異なってくるので、変えなければならない。半年くらいは、プレス機でのその感覚を憶える為、実際の作業はやらせて貰えないという。製本所にプレス機は三台ありましたが、技師が二人しかいないので一台は稼働しないまま放置されていました。

技師はもうすぐ六〇になる白髪の小柄の、ジイと呼ばれる男性と、四〇代のチョビ髭を生やした恰幅のいいマリさんという渾名《あだな》の男性でした。

「ここに来た時から、ワシはずっとこのプレス機を使《つこ》てるからな、こいつが調子悪いいうて、マリさんのプレス機では出来んのよ。マリさんのプレス機にはマリさんの癖が付いとるから。というても、機械やからな、使い続けてるとガタがくる。その都度に使い勝手のいいようにカムのビスを緩めたり、スプリングに板挟んだりして自分用に調整していくんよ」

昼休み、製本作業に興味を抱いた僕にジイさんは、そう説明してくれました。

一方、マリさんは「調整」を「カスタマイズ」と言い換え、

「慣れていって自分の技術が高《たこ》うなると、ガタがきとらんでも、それに応じてセッティングも変えていかなあかん訳やしな」

更にプレス機を操る作業に関する補足をしてくれました。

「つまらんし、技術職とはいえ慣れれば、誰でも出来る仕事やから、大層に職人としての気概みたいなもんを感じることはない。そやけど、飽きはせえへんな。一冊、一冊、プレスには微調整が必要やさかいに、集中を欠かせへん」

「一冊ずつに思い入れを持ってしまいますよね」

僕はジイさんの言葉に相槌を打ちましたが、それに対しジイさんは、

「そんなもん、あるかいな」

謙遜する様子でもなく否定しました。

「ワシはクロスにタイトルや作者、社名を指示通り、箔押しするだけや。本の内容に眼を通すことはないしなぁ。私生活でも、本なんて滅多に読まん」

マリさんも自分もジイさんと同様だといいました。

「そやけど、本屋にはわりと行くな。単行本や画集のコーナーを観て回って、箔押しの加工のしてあるもんがあると、大手の会社はどういうふうにプレスしとんのかと、手で触って確認してしまうな」

校正のアルバイトをしてみようと思ったのは、石川啄木が、新聞社で校正の仕事をしていたのを知っていたからです。

ふるさとの訛なつかし
停車場の人ごみの中に
そを聴きにゆく

国語の教科書に載っているその短歌を、授業で、先生は都会に出てきた啄木が郷里に想いを馳せる

人情味溢れた作品であるといいました。

しかし、僕にはそのようなものにはどうにも思われませんでした。

得体の知れぬエゴ、失望、憤《いきどお》りなどの感情を、中学に上がったばかりの僕は、感じ取った。

きっと沢山のお国訛《なま》りが飛び交う東京の駅で、暖かい気持ちになったことでしょう——という教師の解説が、見当違いである気がした。同じ郷里の人々が話す、何をいっているのか判別出来ぬくらいにネイティヴな重い訛りでの言葉に、苛立《いらだ》ちを憶えたのではないのか？　自分はもはや地方の者でも東京の者でもない。仲間は何処にもいない。

ですから、書店に出向き、自分の小遣いで、啄木の歌集を買いに行ったのでした。

そしてその中、君に告げた、かなしきは——の短歌に、出逢ったのです。

「小説や文学にそんなに関心があるという程ではなかったんですが、その頃から大正や昭和初期くらいの作家達の作品をぽつぽつと読むようになって。啄木の生きた時代に興味を持ったのかもしれません」

「私は柊木君とは違って余り文学に慣れ親しんでいない。我が家の本棚——つまりは父の本棚——には殆ど小説がなかったから。マルクス、レーニン、毛沢東、デカルト、カント、ベーコン、ヘーゲル、ニーチェ、ショウペンハウエル、キェルケゴール、ハイデガー。哲学書や学術書の類いばかしだった。だから私には情感というものが欠落しているのかもしれない」

「でも啄木には詳しい」

「文学に食指を動かさない父が唯一、読んでいたのが啄木だった」

「共産主義者で学者だったお父さんですね」

「そう。父は文学を含め、芸術全般を低く観ていた気がする。よくいっていた。所詮、小説や絵は金持ちが道楽でやるものだと。だから私は、最も知られる彼の代表作——はたらけど　はたらけど　猶わが生活楽にならざり——に対し、何ら心を動かされることがないのかもしれない。無論、その歌が伝えるものが似非《えせ》であるとはいわない。前にもいったが、作者の人格と作品の優劣は別だ。私がこの歌を評価しないのは繰り返しになるが……。下手だからだ。もう少し書きようがあっただろう。まるで子供の作文ではないか。私の父は文学に無関心だったけれどしかし、啄木の影響で歌を詠《よ》んでいた。筆名は啄木にあやかり、堂本啄庵とした」

「タクアン？」

「そう」

「歌集とか、出しておられるのですか？」

「そこまで本格的ではなかったし、仮に父が歌を詠んでいるのが知られていたとしても歌集を出そうという出版社はなかったろう」

「きっと、難解な句ばかりだったんでしょうね」

「はたらけど　はたらけど　猶我が生活楽にならないから　今日のおかずも沢庵だよ」

「何ですか？　それ」

「父が最も気に入っていた自作の歌だ」

笑ってよいのか、よく解らない。

「余り上手い作品ではない。啄木と、似たようなものだ」

「啄木に失礼です。何ですか、おかずも沢庵だよ——って。字余りにも程がある」

「自由律の手法を取り入れているので、字余りではない」

「自由律？」

「種田山頭火《たねださんとうか》の手法だ」

「だけども……。今日のおかずも沢庵だよ——というのは、どうなんでしょう」

「母の口癖だった」

「お母さんの？」

また僕は、君の部屋で水炊きを食べさせて貰っていた。

——否、正確にいうならば、一緒に水炊きを食べた、だ。

何故なら、材料費は僕も半分負担していたのだから、食べさせて貰った訳ではない。

一人分作るより二人分作ったほうが経済的。だから幽霊が出ずとも偶《たま》には一緒に鍋をまたしようというと、君はいい案だと僕の提案を受け入れてくれました。それから、僕達はほぼ毎日、君の部屋で夕食を共にするようになった。

幽霊のせいなのかどうかはさておき、ガスが出ない時はカセットコンロ、ガスが出る時はガス栓からホースを延ばし、一口コンロを卓袱台の上に置き、僕達は水炊きをした。

君の父親が共産主義者として著名な学者であったのを知ったといったなら、君は『無抵抗のフーリエ的情念系列の社会運動』堂本圭一著　総分社——君の父親の分厚い、しかし素っ気ない装幀の著作を書棚として使用している押し入れの中から出して、僕に観せてくれました。

開くと難解極まりなき語句の羅列、何が書かれているのか殆ど解りません。

現在の活動や考え方はお父さんの著書の影響を受けているのですか——訊ねたなら、君は影響は受けているが父がフーリエの粗成セクトを社会の雛形として機能させることがコミュニズムの実践だと定義したのに対し、自分は必ずしもそれは雛形でないと考えると応えました。

読んでいるポーズをとりながら、奥付を、ふと観る。

二〇〇三年五月二五日　初版発行――。

君の母親が死ぬことになる前年に出版されたものだと、悟りました。

　君はいいます。

「うちの家庭は貧しいほうだったから、母は何時《いつ》もどうやって安く食事を作るかに腐心していた。おかずは沢庵だけということもままあった。だから口癖というのは少し違うのかもしれないが……。しかし私は、憶えている。母がよく夕飯の前になるとそう笑いながらいっていたのを。無論、自家製だ。沢庵は一時に大量に糠漬《ぬかづ》けにするものだからそれだけはどんなに食べるものがなくても食卓に上った。父は母にそういわれると、沢庵は糠床のローストビーフだと、やはり笑って応えた。――さして機知に富んだ遣り取りではなかったが、聴くと私も何だか愉《たの》しい気分になったものだ」

　少女だった君は質素な食事を親子で摂りながら冗談口を叩いたり、笑ったりしたのだろうか？

　それを訊ねられず、僕は問う。

「だから北据さんのお弁当には何時も沢庵が入っているんですね。お母さんの直伝」

「さっきもいったように沢庵は一度に大量の大根を糠に漬けなければならない。この部屋では無理だ。コープで買っている。父が亡くなるまでは家の糠床で作っていたけれど」

「市販のものとは味が違うものですか？」

「まるで違う。母の沢庵は黄色というよりも黄金色で匂いだけで食欲をそそった。私も沢庵作りだけには自信がある。母の作業を手伝っていたから。この部屋でやれないこともないが部屋自体が糠床のようになる。その匂いに耐えてまで作るものではない」

「一度、食べてみたいものです」

「作りたいのは山々なのだが……。柊木君にも食べて欲しい。そうだ、どうせ陸の一〇匹号室は空き部屋だ。あすこで作ればいい。鍵がなくとも窓を割って忍び込めばいい」

「それは止《よ》したほうがいいです」

「何故？」

「だって幽霊が出る部屋ですよ。祟《たた》りが起きたらどうするんですか？」

「柊木君は幽霊の存在を否定した筈だが」

「だけれどもですね――。実際に奇怪な現象は起こっている訳だし。それをして、万が一、北据さんの身に何かあると……」

「どうして柊木君は、そんなにも私の身を案じてくれるのか？」

僕は応えられない。

僕が無言になったからなのか君は立ち上がり、キッチンに向かい、やかんでお湯を沸かす。湯気が出たのを見計らい、湯を急須に注ぎ、お茶を淹れる君の後ろ姿を盗み見するように眺めていると、子供の頃に母が台所に立って料理の支度をしていた様子を思い出す。

僕の家庭はごく平均的なものだったけれども、そんな母の姿もありきたりのものだろうけれども、想い出せば郷愁のようなものが去来する。

君が湯呑みを二つ手に持ち戻ってきます。入っているお茶は、やはり雁音でした。

「やっぱり、美味しいですね」

「お茶だけは多少の贅沢をする。母も父もお茶だけには五月蠅《うるさ》かった。一杯のお茶で心が満たされる。父と母が望んだ豊かさとはそのようなものだった」

「解るような気がします」

「否《いや》、解らなくともよい。気を悪くされては困るが、柊木君は本当の貧乏というものを経験したことがないだろう。たった三千円を工面する為に奔走《ほんそう》し、土下座をしてようやくそれを手にする。そんな親の姿を観たことがないだろう。今の私なら平気だがやはり子供の頃はそんな親、結局は父なのだが、を疎《うと》ましく思った。小学生の頃は給食費が払えず滞納していたので、教師が家まで催促しに来た。それに対応し、謝るのは母だったから余計に父に対し憤りを覚えた。話したと思うが母は高校の教師だった。教員なら給食費の未納が教育制度の水準を持続させ難くする枷《かせ》になっているのは承知でしょうといわれ、重々《じゆうじゆう》——と頭を下げる母の姿を観るのは本当に辛《つら》かった」

「お母さんはそれに対して苦言を呈さなかったんですか？」

「よく母は私にいっていた。お父さんは、幸福な王子なのだと」

「宝石や金箔を燕《つばめ》に貧しい人の許《もと》に運ばせ、最後は見窄《みすぼ》らしい姿になってしまう、あの童話の王子像ですか？」

「そう。あの物語はシニカルなものであって、本来ヒューマニティとは程遠いもの、自己犠牲を嘲笑するような内容であるのだが、その王子の傲慢さを含め、今思えば母は父をそう定義していたのだろう。柊木君はあの物語の原題を知っているだろうか？」

「否、知りません」

「The Happy Prince——。つまり幸福な王子であった父は幸せを運ぶ人ではなかった。しかし幸せな人であっただろう。何故、父が幸せな人なのか。柊木君には解るだろうか？」

「僕は、北据さんの答えが聴きたいです」

「王子がどうして幸せだったか。それは理解者である燕が彼に寄り添い、最後まで王子の要望を聞いてくれたからではないだろうか。燕はそんなことをすれば貴方《あなた》が見窄らしくなっていくだけとはいわなかった。燕は王子の理想を自分の命が尽きるまで大切にした。王子は燕に拋って幸せになれたのだ」

　君は鏡台を、指差しました。

「あれは母の使っていたもの。唯一の形見。一日に一度は、私は必ずあの鏡台の前に座り、身繕《みづくろ》いをする。私のようなものの部屋に鏡台が置いてあるのは似合わないと、嗤《わら》われるかもしれないけれども……」

「嗤いませんよ」

「でも、不自然だろう。私の部屋に鏡台なんて。承知しているが、どうしてもあの鏡台を捨てることが出来ない。形見とはいえ無用の長物。ヘチマコロンをつけるか髪を編む以外、使いはしないのだし」

「お化粧は……」

「したことがない。やりかたを知らない。したところで綺麗になる訳でもなし、必然性がない」

「しなくても――」

　僕は訴えるように叫びました。

「しなくても――北据さんは、とても、綺麗です！」

　どうしてあの時、大声で、そんなことをわざわざいってしまったのだろう？

　今になっても解らない。

　君は珍しく、驚いたような――呆気にとられたかのような不意を打たれた表情を、一瞬みせ、眼を丸くして幼女のように、

「えっ？」

　――僕を、凝視《ぎょうし》しました。

「否、あ、その……。別に、違うんです……」

取り繕いながら、合わせられた目線を外したく、僕は顔を部屋のあちこちに向けます。

「そういうことではなくて」

しかし、君は僕の狼狽《ろうばい》を知ってか知らずか、再び無表情に戻ると、無情にも訊ねます。

「何が違うのだろう？　そういうことでないとするなら、どのようなことなのだろう？　文章として、連体詞が示す体言が省かれてしまっているように、思える」

「ですから……」

「ですから？」

「つまり……」

「接続詞、並びに副詞だけでは、解らない」

やがて、何もいえなくなった僕を詰問するかのように、君はいいました。

「柊木君は、私のことが好きなのか？　恋愛対象として私をみているのか？」

真っ直ぐな、まるでカレンダーの日付を確かめるかの如き無機質な眼光を浴びながら、もはや僕は逃れるのが適わず、観念し応えました。

「ええ、そうですよ！　僕は北据さんが好きです！　好きなんですよ。最初は解らなかった……。部の先輩達に冷やかされて、そんなんじゃないって否定しましたけど、たった今、気付きました。僕は、北据さんに好意を持っています。

可笑《おか》しいですか？　可笑しいですよね。まだ知り合って間もなくて、北据さんのことなんて殆ど知らないのに、北据さんが何を考えて、何をしようとしているのかもてんで解っちゃいない癖に、こうして何度か鍋を一緒に食べただけで、こんなことを想うだなんて。馬鹿みたいですよね。気持ち悪い奴です。だけど、問題ありますか？　僕の気持ちが迷惑なものだったとしても、僕が北据さんのことをどう想おうが、それは、僕の自由じゃないですか！

いいですか。――日本国憲法には、こう記されています。第三章第十九条、思想及び良心の自由は、これを侵《おか》してはならない。第二十条、信教の自由は、何人《なんぴと》に対してもこれを保障する。ちゃんと憲法で定められているんです。北据さんに僕の想いを侵害する権利はない！」

「怒鳴《どな》らなくていい」

冷淡な声で、僕はようやく我に返ります。

「すみません」

「どうして謝るのか？」

「それは……」

「柊木君のいうようにそれは自由だ。確かに憲法で保障されている。そして、仮に保障されていなくとも、迷惑ではない。どうして柊木君が、私にそのような感情を持ってしまったのかは不明だけれども……」

君は言葉を切り自分の前にある湯呑みの縁に右手を遣り、しかし持ち上げずに手を外し、膝に置くと、

「だが、止《や》めたほうがいい」

厳粛な口調で、続けました。

「そのような感情を持ち続けると、柊木君――貴方に迷惑が掛かることになる」

「どうして？」

「私は公安からマークされている。ゴミ置き場の件は既に伝えたし、話しているだけで仲間と想われ

迫害を受ける対象となることはもう既に承知しているだろう。私が第四世界民主連合としての活動を続ける限り、柊木君はその活動と何ら関わりを持っていなくとも、甚大《じんだい》な被害を被《こうむ》る」

「構いやしません」

「柊木君が構わないといっても、私が困惑する」

「じゃ、やっぱり迷惑なんですね」

「そうではない。困惑するだけだ」

「同じ思想と行動を実践しない相手とは、恋愛関係になれないということですか？」

「それも違う」

「交際して欲しいとか、そんなことを願うつもりはないんです。北掘さんにとっては恐らく第四世界民主連合としての活動が生きることの全てであって、恋愛なんてしている暇も余裕もないでしょう。振り向いて欲しいだなんて思っちゃいないですよ。でも微《かす》かな希望くらいは持ってもいいでしょう？人はどんな状況でも希望を持ち続けるものだってこの前いいましたよね？　じゃ、成就しなくてもいい。希望だけ抱かせて下さい。これまで通り単なる同じアパートの住人同士の関係でいいですから」

「その必要はない」

「——？」

「何故なら、既に成就はしているのだから」

「どういうことですか？」

訊ねると、君は粛《しゆく》たるものから陰鬱《いんうつ》とも取れるものに変更された口調で、こう述べました。

「私も、柊木君に……。既に、好意を、抱いてしまっている、と——、いうことだ」

本来なら、小躍《こおど》りする場面だ。

アニメ研の先輩風にいえば、難攻不落のキャラ、攻略成功でベストエンドだ。

しかしながら、卓袱台《ちゃぶだい》を挟んで対面する僕と君とを包む空気は、どんどんと、濁《にご》り、澱《よど》んだ性質のものになっていくのでした。

「幾ら生活費の足しになるからといっても、まるで好意を持てない相手に対し、弁当を作ることの提案などしない。初めての経験だ。他者に弁当を作りたいと思ったのは……。

さっきの小学生時代の給食費のことにしろ、私は誰にも語ったことがない。柊木君だから話した。聴いて、欲しかった——。

だけれども、私は恋愛感情というものが如何なるものなのかよく理解出来ない。であるから好意を持っているということは出来ても、私は柊木君に恋をしているとはいい難い。いってはいけない気がする。かのような事情に拠り、交際は、不可能だ。私には好きになったから付き合いたい、一緒に映画を観たり、ハイキングに行ったりしたいという感覚がないのだ」

「デートに関心がないということですか」

「そう。それに……」

「それに？」

「柊木君がいったように、私にとっては世界を変革し全ての人々が幸福になる為の行動が最優先される。第四世界民主連合としての活動をする為、寝る間さえ惜しい」

「妥当ではないでしょうが、北掘さんは、ずっと、こうしている今ですら、戦場にいる戦士が眼の前の敵を倒すことに一切の神経を注いでいる——状態だと受け取っていいのでしょうか」

「こうやって柊木君と語らっている間ですら私の闘争は継続している。だからデートに関心がないということではないのかもしれない」

「解りました」

「申し訳ない」

「さっきいわれたことをそのまま返しますよ。北据さんが謝る必要なんてない」

「そうだろうか……。でも、交際もデートも無理だが、セックスなら出来る。それくらいの時間ならさける。柊木君がもし私とセックスがしたいなら、何時《いつ》でもいって欲しい。私はそれを受け入れる」

「何、いってるんですか」

「恋愛対象とセックスがしたいというのは、男性の基本原理ではないのか？」

「そりゃそうですけれどね。でも……」

「セックスがしたいから、好きだといってくれたのではなかったのか？」

「違いますよ――」

「やはり私のような化粧っ気もない者には、欲情をしないのだろうか？」

「どう説明すればいいんだろう」

「柊木君はお世辞だろうが、私を綺麗だといってくれた。男性とはステディな関係を欲さなくても、相手が美しければセックスがしたくなるものではないのか？　好きなら尚更《なおさら》ではないか」

「そりゃ、したいですよ。北据さんを綺麗だといったのはお世辞なんかじゃありません。本当に僕はそう感じているし」

「では、この卓袱台を退《ど》けて、今から布団を出そうか？　それとも布団なんていらなくて、卓袱台の上に強引に押し倒して、服を脱がせる手間暇すら掛けず、陵辱《りょうじょく》するように私の身体を獣《けもの》のように貪《むさぼ》りたいのだろうか？　私はどちらでも構わない」

「どっちもいりません」

「どうして？」

「どうしてっていわれてもなぁ……」

「ジャージがいけないのか？　メイド服や競泳水着じゃないと駄目なのだろうか？」

「何でそういう発想になるんです？」

「だって柊木君はオタクだと聞いたから」

「オタクが悉《ことごと》くメイド好きというのは、それこそ偏見というものですよ」

「そうなのか。失礼なことをいってしまった」

「もうこの話は止しましょう。僕はその気持ちだけで、ともかく今は充分です。北据さんとこうして話が出来る。北据さんとこの部屋で鍋がつつける。毎日、お弁当を作って貰える。それだけでいい」

「了解した。しかしメイドの衣装なら持っているので、もし本当の本当はメイド好きなら、何時でも着替えるので伝えて欲しい」

「どうしてそんなものを持っているんです？」

「路上でビラを撒くことも多々ある。しかし大概は学内同様、無視される。だからメイド服で街頭に立つことを憶えた。メイドの恰好をしているとわりと受け取って貰える」

「メイド喫茶のビラと勘違いされるからでしょう」

「そうなのだろうか？」

頭がおかしい訳でも、愚鈍な訳でもないのですが、君は時折このような根本的な間違い、勘違いを平気で侵すのです。

アニメ研究会の先輩達ならそこがギャップ萌えと断言することでしょう。でもメイドには興味がないけれど君のメイド姿なら一度は観てみたい気がします。だって、地味なワンピースとジャージ姿以外、僕は知らないのですから。

そういってみると、

「やはり、柊木君も変態なのか」

君は納得します。

いうんじゃなかったと、僕は後悔をする。

「しかし、幾らビラを受け取って貰う方法だとしても、メイド服ってのは北据さん的には恥ずかしくはないんですか?」

「多少の抵抗があったことは確かだ。メイドとは主人にかしずくもの。何故に階級社会の象徴であるコスチュームを着衣し、金銭を得るしかないのか。他にも方法はあると自己批判もした。しかし……」

「メイド喫茶で働いているんですか?」

「でなければ、そのような衣装を持ち合わせている筈もない」

「どうして、選《よ》りにもよって」

「活動を第一にすると出来るアルバイトは限られてくる。接客は苦手だがメイド喫茶の場合、お帰りなさいませ。ご主人様――マニュアル通りに繰り返していれば給金が貰える。普通のウェイトレスよりも時給はいいし、出勤のシフトも融通が利く」

「お店の人や同じメイド喫茶のメイドさん達は北据さんの活動のことを?」

「無論、知らない。しかしロッカールームで、鞄に入れていたビラを観られたことがある。幸い彼らは私が売れない女優志望の劇団員か何かで、公演のビラを常時、持ち歩いているのだと勘違いしてくれたようだ。だから敢えて訂正をしないまま現在に至る」

その夜、僕は君が頭にネコミミを付けフリフリの黒いロリータチックなメイド服を纏い、「お帰りなさいませ。ご主人様」と迎え、テーブルの上のカセットコンロに土鍋を置き、「今から水炊きをしますので、一緒にもっと美味しく食べられる魔法をこのお鍋に掛けたいと思います。美味しくなあれ。美味しくなあれ。まるくす、まるくす、萌え萌えきゅん」といいながら、鍋の中にヘチマコロンを、どばどばと注ぐ夢をみました。

アニメ研の先輩達がいうように僕は変態なのかもしれない。

朝起きて大いにへこみました。

この夢のことは誰にも打ち明けませんでした。打ち明けられる筈がありませんでした。


「活動をやってるとまともな仕事につけん。バレたら土方すらさせて貰えん」

黒いワンボックスカーにその日、僕は乗り合わせていました。

鍋をしていると訪ねてきた男、迷彩のツナギ――タンカーカバーオールに、愛國と書かれた鉢巻きをした背の高い角刈りの筋肉質な体躯《たいく》のこてこての関西弁のその男は、とても精悍《せいかん》で、若く観えましたが四〇代半ば、銅像の破壊を共に第四世界民主連合の名の許に実行した仲間だと君は教えてくれました。

「北据《きたすえ》はん、第四世界民主連合に同志でっか」

「彼は第四世界民主連合とは関わりない」

「じゃ、まさかの恋人でっか？　李《り》はん、怒りよるやろなぁ」

「同じ大学の後輩です。四月からこのアパートに越してきて。お互い生活費を切り詰める為に偶《たま》にこうして一緒に夕飯を摂っているんです」

君が僕のことを説明する前に、僕は自分から君と自分との関係性を簡潔に語りました。

「第一文学部の柊木殉一郎《ひいらぎじゅんいちろう》です」

「皇頼《こうらい》の会代表の大松広平《おおまつこうへい》といいます。よろしゅう。見掛けで極道に間違われますが、これでも純然たる活動家やさかいに」

鍋を食べる途中、暑くなったのだろう、大松はフロント部分のジッパーを下げ、袖から両腕を抜き、腰にタンカーカバーオールの上部を巻き付ける。

下に着ていた色が抜けたモスグリーンのTシャツの袖から伸びる彼の腕、隆々《りゅうりゅう》と、手の甲の部分まで、とぐろを巻くように太く濃い毛の生えている右腕の上腕部分には、鈍い青色で、「尊王攘夷《そんのうじょうい》」の入《い》れ墨《ずみ》がありました。

「世間的にいうならうちは新右翼と呼ばれる結社になりますわ。右や左やと色分けするのを、北据はんは毛嫌いしゃはるが……。うちからすれば第四世界民主連合は新左翼や」

「左翼と右翼って敵対するものでは？」

僕が訊くと、大松広平は焦《じ》らすこともなく、あっさりと応える。

「左翼と右翼はそうでんな。でも新左翼、新右翼となりますと利害が一致することが往々にしてありますんや。俺らですら時々こんがらがりまっさかい、理解しよと思わんほうが宜《よろ》しい。昨日の新右翼が今日は新左翼になっとる。その反対もようありますわ」

見てくれは思い切り右翼だけれど、話し方や態度は、僕が思い描いていた、右翼や新右翼の活動をする人物のそれとはかけ離れている。そういう人々は、全ての事柄に対し、もっと狂信的で攻撃的な態度だと考えていました。実際に話をした経験は、まるでなかったけれども。

「しかし、共闘を組もうと第四世界民主連合が皇頼の会と同一化することは決してない。仮にそのような編成を余儀なくされるなら、第四世界民主連合は李氏のトロツキズム解放戦線との融合の道を選ぶだろう」

ワンボックスカーには、君も同乗していました。

三人で鍋をつついた夜、この日の話が出た。街頭演説の応援に、君と大松広平は共に出掛けるという。誰がどのような演説をするのかは簡単にしか聴かされなかったけれども、僕も一緒に連れて行っては貰えないだろうかと、訊いた。大松はすぐに了承しましたが、君は、遊び半分で加わるものではない——断念するよう促《うなが》しました。しかし、僕は迷惑は掛けないのでと、君を捩《ね》じ伏せた。

「演説の骨子が複数あるにせよ、柱となる一つは原発の再稼働反対ですよね。それなら僕だって同意見ですよ。北据さんはいったじゃないですか、主義や主張に異なる部分があるにせよ、デモなどで一つの目的を成し遂げようとする時には共闘する場合があると。浅い考えで俄《にわか》に加わろうとする者を拒むのでは、狭い排他主義の政治活動だと思われても仕方ないですよ」

「どうにも最近の柊木君は、弁証法的に話す手段を憶《おぼ》え始めたので、やりにくい」

朝に君と僕とをハイツ・リバーサイドまで迎えにきた大松広平は、フロントガラス以外は黒いスモークフィルムで車内を観えなくした、黒いボディに白文字で皇頼の会と記した車に僕と君を乗せると、

「今日は渋谷駅や」

ゆっくりと発進させました。

心地よい、巧みな運転でした。

「街宣車というやつですか、これ？」

僕は初めて乗る右翼の街宣車の後部座席に座りながら、辺りを遠慮なしに見渡しました。

威圧的な外観程に、車内に変わった部分はありませんでした。

飲み物を入れる小さなクーラーボックスや毛布など、車内で寝起きする為であろう生活感満載のものが揃い、茶緞子《ちやどんす》の御神号が恭《うやうや》しく飾られている以外は特に不審なものも眼に付かず……。否、不審なものはありました。十台を超す未使用と思しき携帯電話。それを指摘すると、

「柊木はんは、街宣車の中にどんなものがあると思《おも》てた？」

逆に訊ねられます。

「日本刀、木刀とか……ですかね」

「そんなもん積んどったら即《そく》、アウトや。持っとらんとはいわへんで。そやけどこんな目立つ車に積むかいな。こないな車を転がしとるということは、職質して下さいというとるのと同じやさかいな」

「この沢山の携帯電話は――」

「活動をしとると足が付いたら困ることが少なからずあるさかいな」

「なるほど」

黒いスモークフィルムが貼られているから、車内から幾らじろじろ観ても、外を歩く人は気付かない。こちらから観ていることが解らないということは、向こうで興味深くこちらを覗き込んでいても、僕が車両にいて、その人を観返していることも相手に知られない訳で、最初はおかしな気分だったけれども、慣れると悪戯《いたずら》でもしているかのように少し愉快になる。

視線を寄越《よこ》す人達は、皆、剣呑《けんのん》を顕《あらわ》にしている。

「街宣車ちゅうのは宣伝カーのことでな、車両的には8ナンバーや。こうしておくと特種車両扱いで

ほぼ非課税なんや」

初めて君の部屋で面識を持った時と同じ、タンカーカバーオールに愛國の鉢巻き姿の大松広平は、鷹揚《おうよう》な口調で僕に、街宣車の説明をしてくれました。

「喉、渇いたら、クーラーボックスの中に水のペットボトル入っとるから、勝手に飲んでや」

まるでピクニックのようだ。

「僕はこういうカスタムは、周囲を威圧する為にやるものだと思っていました」

「知り合うたばっかりの恐そうなオッチャンに対して、よういうてくれはりますなぁ」

「だって、活動家であってヤクザじゃないと自分でおっしゃったじゃないですか」

返すと、大松は声を上げて笑いました。

「そりゃそうやけどな。今のヤクザはもう右翼の政治結社なんて名乗りはせん。ひと昔前は、宗教団体や政治結社の届けを出しとりゃ、税金を払わんでよかったさかいな。それを隠れ蓑にしとった訳やが、そんな誤魔化しも今は出来んようになってしもうた。でも未《いま》だに右翼は極道と思とる人は多い。俺の場合は懲役にもいっとるし」

「確かにいきなし逢ったら、信用しないでしょうね。どうみてもヤクザですし……。でも北据さんの知り合いなら、全く話が通じない人ではないかと……」

「甘《あも》うみられとんか、買い被《かかぶ》られとんか」

冗談めかして項垂《うなだ》れる大松広平に、君はいいます。

「大松氏。柊木君は少し変わっているので、気を悪くすることはない」

「北据はんに変人扱いされるとは見上げた新人や。柊木はんは面白《おもろ》いなぁ」

後部座席にて言葉に窮する僕に助手席の君は、

「そう。柊木君はとても面白い」

相槌を打ちました。

「賛同の意思があるとて、こうして共に来ることに対しては、デメリットしかないと、あれほどに説明したのに」

「これも一つの社会見学です」

一寸《ちよつと》、斜《はす》に構えた口調で僕がこう返すと、

「そやな。喧嘩の一つでもすりゃパトカーには乗れるけど、一般人が街宣車に乗る機会なんてあらへんさかいな」

大松広平は、また愉快そうに笑いました。

「ところで、身分証は持ってきたやろな」

「ええ。いわれた通り。保険証と学生証しかないですが」

「充分や。警察から提示を求められて持ってないと任意同行で連れて行かれて、ややこしいことになる場合があるさかい」

「でも、任意なら拒否出来るんでしょ」

「拒否するということは調べられては困る事情がある。それが警察の論法や。任意を求められたら素直に従う。でないと俺等が困る。どうせ職質なんてノルマでやっとるだけなんやから。やらんと点数が稼げん」

「まるでお役所仕事だ」

「警察官も所詮、公務員やからな。切符を切って一定の検挙をこなさんと、上司にイビられて、出世も出来んのや」

「そんな無茶苦茶な。ヤクザより性質《たち》が悪い」

受け答えすると、大松は今までの呑気な調子を改め、前を向いたまま、低い声になり、独り言みたいにこういいました。

「国家権力はヤクザと同じやで」

声の調子のみならず、顔が真剣であるのは、前に付いたルームミラーから窺い知ることが出来る。

「ヤクザのシノギは昔から、ゴタゴタがあったら面倒をみてやるさかいに所場代《ショバダイ》を寄越せってのが基本やろ。国はこの国に棲《す》んどるなら払うのが当然やと税を課す。俺にいわせりゃ、国家のほうがヤクザよりエグいわ。この国のどんな土地かて、そもそもは誰のもんでもなかった筈《はず》やろ。強《し》いていえばそれは神さんのものや。

日本国に棲む対価として住民税を出せというなら、そのうち、この国で息をしとるなら空気税を取るなんて法案が可決されたっておかしゅうない。室町時代の地頭は年貢を取り立てようとして、本当にすっからかん、米や粟、一粒すらないと解ると、百姓の鼻や耳を捥《も》いで持ち帰ったというけれど、官僚がやっとることは今も昔も変わりはない。

国の借金は今、約一千兆円やろ。国民一人頭《あたま》、大凡《おおよそ》八百万円を国は国民から借りとる訳や。

今、六〇歳以上のジイさん、バアさんは個人差はあるけども、大体、一千万円の貯金を持っとるといわれてる。よう、そんな大金を持っとるなぁと思たりもするが、そんなけ持っとらんと、働けん老人は生活の不安を拭《ぬぐ》い切れんのや。

不安を払拭する為の一千万と国が国民から借りとる八百万。ほぼ同額と考えてええわな。ということは、国の借金がそのまま国民を困窮させとるということになるんと違うか？　一千万もの大金を持っとらんと先行き、心配でたまらんなんて世の中は、おかしいに決まっとる。働かんでも国民である限り、国は国民に最低限の暮らしが出来る費用を渡しますってのが、健全な国の在り方やろ。そりゃ、この国の遣《や》り方《かた》に不服があれば居住国を変えられるんやが、実質的にこの国から余所《よそ》の国への政治亡命なんてのは許可される可能性があらへんのやさかいに、俺等はおいそれと日本国、日本人であることを放棄出来ん。そういう意味に於いても、国家よりヤクザ社会のほうがよっぽど人道的なシステムを採用しとるんとちゃうやろか。固めの杯《さかずき》も破門もあるんやさかい」

「柊木君——。彼の論法は多少、荒っぽいのでそのまま鵜《う》呑《の》みにしてはいけない。国家や経済はそのように単純なものではない。が、あながち間違っている訳でもない。現在、六〇歳を越える人々がそれだけの大金を有しているのは、高度経済成長期に働いてきた恩恵だといってよい。が、慢性のデフレーションである現代に生まれた私達の世代は、殆《ほとん》どの人間がそのような貯蓄を持てぬまま、歳を取るだろう。しかし国家の国民に対する借金は減る見込みがまるでない。さすれば、将来、国が破綻するのは自明の理だ。日本ばかりではない。慢性のデフレーションは世界規模でこれからも続く。つまり、このまま付け焼き刃の政策ばかりを続けていれば、破滅してしまうのだ。

対症療法ではなく根治療法を見つけ出さぬことには、デフレーションというウィルスに拠《よ》って、かつて十四世紀にペストで世界の人口の四分の一が失われたように、私達も命を落とすことになる。だからこそ早急に革命が必要なのだ。既に淘汰《とうた》は始まっている」

君が補足するので、僕はいう。

「うちの部の先輩達は、眼に観えない戦争が既に始まっているといいました」

君も、大松も、首を縦に振りました。

「その通りだ。動物は一定数を超えると、集団自殺と思しき行為に至る場合がある。昆虫も限られたスペースで繁殖し過ぎると共食いをし、その数を正常値に戻す習性を持っている。デフレーションが引き起こした現在の戦争も同じ目的で行われているのかもしれない。次の世界に残る種を選定する遺伝子レベルの闘いで、私達は殺し合いをしているのかもしれない。けれども、ウィルスに対しワクチンの開発で淘汰を食い止めることが出来たのと同様、人は叡智を以《もっ》て宿命を乗り越えることが出来るのだ。革命は人間の可能性を信じなければ成功しない。私達は共食いするを、理性と努力で回避するが可能だ」

「変えられる前に、自ら変われということですか？」

「そうだ。革命とは決定されつつある未来への反抗だ」

君がいい終わると、大松は、

「ほな大通りに出たさかい、派手にやらせて貰うで」

ダッシュボードの真ん中付近にある、黒いボタンを押しました。

割れた——車内にいても明らかに不快に聴こえることが解る——音質で大音量の『新世紀エヴァンゲリオン』のＯＰ『残酷な天使のテーゼ』が、屋根に付けられたスピーカーから、外に向かって、流れ始めました。

今まで以上に、スモークフィルムの貼られた窓越しに往来の人々が、僕達の乗る街宣車に注目します。

「こういうの、流すんですか？」

「俺が活動し始めた頃は軍艦マーチやヤマトが主流やったけど、最近はそっちのほうが珍しい。気分が高揚する曲なら何でもええんや。右翼やさかいな、まさか、フォークソングという訳にはいかんが……。しかし、好きなもんでええとはいえ、この前は靖国でドラえもん、流しとる街宣車があったが、あれはどうなんやろなぁ。子供にも愛される右翼を目指しとるんやろか」

街宣車は渋谷駅のハチ公口で停止しました。

上京して間もない僕にとっては初めての渋谷でした。

午前十時、スクランブル交差点と対峙《たいじ》するように、蒼い文字で大盛堂と看板を掲げる書店の方角を睨《にら》みながら赤い拡声器を抱え、背後に――トロツキズム解放戦線　今、全ての原発の廃炉を断行せずして世界平和はない――と書かれた横断幕を張った背の低い、多少肥えたスーツ姿ではあるけれどもサラリーマンには思えない履《は》き込んだスニーカーで木箱の上に立つ眼鏡の男性――大松広平より若いけれども、草臥《くたび》れて観える――が、天を仰いでいるのを確認すると、大松広平と君は、

「そしたら柊木はんは車内で待機ということで」

車を降りました。

大松広平は男性から少し距離を置いた喫煙所の付近に歩を進める。

彼が行ったその先には、ヘルメットを被りタオルで口を塞《ふさ》いだ者や、ゼッケンのようなものを胸に付けたキャップ姿の初老の男、しゃがみ込む浮浪者のような者等が数名、待ち合わせや休憩している人達の一団とは隔離されるように佇《たたず》んでいました。

大松は、彼らと挨拶を交すと周囲を窺うようにしながら何かを話し始めます。

君はスーツの男の隣に行く。

男からスポーツバッグを手渡された君は、慣れた手付きでジッパーを開き中から紙の束を取り出しました。

「えー、ご通行中の皆様、トロツキズム解放戦線の李明正《りめいせい》でございます」

名乗った男性が拡声器を使って演説を開始すると同時に、君は何が始まったのかと振り向く人々に歩み寄り、紙の束からビラを一枚一枚、手渡そうとします。

誰も受け取らない。

たちまちにして、李明正と名乗る男と君を避ける人の流れが出来ていくのが解りました。

代わりに大松広平とそこにいた怪し気な一団が李明正の前に移動し始めます。

「我々、トロツキズム解放戦線は真の民衆の要求と行動なくして、改革はなしと訴え続けてまいりました。形骸化した左翼運動、名ばかりのコミュニズム運動とは一線を画し、独自に民衆運動を組織することにより、誰もが平等で格差や差別に苦しむことなき世界の実現に邁進《まいしん》してまいりました。共産主義は一国によって成し遂げられるものではない。永続革命、世界同時革命こそがコミュニズムを成立させる原則要素であるというトロツキーの提案に立ち返ることが必要です。我々は富を放棄しなければならない！　国土、身分、全ての所有を放棄しなければならない！　なのに国家は遥か昔に時計の針を戻そうとしている！　一部の官僚、企業の悪習弾圧に我々は屈したままで良いのでしょうか？　昨年の原発事故もまた一部の政治家とブルジョワジーの卑劣なる利権争いと保身に拠って、何ら解決されることなく現在に至る。富む者が貧しき者から搾取《さくしゅ》するという単純な構造ではない。富む者同士が損失の埋め合わせの為に略奪し合っている。その結果、貧しき者がとばっちりを喰らっている。復興予算という名の許《もと》に善意から徴収されている筈の多額の税金が、一体、何に使われているのか。我々はこれ以上、搾取を是認していてはいけない。彼等の奪い合いと悪政を見過ごしていてはならない。憤怒《ふんぬ》を行動として具体化せねばならぬのです。政治そのものを放棄し、解体し、全ての人民に拠るコスモポリタニズムの実現を目指さなければなりません！」

「そうだ！」

「一理ある！」

大松広平らは李明正に対し賛同の意を表わします。彼等が仕込みであるのは明白。眺めていて非常に気恥ずかしいものでしたが、ないよりはマシだと後に、大松広平はいいました。

「俺等が街頭演説をする時は、予《あらかじ》め守《も》り立ててくれるもん、いわばサクラやな――を、招集しておくんや」

街頭演説のサクラとして来てくれる人間には、報酬として、弁当などを振る舞うこともあるという。少ない額だけれども、日当を支給するケースも珍しくはないそうです。

宗教団体とは異なり、小さな政治結社の場合、代表、党首なぞと名乗っていても実質は一人で活動していることが多い。君の第四世界民主連合にしろそうだし、大松の皇頼の会にしろそうだ。党名は大仰《おおぎょう》だが、李明正のトロツキズム解放戦線も彼のみの結社なので、デモや集会などで知り合った同じような団体の人間に応援を頼む。複数の党員がいた処から主義を違《たが》え、分裂していたりすると、元にいた旧知の党に動員を願ったりもするらしい。

「拡声器を持って、こんな場所で一人でがなっとっても、何のインパクトもないやろ。都会のど真ん中やから、ちょっとやそっと目立つようなことをしても、大道芸とでも思われるのがオチや。今回集った連中も、俺と北据はん以外は、皆、弁当目当てやわ」

李明正の演説は約一時間半で終わりました。

彼のトロツキズム解放戦線の主張は、国家という共同体が存在する限りコミュニズムの達成は不可能であり、人類は土地や貨幣、家族、結婚制度等から解放されることによって初めて平等を勝ち取ることが出来るというもののようでした。

君によると李明正はトロツキズムというよりも、アナーキズムに近いらしい。

大松広平のいう通り演説が終わった昼には、李明正より応援の者達に弁当が振る舞われました。

何時《いつ》も人数が増えた時のことを考え余分に用意しているそうで、車内から見学の僕にも弁当が与えられました。街宣車の中で僕と君と大松は弁当を食べた。

なかなか美味しい大手弁当チェーンの鮭弁当でした。

「僕も、貰っていいんですかね？」

「働かざるもの――といいたいところやけど余っとるんやし、構《かま》へん。李はんには後で紹介するさかい、礼だけいうとき」

「このような運動をしながらも、彼は活動資金の殆どを裕福な実家から引き出している。この食事にしろ働いて得た代価で購《あがな》われたものではない。柊木君が気にすることはない」

「嫌がるから、本人の前ではいわんけどな」

大松広平はそう前置きをして、李明正の実家が経営する会社の名を明かしました。

誰もが知る大手洋菓子メーカーでした。

「李はいわゆる在日の三世だ。関東大震災があった数年後、彼の祖父は君が代丸という日本と済州島を結んでいた船に乗り、日本にやってき、この国で働き、財をなした。

民間の海運事業であったが、当時、安い労働力を国策として大量に欲していたこともあり、朝鮮半島の人々の出稼ぎ船としての機能を担っていた。祖国に帰る人もいれば、移住して新天地としてこの地に根を下ろす覚悟をした、しなければならなかった人達も、いた。李の祖父は後者だ。

諸外国と異なり、日本は外国人労働者に免疫がない、だから慣習が違う上、利潤の為のみでこの国で働こうとする海外の人間を上手く扱えないのは仕方のないことだとする論調もあるが、海外の人材を受け入れてきた歴史は、ある。そしてそれは近代に入ってから始めたことでもない。また、半島の人達が労働者として日本にやってきたように、日本人も新天地を求め、海外に渡航した。

明治の富国強兵制度の中で採られた地租改正で、多くの貧しい農民が税を納められなくなった。国にとって、税を徴収出来ぬ者は不必要だ。従い、当時、国はそのような者達に海外移住を勧めた。この国でやっていけぬ人々は、生きる為、満州、台湾、朝鮮、ブラジルなどに渡った。

我々は、日系ブラジル人のように、異国に渡り過酷な環境と境遇下で働き、その国に新しい生活の基盤を作った人々の努力を称賛する。しかし、一方で同じようにこの国にやってきて、この国で努力し、富を手に入れる外国人を寄生虫かのように忌《い》む。日系の人間を大統領に選出したパラオやペルーの国民のように、この国で尽力し、利益を齎《もたら》した在日の人達の中から内閣総理大臣を選ぶことを、この国は遠い未来もしないだろう。

この国で李のような在日と呼ばれる人々は、裁判官や警察官になれない。防衛大学校に入る資格すら与えられていない。外国人を公務に就かせると国家に不利益な行為をする恐れがあるとの理由からだ」

「右翼を名乗る俺がいうのは奇妙やと思うかもしれんが、平成の世になっても、まだこの国は鎖国しとるんや。日本人だけで団結しとかんと、国が乗っ取られると思い込んどるんや。アホ、丸出しやで。俺が極左の、北据はんの第四世界民主連合よりもガチガチに左の李はんとこのトロツキズム解放戦線と偶に共闘出来るんは、互いに弱小であるが故やない。お互いに意地みたいなもんもあるからなぁ、本音としては嫌やで、俺かて、李はんかて。右の癖に左と、左の癖に右とつるむのは……。

そやけど、日本や、韓国や、アメリカやロシアや、ていう縄張り意識に、何で縛られてないかんのや。日本人やとか、男やとか、右翼やとかって分ける前に、人間やんけ。人間が人間の利益の為に頑張ることに水を差すような法律より、人間同士として助け合える取り決めを守りたいという姿勢があるから、俺等は共闘出来る訳や」

鮭弁当を貪るように食べながら、大松は続けました。

「実は、俺かて貧乏はしてるけど実家は、わりと金持ちやねんで。絶縁しとるから李はんみたいに支援金を出させるのは無理やけど……。右でも左でも、活動やってる奴は案外プチブルの家庭に育ったのが多いねん。というか貧乏な家に育つとこんな呑気なことというてられへん。政治が悪いとかいう前に、食べる為、兎《と》にも角《かく》にも働かんとならんからなぁ。考え続けても、腹は膨れん……。そもそも、北据はんや李はんらがバイブルのように扱う『共産党宣言』のマルクスとエンゲルスやって、ブルジョワやからな」

「従って共産主義運動は脆弱《ぜいじゃく》から逃れられぬのだ」

「そうやろな」

「左翼を自称する者達より右翼を自認する者達の行動の方が、時に、現実的なのは、明確な危機意識を持っているからだろう。裕福な家庭に育った者が社会改革に挑むのを非難するつもりはないが……」

「どっかに甘えはあるわな」

どちらが左派でどちらが右派なのか、解らなくなる遣り取りだ。

鮭弁当を食べ終えた大松広平は、呟《つぶや》くと、腕の渦巻く剛毛に、埋もれるように付けられたダイバー仕様の頑丈な拵《こしら》えのデジタルの腕時計に眼を遣り、

「そろそろ第二回目の演説や」

いうと、

「また柊木はんにはお留守番をお願いするわ」

君と二人で、街宣車から降りていこうとしました。

僕は呼び止めます。

「手伝いますよ」

しかし、君はその申し出を拒否します。

「柊木君は部外者なのだから必要ない」

「でも……」

「デモの時には要員として誘《さそ》てやるさかいに、今日は待機や」

大松広平も僕をいなしました。

「あの人の演説内容にはさほど関心を持てません。だけど、僕だって福島に限らず、全ての原子炉は速《すみ》やかに廃炉にするべきだと思う廃炉派ですし……」

「廃炉派だとか、賛成派、反対派——というような、何々派というカテゴライズを、人は自分にすべきではないし、他者にもするべきものではない。廃炉を望むならそのような考えを持つ者であるのみでいい。先程、大松がいったように、日本、韓国、アメリカという狭義に人がアイデンティティを託してしまうのは、何々派という括《くく》りを自身にも他者にも求めてしまうからだ。廃炉を希望するからといって左翼に近い訳ではない。民族主義的な理念を求めるからといって右翼的と断定してはならない。私達は全ての事案に対し、一つ一つ、常にリベラルであらねばならないのではないだろうか」

「それは、そうですね……」

僕は、かなりへこむ。取り残されてしまったような歯痒《はがゆ》さに、焦燥《しょうそう》する。

君と二人で話をしている時は、余りに君の有する知識が膨大で、論理が整っているので、やり込められても自分の思慮の浅さを恥じ入ることはなかった。が、大松の話を聴くと、大松がまるで教養からはかけ離れた人間であるのはすぐに解る。

大松の思想は膨大な書物の知識や、精密なロジックから出来上がっているものでは、ない。

子供っぽい正義心がその根幹を支えている。土地が国家に帰属するもので、国民が国に棲む権利として税を徴収されるなら、そのうちに空気税を取られかねないというような発想は、子供時代、誰もがするものだろう。

でも、大松は君と充分にとはいえないものの、渡り合えている。君の方が透徹《とうてつ》であるし、大松自身もそれを承知しているだろうが、君は大松を自分と同等の論客《ろんかく》として扱っている。

僕は何処かで、ならば、政治に対し正面から向き合ったことはないに等しいけれども、大松程度のことくらいなら考えられる——と、自負していたのだと思います。論理的という点では、大松よりも君のいうことを僕の方が理解する能力があると、妙な自負を抱いて、いた。ですから、君と大松の両者から同様の反駁《はんばく》を受けてしまうと、鼻っ柱がへし折られてしまったような想いを感じずにはいられない。

君は僕のことを貴方、もしくは柊木君と呼ぶが、大松のことを——明らかに年齢も活動家としても上なのに——気付けば、呼び捨てにしていることも、僕に妬《ねた》みを抱かせる原因だっただろう。

僕の心情を悟ったのだと思う。

大松広平は、まるで自分がヘマをして取り繕《つくろ》いをするかのように、僕に訊《たず》ねました。

「そしたら、何で柊木はんは廃炉なんや？　説明出来るか？」

僕は、そのパスを受けました。

「きちんとした考えがある訳ではないです。でも、あの震災の本当の問題は津波などの被害より原発事故にあると思います。東日本大震災が、阪神・淡路大震災や、他の大規模な災害と異なるのは、その点ではないでしょうか。

原発をなくせというのが感情論だとの意見があるのは知っています。だからといって再稼働や存続を容認する立場をとらなければならないということには絡《つな》がらないと思うんです。唯一、原子爆弾を投下され、その被害を知っているこの国が、何故、原発開発をしなければならなかったのか？　コストパフォーマンスがいいということに納得する形で、事故が起こるまで実質、原発を容認してきてしまったのは国や一部の企業のみの責任なのか？

僕達それぞれにも責任があるんじゃないか？

だから、廃炉か再稼働かを選択するのは、国や企業でなく、僕達一人一人なんじゃないかと……。

少なくとも、一旦、僕達は原発に頼らずこれまでやってこれました。原発を動かさなければ、電気の供給が間に合わず、都市機能が麻痺するなんていわれましたけど、そのようなことはなかった。節電対策が取られているけど、それに拠る大きな損失はない。――僕はこの春に東京に来たばっかりだから、節電前の東京の様子を知りません。だけど、確かにコンビニの入り口にあるネオンは消えているにせよ、自動ドアを手動で開けなければならない程ではない。電車だって走っています。こうして渋谷に来るのは初めてですが、とても節電しながら、電力をチビチビと使ってどうにかこうにか動いている街には観えないですよ。本気で節電しようとすれば、まだまだ出来る筈です。便利でもコントロール出来ないもの、まだ制御の仕方が不明なものは敢えて、使わない。そのような選択を採用するのも、人の知恵だ。こんな回答では駄目ですか？」

すると、大松広平は、

「否《いや》、駄目やない」

首を縦に振りました。

「演説してる李はんかて俺かて、去年のあの事故がなかったら原発に対してそんなに問題意識を持たんかったやろうしな。でも今日はお留守番や」

「僕だってビラを配るくらいは出来ますよ。大松さん達のように演説を盛り上げるのは勘弁して欲しいですけど」

「柊木はんには、柊木はんの役割がある」

「何ですか、それは？」

大松広平は、応えます。

「この車に乗ってて貰うことや。誰か一人は乗車しといて貰わんと駐車違反になってしまう。今日は柊木はんが付いてくるていうから、わざわざ街宣車を出したんや」

「右翼もそういうの、気にするんですね？」

「当たり前や。演説にしろ集会やデモにしろ好き勝手にやる訳やないんやで。何月何日の何時からこれこれこういう意図でやりますさかいに許可を下さいって当局に申請するんや。それがないと即、逮捕や」

「申請するんですか？」

驚くと、大松は照れ臭そうに、頭を掻きます。

「裏切られたって顔付きやなあ？」

「そういう訳じゃないんですけど……」

「無駄にしょっぴかれてもつまらんやろ」

「銅像の破壊も許可申請したんですか？」

「認められんことは黙ってやるしかない」

仕方なく、僕は街宣車に残りました。

また拡声器での、李明正の演説が始まります。

内容はほぼ同様でした。演説をしている場所と数メートルしか離れていない渋谷駅の改札の横には、交番が、ありました。無論、そこには警官がいる。交番の様子を観ると、二人、警官が立っているけれども、特に演説する李やサクラの人々を警戒している様子もない。

「本日はご清聴《せいちょう》頂き、有り難うございます」

李明正が挨拶をし、大松広平らは拍手を送る。

君と大松広平が街宣車に、戻ってきました。

「この後、軽く反省会――まあ、李はんの奢《おご》りでメシ喰うだけなんやが――。来るか？」

「打ち上げですか？」

「街頭演説に打ち上げなんてあるかいな」

「弁当のお礼もいいたいですし……。他の人達も来るんですか？」

「否、李はんと俺と北据はんだけやろな」

「じゃ、連れていって下さい」

大松広平はまた『残酷な天使のテーゼ』を大音量で流しながら運転をし、車を道玄坂に廻すと、コインパーキングに駐車します。

連れて行かれたのは狭い油まみれのカウンターと四人席のテーブルが二つしかないホルモン焼きの店でした。カウンターでは浅黒い顔を赤くした男達が、ひたすらに焼酎らしきものを飲んでいる。

奥のテーブル席に、既に李明正はいました。

「お疲れさん」

大松広平は軽く手を挙げると、李明正に声を掛け、その横に座ります。

「またホッピーかいな。前に一寸話したが、彼が柊木はんや。今日は車をみて貰とってん」

「北据さんの大学の後輩で、柊木殉一郎といいます」

「トロツキズム解放戦線の主宰の李明正です。今日は有り難うございます」

慇懃《いんぎん》で硬い口調で李明正は礼を述べると、僕と君にテーブルに就くよう促します。

君が李明正の前の席に座ったので僕は隣、大松広平の前の席に座りました。

「何かお飲みになって下さい」

「ろくな酒は置いてないけど飲まして貰い。俺は李はんと同じホッピーで」

「私はウーロン茶を貰う」

「僕も……ウーロン茶でいいです」

「柊木はん、酒、飲まんのか？」

「まだ未成年ですから」

「アハハ。未成年とは恐れ入ったな」

大松広平は額に巻いた愛國の鉢巻きを——、「こないなもんしてたら、店の人に迷惑や」——、外すと、カウンターの向こう、野球帽を被った店の主人に向かって叫びました。

「ホッピーとウーロン茶二つ。それと、ホルモンの盛り合わせ、キャベツ」

すぐに液体——焼酎だった——が四分の一程入れられたジョッキと、コーラのようなビールのような不思議な小瓶——これがホッピーらしい——と、小鉢に入れられたホルモン焼き、皿に盛られたキャベツとジョッキに注がれたウーロン茶が、二杯、主人に拠ってカウンターに置かれました。

大松が立ち上がり、取りに行き、僕達の座るテーブルの上に運びました。

「ここはあのオッサン、一人でやっとるからな。こうしてテーブルで飲み食いするもんは、出されたもんを自分等で取りにいかなあかんねん」

「人件費を端折《はしょ》って商品を安く提供してるということですか？」

「うん。流石《さすが》に金曜と土曜の夜は安いだけあって、客でごった返すさかいに、一人で切り盛りが出来んちゅうて、小学生の息子に手伝いをさせとるが、まぁ、自分の子供やさかいに、給料はいらん」

「夜にこんな店で子供を働かすなんて、児童福祉法に抵触するんじゃ？」

「ホンマ、柊木はんは、堅物《かたぶつ》やなぁ」

少し不愉快に、なる。

アニメ研の先輩達からそういうふうにからかわれるのは、先輩達がふざけすぎた人達だから特に何とも思わないけれども、こういうふうに何度も大松広平のような人物から堅物扱いされるのは、嫌だ。

大松は小瓶から炭酸飲料を液体の入ったジョッキに注ぐと割り箸で掻き混ぜ、飲み始めます。

君もウーロン茶に口を付ける。

特に乾杯はなく、僕も、

「いただきます」

とだけいい、ウーロン茶を一口、飲みました。

「どないでした？　今日の成果は」

大松広平が、李明正に訊く。

「際立《きわだ》った成果など、特にない」

李明正は、神経質そうな口調を崩さずに、いう。

「原発に絡めても関心は今ひとつでんな」

「場所がよくないのかもしれない」

「渋谷なら南口でっか？」

会話は、自然とどうやればビラを受け取って貰えるのか、話を聴いて貰えるのかに流れていきました。

君は参加する意思があるのかないのかひたすらにウーロン茶を少しずつ飲み続けている。

僕は大松と李の遣り取りを聴きながら、申し訳ないが、このままではいい意見など出ないだろうと、思う。

会話が途切れたので、切り込んでみます。

「僕のようなものにいわれるのは嫌かもしれませんが、あれじゃ立ち止まったりビラを受け取ったりしにくいと思います。先ず、トロツキズム解放戦線という団体名が、一般の人間からすると恐いし、大松さんは守《も》り立てる者がいたほうがいいといいますけど、迷彩服を着た大松さんを始めギャラリーは、如何にもヤバそうな人達ばかりです。眼を横に遣ればば街宣車が停まっているし」

「確かに異常な光景かもしれんわな」

「演説の内容にも問題があるんじゃないかと。原発反対なら原発反対。それだけに的を絞ったほうが聴いて貰えるんじゃないでしょうか。永続革命とかいわれても、僕を含め普通の人はよく解らないですよ」

「壺を売りつけたりするような手合いとは違うことは、察して貰えると思うんやけどなぁ」

「同じに観えますよ。否、それ以上に関わりたくないと思われる筈です。皆さん、活動を真剣にやる余り、普通の人の感覚に疎《うと》くなってしまっているんだと思います」

「……」

「認識は、しているつもりだ」

李明正と大松広平——二人が黙したなら、無言だった君が、ぼそり、呟く。

「但し、このような活動の方法に成果が期待出来ぬからといって、容易に変更が出来ない事情があることも鑑《かんが》みて欲しい」

「プライド、みたいなものですか？」

「少なくとも私はそのようなものは重視しない。もし結果だけを重視するならテロリズムを以てして、原発再稼働を阻止すればいい。しかし私は飽くまでプロセスに拘泥《こうでい》したい」

「でも今の機会を逃せば、一度でも再稼働を赦《ゆる》してしまえば、もう廃炉への道は閉ざされてしまうように僕には思えます。差し迫った問題は多少、強引でも解決するべきなんじゃないでしょうか」

「そうは思わない」

「それでは慎重な保守と同じじゃないですか」

「それは違う。しかし全ての改革は慎重に行わなければならないという意味では同じだ。慎重過ぎるかもしれないが、私達は過信してはならないのだ」

「それでは手をこまねいているだけに終わってしまうんじゃないですか？」

「柊木君は革命の本質を履《は》き違えている」

「僕は北据さんのように革命なんて望んじゃいません。そんなものが成功するとも思わない。まるで、イメージが摑めない」

「イメージなど、どうでもいい」

「どうすればいいのかの具体案を示して貰わなければ、賛同しようにも出来ないじゃないですか。理想論やイデオロギーだけを並べ立てられても、実行可能かどうかの判断が付けられない」

「解決の道がみえたとしても意識改革がなければ世界は変わらない。否、変えた処で仕方がないのだ」

「どうして仕方がないのですか？」

「福島原発の事故以来、今までノンポリだった君のような輩《やから》が俄《にわか》に訳知《わけし》り顔で政治や革命を語り出す。もういい加減、うんざりだよ」

「原発再稼働への反対は、政治的な立場とは無関係だと思いますね。ましてや革命なんてものとも。原発をそういうものとして扱うから、賛同しようとしても賛同しにくくなるんじゃないかって、僕はいっているだけです」

「政治に無関心である者が社会に関心を示せるだろうか？　君が原発を必要としないとして、君一人で再稼働を止めることは出来ない。どうして君達世代は政治に自らが関わることに対し、そんなにも懐疑《かいぎ》的な姿勢を示したがるのか？　政治とは生活そのものであるのに」

「安保闘争の頃は学生達が――とか、いいだすんでしょ。知りませんよ、そんな時代のことなんて。否、結局、革命だとか騒いでおきながら、フェイドアウトしちゃって、資本主義打破とか叫んでた人が、気付いたら見事に寝返って、消費社会万歳みたいにイニシアチヴを取り始めた結果、今の日本になったんじゃないですか。偉そうなこと、いわないで欲しいな」

「寝返った団塊《だんかい》の世代は、私達より上の人々だ。それに、団塊の中にも今尚《いまなお》、真摯《しんし》に抵抗活動を続けている人もいる。世代論などナンセンスだ。君は何も解ってはいない」

「解りませんよ。でも、最終的にはそうやって僕達を貴方のような人が排除しちゃうんです。だから僕達は現状に満足しているのではないけれど、改革を唱える貴方達にも不信感を募らせるしかないんです」

「では、一体、今まで君は何をしてきたというのか！」

「何もしちゃいませんよ。それって悪いことなんですか？」

「李はんも柊木はんも熱くなりなはんな」

何時の間にか僕は君と議論し、それが僕と李明正の喧嘩のような議論になり、一番、見た目、武闘派の大松広平が調停役に立っている。

「僕は熱くなったりしてませんよ」

「今、福島では君のような若者が、流感に罹《かか》るが如くの使命感で現地に入り、事故現場や被災者の様子の写真を撮り twitter に上げジャーナリストを気取る。そして我々のような活動家を、時代遅れの老害左翼と馬鹿にする」

「僕が何時、そんなことをしました?」

「君がとはいっていない。君達世代――といったまでだ」

「世代論とはお笑い草ですね。さっきナンセンスだといったのは、貴方じゃないですか。寝返ったのは自分達より上の世代だと責任を回避して、今度は僕達の世代の無関心さを糾弾する。自分達の責任は棚上げにして……。いってることに一貫性がない。僕には、貴方のいい分は、結局、自分を正当付けしたいだけのものに思えます。今日の鮭弁当、お幾らでした? 貴方のような人のご馳走になったとなると後味が悪い」

「そんなものはいらんよ」

「実家からの支援で買った弁当だから、腹は痛まないってことですか?」

「柊木はん、それはいうたらあかんていうたやないか!」

僕は李明正の前に千円札を置き立ち上がります。

多分、坂を下れば駅に着くだろうと渋谷の街に出る。思った通りさっき演説をしていた渋谷駅のハチ公口に着きました。

李明正が演説をしていた場所には、先程と異なり、多くの人だかりがありました。

色とりどりのアフロヘアのウィッグを被ったピエロのような様相の僕と同年代だと思しき若者達が、黄色いお揃いのメガフォンを持ち、ラジカセから流れるレゲエのリズムに身体を揺らしながら、陽気に騒いでいる。

「今年で人類は滅亡しますよー！」

「だからベイベー。踊ろうぜ！」

彼等の一人にビラを渡される。

ビラには『マヤ暦２０１２年　マンファクターの予言に拠り人類消滅』と、ありました。

運賃を確かめ、帰る為の切符を買う。

君が追い掛けてくることを何処かで期待していたけれども、君は来ない。

僕は一人、雑踏を掻き分け、山手線のホームに向かうしかありませんでした。


「認識が少し甘過ぎやしないかといっているだけです」

「まぁ、実際のところ、甘いぞなもし。何かをせにゃならんとは思うちょるよ。募金もせんよりはしたほうがええに決まっておる。じゃけん、志《こころざし》程度の募金はするのじゃがな……。俺達がそれをしたところでたかがしれとる訳だし、にゃあ……。現地に赴《おもむ》かんでも、こうしておる時間があるのなら、某《なにがし》かのボランティア活動に参加したほうが、せんよりもええことも、心得ておるわいな。かといって、デモ、行くかていいわれたらなぁ……。デモ、デモ、デモ」

「『でもでもの涙』は数多《あまた》のＡＫＢのユニット曲の中でも一、二を争うカミ曲です。チームＢを超え、もはや歴史的名曲でありますよ、隊長」

「井上書記長は、全てのアキバの劇場公演に応募しとるんじゃよなぁ」

「関東に棲んでるファンとしては当然。ヲタとしての義務であります。しかし、これだけ人気が高くなると、二本柱《にほんばしら》に入っていても、なかなかチケットは取れません」

「俺は『AKB0048』のみで充分じゃわ」

デスクトップパソコンが置かれた机の前、囲むようにしながら畠中《はたなか》隊長と井上書記長、後藤隊員と話している。ＡＫＢ48を主人公にした『AKB0048』の東京でのオンエアは七月かららしい。

大松広平や李明正らと知り合ってから僕は、反原発、原子力発電所の廃炉を唱えるデモや集会に参加するようになっていました。無論、全ての反原発の運動に参加する訳ではありません。その趣旨に賛同出来ないものも沢山ありましたし、僕等のような者の参加を嫌がるものも多くありましたから。

街宣車での待機を命じられた際、今日は留守番だがデモには誘ってやるといった大松は、律儀《りちぎ》にその約束を果たしてくれた。

僕達——僕、君、大松、李は、同じデモに参加する際は大体、何時も、会場で落ち合い、一緒に固まり行進しながらシュプレヒコールを上げたけれども、僕と李は挨拶程度はあるものの、余り会話をしなかった。やはり、渋谷のホルモン焼きの店でやり合った確執《かくしつ》、のようなものが互いを必要以上に牽制《けんせい》させていました。しかし、デモの後、安い酒場や君の部屋などで反省会——のようなものをする時、僕達——この僕達は、つまり僕と李だが——は、遠慮なく言葉を交わし合った。

社交をする必要性はないが、議論は別だ。

相手を気に入っている、いないに拘《かかわ》らず、その意見は意見として拝聴し、理解し、そして合意出来る部分があれば合意し、異議を感ずる部分があれば反論をする。

疑問があれば質問。——授業のようなものなのだと、思う。

気に食わない学生であろうが一つの講義を受けに来ている学生に対し、教授は求められる知識を与えなければならない。

畠中隊長の言うように、高校までとは違い、大学に雇われている教授は、学生自身の将来やら身の上を慮《おもんばか》る必要はない。只、全力で講義だけをすればいい。そして僕達学生は、貪欲に学べばいい。

かといって、カルチャースクールと大学の講義は異なる。

僕達の質問から教授が自分の研究のヒントを得ることもあるだろうし、両者の関係性は五分と五分だ。

要するに講義という船にクルーとして教授も学生も乗り合わせている状態なのだと、思う。

船は行き先だけを決めている。何の為に乗っているのかは各自の思惑次第だ。されど一番効率のいい方法でいち早く目的地に到着したいという希望は、全てのクルーが共通して持っている。その為にクルーは団結を惜しんではいけない。

そのうちゼミに入れと、アニメ研の先輩達にいわれました。ゼミでは探究の為の目的意識がより明確になる。

大学に入ったのならゼミに参加しない理由がない。通常の講義がフェリーだとしたら、ゼミは小型ながら調査目的で出発する探査船というところなのでしょう。

二年になれば入るゼミを検討しようと思う。

畠中隊長も井上書記長も既に各々《おのおの》、ゼミに入っている。後藤隊員はゼミなしっ子だ。

卒業してから、ちょこっとええメがみられたりすることもごわす。魚心あれば水心。教授達もどうせなら、自分のコネは自分のゼミの学生に使ったほうが得という訳ですな——と、ゼミの利点を冗談めかして教えてくれるのだが、アニメの制作会社に行きたいという畠中隊長は、マチュピチュとインカ文明を探るゼミを受講しているというし、弁護士になる筈の井上書記長は、集団農場に於ける耕地面積の統計学を扱うゼミに入っているものの、実質は蕎麦を自分達で栽培して如何に美味しい二八蕎麦を作れるかの研究をしているそうなので、将来を考慮してゼミを選んでいるとは到底、思えません。

「ネットの掲示板にカキコミをしたりそこで議論を戦わせることだけでも、活動は活動なんです。身体を張ったりお金を出すだけが支援じゃありませんよ。福島の原発事故は福島の人達だけが被害者ではない。全ての日本人が被害者なんです。

原発の再稼働が既に決定事項かどうかが問題なのではない。声を上げなかったら、結局、僕達は見て見ぬ振りをして再稼働を容認してしまったことになります。被害者の立場から一転、加害者になるんですよ。

人は原始時代、火を使う術《すべ》を憶え、獣を追い払い、夜でも活動出来るようになりました。けれども火事は起こるし、火災に拠って死ぬ人は後を絶たない。二〇万年前にコントロール出来るようになった筈の火ですら、僕達は制御することが出来ずにいるんです。原子力の場合、半減期に就いて、ウラン238が四五億年、プルトニウムは二万四千年というのは、検索すればすぐに知れることです。果たして僕達はそんな未来まで、廃棄した核を監視することが出来るでしょうか？

井上先輩は毎日、ＡＫＢの劇場の抽選に申し込むんでしょう。ならばついでにどうして脱原発の情報をtwitterでリツイートしたり拡散しようとしないんですか？　していないのであれば、それは怠慢だといっても過言ではない」

僕の訴えに、畠中隊長が返答します。

「長期的には原発がないほうがええくらいは、推進派でも解っているじゃろなぁ。しかし、原発ありきで成立しとる経済のことも捨ておけん。そこに依存するしかない人等を路頭に迷わさずにおくヴィジョンがあれば誰も文句はいわんのじゃが……。これだけ深刻なデフレが続くとだにゃ」

「皆で貧しくなればいいじゃないですか。どうして裕福になりたがるのですか？」

「そりゃ、人間だもの――バイ、みつを」

「経済格差や失業率を心配して原発を再稼働させるなら、格差があろうと充分に暮らしていける方法を皆で検討するほうが建設的じゃないですか？　例えば年、二百万円を上限、それ以上に利益が上がれば国に還元する。個人は貧しくなりますが、公的資金は潤沢になります。平等な分配とその還元率も大きくなる。極論をいうならば、お金があるから格差が生まれる。僕達はお金に頼らずに生きていける社会、古来の物々交換で暮らしが成り立っていた時代に立ち返るべきではないでしょうか」

「おぬし、それでは共産主義、もしくはヒッピーぞなもし」

「共産主義ではいけないんですか？」

「悉《ことごと》く、共産主義、社会主義国家は政策を失敗させ、非道《ひど》いことになったじゃろ」

「人より優位に立ちたい、裕福になりたいという欲があったからです」

「欲こそが生物が生き延びようとする原動力。燃料じゃからなぁ」

「ならば、物質的な豊かさが、ほぼ意味をなさない、権力にも利得にも絡《つな》がらない社会を形成すればいいだけです。

　二百万円あれば充分な生活が送れますよ。無論、住居や食料など、最低限の生活保障は国がしなければならない大前提に基づかないといけませんけどね。二百万をどう使うかは個人に任されます。井上先輩のようにその殆どをアイドルに貢《みつ》ぐことも可能です。

最低賃金の上昇を勝ち取るより、年間、二百万円で問題なく暮らせるようデフレーションを更に大掛かりにする方が簡単じゃないでしょうか？　如何に稼げるかではなくて、如何に稼がなくていいかを競う経済に変えるんです。そうすると資本家も労働者も、互いにゼロ円を目指すことになります」

「働かん人間ばかりになっちゃら、どげんするとね？」

「なりませんよ。一寸だけ個人個人が我慢して、特例を徹底してなくせばいい。否、幾ら物質的に豊かになろうと精神的に豊かになるのではないのを悟ればいい。もしも、畠中先輩――。石油王になったとしたらどうします？　アニメグッズを買い捲《まく》りますか？　ブランドもので身を固めますか？　富で自己顕示欲を満たす時代はもう終わったんですよ」

「柊木のいうことは俺等の世代を語るには、ある意味、的を射てるとは思うけどね」

井上書記長が、賛同を表明してくれます。

「俺達の世代は、共産主義や革命に対し、食わず嫌いといおうか、そういうものに関わりを持つ人間をヤバいと最初から決めつけているところがある。宗教にのめり込む人間に対してもそうだよな。悉く、サリン事件の団体と同様だと思い込んでしまう。だけど神様なんていない、俺は無神論者だといいつつも、家族や友達が死ぬと葬式に参列して手を合わせる訳だし、死後の世界なんてあるものかと思いつつも、天国から見守っていてくれればいいなと願ってしまうんだよな。

良心の呵責《かしやく》に耐えられないってのは、こんな狡《ずる》いことをしたら天国から自分を監視しているあの人に怒られちゃう――っていう、ある種の強迫観念みたいなものだろう。その観念の希薄な人が、サイコパスってことになるんじゃないかというのが俺の持論だ。

サイコパスは悪事を企《たくら》むことが好きで仕方ないとか、モラルが欠如してる人間ではない。ルールを重要視しない、もしくは何故、ルールがあるのかが理解出来ない人だ。反社会的なことを望むことに生き甲斐を感じる残虐嗜好の人間がサイコパスならば、俺も隊長もそれだろうし、後藤なんて完全なサイコパスだよ」

後藤隊員が、「うぐぅ」――、奇妙な声を上げ、胸に手を当て、銃で撃たれたようなゼスチャーをするけれども、無視して井上書記長は続けました。

「共産主義国家になると、中国のように言論統制が敷かれ、いいたいこともいえず、逆らえば造反者として刑務所に入れられちまう。庶民は貧しさに耐え、中枢を司《つかさど》る連中が立場を利用して汚職をし放題という体制に甘んじなければならないと考えがちだけど、それは誤解だろうよ。中国の資本主義市場経済の導入、ベルリンの壁とソ連の崩壊……。これらに拠って俺達は、やっぱり共産主義や社会主義なんてものはダメなんだと思い込んでしまったんだが、それは理論が間違っていたからじゃない。ちゃんと理解しないでそのシステムを導入しちゃったからだ。

はっきりいおう。中国共産党もソビエト最高会議の連中も、『資本論』を読んじゃいない！　前にもいった気がするが、マルクスの理論は、資本主義が行き詰まった先にこそ有効な手段なんだ。

早い話が、金を持ってる奴に、俺、今、金ないから奢《おご》ってくれよ、替わりにお前の家の掃除をするからさと持ち掛ければ、奢って貰える確率は高いけど、今日の食事もままならなく飢えてる人間に、林檎《りんご》を齧《かじ》りながら、人はパンのみに生きるにあらず、俺もある程度我慢するからお前も我慢しろよと諭《さと》したところで、説得出来る筈がない。だったらその林檎、少し寄越《よこ》せよってぶち切れられるに決まってる。

ゆとり世代といわれる俺達に美徳があるのだとしたら、闘争本能が欠落している部分じゃないかな。今日、食べられる、自分が食べたい分の林檎さえ確保出来ていれば、後はいらない。柊木のいうように、二百万円あれば一応、事足りるから、ま、それ以上はいいか……と思っちゃうのが、俺達だ。蓄えなくては、平均よりも少し上にいなくては不安だという強迫観念が不足しているのかもしれない。先がみえないとか、なんだかんだいっても、俺達は与えられ続けてきた。飢餓への不安、危機意識は俺達、ゆとりにはプログラミングされていない」

「ゆとり、万歳！」

忠誠を誓うポーズに似せ、右手を上げる後藤隊員の相槌を、またも井上書記長は受け流す。

可哀想に思うけれども、アニメ研究会の中では、対応をこうしてしないケースも多々ある。されないほうがそれで傷付くことはない。黙殺――が、最良の応対だったりもするからだ。阿吽《あうん》の呼吸で、先輩達はこれを行なっている。僕にはまだ、その呼吸が摑めません。

「全てを共有財産とするというのが共産主義ではあるけれども、それは経済活動を否定するものではない。

俺は相手を損失させることで利益を得る経済ではなく、同価値、或いはそれ以上の利潤を与えて循環させる経済パターンこそが、共産主義の本質だと思うんだよな。でも、何と何とが経済として交換され得るのか？　それを毎回、吟味するのは大変だ。だから、物も労働力も権力も時間も普《あまね》く変換出来るオールマイティの尺度を用意することにした。これが――貨幣だ。でも貨幣がオールマイティってのは、飽くまで仮のルールに過ぎない。

絶対的なルールにしちまうと、資本主義には不具合が起きる。

命に値段は付けられないといいながら、旅客機が墜落して死者が出れば、航空会社は賠償金を遺族に支払う。事故で奪うことになってしまった命をそれでチャラにしてくれと支払う訳ではないのだけれど、結果としてそう思われても仕方がない。本来、航空会社は遺族に訊ねなきゃならない。賠償を考えているのだが、現金がいいですか？　飛行機乗り放題券がいいですか？　永代供養の肩代わりがいいですか？　というふうにね」

「そうして遺族に支払われる賠償金が一人頭、一八〇〇万円と聴いて、ビミョーな心持ちになったのを憶えてますよ。そりゃ、命はお金に換えられないからといって一円も貰えないのは困るけど、それじゃ、お宝のフィギュアを買い取り査定して貰って、箱にイタミありですからこのお値段でって、値段を付けられるのと変わりないじゃんと」

井上書記長は、今度の後藤隊員の言葉には、きちんと反応しました。

「うん。福島の原発被害にしろ、沖縄の基地問題にしろ、結局、ゴネて賠償金を釣り上げたいだけだろうってマジレスする政治家がいるくらいだからね。共産国家にならなくとも、柊木がいうように貨幣そのものの価値がまるで通用しない社会やエリアが存在することを認識させられる場は必要だろうと、俺も思う」

そういって、改まるように僕に視線を投げ掛けると、井上書記長はベルト通しにウォレットチェーンで付けていたポーチの中から、フィルムアルバムを取り出し、中より一枚、生写真を出し、黄門様の印籠みたく、見せびらかしました。

「じゃ、じゃ、じゃーん！　スゲーんだぞ、これ。超レア。去年の福袋に入れられた限定お宝だ。五枚、フルコンプなら、ヤフオクで六万くらいの価値がある」

「誰ですか？」

「知らんの？　俺ですら知っとるぞ」

畠中隊長に訊かれるけれども、ＡＫＢのメンバーであるは察しられれども、名前も顔も解りません。

「隊長。柊木は、眼鏡っこにしか萌えないのでありますよ」

「おお、そうであったな」

「違いますよ」

後藤隊員と畠中隊長の会話に異議を申し立てると、井上書記長は話を再開しました。

「福袋を五個、買ったからといって五枚のフルコンプが出来る訳ではない。不運な人間は、大枚を叩き十個、福袋を買おうと欲しくもないメンバーの同じ写真を十枚摑まされる。だからして、フルコンプのセットにそれだけの価格が付くのだが……俺は、柊木が今、想像しているようにこれをそのようなオクで、高額入札をし、落札したのではない。物々交換で入手したんだ」

写真をアルバムに大事そうに仕舞《しま》い込みながら、続けます。

「AKBのCDには握手券と共に、アトランダムにメンバーの生写真が封入されている。握手券目当てで俺達は同じCDを何枚も大量に買う訳だが、すると生写真も大量に手にすることになる。当然、自分はそんなに必要としないメンバーの生写真や同じメンバーの生写真、カブってしまったものの処理に困る。

捨てる訳にはいかない！　推しでなくともメンバーはメンバーだからな！

そこで俺達は、公演会場の外で互いが必要とするものをトレードし合うんだ。まゆゆの水着写真の換わりに、れなひょんのコスプレ写真でどうだとか、それでは見合わないなら島田を付けるぞとか、Win-Winになるよう交換をする。俺が今、観せたレア写真も、福袋三個に混在した生写真を元手として、手に入れたものだ。

悲しい哉《かな》、俺の福袋には、さほど俺にとっては重要でないメンバーの生写真がトリプルで入っていた。が、それは不運ではない。そのまま保管しなければならぬなら俺は不幸な人だが、俺にはトレードという場所が、ある。俺のカブった写真を欲しがるヲタもまた存在するんだ。だから一枚を残し、後の二枚を他のヲタとトレードした。求める写真と不必要な写真はそれぞれで異なるから、上手くトレードの相手を見付け、交渉すれば、自分のクズカードを最高のロイヤルストレートフラッシュにすることだって可能なのさ。そして、福袋に入った生写真のフルコンプに成功した。さっき観せたのは五枚の中でも最強のものだ。単体でもオクで、一万は固い」

「でも、オクには出さないんでしょ？」

畠中隊長がいいます。

後藤隊員の問いに、井上書記長は頷きます。

「こなたもいっておる。オークションやショップに転がすのはもっての外《ほか》。ファンとしては勿論、コレクターとしても失格——だと」

井上書記長は、「生写真、プライスレス」。

CMのような台詞を口にすると、また真面目なことをいい始めました。

「全てのものが物々交換出来れば、とても愉しい訳だが、そうはいかない。柊木の物々交換に戻るという提案に対し、全面同意出来ないのは、その考えが貨幣の長所を理解していないものだからだ。

資本主義以前より貨幣はあったんだ。石器時代やヤップ島の石貨《せきか》にまで遡らなくていい。日本でも、江戸時代は小判とか寛永通宝とか、使ってた訳じゃん。金に困って身売りするとかもあった。貨幣は、今も昔も、かなりオールマイティなもんだったんだよ。

でも、百パーセント、オールマイティではなかった。昔は大概、着物を自分の家でお嫁さん、母親が仕立てていたよな。反物《たんもの》は買わないといけなかったけど、自分の家で嫁に仕立てて貰うなら、着物は材料費だけでいい。お嫁さんは夫や子供の着物を只《ただ》で仕立てるが、しかし、家計を支える内職として人から頼まれた着物の仕立てに関しては手間賃を取る。ということは、材料費を抜きにすれば、着物を拵えるのは状況に応じて、只だったり、お金が掛かったりするってことだ。

そして金が掛かるにしろ、隣のおタネさんに頼むのと、向い町のおヨシさんに頼むのでは手間賃が異なる。この値段がまちまちってところが肝心なんだ。

値段にばらつきがある程、貨幣のオールマイティさには制限が加えられる。統一される程、百パーセントに近付く。

産業革命が画期的だったのは、同じものを大量生産出来るようにしたところだ。同じものなんだから同じ値段になるのは当然だよな。隣のおタネさんに仕立てて貰えば手間賃は安い。でも向い町のおヨシさんに高くても頼むのは、おタネさんよりもおヨシさんの裁縫が上手いからだ。おタネさんとおヨシさんの作るものに差がなければ、二人の手間賃は異ならない。異なっていたとして同じに是正されていく。デフレやインフレが起こるのはこの是正への運動が働くからなのだけど、ま、そこはひとまず置こう。

明治になって日本が取り入れた近代化は、全員、着る物は服屋で買え、同じレベルのものを誰でも同じ金額を出せば買えるようにする――というものだった。

着物も食品も同じ性能、品質で、誰でもが買えるようになる程に、貨幣のオールマイティさは強力になり、貨幣と交換出来るものの点数や種類が増す程に、貨幣とモノとは互換性を上げてくる。貨幣という尺度のみで測ると、これは公平さが高まっているように思えるのだが、そうじゃない、規格が揃っただけのことだ。

ある地点を過ぎてしまうとその公平に思える基準の絶対性が逆に、不公平に変換されちまう。だってそうだろ、総選挙での一票が同じ価値であるから全てのＡＫＢメンバーにセンターへの権利が与えられるが、それは票と票が同じという公平性に過ぎない。去年の選挙に於いてまゆゆはゆきりんより下であったが、それが評価の全てであり、まゆゆだゆきりんよりブス、または人気がない――

ということではない。

双曲線グラフみたいなもんだね。公平さが高まり自由度が増し過ぎると、今度は反対にその公平さ故に不自由になっていく。この現象は資本主義と民主主義の欠点でもある。いろんな人の意見や都合に悉く合わせようとすると、誰の都合にも合わなくなるみたいな。

資本主義を導入する時、だから、貨幣価値とモノの価値の双曲線が近い値になる手前での人為的なコントロールが必要となるんだ。それに有効なのが共産主義さ。かつて用いられた共産主義と社会主義は、使う人間の方を、既に出来上がったモノや貨幣の価値に沿って平等にしようとしてしまった。ここに致命的なミスがある。

貨幣自体に罪はない。貨幣は只、自分の役割を粛々と果たしているだけさ。貨幣の余りの無慈悲な公平さに社会が耐えられなくなった地点というのが、いわゆるバブル経済の終焉《しゅうえん》地点さ。

これから世界規模でのデフレーションの回避措置として、各国が経済協定を結ぶ大規模な一つの経済圏に移行しようとする。しかし、双曲線の運動法則を理解しないままにやっちまうと、更に底なしの混迷に陥るのは必至だ。

おタネさんよりもおヨシさんの裁縫が上手い――。資本主義のデメリットを克服するには、差異をフラットにするのではなく、更に強調していく必要があるんだ」

「ヲタ活動で忙しい身の上ながら、蕎麦栽培も怠らぬ、井上書記長ならではの見事な論説じゃ」

畠中隊長がよく解らぬ褒めかたをすると、井上書記長は、

「アイドルも蕎麦も、同じ育成ゲーですから」

僕にはやはり、不明の首肯《しゅこう》をしました。

自分の意見が如何にまだ稚拙《ちせつ》かを僕は、悟る。

二次元ばかりでなく、こういう話をもっと、先輩達としたい。

「井上先輩は、考えてない振りして、スゴく社会の在り方に就いて深く考察してるんですね。すみません、そういう事柄から面倒臭いと逃避しているかのようないいかたをしてしまって」

「否、思い切り、逃避してるさ」

「さっきみたいなことを、僕だけじゃなく沢山の人に話せば、きっと有り難がられると思うな」

「というようにして、お前の出てるデモやら集会に参加させようとしても、ダメ。そういうのは趣味じゃないから」

「……」

「ホント、柊木はシリアスじゃなぁ。ま、そこがあずにゃんたる萌え要素にゃのだが」

「僕は、あずにゃんじゃないですってば！」

井上書記長の後に続く畠中隊長の言葉に、僕は叫ぶ。

「にゃーと、いってみやしゃんせ」

「嫌ですよ」

「嫌ですじゃなくて、拒否の時は、嫌にゃー」

招き猫の格好をして、畠中隊長が僕にその真似をさせようと、する。

僕は、少しくらいは皆の遊びに付き合ってみてもいいかなと思い、その格好をしてみようとするが、やはり踏み切れない。

僕の様子を観て、井上書記長は、いいます。

「な、柊木があずにゃんポーズを躊躇《ためら》ってしまうように、俺達、一人ずつには得意、不得意があるんだよ。その差を差として受容する——というのが、幸せになれるルールなんじゃないか？　全ての人をフラットに扱うことが公平じゃない。俺がさっきいった貨幣のオールマイティさはその度合いを加速させると却《かえ》って不自由になるという理屈は、そういうことさ。

さっき、オクに流すのは外道《げどう》みたいにいったけどさ、でも俺は、オクを否定してるんじゃないんだ。反対にあるほうがいいと思ってるし、そこで高額で欲しいお宝を競《せ》り落とす人をバカにもしない。いろんな遣り方があっていいんだよ。コンプの為、トレードする遣り方もあれば、金に飽かして購入しちゃう遣り方があってもいい。トレードの会場に行けない人も沢山いるし、人見知り過ぎてそういうのが苦手な人だっている。

要は一つの回答に辿り着く道を複数作っておかなければならないってことだよ。

双曲線というのは解りにくい喩《たと》えだったかもしれないけど、俺、法学部だけど、数学がとても好きなんだよな。数学がいいのはさ、一つの方法で解決出来ても、それじゃダメっていう部分なんだよね。複数の違うアプローチでも同じ答えにならないと、幾ら難問の回答が出ても、証明として成立しない。

バブルの時代、この国は貨幣を全てのものに置換させてしまった。金で何だって解決出来るようにしたのがいけなかったんじゃない。それ以外の方法を封じ込めてしまったことに問題があった。

金さえ払えば、女子高生でもヴィトンが持てる。

しかし女子高生がヴィトンを持つなんぞ、カッコ悪いぞ――というモラルを育てるべきだった。

ヴィトンというブランドバリューと、女子高生というブランドバリュー、俺達的にいえば異種属性の掛け合わせの時、その二つでは萌えにはならない。この二つではギャップ萌えさえ無理だ。

これを把握し損ねたのが、バブルの悲しさだ。

奥様、楽器……。何を掛け合わせてもそれなりに萌えになる最強カードの女子高生だが、ヴィトンを掛け合わせちゃならない。モラルというより美意識だね。美意識こそが秩序だよ。

――アイドルヲタをやってるとさ、ファンも世代に拠って温度差があるなって、感じることがよくある。バブル世代はさ、とにかく貢ぐ訳よ。どれだけ同じＣＤを買ってどれだけ握手券を手に入れたかで、自分が熱烈なのかをアピールする。滑稽なんだよな。資本力であっさり勝てるなら、俺はアイドルヲタ、あっさりと辞めるわ」

「俺達、ゆとりは夢が小さい！」

後藤隊員がいうと、

「只でフェラーリをやるっていわれても、あんな恥ずかしい車、ノーサンキューだしにゃぁ。持ってることを知られるだけで屈辱じゃ」

畠中隊長が被せます。

「でも、俺はゆとり世代でよかったと思いますよ。バブルって、成金チックで、逆にビンボー臭い。何万円も出して女子高生のパンツを買うブルセラも、バブル期に始まったんですもんね。女子高生の穿いたパンツが数万円になるなら、そりゃ、東京のワンルームマンションが一億円とか、なりますよ」

「バブルは、名もなき女子高生の使用済みパンツの価格を数万円まで急騰させた。その結果が、今のアイドルブームだ。女子ならば誰でもアイドルになれるこの時代は、全ての女子がデフレーションを起こした状態だといえるだろう。バブルが弾け、女子の価値が下落した。パンツを売った女子が招いた結果じゃない。使用済みパンツに高値入札をし続けたバブル時代の男達が齎《もたら》した災《わざわ》いさ」

後藤隊員のおかしな喩えに対し、井上書記長は真剣に応えました。

「なるほど」

後藤隊員が納得し、

「後藤隊員は、一億円あれば、女子高生に何をさせるとね？」

訊ねる畠中隊長に、

「そりゃ、戦車を購入して、乗って頂きますよ。その写真をボロクソ、撮りまくります」

いいます。

それに対し、畠中隊長が、

「そのミリタリ属性の女子高生アニメじゃがな、風の噂じゃ、茨城が舞台になっちょるらしいぞ」

――返す。

「マジですか？」

「ハナゲ筋からの情報じゃから、信憑性は高いのではにゃーか？　茨城のある町で、アニメ制作関係者と思しき数名の不審な輩がロケハンをしまくっとったという情報もあるでのう」

「茨城に新時代が来るってことですかね？」

「うにゃ。聖地は京都、埼玉から、茨城に移るのかもしれん」

「そういや、柊木は実家、京都なんだよな。やっぱ、ジュージヤ、行ったことあるの？」

「何ですか、ジュージヤって？」

「『けいおん！』で唯《ゆい》がギターを買う店のモデルになった処に決まっとるじゃろ。おぬし、まさか京都におりながら、ジュージヤにすら行っとらんのか！　ヌタでなくとも、それは怠慢でしかないぞ。何故、新京極《しんきょうごく》へ出たついでにジュージヤの前で写真を撮らん？　どれだけの若者が、ジュージヤに行きたくて行きたくて涙を飲んどるのか、知らんとはいわせん。原発反対のデモに興味を持たん以上の非国民じゃ！」

何故か、叱られて、いる。割と本気で怒っている。

「すみません……。今度、実家に戻ったら行ってきます」

僕は謝るしかありませんでした。

僕が恐縮するのを観て、

「あの事故や再稼働に対して、俺等に出来るささやかな抵抗は、これくらいのものだよ」

後藤隊員がデスクトップパソコンのキーボードを叩き、いいます。

画面が立ち上がると、白い文字で、

『――2039年。全国に拡散した放射能の影響で人口の3分の2が死滅した。』

――という文言が現れました。

FINAL BREAKER START

ゲームのようでした。

「何ですか、これ?」

「Wで前進、Sで後退。Aで左移動、Dで右移動。攻撃はネジ込み、ブッ刺し、9条ナイフの三種類。必殺技としてショベル、ブン投げ、マッハつつき、裁きの匕首《あいくち》が使える」

後藤隊員は説明すると、キーボードを操作し出て来た紫の色調の荒っぽい作りの建物の前に立つ青い作業服の四人の人物を目掛けカーキ色の人物――攻撃する者――を、突進させました。

ナイフで青い作業服の一人をめった刺しにする。

大量の血が噴き出す。

また一人の青い作業服の者を地面に乱暴に叩き付ける。

不必要に大仰な血飛沫《ちしぶき》が飛び散る……。

シンプルながらも陰惨で、僕は眉を顰《ひそ》めずにはおれませんでした。

「これも、エロゲなんですか？」

「こんなエロゲがあるかよ。不謹慎ゲームと称される類いのものでな、東京電力と思しき会社の社員を皆殺しにしていって、最後は会長を仕留めておしまいっていう作者不詳の地下ゲ。倫理に反している内容が故に、このような地下ゲは広まればすぐにサーバーから強制削除されてしまう。それでも誰かがまた何処かにアップする。デモに参加はしないけど、こういうもので俺達は抵抗の意思を示す訳」

「楽しいんですか？　こんなのやって」

肩を竦《すく》めさせられていた僕は、一転、名状し難き怒りに駆られました。

後藤隊員に腹を立てているのでも、それを無言で観ている畠中隊長、井上書記長に癇《かん》を立てているのでもない。このようなゲームを作成した見知らぬ人物を赦せない訳でもない。

このようなゲームが公開され、多数の人々がプレイしている、しなければならない現実に対して、僕は握り拳を固めなければならないのだ。

僕は立ち上がり、床に置いていたリュックを肩に掛けました。

「まだ三時限までには時間があるぞな」

「少し予習をしておきたいので」

嘘であることは、見透かされているだろう。

「そうか、柊木は本当にあずにゃんじゃな」

それに対し僕は応えませんでしたが、畠中隊長は続けます。

「さっき、柊木は楽しいんですかと問うたよな。楽しくねーよ。くだらない。俺等は今も未来もずっと楽しくないんだよ。

俺達は、夢をみる前にどうせ適《かな》わぬからと、制御装置を掛けられた淋しい熱帯魚なんじゃ。大志を抱けといわれても、どう抱いていいのか解らない。挫折が恐い訳でもなし、苦労するのが嫌な訳でもない。骨折り損の草臥《くたび》れ儲《もう》けじゃ割に合わないと、セコい計算をしちょるんでもにゃい。効率よく生きることが目的ならば、ヲタなんてやっておられんよ。好きなものは好きだから敢えて貧乏籤《くじ》と解っておってても引き続ける。それが新世紀のヲタの心得ぞなもし。

しかしにゃぁ、柊木――。お前はそんな俺達が、からかいまくりたくなるくらいに、真っ直ぐじゃ。気恥ずかしいくらいに、にゃ。仮令《たとえ》、全ての人間を敵に回すことになろうと、お前は自分を誤魔化さず、その心を貫き続けるのじゃろう。

転んだら、受け身を取ることもせず、地面に我が身を叩き付けてしまう。顔面を思い切り打ち付け、鼻の骨を折る。

それでもお前は学ぶことをせず、鼻血を流しながら、また走り出す。

正義の為なのか、第四世界さんへの恋心故なのか、そんなことはどうだってええわ。どちらかといえば、正義なんてものの為やのうて、恋の為に暴走してしまっとったほうが、傍《そば》におる俺等は安心じゃ。恋なら所詮、どう転んだとて、笑い話で済むからのう。

俺達を軽蔑するならしやしゃんせ。只、先輩面するつもりはにゃーが、俺等はお前が心配なんずらよ。

ええか、柊木――。人生は一度きりじゃ。辛《つら》い想いをするくらいならば、少しばかり不満でも、横着に生きたほうが賢いと思わんか？　真剣に生きることが立派な生き方とは限らんのじゃぞ。そりゃ、間違ったことは間違っとると認識しておかんとならん。大勢の人が間違ったことをしているから、自分もそれに倣《なら》おうと思うことなぞせんでええ。じゃが、お前が思うちょる以上に、世の中の人間は自分の都合しか考えとらんよ。

白馬の王子と健気《けなげ》で優しいお姫様、勧善懲悪のヒーローなんてもんは、二次元の中にしかおらんのだ。先ずは自分の為に生きなんせ。身勝手にこの世界を歪《ゆが》めて捉え、解釈するのは、決して卑怯なことではないぞなもし」

リュックの中に入れていた、参加せずとも渡すだけは渡そうと思って持ってきた、来週に控えた大規模な原発再稼働反対集会デモのビラを、取り出そうか迷い、止めて、部室の扉を開きました。

「また顔出せよ」

後藤隊員がいう。

「ばいちゃ」

井上書記長が手を振り、

「はとん・うええい」

畠中隊長が、大魔神の恰好をしてみせる。

先輩達の見送りを受け廊下に出て扉を閉めると、部室の横の壁に背中を付け僕はしゃがみ込みます。どうしてだろう。僕は泣いてしまっている。

何が悲しいのだ？

解らない。

何が悔しいのだ？

解らない――。

一体、何が、こんなにも切ないのだ――？

暫《しばら》くして立ち上がり、一気に、階段を駆け下りました。

一階の出入り口にある掲示板には、

『求む！　プロレス愛好家。君も覆面レスラーにならないか？』

と、書かれたチラシが貼られていました。

横にデモのビラを取り出し、貼ります。

新学会館の舎を出ました。生協に寄ります。ＡＴＭで残高照会をしました。今月分の仕送りが入金されている。

五千円だけ下ろし正門を潜り、僕はハイツ・リバーサイドへと進路を取りました。


七月も中頃になるとアニメ研究会の部室は急に人の出入りが多くなり、畠中《はたなか》隊長を筆頭にして井上書記長も後藤隊員も漫画用の原稿用紙にペンを入れたりスクリーントーンを貼ったりの作業に人が変わったよう、朝から晩まで取り組むようになりました。

東京ビッグサイトで行われるコミックマーケット、通称、コミケと呼ばれるイベントで同人誌を即売する為の創作現場と化した部室には、開催日までに仕上げなければならぬので殺気立った緊迫感が漂います。僕も参加を要請されましたが関心がないと断ると、では邪魔だけはするなと不参加をすんなりと認められました。部への勧誘時に聴かされた通り、同人誌を作る為に学内以外から年齢も様々な人間が多い時には十名くらい来てそれぞれの仕事をこなしていきます。

プロの漫画家の人もいました。

アマチュアのみが出展するものだとばかり思っていた僕は驚きましたが、仕事では描きたくとも描けないものをコミケでは発表出来るからプロになっても参加し続ける漫画家や絵かきの人は多いと聴かされます。

「うちはジャンプ系で名を売っとるから、この夏も敢えて競争率の高いテニプリで行くのじゃ。カップリングは不二《ふじ》リョじゃ」

「いわゆるＢＬなんですか？」

「うに。今回はリョーマが保健室で寝込んでいる処に不二がやってきて、弱ってるリョーマの姿を観てついムラムラ、越前《えちぜん》、お前、好きな女子いるのか、いないっすよ、好きなのはセ・ン・パ・イ——から、秘密をみてしまった大石が盗撮、脅して陵辱、やがて三角関係が真実の愛に変わる」

「そんなの描いて嬉しいんですか？」

「嬉しい。それに、メインはこういうのにしとかんと売れんからのう。オフセットで刷るのはこれだけ。作画はハナゲ先生がやってくれよるさかい、俺等は墨やベタ塗りを手伝うだけじゃ。俺は個人で今年はまどっちをキュゥべえが犯すコピー本を作る予定をしておる」

「ハナゲ先生って？」

「赤いベレー帽を何時《いつ》も被っちょるお方がちょくちょく、顔を観せなさるじゃろ」

「ああ、あのおかっぱの女性ですか」

「あのお方がうちのサークルのメイン。かれこれ二〇年以上前に『コミック・プンプン』でデビューなされた、少女漫画家にしてその実体はヤオイを描かせればカミ——の腐れ絵師。先生がおる限りは弱小のこの部もコミケではカベのサークルであり続けられる。井上もコピーでＡＫＢの百合《ゆり》ＳＳを発表するらしいし、後藤は『フランダースの犬』のエロゲを目下制作中だ。ハナゲ先生のは完売間違いなしで、その横にこっそり並べる俺等の創作は殆ど売れんがにゃ」

ハナゲ――。そうだ、原発再稼働反対の集会デモのビラを渡すつもりでいた日、二次元トークの中で、出てきた名前だったと、僕は想い出しながら、いいました。

「遣《や》る瀬《せ》ないですね」

「そうかい？」

「だってその同人誌も、先輩達のも同じくアニメ研ものとして出すんでしょ」

「構やせん。同人誌というものは、所詮、自己マン、オナニーだからのう。オナニーを観て貰おうとしちょるのだから、一瞬、一人でも振り向いてくれれば儲けものにゃるよ。大概は嫌じゃろ、人のオナニーを観るなんて。

ハナゲ先生は巧いし人気があるが、それでもコミケに於いてはオナニーな作品しか出しゃらせん。それが子供の頃から漫画家に憧れ、漫画家になったはいいものの、商業誌で常に編集者から読者が求めるものはこうですよといわれ、ストーリーの改竄《かいざん》を余儀なくされ、ネームすら思い通りにやらせて貰えない悲しきクリエイターとしての矜持《きょうじ》だと仰《おお》せになる。どっちのオナニーが気持ちええかなんてのは、本人にしか解らんわいな」

「そんなもんですかね」

「最近は有害図書問題や二次創作問題で規制が厳しくなり俺等は表現の自由を盾《たて》にして戦う訳じゃけんど、そげな小難しいもんは本当は口にしとうないんよ。どういうシチュや鬼畜なエロを妄想してオナニーしようが、それは勝手でしょうってだけの話でな」

僕は時折、自問する。

君と知り合ってから政治、今の社会の在り方に就いて稚拙《ちせつ》ながらも僕なりの意見を持つようになった。しかしそれは自分を満足させる為の行為に過ぎないのではないのか。ヒロイズムに酔っているだけなのではないか——。先輩達の同人誌のように、単なるオナニーに過ぎないのではないか？

デモに参加する時、明らかに僕は高揚している。

数日前、代々木公園に約十七万人が集結した反原発集会があった。会場を埋め尽くす人、人、人の圧倒的な光景に僕は胸を躍らせた。「再稼働反対」「NO MORE FUKUSHIMA」。

暑さ対策でタオルを被りながら参加している年配の人達、歓喜の声を上げる同世代の者達、家族連れ、横断幕を張る労働組合の一群、革マル、中核派、更には大松広平《おおまつこうへい》のような右翼、様々な立場の人間が一つの理想を求め、変革を求める姿に僕は大いなる感銘を受けました。

しかし、その熱気の全てが純粋に反原発、脱原発へと注がれていたのかといわれれば、そうとはいえないのも事実でした。集会に乗じて自分をアピールしたい人間、マスコミ報道での盛り上がりからお祭り気分で騒ぎにきているとしか思えない者の姿もそこにはありました。

李が演説をしていたハチ公口でレゲエを流しながらもうすぐ人類は滅亡すると踊っていたピエロのような格好の一団と同様に思われる人達も、いた。

僕は君とこの集会に参加しました。

大松広平も李明正《りめいせい》も参加しましたが、現地で僕達は連絡を取り合うことをしませんでした。

「この集会はいわば市民運動だ。イデオロギーを前面に押し出す者が参加するのは主催者の意図するところではないだろう。私達は慎重に一般市民として立ち会うべきだ」

君の意見に大松広平も李明正も異を唱えませんでした。

帰り道、僕は訊ねました。

「これだけの人間が反対運動に参加したんです。廃炉への道は明るいですよね」

しかし君は、暗い眼をして、こう応えるのでした。

「この盛り上がりは一過性のものに思える。運動を否定する気はないが……」

「積み重ねていけばこの輪はもっと拡がっていきますよ、きっと」

「プロパガンダとして成功していることは認める。しかしあれだけの人員が介したとはいえ、その中にどれだけ己《おの》が存在を賭けてシュプレヒコールを上げた者がいるだろう。原発の推進派は惰性で再稼働を望んでいる訳ではない。彼等は既得権益や利権を命懸けで守ろうとしている。彼等なりの思想で動いている。しかし今日、参加した者の殆《ほとん》どは思想を持っていない。原発は恐ろしいから必要ない——そんな想いだけで脱原発は達成出来ない。デモは遊びでも思い出作りの場でもない。世界を変えるには思想ある闘争が不可欠だ」

「北据《きたすえ》さんは革命は非暴力でなければと、何時もいっているじゃないですか」

「闘争なくして変革はない。私は非暴力の闘争にこの身を捧げている」

どう返していいのか戸惑っていると、やがて君のほうから次の言葉がありました。

「柊木《ひいらぎ》君は三里塚闘争というものを聴いたことがないか？」

「サンリヅカ——？　知らないです」

「一九六六年、千葉県の成田市に国際空港が作られる計画が決定された。政府は農民達から強制的に土地を収用、計画に反対の農民達は抵抗運動を繰り返した。闘争は長引いた。左翼、及び全学連は反対派の農民に加勢、しかし政府は七一年、空港建設を強行、反対派に対して機動隊で応戦し双方に死傷者を出したのだが、私が話そうとしているのは運動のあらましではないので以降は端折《はしょ》ろう。語りたいのは農民達が如何《いか》にして抵抗運動をしたかだ。左翼や全学連は武器を持って応戦した。が、農民達は丸腰でぶつかった。勝ち目なんてある筈《はず》がない。だから農民達——婦人行動隊と呼ばれた女性達は肥《こえ》だめの糞尿《ふんにょう》を頭から被り、全身糞まみれになって機動隊に襲い掛かった。……柊木君、解るだろうか、これが非暴力の闘争だ。捨て身の命懸けの非暴力闘争だ。彼女等は死すら恐れなかった」

君は、僕の横顔を観て続けます。

「だが空港は開港する。現在の成田空港がそれだ。闘争はまだ続いている。多くの者が挫折したが数名の有志は未《いま》だ、しぶとく抵抗運動を止めてはいない」

「知りませんでした。まだ反対している人がいて問題が解決していないなんて、テレビでもネットでもそんな情報は流されてない」

「或る時期がくるとマスコミは報道をしなくなる。今日、成田空港がなくては日本の航空業界と経済は成り立たない。だからもはや移転の議論はされない。抗《あらが》っているのはひと握りの人間に過ぎない。成田を元通りにしろといったって世論の支持が得られる筈もない。本当の弱者にマスコミは興味を持たない。今は日本中が震災、原発に話題を求めている。が、再稼働を強行し後十年経てばどうだろう。

今日、集った人間のどれだけがそれでも反原発を訴え続けているだろうか？　私はデモに参加することは闘争の一員となることだと理解する。結果、機動隊との衝突があるかもしれない。発砲を受けるかもしれない。死ぬかもしれないのだ。これもまた戦争だ。闘争といえば聞こえはいいが、戦争なのだ。これだけの人数を皆殺しにするだけの大義《たいぎ》が貴方達にあるのかと問うことこそが、デモという抵抗運動なのではなかろうか？」

何もない限り、僕は君の部屋で夜、水炊きを一緒に食べました。

偶《たま》に大松広平や李明正が、酒や何時もほぼ変わらない君の用意する具材とは違った少しばかし贅沢な品、豚肉だったり、青梗菜《チンゲンサイ》だったり――を、持ってき、交じることもありました。

李明正はよくすき焼き用の上等な牛肉を持参しました。この頃になれば、もう李と僕との間の遺恨《いこん》みたいなものは消え去っていましたが、しかし、何処かでずっと僕と李は牽制《けんせい》し合っていました。何処が気に食わないというでもなし、合意出来る箇所も多かったのですが、一定の距離を保ってしまうのでした。

最初は明け方まで議論していた君と僕でしたが、もう夏になる頃にはそれではお互い睡眠不足になると適当な時間で切り上げるようになっていました。しかし大松や李がくるとどうしても朝まで討論をし合うことになります。

渋谷のホルモン焼きの店で僕と李明正を仲裁した大松広平でしたが、しかし君の部屋では大抵、意見を違《たが》え、大松と李は取っ組み合いになりました。そんな時、君は何時も観て観ぬ振りでした。僕は第四世界民主連合に入ることを望みましたが、君はその申し出を拒否しました。

何故断るのかと問えば、必然性がないからだと君は応えます。

「柊木君は私や大松、李などに出逢い、自分も何か行動に参加しなければと感化されただけに過ぎない。それに第四世界民主連合の思想と柊木君の考えの間には相容《あいい》れぬものが存在する。私達の活動は部活やサークルとは異なる。確かに柊木君は人の真の幸福に就いて考え始めている。だからといってどうして党員を志願しなければならないのか」

「感化されれば党員になってもいいじゃないですか」

「共鳴と共闘とは別次元の問題だ」

「活動をするには多くの仲間が必要なんじゃないですか。大勢で声を上げたほうが人は振り向いてくれやすい」

「確かに人数は一つのインフルエンスだ。だからといって思想が合致しない党員を増やしたところで何になる」

「確かに僕は北据さんに影響を受けて原発や資本主義社会の功罪に就いて考えるようになりました。そして共産主義こそがこれからの僕達が目指すべきものであると思い至りました。北据さんとこういう話をしなければ、自主的に政治や社会への疑問を抱くことはなかったと思います。だからといって、それが、闘争に対し本気でないとする根拠にはならない筈です。北据さんや李さんみたいに、運動に駆り立てられなくてはならないバックボーンなんて、僕にはありません。少し前までは、のうのうと何も知らず、知ろうともせず、不自由なく暮らしてきたのですから」

「個人的体験の有無などどうでもいい」

「では、一体、何が拒絶させるのですか？」

「第四世界民主連合は世界同時革命を目指している。革命は多少のタイムラグを生じようとも世界で一斉に起こらなくてはならない。全ての国の全ての人民が意識を変革する、先進国も途上国もなくあらゆる人種、境遇の人々が認識を変更し、現在の階級社会のシステムから離脱しようとする時、ようやく世界は変わる。資本主義から共産主義への変換を第四世界民主連合は希望するのではない。幸福へのイデアが上書きされぬ限りイズムのみを変更しても意味を持たない」

「でも先導者なしには不可能でしょう」

「否、可能だ。私が行おうとしているのはプロトタイプの提示や提案ではない。幸福に就いて内省を促《うなが》すいわば伝道だ」

「どうも北据さんの考え方は運動というより宗教者のそれに近い気がします」

この点は、最初から気になっていた点だ。第四世界民主連合——否、君の思想、並びに行動は、宗教ではないと、君はいう。しかし、あなたの幸せは本当の幸せですか？　問う文言のビラ、隣人を想わなければ人は正義を得られない——という考え方、それらを総合すると、政治思想というよりも宗教的な考えに近い気がどうしてもしてしまう。質素でストイックな君の生活態度も修道女のそれに酷似するのではないか？　しかし、僕はまた、こうも思う。

どちらだって、いいじゃないか——。

君の言葉に頷《うなず》く時、僕は自分の中に未見の考察が生まれるのを知り、その発見に魅了される。これは、国語でも数学でも何でも良い、学問で新たな知見を得、触発される時に感ずるのと同様のものだ。だから更に僕は知ろうとするのです。自分の為に、この世界のあらましを探求したいが故に。

君は、語ります。

眉間《みけん》に皺《しわ》を寄せ、何時ものように学食から盗んできた湯呑みで、雁音《かりがね》を飲みながら——。

「勘違いされても仕方のない部分はあると思う。しかし前にも話したと思うが、第四世界民主連合は宗教ではない。只《ただ》、革命に至ろうとする政治活動も宗教も、万人の幸せを願う、求めるという点では同じだと考えることも出来る。

私はどんな人間にも共産主義的生活へと向かう指向性があると思っている。何故なら人は共同体なしには生きられないからだ。資本主義社会に於いて、人は企業という共同体に属することで世界と対峙《たいじ》する術を得た。個人という部分が企業という全体に組み込まれ、企業という全体が個人を取り入れたという訳だ。が、結果、全体の中で個人はそのアイデンティティを喪失させてしまうことになる。

私は私である前に、私は公務員なら公務員、郵便配達人なら郵便配達人として認識される。そうなると、私が私であることを証明することが困難となってしまう。疎外という命題は、近代のシステムの共同体の在り方をどう解決するかを問うものだったといっていいだろう。問題は未だ解決の糸口すら得られず、現代に至る。

神がいるのか否かを私は知らない。興味がない——といったほうが正しいだろう。いるかいないか詳《つまびら》かでないものに、私は執着しない。しかし革命の旗印の許、全ての人間が物質的利益ではなく、精神的利益で絡《つな》がれば、私達は疎外から解放されるだろう。血縁関係がなくとも、全ての大人は全ての子供の親であり、全ての資本家が全ての労働者の為に働き、全ての労働者が全ての資本家の為に奉仕するのであれば、努力せずとも孤立も搾取《さくしゅ》も消滅する。私がいう相互扶助の社会とは、そうして全ての人類が一つの共同体となることによって、全体と部分がグローバル化された社会なのだ。

特に目新しい考え方でも、特殊な思想でもない。至って科学的な理論だ。一九六〇年代、ジェームズ・ラブロックに拠って唱えられた、地球と生物は相互作用に拠って環境を作り出しているとするガイア理論に則《のっと》っているといっていい。つまり生物と地球は因果関係で結ばれている。今、こうして柊木君という部分がお茶を飲むという些《さ》細《さい》な原因ですら、地球の気候の変動に影響を与える結果に絡がるということだ。

三里塚の闘争に於いて農民達が頑《かたく》なに棲む土地、自分達が耕す農地に固執したのもまた、ガイア理論と関係がある」

君の口調が熱を帯びる。微量のものだから最初は気付けないことも多いけれど、大松や李同様、君だって議論の際や持論を述べる際、必要以上に昂《たかぶ》り、熱くなることがあるのです。

その時、君の眼鏡の奥の鋭利な光を宿す眼は、焦点を探しつつも決意という一点に集中します。視線の先は対峙する僕の顔に定まることもあれば、擦り切れた畳の縁に定められることもある。恐らく、視界に入るものは何でも良いのだと思います。そうするのが、熱心に話す時の、君の癖だ。

「国は農民達の抵抗が余りに激しかったが故、立ち退き料を徐々に釣り上げ、最終的には一反、二千万円で農地を買い取ると提案を出した。これは破格の賠償金だ。その賠償金で、他の土地に移り住み、農地を買えば今よりも豊かな暮らしが保証される筈だと国は考えた。

国民の中にもそれだけの賠償が保証されるなら、何処かに国際空港を建設しなければならないのは必至であるのだから、国益の為に立ち退きに応じていいのではないかという意見が蔓延し始める。抵抗運動が、法外な立ち退き料を得る為の手段だろうと非難する声も上がり始める。しかし、幾ら金を積まれても三里塚の人々はその土地を手放す訳にはいかなかった。

彼等は代々、そこで農業を営んできた。肥沃《ひよく》な耕地というものは、一朝一夕《いっちょういっせき》に出来上がるものではない。気の遠くなる時間、土を揉み、種を蒔き、肥料をやり、水を調節し、雑草を抜き、害虫を駆除し――ということを繰り返し、耕地はゆっくりと、良質の作物を得ることが可能なものへと改良されていく。所有の違う畑だとしても、三里塚という同じ範囲にある限り、土地と土地とは絡がっている。

仮にAが所有する土地でAが畑の手入れを怠ったとしたならば、離れた場所にあるBが所有する土地を幾ら丁寧に管理していようとも、Bの土地にも悪影響が出る。だから三里塚の人々は、所有する土地の大小、自分の土地であるか借りて耕している土地であるかに関わりなく、農地はそこに棲《す》み耕す者達全てが作り上げていく共有財産であるという意識を持って作業を続けてきた。一人が土地を手放してしまえば全員が土地を手放すのと同じ結果になる。

だから彼等は団結し抵抗運動をするしかなかった。当時はまだ、ガイア理論なんてものは広く知られてはいなかったし、農民達は経験から知っていたが、それを言語化して説明する知識も、ディベートの能力も持ち合わせてはいなかった。彼等の闘争は政治思想に拠るものではない。彼等は自分達の暮らしを守ろうとしただけだ。そこに左翼、並びに学生運動が加担した。

三里塚の農民が土地を放棄出来なかったことに科学的、且《か》つ合理的根拠があったと知られるようになったのはごく最近になってからのことだ。

成田空港が機能している現在、今更、そのような根拠で土地が手放せなかったことが明らかになったとしても、もう私達はかつての無理解と無知を是正する術を持たない。私達が自分達のそれを幾ら責めようが、彼等の土地が元に戻ることはない。だからして、慎重であらねばならぬのだ。私達は、常に間違いを犯し続けるのだから……。

私は科学的弁証法を重視しながら、本来向かうべき進化のルートを明確にし、促進させることが人類に出来得る最も適切な方法ではないかと思う。人類はその繁栄に応じ、自然を自分達の都合のいいように変更してきた。それ自体は何の罪悪でもない。土地を耕し、より多く収穫を得られるように改良してきた叡智《えいち》を咎《とが》めることなぞ出来ようか。人類のみならず全ての生き物は環境に応じながらも、同じように環境を利己的に改善しようとする。人類も含めた私達、生物が自然というものの一部である限り、それは当然のことだ。

資本主義を駆逐したいのではない。只、冬という季節にはコートが必要だが、やがて夏がくればコートを脱ぎ、Tシャツで過ごすのが最適になるというだけのことなのだ。地球、或いは宇宙そのものが変化していき、上書きされていくのと同様、そこで生活を営む私達もまた、進化、或いは変容していかなければならない。資本主義と共産主義、どちらがより優れているかを議論する必要はない。互いを補《おぎな》い合うことが肝心だ。資本主義に共産主義をハイブリッドすることで、是正を推し進めるのだ。対立を繰り返す限り、人は権力から逃れられない。政治のみならず、宗教にもいえることだろう。

大事なのは共有という概念ではなく共存への志向だ。

柊木君も私と同様、あらゆる立場の人々が平等であるべきだと考えているのはよく解る。

しかし平等とは与えるものでもなければ強要すべきものでもない。柊木君の考えは、まだ、真の幸福を勝ち取る為に人々は同等の所有の権利しか与えられないことを了解し、個人の所有を超えた余剰財産は社会に還元されなければならないという共有のシステムに拘泥《こうでい》しているように思われる。しかしそれでは所有したいと願う欲望は犠牲にならざるを得ないのではないか？

理想を実現する為には絶え間ない精進《しょうじん》が必要であることは間違いない。が、その為に過度の封じ込めを敢行すれば、必ず綻《ほころ》びが出る。特定の目的を達しようと早急な品種改良をすれば、思わぬ悪影響が顕《あら》われる。私は有害な欲望を糾弾し断罪するのではなく、全ての欲望が報われる世界を目指さなければ意味がないと考えている」

私達は、常に間違いを犯し続ける——。

僕はその言葉を頭の中で反芻《はんすう》しました。

君に感化されつつも、何処かで引っ掛かりを感じずにはいられなかった疑問のようなものの、それは答えになったような気がしました。

僕は訊ねます。

「それは大松さんがよく口にする、北掘さんや李さんを批判する時にいう、アナーキズムが目指す世界観なのではないでしょうか」

「アナーキズムに就いてはトロツキズム解放戦線と第四世界民主連合では異なる見解を持つ。故に李と私の間では一部にしか共闘出来る箇所がなく思想は根本的に相容れない。ユングは意識の下に無意識があり更にその下に集合的無意識があるとした。私はこの集合的無意識の変容こそが革命であるこ断言する」

「ユング――？　オカルトに傾倒してフロイトと決別した精神分析学者ですよね」

「柔軟な深層心理へのアプローチを試みたが故にユングはフロイトの怒りを買っただけのことだ。ユングは全てを肯定し先入観を排除するところから心理を解明しようとした。一つの民族、国民、或いは人類という共同体の中に共通してあるイメージやヴィジョンのことを集合的無意識という。

集合的無意識は環境に拠って変化する。これもガイア理論を理解すれば納得出来るだろう。

今、私は産業革命以来の人類の集合的無意識が環境の推移に拠って大きく変わろうとしていることを実感している。インターネットの普及に拠り、情報はマスメディアという大掛かりな取り次ぎを介さずとも個人単位で発信し受け取れるようになった。商品を売買する為には売る者と買う者の間に仲買を必要としたが、今や販売したい個人と必要なものを探す個人は直接的に絡がることが出来る。誰もが資本の大小に拘《かかわ》らず同じ立場で影響を及ぼす可能性を持つことが可能になった。ハードの進化がソフトの在り方を変える。インターネットは、産業革命以来の大きな革命だ。この世界のガイドライン自体が変更されようとしている。月や火星に人類が移住するよりも大きな転換が訪れている。仮想空間などと呼ぶが、比喩ではなく、そこに我々は新しい土地を見出してしまった。広大な、無限の土地だ。

従って、もはや既存の経済概念は覆された。覆されたものを元に戻そうと躍起《やっき》になっているのは古い既得権益を捨てたくない者達だ。人類は偏狭なエゴイズムを放棄するべきか否かの岐路に立たされている。新たなハードで理性をより高次に引き上げるのか、旧弊《きゅうへい》なモラルに執着する余りテクノロジーに喰い殺されるのかの決断を迫られているのだ。

人類の集合的無意識は前者を指向しているが、理性は旧来のシステムを継続させようとする。柊木君は私の考えを宗教的だといったが、宗教にのめり込み抜け出せなくなる人の殆どは理性が失われるからではなく、理性的だからこそそうなってしまうのだ。それまでの自分の努力、修行、奉仕が徒《あだ》であったと思いたくないが故に、敢えて更に強硬な信心へと突き進んでしまう。

私は自身の闘争を常に疑問視しようと心掛ける。だから常に、懐疑的であろうとする」

「それでも北据さんを革命へと向かわせる衝動は何なのですか？」

「思想だ。思想は宗教よりも性質《たち》が悪い。人は思想の為なら平気で人を殺すし、平気で死ねる。神にすら立ち向かう」

「思想を捨てたいとは思わないのですか」

「物心ついた頃から私は父と母の影響で思想という怪物と向かい合うしかなかった。平和とは何か、民主とは如何なるものか、理想、理念とは……。私だって他のクラスメイトと同じようにテレビに出て来るタレントに夢中になったり、ファッションや髪形のことで一喜一憂したかった。それらが出来ずにここまできてしまった自分を——私は不完全な存在として認識している」

「今からだって遅くはない。だって北据さんはまだ二十一歳です。そうだ、この夏、一緒に海に行きませんか。そして思い切りはしゃぐんです。一日、否、半日だけでも世界の平和や理想の社会の在り方なんて忘れて、潮風にその長い髪を靡《なび》かせればいい」

「生憎《あいにく》、私は泳ぎ方を知らない」

「浮き輪を持って行けばいい。買うのが嫌なら夏の浜辺だ、海の家にレンタルの浮き輪くらいあるでしょう」

そう提案すると、君は僕を、恨むような目付きで睨《にら》み付けるのでした。

しかしそれは、思想を語る熱を放射する瞳孔《どうこう》からのものではない。僕は、その変化が嬉しくなる。

「海に、嫌な思い出でも……」

「否――」

「じゃ、何故、そんな顔をするんです」

「デモや集会に誘われたことはあっても、私は海に行こうといわれたことがない。どう返答していいのか解らない」

「……」

「私が拒否したならば、柊木君は私のことを嫌いになるのだろうか」

「そんな訳ないじゃないですか。行きたくなければ行かなくていいですよ。只、そうすれば少しは北据さんも気が晴れるんじゃないかなと思っただけです。僕が知っている北据さんは何時も、思い詰めていて、淋しそうで、一人で一杯重たい荷物を背負っているから」

本当は、重い荷物、君が重過ぎる荷を持ち続けることを宿命とするのであれば、せめて支え、負担を一時でもいい、楽にしたい――といいたかった。けれども、そんなことをいわせてくれる君ではない。

君の前ではどんな巧みな詩人すらも歌を詠めば啄木の如く、下手だと誹《そし》られるだろう。ですから、僕はそんなお粗末《そまつ》な台詞《せりふ》を、発することが出来ませんでした。

君はいう。

「私は海を観たことがない。うちの家族は海水浴になど行く余裕を持たなかったから」

「ならば行きましょうよ。だけども、その日に限り、政治の話は一切なしですよ」

暫《しばら》く考え込んでいましたが、君は、やがてこっくりと、頷きました。

そうして、おずおず、僕に訊ねるのでした。

「柊木君は……。競泳水着とビキニ、どちらのほうが好きなのだろうか？」

「はい？」

「海に行くからには水着が必要になるだろう。だが、生憎、私は水着を持ってはいない。水着も海の家で借りられるのだろうか」

「恐らく、水着のレンタルはないでしょうね」

「ならば用意をしなければ——。私はどちらでもいい。柊木君が好きなほうにしよう」

「そういわれてもなぁ」

「どちらのほうが欲情する？」

「えーっ！」

「柊木君がロリコンならば競泳用水着だろう。しかし思い掛けずおっぱい、ぽろりを望むならば、ビキニにするべきだと思うのだが」

「望みませんよ！」

「ならばロリコンのほうか？」

とても真顔《まがお》なので、困る。

「ロリコンでもないですってば」

「柊木君はアニメ研究会に属しているのだろう。ならばもれなくロリコンだと、私は推測してみたのだが……」

「断じて僕はロリコンじゃないです。先輩達は皆、ロリコンみたいですが」

「では、おっぱい、ぽろりでいいな？」

「ぽろりは、しなくていいですってば」

「ぽろりはなしか。そんなビキニがあるのか否か、水着を買ったことがないので解らないが、近日に水着売り場で店員さんに相談して選んでみよう。本当にぽろりはなしでいいのだな？　我慢されるとこちらが気まずい」

「僕は北据さんと海に行ければそれで充分なんです」

「了解した。でも予《あらかじ》めいっておく。私は着痩《きや》せするタイプだが、柊木君が思っているよりも胸はある。当日に悔やまれても、私は責任を負いかねる。それでも、いいのだな？　ぽろりはなしで構わないのだな？」

「はい。なしでお願いします」

君は念を押しました。

僕は部屋に戻ると、携帯で、東京近郊の電車で行ける海水浴場を検索してみました（結局まだ僕はインターネットの回線を部屋にひいていなかった）。

茨城か千葉か湘南まで遠征しないとならぬのか。海の家がある海水浴場……。

平磯《ひらいそ》海水浴場はファミリー向け。北条《ほうじょう》海水浴場、遠浅《とおあさ》だから海が初めての君にはいいかもしれない。

湾に沈む夕日が綺麗らしい。湘南……サーフィンなイメージがあるから一寸、気後《きおく》れするな。

気が付くと、朝まで情報を漁《あさ》っていました。

バカ野郎、浮かれ過ぎているぞ――。

僕は自分の頭に拳骨を思い切り食らわせ、携帯での検索を終了させました。

殉一郎の海　定価　0円

青年は何時もは地味なミツユキを無理に海に連れ出した。

そこで起こるめくるめく官能の革命とは！

十八禁　おっぱい、ぽろり

「何なんですか、これは！」

「同人誌ぞなもし」

僕の質問に畠中隊長は当然といったふうに応じます。

「今、コミケの準備で忙しいんでしょ。何でこんなもの作ってる暇があるんです。いい加減にして下さい！」

「今の怒り方、あずにゃんチックだったぞ。もう一回頂戴にゃん」

「何かの間違いで僕ら以外の人の眼に晒《さら》されたらどうするんですか。否、失礼じゃないですか、北据さんに対して！」

「何かの間違いじゃなくちょも、晒されるぞなもし。俺はシャレのつもりで書いてみたが意外に良く出来てるにゃろめ。これはコミケで売る、否、ゼロ円と書いて刷った手前、無料頒布《はんぷ》するぞなもし」

「人権の侵害だ。違法です！」

「バーカ。二次創作をやっている我等がそんな権利なぞ認めるもんかや」

七月末、夏期休暇に入ったら九月の半ばまで顔を出さないだろうと挨拶をするつもりで部室に行ったならば、『殉一郎の海』というタイトルの薄い小冊子、コピー本が部室の中央、作業場として使われている机の上に置かれていたので、僕は慌てて中味を確かめました。

ＳＳ――と呼ばれる主に二次創作のショートストーリー。

大抵はウェブで発表する類いのものですが、畠中隊長はわざわざ、Ａ４の紙を半分に折り、それを三枚重ねホチキスで中綴《なかと》じ、冊子の形態に仕上げていました。


「ミツユキ、海にいこうぜ」

「でもわたし、海はハジメテだから」

「俺だってハジメテさ」

「うまくできるかな……」

「ここでいいのかミツユキ」

「違う。痛いよ、殉一郎……」


ハンサムなので、過去に一度くらいはそのような経験があるのではないかと思い、後藤隊員に、もしも二人で海に行くならば何処の海が適しているのだろうか――と訊ねたのが間違いでした。

「柊木も調べた、その千葉の北条海水浴場がいいんじゃない？　確か花火大会とかもあった気がするしな」

検索し直すと、確かに千葉の北条海水浴場では八月八日に花火大会がある。

海の家もあるし、車がなくとも、駅から五分で海水浴場だ。

どうして海水浴場なんて探すのかと問われる前に、どうせ訊かれるのだろうからと僕は、君と海に行く約束を取り付けた話を自ら後藤隊員にしていました。

「おお！　とうとう第四世界さんのイソギンチャクが潮風のメロディーに乗ってひと夏の過《あやま》ち、抗《あらが》えぬ童貞・柊木殉一郎の剝《む》かれ過ぎのウツボ松茸を丸呑みにするのか。いいか、柊木。このことは絶対に、隊長や書記長には洩らすなよ。どんなに嬉しくても、口にチャックだ。仮に実の妹だとしても、女子と海に行くなぞ言語道断。うちの部でのそれは最大の禁忌《きんき》であるからな。アニメかゲームの中でしか起こらぬカミイベントだ」

そういった癖に、喋《しゃべ》っている。

「回収です。原稿も出して下さいよ」

僕が要求すると、畠中隊長は、

「柊木がこの内容を事実と認めるにゃら、交渉に応じんでもにゃーが」

にやついて、応えます。

「事実無根です。あ、井上先輩――」

井上書記長が部室に現れたので、恐らく書記長も僕の味方はしてくれないであろうことは解りつつも、訴えました。

「畠中先輩はこんな無茶苦茶な名誉毀損《きそん》、人権蹂躙《じゅうりん》の出鱈目《でたらめ》で、下劣、興味本位でしかないものを作ったのみならず、コミケで配布しようとしているんですよ。これって苛《いじ》めじゃないですか！　パワハラですよ、パワハラ。そしてセクハラ！」

すると、意外や意外、井上書記長はこう応えるのでした。

「だな。隊長も人が悪い。確かに秀作ではあるが、隊長、破棄してやって下さい。柊木、心配しなくていいよ。これをコミケに出すことはないから」

「有り難うございます」

僕が頭を下げると、井上書記長はいいました。

「柊木、後藤と隊長を広い心で、赦《ゆる》してやれ。リアルで彼女と海にすらいけないガチヲタが後輩から彼女と海水浴に行きますと聴かされたら、そりゃこれくらいの悪戯《いたずら》はしたくなるものだ。可哀想なのはお前ではなく、二人の先輩達さ」

「井上書記長、やけに上から目線だにゃあ。まるでそなたも女子と海くりゃー、経験しとりますばいといわんばかりじゃねーか」

むすっとした顔つきになった畠中隊長に対し、井上書記長は余裕の表情で応えます。

「そりゃね、海くらい」

「幼稚園の頃、とかはなしだじょー」

「去年の夏、一緒に海に行った時、食べ物買って来るっていったら、海の家までよーいどん！　なんていわれたりしましてね」

「マジか？」

「そんでもって焼きそばとホットドッグを買って来たら、俺、箸を持ってくるの忘れて、そしたら彼女、自分が取って来るって……。楽しかったなぁ、あの時は……」

「井上書記長、ナマモノ好きが嵩《こう》じてまさかのリア充か！　隠しておったにょか。その罪、赦し難き。左遷じゃ、左遷。おぬしは、明日から博多に移籍じゃ！」

「ふふふ、いいですよ。博多にでも何処にでも行きましょう。でも、予めいっておきますが、彼女も付いてきてくれますよ。愛花《まなか》はそんな健気なコなんです。バラしてしまったからには、この際、更にのろけます。めっちゃ、可愛いですよ、愛花は――。高校二年でテニス部のお嬢様なんですから」

自慢げに語る井上書記長の言葉に畠中隊長は何か気付いたようで、

「井上、それって『ラブプラス』？」

訊ねました。

井上書記長は頷きます。

「ゲームにゃら、博多にでも何処にでも連れていけるわにゃー」

「隊長、愛花はゲーム上のキャラではありません。愛花は存在するんです」

「人を可哀想なガチヲタ扱いしよって……。現実と妄想の区別もつかんようになったお前が最も可哀想じゃないか」

騒動を終えた後——畠中隊長の作った冊子は元原稿も含め自分のリュックサックの中に没収した——僕はこの日、まだアニメ研以外の人がきていないことに、改めて気付きました。

「皆さんは？」

「サークルの連中？」

「今日は誰もまだ来られてませんよね」

訊くと、畠中隊長と井上書記長は応えました。

「『イカ娘』のねんどろいどの発売日だかんにゃ。皆、予約していた店に寄ってお迎えをしてから、こちらに向かっているんじゃろ」

「そうでげそな。ハナゲ先生はじめ、皆、イカが好きだからなー。特に後藤はイカ命。あやつ、最近はあの手先の器用さを活かし、同じくイカ好きの同志の為に、自分は免許もないのに、頼まれれば、人様の車をイカ娘の痛車《イタシャ》仕様にするペイントまで引き受けているらしい。それも無償で」

重々しく、畠中隊長は、

「愛とは無償の行為じゃからな」

含蓄《がんちく》のあることをいい放ったような顔付きになります。

対し、井上書記長は項垂《うなだ》れました。

「俺も予約はしたんですが……。amazonだから、もう少し待つしかない」

「井上書記長は、何個？」

隊長は訊ねます。

「しょっぱく、二つしか予約していません」

反省するかのよう応える井上書記長に、

「俺はイカはパスしたじょ。今月は天城《あまぎ》雪子、小鳥ちゃんと出費が嵩《かさ》んだからのう。先月はリーネちゃんに貢がにゃならんかったし。でもって来月は『ミルキィホームズ』の明智ちゃんが出るじゃろ。ねんどろだけで、もう破産してしまうずらよ」

慰めるかのよう、隊長は、いいました。

すると、井上書記長は立ち直ったのか、顔を上げ、その話に食い付きました。

「でも、俺は守備範囲でないので購入を控えましたが、あのリーネちゃんはスゴかったですね。幾ら『ストライクウィッチーズ』といえども、足にストライカーを装備しながらの水着ヴァージョンというのは、もはや反則でしょう」

隊長は同意します。

「なのだよ。限定版だから致し方ないと思えども、本体価格、九九八〇円はイタかったぞな。しかし、それで引き下がっては男が廃《すた》るからのう。身を切る思いでお迎えしたわいな」

「流石《さすが》、隊長。男前」

「うに。でも、リーネちゃんの為だと思えば、徹夜の土方仕事も苦にはならんかったぞなもし」

「俺は、せっかく春休み中に引っ越しのバイトで稼いだ資金を、今年の選挙、まゆゆを一位にする為にCDを大量買いしましたからね。もう、首が回りませんよ」

　この人達はどうやってオタク活動に費やす為の資金を調達しているのだろう、親の脛齧《すねかじ》りだろうかと常々《つねづね》疑問に思っていましたが、肉体労働のバイトをしたりしてそれを得ているのだ。

　僕はまだ入学して間がなく、アルバイトを探す時間の余裕もなかったとはいえ、仕送りのみに頼っている自分を心苦しく思いました。デモに参加しようだとか、社会改革に就いてもっと積極的になるべきだとかいっている癖に、親からの援助に頼り切っている……。疚《やま》しくはないですが、言行の不一致が情けない。

　井上書記長が、部屋の中央の机に進み、ハナゲ先生の描いた原稿にスクリーントーンを貼る支度を始めながらいいます。

「柊木も遊びにきなよ。コミケ、参加したことないだろ?」

「はい。噂には聴いていますが……。とにかく人が多く移動するのもひと苦労、西のエリアと東のエリアの距離は遠く、買い物リストを持ち、分担して地図に従って行動しなければ欲しいものにありつけないと」

「何処、情報じゃ?」

「大勢の人が開場と同時に走り出し、警備員の方がメガフォンで怒鳴り……。先輩に観せられた『らき☆すた』では、そういうふうに」

「あれはまぁ、かなり大袈裟《おおげさ》にデフォルメしとるからのう。でもまぁ、三万五千の出展ブースが出て、五〇万人以上の人間が三日間に集るんじゃから大変は大変よ。企業ブースの列に並んだものの何時《いつ》まで続くのかこの長蛇の列、尿意を催したならもう地獄じゃからのう。中にはトイレに行く間《ま》も惜しみ、紙おむつを穿《は》いて、企業ブースから企業ブースへ、そして人気サークルのブースからブースへと渡り歩くツワモノもおるぞなもし」

「そんなに同人誌って魅力があるんですかね。僕にはまだその辺りがイマイチ……」

「同人誌を売る、買うだけならコミケでなくたって年中、いろんな処で即売会はあるからね。柊木は参加したことがないから解らないと思うんだが、コミケは俺達ヲタにとって特別なイベントなんだよ」

「みたいですね。お客さんとして行ってみますよ、入場は無料なんですものね。先輩達のブース、訪ねます。やっぱり、興味はありますから」

いうと、畠中隊長が真摯《しんし》な口調で、返します。

「その考えがもうコミケを履《は》き違えているのじゃよ。コミケに同人誌を買いに来る、企業ブースの物販を買いに来る人をコミケじゃー、お客さんとは呼ばんのよ。出展サイドもそれらを目当てにくる人も皆、一様にコミケでは参加者なのじゃ。じゃけん、来るにゃら、参加しにというつもりできなしゃんせ。でなきゃ、つまらんよ」

「なるほど。コミケの思想ですね」

「そんな大仰《おおぎょう》なものでもないけどね」

井上書記長が振り向かず、応えました。

「だから俺の作ったSSも部の中で廻すのみでなく、コミケという世界最大規模の由緒あるイベントで晒さなければならぬのじゃ」

「それとこれとは話が別ですよ！」

そんなこんなで揉めていると、後藤隊員とハナゲ先生達が部室に入ってきました。

後藤隊員が敬礼のポーズを取り、いいます。

「遅くなりました」

「うにゃ。今日はあれぞなもし。イカ娘のねんどろのお出迎えだったのじゃろ」

「はい。ハナゲ先生達とサンシャインで待ち合わせて、池袋のアニメイトさんで、無事、イカ、捕獲であります」

「早速、観せて欲しいと畠中はお願いをし、後藤隊員にねんどろを速やかに完成させることをせかしてみる」

「了解でげそ」

青いビニール袋から三つの同様の紙箱を取り出し、その一つを後藤隊員はデスクトップパソコンの置かれた机の上で開け、中のフィギュアの顔を付属の違う表情のパーツと交換したりして、作り始めます。

「しかし、私としては今回のねんどろには文句がありますね」

ハナゲ先生が、如何にも上からな物言いで、僕達の会話に入ってきました。

歳を訊いたことはないですが四〇代半ばでしょう。この大学に在籍の経歴はないけれども、アニメ研究会のメンバーとしてもう何十年、夏と冬のコミケに参加し続けているのだそうです。

ハナゲ先生が商業誌で描くのは、主に主人公の女子高生が赴任してきた新米先生と禁断の恋に堕《お》ちてしまって、云々《うんぬん》……みたいな王道のラブロマンス。

しかし、個人的に描きたいのはハードに、裸体の男子と男子が絡み合う姿だそうです。

「何故《なぜ》にでしょうか、ハナゲ先生」

「今回のイカは顔のパーツ交換の為に帽子を外さなきゃならないでしょ。でもこの帽子を脱ぐとイカ娘は死んでしまうという設定じゃない。その辺りへの配慮が欲しかったというのがファンとしては正直なところ。私は自分のキャラクターをこうやってねんどろ化されたことがないけど、自分が原作者なら発狂していると思う」

アジャスターで台座に固定された後藤隊員のイカ娘のねんどろいどを眺めながら、ハナゲ先生は腕組み姿勢で呟《つぶや》きます。

「でも、とはいえ、ねんどろ。それなりのクオリティなんだけどね」

頷くとハナゲ先生は、初めて気付いたというような大袈裟な表情で僕を認めました。

「そこにおられるのは『殉一郎の海』のモデルの柊木隊員ではありませんか。ミツユキさんとのリアル充はその後、如何《いかが》ですか？」

「えっ？　あの……。畠中先輩の冊子、読まれたんですか？」

僕は隊長から没収したコピー誌が入る自分のリュックとハナゲ先生の顔を交互に観ながら応えます。

「そりゃ、読みましたとも。眼鏡っこの女子である先輩はクーデレの政治運動家だった。そんな彼女とひょんなことから同棲生活を送るようになった童貞新入生の柊木君は――。いいシチュですね。童貞ではあるが、巨根でもう剝け過ぎている――という柊木氏の設定も実によい。現実でそんな美味しい体験をしている人がいるとは……。挙句に海でおっぱい、ぽろり。冬コミでは是非、私も使わせて頂きたい。私ならその松茸、もっとリアルに、更に大きく逞《たくま》しく描いてしんぜよう」

「あの……。おっぱいぽろりはないですし、巨根でも……。大体、同棲もしてないです。どうしてそんな話になってるんですか？　隊長の創作にもそこまではなかったですよ」

僕はことを大袈裟に吹聴《ふいちょう》したのであろう後藤隊員に眼を向けますが、後藤隊員はまるで動じずに応えます。

「おっぱい、ぽろりはまだかもしれんが、同棲しているようなもんだろ？」

「だからぁ……。アパートが同じなだけだって、もう何度も――」

「でも夜は大抵、一緒にメシを食うし、昼はほぼ毎日、愛妻弁当じゃん」

「それも前にもお話ししたように、お互いに経済的な利害が一致しているだけといいますか……」

「朝、お前が家を出る頃には玄関のノブにコンビニの袋が掛かっていて、その中に半透明タッパー、蓋を開けたら、ご飯、ゆで玉子、ウィンナー、沢庵なんだろ」

「はい……。それは事実ですが、でも三百円払ってるんですよ」

「まさに王道パターンじゃな。別に好きで作ってる訳じゃないんだからね。ついでよ、ついで。ほら、食費も助かるし……」

「どうして先輩達は、何時も何時も、そういう発想しか出来ないんですか！　ガチヲタとはいえ、エロゲやアニメに毒され過ぎですよ。もはや二次元ジャンキーだ」

「誉めるな、照れるではないか」

「誉めてないです！」

「そうか？　でも、柊木からの情報を組み合わせれば、そういう発想にしかならんだろう。第四世界さんの影響で、事実、お前はデモや左翼の集会に出るようになった訳だし」

「それはそうですけど」

「が、やがて二人には悲しい破局がやってくる。就職が決まった柊木は、ヒッピー風の長髪をリクルートカットにし、それを第四世界さんから責められて、もう自分は若くないからと言い訳をするのだよな」

「僕は長髪じゃないですよ」

「では、これから伸ばせばいい」

「どうしてですか？」

「どうせヒッピーになるんじゃろ」

「ならないです」

「学生運動なんてレトロなものに傾倒しているならば、それなりに格好もそうして貰わないとね。やっぱりデモでは、ヘルメット被ったりするの？」

「被りませんよ。そういう人がいなくもないですけれど」

「ゲバ棒は持つの？」

「ゲバ棒って何ですか？」

「俺も詳しくは知らん。只、学生運動といえば、ヘルメットにゲバ棒と昔から決まってるんじゃないの？　恐らく、興奮したらゲバゲバーと充血して、そそり勃つ剝け過ぎの棒みたいなもんじゃないか？　嗚呼《ああ》、厭《いや》らしいなぁ、柊木は」

「厭らしいのは、後藤先輩じゃないですか！」

こんなふうに怒りながらもふざけた先輩達の言葉に逐一、反論していた頃が、今となっては懐かしい。没収したものの、畠中隊長が作った同人誌は、部室に出入りする人のみでなくやがて多くの人の眼に晒《さら》されることになる。この時の僕はそれをまるで予測出来ませんでした。

「おお、一澤信三郎帆布《いちざわしんざぶろうはんぷ》とはシブい」

ハナゲ先生が僕のリュックを観て、驚嘆する。

「当然、本物ですな？」

ハナゲ先生が何を興奮しているのか不明のまま、僕は触らせて欲しいといわれたのでリュックをハナゲ先生に預けました。

「あの……。至って普通のリュックですよ」

僕は布製のリュックを珍し気に愛《め》でるハナゲ先生に訴えるけれども、「そこが、シブい訳です」

――ハナゲ先生はリュックの縫製などを食い入るように調査していきます。

「失礼ですが、どれくらい前からお使いで?」

「高校に上がるくらいに買って貰いました。リュックが便利だからと思って、手頃なものを――。だからまぁ、三年と少しって感じですね。デザインは古臭いですけど、使いやすくて、頑丈なんですよ。だからつい、東京にも背負ってきてしまいました。受験で上京した時もこれだったし、気がつけば、これを使っています。とても気に入っている……というのでもないのですけどね」

「東山のお店でご購入されたのですよね?」

「ええ」

「シブい……」

ハナゲ先生はまた唸《うな》り、僕にリュックを返します。

僕のそのリュックの左側には、メーカーである信三郎帆布の文字が白地に緑色で刻まれたネームタグが縫い込まれているので、製造元が識別出来たのだろう。布製の鞄しか置いていない入り口に布の暖簾《のれん》が掛けられた店で、僕はこれを求めたのだけれども、有名な店だったのだろうか? 何時も通学に使うバスの中、鞄の専門店であることだけは車中から窺えたので、いろんな種類があるだろうと僕はそこを訪れることにしたのだ。購入に至った動機を説明したなら、畠中隊長がハナゲ先生にいいました。

「先生――。前に申した通り、柊木とはこのようにあざとき天然ボケをかます奴でごわすのじゃ。偶に腹が立ちまする」

「確かに、京都に一店舗、通信販売も対応しているが注文票を郵送でしか受け付けてくれない――基本的には遠くに棲んでいようが欲しいのなら買いに来いといわんばかりに敷居の高い、我等が憧れの名店に、単に鞄が沢山ありそう……というだけの理由で訪れ、選《よ》りによって大定番のデイパック、それも黒――をチョイスしてしまうとは、天然にも程があるわね。私達では、狙い過ぎているが故にそれだけベタなエピソードが捻《ひね》り出せない。彼女――その左翼のミツユキさんでなくたって、私だってやられちまうわ。年下設定のそんな新入男子に、ひと晩中、アパートの部屋で二人きり、巨根を観せ付けられつつ、ガチで話されたなら――」

「この鞄って、そんなにオタクな人達の間で評判なんですか？」

「バカ、ヲタじゃなくても皆、知ってるよ！」

「天下の一澤信三郎帆布だぞ！」

「そんなに高くなかったですよ」

「そういう問題じゃない」

「隊長――。柊木は、自分が都人《みやこびと》であることを、無駄に自慢しておりまする！」

井上書記長と後藤隊員が感極まったように糾弾に加勢してきます。後で調べたなら、一澤信三郎帆布は、確かに有名な店でした。一点一点、熟練の職人が手縫いで拵《こしら》えているらしい。

布製バッグの店として老舗《しにせ》であったのが、二〇〇〇年代になりお家騒動のようなものがあり、商売の拡大ではなく職人の信用と技法を大事にしようとしたブランド精神が話題となり、更に求心力のある鞄の専門店として認知されるようになったみたいです。

「生産に上限があるってところが、カッコええのじゃ」

「関東圏に棲んでると、頑張って通販で手に入れたんだろう。もしくは皆に一目《いちもく》置かれたくて、わざわざ京都に出向いて買ってきたんだろう——と、見透かされてしまうから、迂闊《うかつ》に持てないのよね。フィギュアなんかと違って、鞄なんだから、あんたみたいに数年間、そういうふうに手荒に活用しないと味や風情《ふぜい》が出ない。新品のまま大事に持っているのは意味のない行為だし……」

畠中隊長とハナゲ先生にいわれ、こんな野暮ったい形の鞄を使っているのがそんなに羨望《せんぼう》なされるとはと、不思議な気持ちに、なる。でも、この鞄のネームタグを読み取ったから、畠中隊長は食堂で逢ったばかりの僕の出身地を、超能力者の振りをして京都だと言い当てたのだというカラクリが解りました。

迷惑な先輩達だと思う。

しかし、何処か心の隅で、君とのことをからかわれているのをまんざらでもなく思う気持ちもありました。

幸福な王子——君の母が君の父を評した言葉が蘇《よみがえ》る。

そう、僕も同じく、君のおかげで幸福な王子になれたのだ。

僕も沢山の人の幸福に就いて考えるようになりました。

きっとそれはいいことだ。

二次元の恋愛は決して裏切らないという。

でも僕は二次元に恋をしてそれで満足出来るような性質ではない。

仮令《たとえ》、裏切られるようなことがあろうと、僕は君を好きになってしまった。

真の幸せとは何か？　幸福な社会とは？

僕は、その答えを未だ知らない——。

面倒な人を好きになってしまったのだと、思う。でもこの人生を、この面倒と困難を、誰のものとも取り替えたくはない。

僕は君を好きになれた僕が好きだ。先輩達が嘆くように、腹立たしい人間なのかもしれないけれども、僕は君を好きになった僕のことを、誉めてやっていいと思う。君と話す時、不充分な知識しか持たぬけれども、主義に就いて、イデオロギーに就いて語る時、僕はとても真剣になれる。君を想う時、君の顔を想い浮かべる時、僕は辟易《へきえき》するくらいに真剣になれる。

生きる上で、深刻なくらいに真剣に向き合えるものを一つくらい持っている方が、持っていないよりも幸せだと思う。

君を想う時、僕はとても幸せだ。

端《はた》から観れば、僕の行為、行動は、コメディでしかないのかもしれない。

構わない。コメディだとしても構わない。僕は誇る、この出逢いを――。

北据光雪を、好きになったこの僕を――。

大松広平の皇頼《こうらい》の会は新右翼と呼ばれる団体だ。

団体といったって大松一人なのだからそれを団体といってよいのかよく解らないが、大松が立ち上げ今は大松のみだ。かつては党員がいたことがあるらしいが党員といっても下獄していた際、同じく獄に繋《つな》がれていた若いヤクザのチンピラが出所してから大松を慕《した》ってやってきたもので、思想に共鳴したという者ではなかったらしいが……。

皇頼の会は大松広平に拠って出所後、結党された。

大松は余り語りたがらないが、人を殺している。

大松の思想の骨格は国民は天皇に全権を委ね、民は悉《ことごと》く民であらねばならないというものだ。民は悉く民であらねばならないということは即ち、民は全て平等であり、民は富など持つことがなく全ては共有財産である。だが大松は共産主義者ではない。天皇という絶対的権威がないところに民の平等はないと大松は考える。

「最初は一水会《いっすいかい》に入るつもりやったんやけどな、途中でその時の会の在り方に疑念を感じる部分もあったから、結局はもっと武闘派の団体に入った。でも闘争の理念そのものが違《ちご》うてなぁ……。一人で皇頼の会を立ち上げて一人で街宣車を転がして活動しとったが、俺の主張に耳を傾けてくれるもんはおらんかった。右翼系からはお前の考えは左やと怒られ、左翼からは頭からっぽの右翼やと罵倒され……。でも、左の人間のほうが頑《かたく》なやったなぁ。俺のこの形《なり》と車だけで、どうせ右翼やからとビラすら読んでくれへん。お前のようなナショナリストが諸悪《しょあく》の元凶《げんきょう》やと詰《なじ》られる。

俺は天皇を頂点とした社会を目指すが、日本人のみの純血を望むなんて一言もいうてへんねんで。それに対しては真っ向から異議を唱えてるんや。そやけど、左の人間からしてみたら、一緒くたなんやな。そのうち、皮肉なことに、やっぱり前に所属したセクトを離脱し一人で結社を立ち上げとった李はんが、ようやく、俺の街頭演説を聴いて興味を持ってくれた。

李はんも在日やのに活動家ということで、何処にいってもはぐれもん扱いをされとったみたいやからな、一人でがなる俺に最初は自分を重ねて立ち止まってくれたんかもしれん。所詮は右翼が戯言《ざれごと》をほざいとるだけやが、野次くらい入れたれと聴いてくれたんやないかな。見かけはインテリタイプやけど、李はんとこのトロツキズム解放戦線は、トロツキー主義を掲げるだけあって、暴力革命も辞さん極左やからな。いざとなったら、俺より恐いで。

皇頼の会が北据さんところと圧倒的に異なるのは、最終的に手段としての暴力が、ありかなしかやわ。俺は無血革命は望ましいが必要な場合、多少強引な暴力が介在しても仕方なしと思《おも》とる」

場合に拠ってはテロも必要なのか？　という問いに大松広平は、そうだと、応えました。

「天皇の軍隊として発動するもんならば、天の軍隊。テロもまた仕方なしやな。勝てば官軍という故事成句は好きやないが、もし一殺多生《いっさつたしょう》の思想で行った行動が上手くいっとったらそれは危険思想のテロやなく正義の維新《いしん》として認識されたやろう。俺から観れば西郷隆盛かて、テロリストや。フランスの市民革命にしろ、バスチーユを襲撃して、結果、ルイ十六世をギロチンで処刑したり反革命派の連中を監獄に入れて大量虐殺した。フランス革命は、反革命派の人間を数万人も殺しとるんやで。改革に血は付きものなんや」

「無血革命という北据さんの考えとは全く逆ですね。でも、大松さんと話をしていると、大松さんの考えは国粋《こくすい》主義というより共産主義に近い気がします。北据さんは資本主義を否定するのでなく、古い資本主義から新しい資本主義に移行させるべきだというし、李さんも含め、それぞれと会話してると、時々、僕はこんがらがっちゃいますよ」

大松広平は、頷きました。

「そうやな。俺も、実際に自分が左なんか右なんか解らんようになることが、ある。一殺多生という血盟団、井上日召《いのうえにっしょう》の思想は、莫大な利権を貪り食らう特権階級の一人を征伐することで、多くの民の生活が改善される——というもんやしな。右翼というても至って民主的や。俺等、右翼は、天皇を頂点に置くことで、万民《ばんみん》が公平になれると考える。総理大臣、官僚、大企業の経営者……。どんなに権力や富を築いていようが、天皇の許には只の国民でしかない。もし、天皇という最高権力すら置くべきでないとなると、究極に、李はんところみたいな一切の権力、権威を認めんアナーキズムを求めることになるやろう」

「神の許には一切のものが平等である——ということですか？」

「そうやな。というても、戦前みたいに天皇は現人神《あらひとがみ》でございます、みたいな嘘は吐《つ》かん。そんなこというたって、誰も真《ま》に受けん。天皇かて、糞垂れるし、病気になったら医者に治して貰うんやからな。神風吹かせる神通力《じんつうりき》なんて持っとらへん。俺は——天皇家の血統を守るべきやとも思てないねん。天皇制があればそれで事足りると考えとるんや」

「ローマ法王みたいなものですかね？」

「ローマ法王の椅子かて、カトリック教会の権力争いみたいなもんと無関係ではないやろ。それでは意味ないんや。将来的には人間やのうて、マギシステムみたいなもんが天皇に成り変わればええんやないかとも思う」

「マギシステムって、『エヴァンゲリオン』——の、あれですか？」

「ああ。エヴァに出てくるスーパーコンピュータや。マギが優れてるのは、科学者としての思考、母親としての思考、女としての思考、三つの異なる思考が議論をして最善策を導き出すというところや。矛盾する思考同士がそれぞれの案を出し合う。一つのコンピュータが決定に議会制民主主義を用いる。——こんなことというと、やっぱり右翼はアホやと、バカにされるかもしれんけどな」

「突拍子《とっぴょうし》もない発想だとは思いますけど、バカにはしませんよ。北据さんや大松さん達のような人にも慣れましたが、アニメ好きの人達に対しても、最近、多少、免疫は付きましたしね」

「そういや柊木はんは、大学でそういうサークルに参加しとるんやったな」

「ええ」

この日の大松広平は、重いオンスの黒いTシャツにジーンズという出で立ちでした。

大松はその物言いや風情と似つかわしくなく、きちんと神経質に折り畳んで足許に置かれている、枢要《すうよう》な活動の時に着用するという迷彩のタンカーカバーオールを蹴飛ばすような仕草をしました。

「正直に打ち明けるとなぁ、俺は自分の趣味、迷彩服に街宣車みたいなものが好きで、単に右翼を名乗ってるだけなんかもしれん。尊王攘夷《そんのうじょうい》の思想故に街宣車を転がしとるんか、街宣車に乗りたいが故に右翼を名乗っとるのか、見当が付きかねることもしばしばや。それでも、やっぱり俺は右翼なんや。日本赤軍の勝利は、当時の政府に大使館占拠とハイジャックで超法規的措置を取らせただけやんけ。ひきかえ、失敗したとはいえ二・二六事件で蜂起《ほうき》した青年将校達の行動の意志は、脈々と今も生き続けてる。思想……。そんなもんはどうでもええんかもしれん。気持ちや。俺が譲れんもんは、世の中を良くしたいという高邁《こうまい》な思想なんかやあらへん。この反吐《へど》の出るような世の中を変えたいという気持ちなんや。思想だけあっても、どないにもならへん。

気持ちでしか人は変えられへんやろ。李はんとこも北据はんとこも左や。考えとして相容れん部分の方が多い。でも、俺はトロツキズム解放戦線とも第四世界民主連合とも共闘出来る。李はんの持っとるこの世の中をマシにしたいという気持ち、北据はんの持っとる皆んなが幸せになれる社会を現実に作るという気持ち、その気持ちの在り方に俺は自分の気持ちの在り方を重ね合わせることが出来る。こんな嚙み合わん三人が気持ちを重ね合わせられるなら、もっと違う人等とも、出来るんやないのかなと、思う。そうして三人が、十人、二〇人と重ね合わせていけたらええだけのことや。……簡単なことなんやけどなぁ。時間は掛かるかもしれんが、案外、簡単な筈なんやけどなぁ。何でこないにそんな簡単なことが、ちっともはかどらんのやろ」

大松広平は、柄《がら》になく深い溜息を吐《つ》きました。

僕は労《ねぎら》う言葉を探します。

「大松さんは何時も、戦闘服という訳ではないんですね？」

「コスプレみたいなもんですわ、右翼の」

この男は正直な人間なのだと、僕は思う。

思想をファッションでやっているのだろうと指摘されることは少なくない。それに対しそうかもしれないといえる彼は、少なくとも過度に体裁に拘《こだわ》り己の性分を糊塗しようとする人間の類いではないように感じられる。迷彩服や愛國の鉢巻き、「尊王攘夷」のタトゥーなど右翼としてのスタイルに就いては、感心出来ないけれども、主張に対しても異を唱えたい箇所《こと》が多くあるけれども、僕はこの男は嫌な奴ではないと、思う。

もし、人に観られたくないものを誰かに預けなければならないのだとしたら、知り合いの中から僕は彼を選ぶだろう。

多分、大松は何故、僕がそれを預けるかの理由を詮索しない。

自分が隠したいもののように僕のそれを厳重に隠し通してくれるでしょう。拷問に遭おうと隠し場所を明かさない。アニメ研究会の先輩達は信用しない訳ではないけど、そういう役目には不適切な人達ばかりだ。上手い隠し場所は考えるだろうけど、何を預かったかを、絶対にこっそりと観る人達です。預けるには適任だけれども、李に頼むのは何となく嫌だし、君は中身を観ないまでも、何故、自分に預けようとするのか、それに納得出来る論理的な理由を求めるだろうから、やはり頼む人間としては、除外しなければなりません。

「ミリタリで武装すると、戦闘態勢や。己の信念の為に何も恐れるものはない——と、覚悟を決められる。暴力革命も辞さずの戦う右翼を自負しとる俺やが、実際は気が弱いんやろうな。こういう見栄《みば》えで自分を鼓舞《こぶ》せんと、テンションが上がらんのや。小さなデモにしろ集会にしろ、参加する時は何処かで覚悟を決めてる。どうせなら、維新の為に死にたいわな。行動にこの命を捧げたいやろ。そやから死ぬ時は戦闘着と、自分にいいきかせてるんや」

僕は大松広平の家、皇頼の会の事務所でもあるアパートに来ていました。

デモや集会の情報の殆どを僕は大松から得ていたので、自然と、共に行動することが多くなっていました。

「やっぱり北据はんは今回も柊木はんの入党を拒否だっか」

「恋愛感情と結社への意思を混同してはならないなんていわれるとね――。どう返していいのか、正直、解りませんよ」

「柊木はんは、北据はんのことが好きなんですな？」

「ええ」

「隠さんと堂々、肯定するところが男前ですわ。やっぱり一番最初に逢うた時にいうた言葉は撤回出来ん。柊木はんは面白《おもろ》い人や」

六畳一間のアパート。ハイツ・リバーサイドと五十歩百歩のボロアパートでした。漆喰《しっくい》の壁がところどころ剝がれ、キッチンもトイレも共同の六畳一間。無論、風呂はなし。居住する殆どが年金暮らしの独り身の高齢者だといいます。一番、若いのが大松。

「先輩達にも冷やかされるし、まぁ別段、人が人を好きになることは恥ずかしいことでも何でもありません、潔《いさぎよ》く認めますよ」

応えると、

「北据はんもまんざらでもおまへんやろ」

大松広平は、表情を柔和に綻《ほころ》ばせました。

「ええ、恐らくはね。気恥ずかしいですが、そのように受け取ることが出来る言葉は……一応、貰いましたので……」

「ええなぁ。そやけど、そのことは李はんには伏せておいたほうが宜《よろ》しいで」

「何故ですか？」

「一寸《ちょっと》、鈍感ですなぁ。李はんが北据はんのこと、柊木はんと同じように想うてることくらい、端々《はしばし》から気付きませんかいな？」

「そうなんですか？」

「そやなければ、幾ら実家が金持ちやというても、飲み屋ではホッピーしか飲まん男が、鍋をする時に高価な牛肉なんて持ってきますかいな」

「李さんはずっと独身なんですか？」

「若い頃、一回、結婚をしたらしいが、活動をするようになって不和になり、別れたと聴いてますわ」

「大松さんは？　結婚とかは」

「俺はしたことないなぁ。これからも出来んやろ、こんな貧乏暮らしで右の活動をしている中年と所帯を持とうなんて物好きな女がいてるとも思えまへんやろ」

大松広平がコピーしてきた、一週間後にある大規模な反原発デモで配布する為の皇頼の会の主張が書かれたA３の機関紙を、二つ折りにする作業をこなしながらの遣り取り。千枚らしい。

これだけ大量にビラを刷るのなら、その費用もバカにならないですねというと、大松は最寄り駅の近くに一枚十円であるがモノクロならば、百枚からは一枚、三円でセルフコピーが出来る古書店があるのでそこを使うのだと教えました。

「というても、四千円近く掛かりますすんやけどな」

作業が終わると、大松はいいました。

「柊木はんにこんな手伝いをして貰うんは気が引けるんやけどな。何せ人手不足や」

「前までは一人で全部――？」

「李はんや北据はんらの手を借りるほどには大変な作業やないからなぁ。それに皆、大会では自分ところのビラを撒くさかいに、人の手伝いなんてしてられへん」

「北据さんはその日はビラを配布しない。参加自体を見合わすといっていましたよ」

「日青協絡みのデモ集会やからですか？」

「さぁ、そこまでは……」

大松広平は提案をします。

「手伝うて貰うと、やっぱりはかどりますなぁ。それに話しながらやと、こんな単純作業でも、嫌にならん。お礼という程ではないが、焼き肉でも食べに行きましょか？ そろそろ腹も減ったやろ。今日の柊木はんの手間賃は、焼き肉を奢《おご》るってので教しといておくんなはれ」

「いいですよ、そんなつもりで手伝った訳じゃないですし」

「遠慮しなさんな。それとも、今夜もまた北据はんが水炊きの用意をして待ってるさかい、早うアパートに戻りたいんでっか？」

「からかわないで下さいよ。そりゃ、僕だって毎日、水炊きばかしじゃね……飽きもきます。でも、大松さん、失礼ながら、焼き肉だなんてそんなお金あるんですか？ 僕はお腹さえ満たされればそれでいいですよ」

「べらぼうに安い店がありますねん」

僕は厚意に甘えることにしました。

アパートから十分くらい歩くと駅前の商店街に出ます。

飲み屋の看板が道の両側に多くなり始めた頃、少林寺拳法——と大きく書かれた看板がある店の前で大松広平は立ち止まり中に入りました。カウンター席のみの店。

大松広平はいいました。

「オーダーは任せて貰いますわ」

大松広平はホルモンセット五百円を二皿注文しました。

ドリンクはと訊ねられると、いらない。水をくれ——。

「何か飲まはるんやったら、どうぞ」

大松は僕にドリンクのメニューを渡しますが、大松が水なのに、奢って貰う僕が何かを頼む訳にはいきません。

「僕も水を——」

としかいいようがない。

「ここは安いし肉の質も悪いが、包丁の入れ方が巧い。ミノかて、つるんと呑み込めますんや」

確かに美味しいホルモンでした。肉にタレの味がしっかりと染み込んでいる。

ミノもコブクロもアカセンもハチミツも、下手なカルビやハラミよりよっぽど、美味い。

「ええ牛やのうても、料理人の腕次第でこんなグルメな気分に浸《ひた》れますんや」

最初に李明正と君と大松、四人が会したのもホルモンの店であった——それを述べると、

「あんな店より遥かに安い。俺にいわせりゃあの店は接待月、余所《よそ》行《い》きの高級店や」

大松は、苦笑しました。

「嘘でも、渋谷やしな。ああいう店を好んで使うてるというのをアピールしようとする李はんは、やっぱりプチブルや」

「何故、少林寺拳法の看板があるんです」

「本来ここは少林寺拳法の道場やったんや。そやけど生徒が集らんから、仕方なしに夕方から焼き肉屋をするようになった。そしたらそっちのほうがウケてしもうたんや」

僕はムール貝を食べているのではと錯覚するようなギャラを咀嚼《そしゃく》しつつ、納得しました。

「安くて美味い。それにこしたことないですよね。僕みたいな学生は、こういうお店が多くなることを切に希望します」

大松広平はいいました。

「希望せんでもこれからはそうなっていくわいな。デフレはまだまだ続く。安かろう不味かろうでは、使わんようになる。安いけど美味い。ええものやけどそんなに値が張らん。そういうふうにせんと誰も消費をせんようになる。そやけど、悲観しとる訳やない。ものの値段なんて、下がるところまで下がればええ。この店みたいに、頭を使うて、ちゃんと仕事をこなしたらええもんを安く提供することが出来る。

デフレは悪のように思われるが、お陰で皆が如何に無駄に金を使わずにやっていけるかに取り組むようになるのなら、まんざらそれは困った現象ともいい切れんやろ。本当の本当にもっと貧乏になったなら、国かて、無駄なバラマキの政策が出来んようになる。

国の肩を持つ訳やないが、国民に余力があって、そこからまだまだ搾《しぼ》り取れると思うから、国は消費税を上げたり、国債をじゃぶじゃぶ発行したりしよるんや。そしたら、搾ろうにも搾れん、もう出《で》涸《が》らしのような状態に国民全てがなってしまうというのも、国に方針を変えさせる方法の一つやわな。国と国民との間には契約がある。契約書なんて交わしてないけど、この国で暮らしとるということで、国はそれを契約履行《りこう》と見做《みな》しとる。

課せられた税金を滞納して払わん場合、最悪は刑務所行きや。納税の義務の不履行は憲法違反やさかいな、刑事罰――つまり殺人や窃盗てな刑法上の違反よか重大な罪科《ざいか》となる。

だからというて、納税者の九割が税金を払うのを拒否して、差し押さえようにもホンマ、誰もが見事にすっからかんやったら、どうなる？　払わんさかいに国籍抜け、国から出て行けとはいえへん。刑務所に入れることは出来ても、国土から追放やと、国民を海に捨てる訳にもいかん。

そうなったら困りよるで、国は――。国民に納税の義務を課して自分に都合のいい契約を持ちかけたんは国の方なんやから。取り立てようとする人間も、結局は国民なんやから。極端な話、九割が税金を払えんようになるということは、総理大臣と財務大臣は税金、払えというが、総務大臣も外務大臣も文部科学大臣も、他の大臣の殆どが、税金を払えへん、払とらへん状態になるということや。そしたら国家の継続資金を税金以外で賄《まかな》うしかない。

早い話が、総理大臣、あんた、税金を取り立てる算段を講じて唸《うな》っとる暇があるんやったら、率先してアメリカでもドイツでも何処でもええ、渡って雇うて貰うて、皿洗いでも何でもして一円でも多く稼いでこい――ということになる」

「無茶苦茶ですよ、それでは……」

「無茶苦茶やで。学がない分、俺の思想は無茶苦茶や。そやけどなぁ、案外と真面目な方針なんや。本当にないんやったら国はそこから税金を取れん。そうなれば国は国民を養う為に必死にならざるを得ん。国があるから国民が生まれた訳やない。国民がおるさかいに国は成立しとんのやからな。

ならば、一回、皆で示し合わせてとことん貧乏になったれ。一億総サボタージュをかましたれ。

――これは小学生が考えるみたいに幼稚な方法やで。そやけど、この方法の致命的な欠陥を、北据はんも李はんも指摘することが出来ひんのや。余りに単純過ぎるさかいに、矛盾や破綻が見当たらん。

国家とか国民とかいうからややこしい。

家族の生活費を工面する為にお父ちゃんは会社で働く、クビになって皿洗いのバイトがあったらお父ちゃんはするやろう。それがお父ちゃんってもんや。お父ちゃんが皿洗いをする姿は滑稽か？　お父ちゃんが病気で働けんようになったら、逆に嫁さんや子供が働いてなんとかしようとする。家族やからな。

なぁ、柊木はん――。政治ってそないに難しいもんなんやろか？　経済や法律とかに熟知しとかんと、政治は語れんのやろうか？　仕事の出来る奴もトロい奴も、心の綺麗な奴も狡《ずる》っこい奴も、チビもデブもハゲも、爺さんも赤ん坊も、女も男も、アホも天才も、お互いに上手いことやっていく為の決め事を作って運営していくのが政治で、政治はそれ以上でも以下でもないんとちゃうやろか。あったらいかんのと違うんやろか？

それやったら子供でも納得するルールと采配《さいはい》であるべきや。十人いて饅頭も十個あるから一人に一個ずつや、というのは子供も納得する決まりやで。十一個あるし、一つ残る。余った一個を貰える人を籤引《くじび》きで決めようというのにも納得するし、一人だけ得する人が出ると文句をいう人が出るから、余った一個は他所《よそ》の誰かにあげに行こうという提案にも納得出来る。

十個の饅頭と十人の時、一人だけめっちゃ腹が減ってる奴がいて、俺、一個では足りん、二個食いたいというて、その代わり、俺、饅頭嫌いやし、そんなに腹も減ってへんし――という奴もいる場合、食わんでええ奴は自分の分を二個食いたい奴にやればええ。皆がかまへんというたら、問題ないわな。

いちいち、こんなんをその都度、全員訊いていくのが面倒やから、法律を定める訳やろ。——掟《おきて》やのうて、基準みたいなもんやろ、憲法やって民法や刑事法やって。法が掟なんは、宗教の世界や。そやのに、現実の政治は、法の解釈を巡ってセーフやとかアウトやとかで揉めとる。一つ例外を作ったら他にも例外を作らなあかんようになるとかいいよる。掟やのうて基準なんやから事情に拠って例外は何個作ってもええやんけ。一つ一つ、事情なんて違うんやから、その時、その時で考えたらええやんけ。

ここでは五百円やけど、同じもんを向こうでは四百円で売っとった——。あかんのか？　それは？　昨日は五百円やったけど、今日は六百円でしか売りたない。あんたには五百円でええけど、そっちの人には千円でしか売るの嫌や。——それは不公平な遣り方なんか？

俺は平等にするというのは、一つの価値を全員に守らせることとは違うと、思う。

家で飯食う時、おかずが足りひんかったら、お母ちゃんはあんた、お兄ちゃんやから我慢しい、弟にやりいな、という。その時、兄貴は文句をいうやろうけど、違う場面で兄貴をきちんと立ててやっとったら、兄貴が食物《くいもの》の恨みは恐いからとて、一生涯、弟を憎むことなんてあらへん。——そういうもんの延長やろ、政治なんて。

税金を払うのを皆がサボタージュすればええ、というたけど、それは今の制度を変える為の強硬手段でな、ずっとそうし続けようと、俺はいうんやない。

自分の棲んどる国の維持費なんやからと、快適な暮らしをする為に誰もが、税金を払いとうなるシステムにせなあかんと思うんや。甲斐性があれば、二万円の家賃のアパートから人は十万円の家賃のマンションに引っ越す。見栄もあるやろうが、自分の為に高い家賃を積極的に払う訳やろ。この国の国民として誇りを持ちたいのであれば、誇りを持てる国家であるならば、誰もが進んで我先にと税金を払おうとするんやないか？　今は国家の在り方に抜本的な問題があるから、払いたくないだけとちゃうやろか？

　この店のこのホルモンセットはこれで五百円や。こんなけ量があってこんなけ美味いなら、気持ちよう客は五百円を払うやろ。これだけでこの安さとは恐れ入ったと、祝儀で千円、払う人間がいてもおかしゅうない。そやけどたった五百円でも、納得出来んかったら払うのが嫌になるわな。食べてしもてから文句をいうなといわれても、嫌なもんは嫌や。

　金があっても幸せになれんというのは、坊さんの説教や綺麗事やない。労働者を安い金で保証もせず家畜のようにこき使い、必要なくなれば切り捨てるブラック企業が最近はよう問題視されるけどな、劣悪な環境での重労働やとしても、辞めたらそれまで働いた分の給料すら貰えん会社やとしても、その会社が好きで、そこでの仕事に自分が遣《や》り甲斐《がい》や生き甲斐を感じられとったなら、人は割にあってないと思えどもその労働に幸福を見出せるんやないやろか。

　高額な報酬を得られたとしても、その仕事をしている自分を自分が気に食わんなら、生きてることが嫌になる。

　俺はいろんな日雇い仕事をしながら、得た金の殆《ほとん》どを全部、活動に費《つい》やしてる。こんな歳になっても嫁、子供なく、薄い壁と腐った床の安アパートの一室でその日暮らしに甘んじてる。そやけど、俺は自分を憐《あわ》れんだことは一回もないで。

　そりゃ、金があればとは思う。もっと街宣車をカッコようカスタム出来るからなぁ。トイレと風呂の付いたアパートにも棲める。銭湯は高い。四五〇円も出して、毎日はよう行かん。この歳になると身体のあちこちにガタがくるから、週に一回くらいしか湯船に浸《つ》かれんのは流石《さすが》にキツい。とはいえ日雇いは汗を掻くし、身体を洗わんと気持ち悪いで、アパートの共同の流し場の水道から水を汲んできて、タオルで身体を拭《ふ》くんやが、洗髪は直接、流し場の水道の蛇口の下に頭を突っ込んでの水洗いしかない。今の季節ならええが、冬の夜は涙、ちょちょ切れるわ。

それでも俺は俺を憐れまん。維新にこの身を捧げとることに満足しとる。成し遂げられんことには意味がないが、仮に俺が生きとる時代に維新が達成されんかったとしても、その意思を継いで次の世代が成就させるなら、俺の人生は無駄ではないやろ。金に換えられへんものの為に働く時、人はその労働から幸せを貰えるんや」

「大松さんは何時《いつ》から活動を？」

僕が訊ねると、大松広平はこう、応えました。

「二十歳で右翼団体に入った。そやけど、子供の頃から社会に対する漠然とした疑問は持ってたような気がするわ。誰もが友達や家族が辛《つら》い目に遭うことは赦し難いと思うのに、どうして国同士は戦争をするんやろ。政治家は最初から悪いことをしようと思うて立候補するんやない。殆どの政治家は国民の幸せの為に働こうと政治家になった筈やのに、どうして悉く、汚職、賄賂《わいろ》、誤魔化し、そんなもんばかりするようになるんやろか——となな。

何が原因や？　何で皆が幸せになれる社会が作れんのやろ——そんなことばっかり考えてた。そやから、人類全員が家族になればええと思ったんや。天皇を父、皇室を親として、人類が全てその家族になれば、多少、揉めても家族は家族、本心から憎い、抜け駆けしてやろうとは思わんやろ。どんなけ子供が親を疎《うと》んじようが、親が我が子の不幸を望むことは決してない。

俺は活動をしているが故、もう親から引導を渡されてはいるが、それでも、やっぱり懲役にいった時、お袋は何度も面会に来よったわ。面会する度にお前はアホや、アホやと罵《ののし》りながらも、何時も泣いとった。親父は厳しいてな、一回も面会に来んかったが、それでも偶に手紙をくれた。懲役を全うしたからというてお前の罪が消える訳やない。償《つぐな》うことも出来ひん。一生、その仕出かした不始末を背負って生きるしかない——と、叱責するばかりでムショに入っとる俺の体調を気遣う言葉の一つも書いてきてはくれへんかったが、それでも、やっぱり親は親なんやと思わされたわ。

息子の罪は父親の罪や。育て方を間違ったとは思わんが、お前が罪を犯したのならそれは自分の罪やと、親父は書いてくれとった。

罪科を修復することは出来ひんが、何の営利関係もないのに、同じ罪を一緒に背負うてくれとる人がたった一人でもこの世界にいてくれると思えるのは有り難いことや。

何をしてくれる訳でのうても、有り難いんや。ムショから出てもこうして活動をしとる俺は、一欠片《ひとかけら》の恩も返しとらんけどな、毎日、実家の方角に向けて手を合わせたりはせえへんけどもな、感謝はしてる。……国民と天皇の間柄に、少し似とるな。

俺の考える天皇というのは、象徴でも国家元首でもない。ましてや祈る対象でもない。国民一人一人の喜びや悲しみを、只、同じように、無償で背負ってくれる存在や。

——柊木はんのお父ちゃんとお母ちゃんは、まだ健在か？　健在なら、大事にせなあかんで。俺みたいな者にいわれとうはないやろうけども」

「京都にいます。幸い、二人共にまだ元気で、特に大きな病気をするでもなく。仕送りも少ないながらしてくれてますし、感謝はしているつもりです」

大松広平は頷きました。

「どんだけしても、し過ぎってことはあらへんさかいな」

「ですね」

「そこに下心はないやろ？　神様に手を合わせる時、人はご利益《りやく》を欲しがるけど、親に感謝する時、褒美《ほうび》を貰いたいなんて考えへん。何の感謝の念も抱かん奴は、親が要介護の状態でも心を痛めず、放置する。徘徊《はいかい》して身元不明で死んでくれた方が、葬式も出さんでええから効率的やと思いよる。そやけど、それを非人間的やと責める気にはならん。親には絶対、感謝せなあかんというのを押し付けるのは、天皇の為なら死も厭《いと》うことなかれ――を、強制するのと同じことやからな。

俺等が蔑《さげす》むべきは、親の面倒をみたくないという気持ちやのうて、親の面倒をみることにすら見返りを要求してしまいがちな――、無償の行為まで貨幣基準に変換せずにはおられん、骨の髄まで染み込んだ資本主義の浅ましき性状や。

俺等が戦うべき相手はそんな自分自身、否、全てを資本主義のルールで判断することしか出来んようになってしもうた人類の歴史なんやないやろか。資本主義やなくとも人は生きられる。生活は発展する。競争がなくなったら、モチベーションが下がると思われがちやが、一人一人の目標や利益が、国を――そんな大層なもんやのうても構わん――お互いを――一寸でも喜ばせるものであるなら、その為の競争は行われるんやし、全員が全員、怠《なま》け者になることなんてあらへん。

さっきもいうたが、柊木はんと同様に、李はんも北据はんのことが好きや。そやから鍋の時に高い牛肉を持ってくる。北据はんに喜んで貰いたいから、李はんはそれをする。幾ら高価な牛肉を差し出しても、共産主義革命を標榜《ひょうぼう》する北据はんがその対価として、李はんに想いを寄せることがないことは、李はんが一番、よう理解してることや。それでも、李はんは北据はんに美味しい牛肉を食べさせたい。李はんの行動は柊木はんと張り合う為のものやない。張り合うてはいるやろうけど、それは、自分と柊木はん、どちらが北据はんにいい牛肉を食べさせられるかの競争やない。もし、北据はんが高価な牛肉で靡《なび》くような人間やったら、そもそも李はんは北据はんを好きにならへん。

李はんにとって、北据はんに高い牛肉を食べさせるメリットは何や？　俺等にはホルモン焼きしか食べささんのに、北据はんにはええ牛肉を食べさせたいのは、俺等よりも李はんにとって北据はんが特別な存在やからやろ。家が金持ちやのうても、李はんは同じことをしてる。泥棒してでも美味しい牛肉を北据はんに食べさせようとするやろう。

見返りがのうても、得をしてるから、李はんはそれをするんや。北据はんを好きやという気持ち——その気持ちを持ってることが、李はんにとっての最高の得——利益なんや。高い牛肉を泥棒するというデメリットすら相殺され、まだ余る利潤なんや。さっき無償の行為というたが、親を介護する、親に感謝するというのは金には換算出来んが、損か得か——というのを基準にすると、利益のある行為や。誰の利益になるのか——？　感謝される方やない。利益は感謝する方が貰えるんや。

好きになって貰う者より、好きになる者の方が幸せや。売った者より、買った者の方が幸せや。大事にされる人間よりも、大事にする人間の方がより満足度を得られる。会社は労働者を雇ってやってるんやあらへん。雇わせて貰ってるんや。国は国民を統治してるんやない。国民に統治させて貰っとんのや。——この認識を正常にせんことには、金持ちも貧乏人も、権力者も誰も彼もが、悉く、不幸になる」

そこまでいうと、大松広平は眼を閉じ、独りごちるように、呟《つぶや》きました。

僕は大松の横顔を観て、ふと、急に郷里にいる父のことを想い出す。

僕の父は逞《たくま》しくもなく、大松などと比べれば蒼白く、貧相で、覇気がなく、顔立ちもまるで正反対の人だ。

早朝、毎日、僕が起きる前に背広に着替え、鞄を籠《かご》に入れた赤いママチャリを駅まで転がし、約二時間掛けて会社に通勤する。無遅刻、無欠勤が自慢だ。

怒られた記憶は殆ど、ない。でも一度だけ、打《ぶ》たれたことがある。

小学校三年の時、飼育当番だったのを忘れ、教室で飼っていた兎の世話をせず、放課後、遊びに行ってしまったのがバレた日の夜だった。忘れるなら、最初から飼育係なぞするな——。自分から志願したのではなく、持ち回りで当たった当番だったので、理不尽な怒られ方だと思いましたが、言い返すことは出来なかった。とても真剣に怒っていたから……。

打った後、僕を連れ、父は夜中の学校へと向かった。用務員の人に事情を話し、餌を与える為に教室の鍵を開けて欲しいと願った。一日くらい大丈夫ですよ——用務員の人の返答に頷かず、規則は規則——守らせますと強引に教室の鍵を開けさせた。教室の後ろの飼育ケージの隅で蹲《うずくま》るウサギに僕がペレットを与え、それを口にするまで父はウサギを無言で観続けていた。食べると僕の肩に手を遣り、良かったな——と呟いた。用務員の人に深々と頭を下げ、父は教室の鍵をまた閉めて貰った——。

精悍《せいかん》な表情にそぐわず、大松広平の睫毛《まつげ》は長い。

先がくるりと、上向きにカールすらしている。

僕の父の睫毛も長かった。

睫毛だけが、フランス人形のようだ——。母は偶に、それを指摘して大笑いしていた。

「みんながめいめいじぶんの神さまがほんとうの神さまだというだろう、けれどもお互いほかの神さまを信ずる人たちのしたことでも涙がこぼれるだろう。それからぼくたちの心がいいとかわるいとか議論するだろう。そして勝負がつかないだろう——」

「宮沢賢治ですか——?」

訊ねると大松広平は、瞼《まぶた》を開き、こちらを向いて顔を綻《ほころ》ばせました。

「知ってはりまっか?」

「『銀河鉄道の夜』の中に出てくるやつですから」

僕は、応えました。とても好きな一節だ。

大松広平は、しかし、僕がとても博識であると驚いたように眼を丸くし、感心する口調になります。

「そうですわ。でも北据はんも李はんも知りまへんでしたで。まぁ、あの二人は標準にはならんか……。北据はんは殆ど文学には接してこんかったから読んだことがないといわはるし、李はんは退廃思想のインテリの暇潰《ひまつぶ》しやと文学自体を毛嫌いしてはるさかいにな。というても、俺も読んだのは三〇をとうに廻ってからなんやが」

「少し遅いですね」

僕が笑うと、大松は恐縮するように肩を窄《すぼ》ませました。

「ムショの中で読んだんですわ。あそこでは本くらいしか娯楽がおまへんからな。童話なら俺のようなアホでも読めるやろうと試してみたら、思い掛けずハマりましてな。恥ずかしい話、自分でもおかしいくらいにボロボロ、泣きましたわ。赦されたような不思議な気持ちになりましてな……。本で泣いたんなんて、後にも先にもこれきりや。でもこの一文を読んだのがきっかけや。自分が右翼やとか左翼やとか拘《こだわ》らんと、違う意見を持つ人間の話にも聞く耳を持とうと思うたのは。――若い頃、粋《いき》がってこんな墨《すみ》、入れてしもうたけど」

大松広平は――「尊王攘夷」――右腕のタトゥーを観せます。

「尊王攘夷ってのは天皇を絶対的な王として認める、つまり天皇制を国家の中心に置き外国人を排除しようという考え方、純然たる国粋主義の主張ですよね。大松さんのそれが、かなり掛け離れているのは理解したつもりですが、具体的に大松さんは天皇をどうしたいと思っているんですか？　立憲君主制とは違うものなんですか？」

「立憲君主制なら、今の日本の天皇もそんなものやしな」

大松広平は、応えると、左手で右腕に彫られたタトゥーを擦《こす》れば消えるといった感じで何度も撫《な》でました。

「上手いこと説明出来るかどうか解りまへんけど、既にある天皇制というものを廃止するんやのうて、第二次世界大戦後、定義された——象徴というこの国独特の特殊な位置付けを、どうせなら合理的にリサイクルしようというのが俺の尊王攘夷なんや。

よう考えてみなはれ。今の天皇は最も持たざる者や。選挙権もない、職業選択の自由も、言論の自由も与えられてない、求めることすら赦されん、不自由極まりない立場や。象徴やさかいな、国民ですらないんやで。苗字も戸籍もあらへん。そりゃ、世襲制やから食うには困らんわなぁ。そやけど、柊木はん、あんた、もし自分がなれるんやとして、そんな天皇になりたいでっか？　嫌でっしゃろ。俺かて、天皇になるくらいならこのボロアパートでの暮らしの方がよっぽどええと思いますわ。

憲法で保障された基本的人権が欲しいなら、皇室から離脱するしかない。

全てのものを国家の共有財産にするのが共産主義のイズムやろ？　でもそんな遣り方ではブルジョワが国家に置き換るだけになるんとちゃうやろか。根源から不公平を解決しようとするなら、所有という概念自体をなくさんとしょうがない。

——というても、こればっかりは幾ら何でも理想論やわな。俺かて幾ら全ての所有を放棄することに賛成、それを望むというたかて、俺の街宣車を自分が乗りたい時に見ず知らずの人間に使われたら、腹立つわ。

そやけど、もし、天皇が、皇居も取り上げられ、まるで昔の乞食坊主みたいに、旅をしながら民家の軒先を借りて雨露《あめつゆ》を凌《しの》ぎ、托鉢《たくはつ》で貰う余りもんの食事に甘んじる生活を送るのを慣わしとする存在になったら、どうや？　この街宣車は俺が汗水垂らして働いた金で買うたもんやから、俺に一番の権利がある――なんて、恥ずかしいて口に出来んようになるやろ。

まぁ、これは極論でな、ホンマに天皇にそんな暮らしをして貰おうとは思っとらん。そやけど、全ての民を平等にするんやったら、先《ま》ず、最も持たざる者である――苗字も戸籍もあらへん天皇にそれを与えることから始めなあかんのちゃうやろか。発想の転換や。

俺は天皇は全面的に国民から養われる唯一の存在であればええと思う。今もそうなんやが、国民として最も例外的に、全ての生活費を国民の寄進《きしん》に拠《よ》って賄う公務員にしてしまうんや。遣《や》り繰《く》りするのは天皇自身や。皆の寄付だけが収入源やからな、多い月もあれば少ない月もある。年間、これだけの予算を欲しい――ということは出来ひん。そやから公務員ではあるが、不安定な経済状況を改善する為、バイトはしても構わん。工場での検品作業でも、タレント活動でも、公務に支障がない限り、好きにしてええんや。

天皇の住処《すみか》に、皇居みたいな大層なもんがいるかいな。実際、持て余しとるやろ、あんなけの土地。そもそも自分のもんでない土地、屋敷に棲《す》まわされとるんやから、雨漏りがしても自分の意思で修繕も頼めんのや。庭いじりが趣味やからというて、二の丸庭園にガーデニングの道具を置いとく物置小屋すら勝手に建てさせては貰えん。アパートでええねん、天皇の住居なんてもんは。ここみたいなボロアパートに棲めというとるんやない。公団住宅くらいが相応やろ。国民に養うて貰うてるんやから、人並みか、それより少し質素なくらいが丁度や。

無論、俺は天皇と話なんてしたことあらへんし、皇族の知り合いもおらへんから、その本音は聴いたことないけどな、皇族の人等も、それを望んどると違うやろか？　普通に定食屋でメシ食うて、電車やバスで移動したい。行く学校も自分で決めたきゃ、twitterかてしたいやろ。イギリス王室なんてのは、そういう意味で日本の皇室より自由が保障されとるわな。そんでもってその分、国民から愛されとる。イギリスでは女王や王子のフィギュアが土産屋で普通に売られとるらしい。不敬罪ってなもんは廃止されとるけど、日本でそんなことしたら、非難されるどころの騒ぎやないわな。

人はなかなか平均以下にはなりたがらんが、国家の主《あるじ》たる天皇が庶民同様、スーパーの特売に並ぶ生活を普通に行うようになったなら、どんな強欲な者でも人を貶《おと》めたり騙《だま》したりしてまで金儲けをしたいと思わんようになるんとちゃうやろか。──天皇にも基本的人権を与えよ──。それが皇頼の会の第一の主張や」

「大松さんのような考え方をする右翼、新右翼の団体は他にあるんですか？」

「これ程に極端な政策を打ち出しとる処は、まぁ、ないな。そやから皇頼の会は殆どの右翼団体から爪弾《つまはじ》きにされとるわ。ネトウヨらからもボロカスや。天皇にもTSUTAYAでAVを借りる権利を与えよ──てなことを書いたビラを配布した時は、あらゆる処から袋叩きでしたわ」

「そんなものを天皇が借りるなんて考えられないし、買うことも出来ないでしょうね。そういうものがあること自体、知らないのかもしれない」

「知らんことなんてあるかいな」

大松広平は、僕を子供扱いするかのよう、背中を突《つつ》きました。

「そりゃ、一昔前なら、情報が遮断されとるさかいな、そういうもんが世間にあることを知らんかったかもしれん。そやけど、今はネット社会やで。天皇自身がインターネットをせんでも、パソコンなんて触ることがなくても、なんとなく耳に入ってくるわいな。女優の名前や顔までは知らんでも、日本の合法的なそれには肝心な場所にモザイクが掛かっておるということくらいはお知りになっておられる筈や」

「もし天皇がそうなったとして、やはり現在のままの世襲制であるべきだと思いますか？」

「そりゃ、そんなけ国家の最高権威として我慢して貰う役目の人やさかいな、そこは選挙で決定するべきやろ」

「それは、総理大臣か大統領の代わりに天皇を置くってこととは違うんですか？」

質問すると、大松は、

「うん。違う」

いうと、

「天皇には政治的な権限は与えられん。繰り返しになるが、天皇は只、痛みや喜びを共有してくれるだけの人でええ。日照りの時は涙を流し、寒さの夏はおろおろと歩くだけの人で、ええんや」

付け加えました。

「日照りの時は涙を流し――。それも宮沢賢治ですよね」

「ああ。――『銀河鉄道の夜』はムショに入るまで読んだことなかったけど、この詩くらいは知っとったわ。あの詩は、最後、そういうものにわたしはなりたい――で結ばれるけどなぁ、柊木はん――。そういう人が一人いるだけでも、世界は変わるんと違うやろか」

大松広平は一つ呼吸を置いて、

「酒、呑んでも構しまへんか？」

僕に訊ねます。

「どうぞ」、返すと、

「おおきに」

大松は、「日本酒、二合、冷《ひや》でええ」

注文をし、徳利と二つの猪口《ちょこ》がくると、

「柊木はんも、一献《いっこん》」

僕に猪口を差し出しました。

僕が断ると、「未成年でしたな」——手酌で酒を呑み始めます。

「天皇にも人権を——という主張をすると、他の右翼やレイシストからシャレにならんくらいの攻撃を受ける。俺がそう考えるのも自由なら、それに反論するのも自由な訳で、別に構しまへんのやけどな。俺が辛《つら》いのは、そういう反論の殆どが自分が何者かを明かさん、いわゆる匿名でなされて、余りに穢《きたな》い言葉の羅列ばかりやということですねん。主にネットの掲示板で、それはなされるんやが、死ね、似非《えせ》右翼、お前を殺す——みたいなもんはまだ可愛い。中にはお前の正体は右翼を名乗ったカイク——みたいなカキコミをされるとな、ホンマ、虫酸《むしず》が走りますねん」

「カイク？　何かのスラングですか？」

問うと、大松広平はどうしようもなく悲し気な眼差《まなざ》しを、床に落としました。

「スラングなんていうのも嫌な、大昔から使われとる言葉ですわ。ユダヤ人の蔑称でな……。俺が嫌なんは、俺や俺の主張を貶《おとし》める為に、関係のないそんなものを、つい平気で、引き合いに出してきてしまう心のさもしさですわ。いわれることが悔しいんやない。誤解されることが腹立たしい訳でもない。そういう言葉を口にしたり、カキコミしたりすると、それが自分自身を貶めることになるんやって、何で気付けへんねん——。人に嫌な思いをさせようとする為に、弱い立場の人間を貶めて、結果、己《おのれ》が一番嫌な人間に成り下がる。それを誤魔化す為にどんどんと、卑怯さをエスカレートさせていく。己を正当化する為に形振《なりふ》り構わず、自分よりも文句がいえん者を探して、叩く。自分も叩かれとるさかいに自分も誰かを叩いてええなんてのが、弁明になりますかいな。それなら、やられた相手に遣り返すのが道理や。思想や良心の自由はそんなことの為に保障されとる訳やない。——柊木はん。俺のいうことは、青臭いガキの戯言《ざれごと》でっしゃろか？　世間が観えてない人間のほざく綺麗事だっしゃろか？」

僕は首を、横に振りました。

まだ少ししかアルコールが入っていないけれども、大松広平は酔い始めているようでした。

「第四世界民主連合が大学の銅像を破壊したのをネットで表明したことへのカキコミが、まさにそのようなものでしたね。それを観せられた時、僕はまだ北据さんや大松さん達が何を目的としているのか全く知らなかったし、どちらかといえば悪いイメージを持っていましたが、嫌な気がしました。決して青臭いとは思いませんよ。あの第四世界民主連合のＨＰは、李さんが作って管理しているんですよね。前に北据さんからそう聴かされたんですが」

「俺も北据はんも、そういうことには弱いアナログ派やさかいなぁ。北据はんや李はんはインターネットの出現が世界同時革命を推進させるというけど、俺は匿名故のああいうカキコミや情報を野放しにしておいてええとはどうも思えんのや」

「ネットリテラシーが不可欠だということですよね」

「そんな大層なものやないんや。柊木はんは、俺がなんでムショに入ったのかを知ってはるよな？」

「ええ、大体……」

大松は僕から顔を逸らすように視線を反対方向に向けながら、

「人を殺すと、自分も殺してしまうんや」

といいました。

沈黙が流れる。僕は、自分の斜め前、水の入ったグラスの奥に置かれたままの差し出され、空のままの猪口を持ち上げました。

「お酒って、美味しいですか？」

「どうやろなぁ」

「下さいよ」

「未成年でっしゃろ」

僕が腕を伸ばし猪口を眼前に掲げ大松の前から退《ど》けようとしないので、大松は仕方なく、そこに酒を注ぎました。

猪口を鼻先まで持ってくると、えもいわれぬ刺激臭が鼻を刺す。

こんな匂いのものが美味しい訳がない。それでも注がせた手前、止める訳にはいかない。少ない量だから一息に飲み干せばいいと呷《あお》ったけれど、上手くいかず不様《ぶざま》に半分、吐き出してしまった。

大松広平は僕から猪口を取り上げ、水のグラスを握らせました。

「酒なんてのはアホが飲むもんや。一回、アホになったら、そのままどんどんアホになる。柊木はんには必要ない。水でええ。柊木はんは、水が似合う」

「何ですか、水が似合うって。バカにしないで下さいよ」

水で口の中、喉を潤《うるお》して呼吸を整えながら僕が怒ると、

「バカにしてへん。羨《うらや》ましいんや。水が似合う人間なんて、なかなかおらん。あんたと北据はんくらいのもんや。お似合いやで。李はんには悪いけど、柊木はんと北据はんは、ホンマ、お似合いや」

先程よりも砕けた口調になりましたが、すぐに、

「おおきにな」

慇懃《いんぎん》に頭を下げ、大松は自分の猪口に酒を注ぐと、僕にそれを向けて軽く上下させ、中味をぐいと、飲み干しました。

「咽《む》せるのはしょうがない。初めて飲むにしては、ここの酒はワル過ぎるわ。幾ら安酒やいうてもこんなもん、エチルかメチルか解らん代物《しろもの》や」

それから大松広平は、二合を空にし、更に二合の冷酒《ひやざけ》を追加しました。

「ムショの中では、石川啄木も読みましたわ。北据はんから聴きましたけど、柊木はんは啄木が好きなんでっしゃろ」

大松は僕に訊ねます。少し、呂律《ろれつ》が怪しくなってきている。

「ええ」

僕は、大松の酩酊《めいてい》を多少、心配しながらも、リュックから啄木の文庫を出してみせました。

「何時も持ち歩いてますよ」

「えらい読み込んでますなぁ」

「中学の時に買ったものですからね」

大松は手に取りページを捲《めく》ります。

大松は何度も首を縦に振りました。そして、中の一つの歌を差し示しました。

こころよく
我にはたらく仕事あれ
それを仕遂げて死なむと思ふ

「これやな。これが、石川はんの中で、俺が一番気に入った歌や」

「啄木が新聞社に勤めていた頃の歌ですね」

「ここでの仕事が新聞社での仕事なんか、歌人としての仕事なんかはよう解らんが、俺にはこの仕事というんが、革命、維新――に思えてしまうねん。維新を蜂起し自分に与えられた役割さえ果たすことが出来れば、死んでも悔いはない。そういうふうに読めてしまう」

「啄木も社会主義者だったんですよね」

「革命に関する歌も多いしなぁ。そやけど日露戦争の開戦時には日本の戦果を喜び、ロシアほど憎い国はないてなこともいうとる。この時代と啄木が生きとった時代では戦争や改革に対する認識が異なるさかいに、ロシアを制圧することが平和、ひいては人類の幸福に絡がると当時、啄木が思てたとしても一概《いちがい》に責めることは出来んのやが……」

大松広平はまた、眼を閉じました。

余りに長いもので、眠ってしまったのではないかと訝《いぶか》る。身体を揺さぶろうとした刹那《せつな》、大松は眼を開きました。

「俺は頭、悪いさかいになぁ――。革命や維新、政治や国家の在り方を変えることなんて必要ない、今の状況に不平はあるがどんな社会にかてそれはある、必要なんは適度なガス抜きやといわれてしまうと、論破出来ん。

――ムショで知り合うたチンピラが出所して一時、俺を頼って皇頼の会に入ってたってのは前にいいましたやろ。どうしようもない奴でしたけどな、結局は死によった。元いた組の幹部から対立する組の組長のタマ、取ってこいといわれましてな、いわゆる鉄砲玉ちゅう奴や。そいつは上手いことやったら報酬で五百万の約束で、引き受けてちゃんと仕留めよった。

ヤクザの世界にもルールがありましてな、やったらやり返されますねん。向こうを一人殺したら、こっちも一人死ななあかん。解ってて、自分も殺されよった。アホな奴でっしゃろ。そやけどな、そいつはそれを望みましてん。弟がおりましてな、そこの会社の資金繰りが悪うて五百万あったら会社を倒産させずに済むからいうて、己から志願しよりましてん。どんなクズやというても、その命が五百万なんてことありますかいな。

交換したらあかんもんがありますねん。

金と命だけやない。どんなに薄情やったとしても、交換出来たとしても、俺の親父とお袋は、人殺しでしょーもない活動に血道をあげる俺を、孝行者の息子と交換するやろか？　柊木はんは、適《かな》う見込みがないからというて北据はんへの気持ちを、他の女性にすぐに移せますやろか？　交換出来来まへんねん。時間とか、知識とか、労力とか、名誉とかが、交換出来たとしても、気持ちは、何とも交換出来まへんねん。そやから、本当の自分の気持ちと偽りの自分の気持ちも、交換したらあかんねや。……穢《きたの》うなる。無理にそんなことしたら、交換したどちらのものも、穢うなる」

それから大松広平の話はどんどんと脈絡を失い、訳が解らなくなっていきました。

維新、新しい天皇制に就いて語っていたかと思うと、急に『エヴァンゲリオン』の零号機がいいのか初号機がいいのかに話題が移る。そして自分が皇頼の会の活動で着用している迷彩服が、ミリタリショップで購入したものではなく、ネットオークションで安価で入手したスイス軍のものであることを自慢する。

「なぁ、柊木はん……。なぁ、柊木はん……」

やがて大松広平はカウンターに俯《うつぶ》し、眠ってしまいます。

仕方なく僕は支払いを自分の財布で済ませ、一人で歩かせるのが心許《こころもと》なかったのでアパートまで肩を貸し送り届けました。

奢るといった癖に、困った人だ……。

道すがら、囈言《うわごと》のよう、

「金やない。金やないんや」

繰り返す大松の言葉を、僕はどう受け止めてよいのか解りませんでした。


君は水着を買ったようでした。

僕達は八月八日に一緒に海に行くと決めていました。後藤隊員も推す北条海水浴場。その日は花火大会もある。君は感情に乏しい話し方、態度をとるけれども、無感動な人間ではない。だから花火が嫌いな訳がない。夜の海に打ち上げられる花火の様子はきっと、常に臨戦態勢で緊張し続ける君の心に少しの安らぎを与えてくれるだろう。

僕は想像する。抑揚のない何時《いつ》もの調子で君がぼそり、「美しい……」、口にするところを――。さすれば僕の目論見《もくろみ》は成功だ。僕は君にそんな想いを抱かせることが出来たなら、それだけで満足だ。しかしその日、海に行くのを僕等は断念せざるを得ませんでした。雨が降った訳でも体調を崩した訳でもない。

約束の日の五日前、君は逮捕され、留置場にいれられてしまった。

知らせてくれたのは大松広平でした。

着信があったけれど丁度、聴講したかった政治経済学部主催のシンポジウムに参加していたので無視していると、やがてメールが来ました。

【北据、不当逮捕される】

どういうことだ――？

僕は教室の外に出ます。大松広平に電話を掛ける。

「今朝、新宿の西口でビラ、撒いとるところをパクられた」

「申請しなかったんですか？」

「申請しビラ配り自体は許可されてた。が、当局は狡辛《こすから》い手を使いよった。道路交通法やなくて、迷惑防止条例違反で検挙しよったんや」

「意味が解りません」

「北据はんは、バイトしとるメイド喫茶の格好で、第四世界民主連合のビラを配っとったんや。どんな格好で配ろうと勝手なんやが、北据はんがしているメイドの格好が超ミニスカートのかなりエロいものやったらしい。で、猥褻《わいせつ》なものを公然とみせた、申請時の目的と実際の目的が異なると検挙、いわば別件逮捕や」

「別件って……」

「公安はある件で、最近かなり厳重に皇頼の会、トロツキズム解放戦線をマークしてる。マークされて然《しか》るべきことがあるさかい仕方ないんやが。そやけどその事案に関して、第四世界民主連合は俺等と共闘してない。ところが公安は第四世界民主連合も絡んでると思い込んでる。そやさかい北据はんを別件で挙げて、勾留《こうりゅう》、計画を訊き出そうとした。そうとしか考えられん。――李はんや俺をしょっぴくよりも、女で、まだ学生の北据はんをしょっぴいて責めたほうが、ゲロさせ易いと判断したんかもしれん。知っとっても一番、ゲロせんのが北据はんやということを、公安はまるで解っとらんのや」

「勾留ってどれくらい？」

「警察は最大二〇日間、被疑者を勾留しておけるさかい、延ばしに延ばして話を訊き出そうとする。すぐには出てこれんやろ」

「でも不当逮捕なんですよね」

「どんな際《きわ》どい衣装でも、たかがメイド喫茶の衣装だっしゃろ。それでビラ撒いて条例違反――あり得まへんわ」

「不当逮捕であることを訴えましょうよ」

「いわれんでもその準備は進めてる。只《ただ》、俺等にやれることは限られてる」

「僕等に出来ることって？」

「こういう不当な逮捕がありましたというビラを拵《こしら》えて訴え、一刻も早く勾留処置を解く署名を集め、嘆願する」

「そんな生ぬるい遣り方で、北据さんは釈放して貰えるんですか？」

「まさか、日本赤軍さながらこちらも大勢の人質を取り、釈放の取引きをするということも出来んやろ。それをしてしまえば、俺等の計画は水の泡や」

「計画って何なんですか？」

「悪いが……。柊木はんは外部の人間や」

「皇頼の会にも、トロツキズム解放戦線にも、第四世界民主連合にも所属しない者は信用出来ないってことですか？」

「信用はしとる。そやけど……」

電話の向こうの大松が黙り込んだので、僕は切られては拙《まず》いと言葉を慌てて絡《つな》ぎました。

「兎に角、署名にしろ、やらないよりはやったほうが、マシということですね」

「そういうことや」

まだ質問は山のようにあるけれども、何処から何を訊いていいのか見当も付かない。

「面会は出来ないんですか？」

そう、最も気になるのは君の状態でした。

拷問を受けるなんて前時代的なことはないにせよ、別件逮捕という裏技を公安当局が使う以上、何があったっておかしくはない。

僕の問いにしかし、大松はこう応えるのでした。

「無理やな。表向きは猥褻な姿を公然に晒《さら》した迷惑防止条例の科《とが》やが、北据はんはテロを起こしかねん危険分子――いわば政治犯の嫌疑で拘束されとる。弁護士と家族しか面会は認められんのや。他の人間との面会を赦《ゆる》せば外部の情報が北据はんに伝わる。当局がそんなことを容認する筈はない」

「非道《ひど》くないですか？」

「それが国家権力というものや」

「家族なんて北据さんにはいない。担当弁護士はどうなっているんですか？　その人には逢えるんですか？」

「被留置者には弁護人を付けられる権利がある。それは北据はんが依頼するものや。意向を聴いて、間接的に俺等が私選弁護士を依頼することも出来る。そやけど、実質、勾留中の北据はんに面会出来る人間はおらん。意向を聴きに行ける人間は接見を禁止されとる。事態を予見していた場合、依頼する弁護人の連絡先を空《そら》でいえるようにしておくということも、活動をする人間がすることもあるが、今回の逮捕はまるで予想外や。向こう側にいる北据はんは国選弁護士を頼むしか選択肢があれへん」

「その北据さんが依頼する国選の人のことは——」

「俺等には知らされへん」

「為《な》す術《すべ》を全部、潰《つぶ》されてるってことじゃないですか！」

「潰し易い処から潰していくのが、向こうさんの常套《じょうとう》手段や」

「マスコミにリークして、この不当逮捕を取り上げて貰うというのは？」

「無理やろな。どの局も新聞社も、俺等に関しては公安同様、テロリストの組織としか認識しとらん。そうでないことが解ったとしても、擁護した者が何か事を引き起こした場合、マスコミは非難を免れん。サリン事件以降、日本のマスコミはその辺り、スゴい慎重になっとるからな」

「あの団体とはまるで別物であることくらい、話せばすぐに解るじゃないですか」

「同じなんや。サリン事件の前、マスコミは一寸《ちょっと》、面白い新興宗教団体やというので、興味本位であの団体を擁護とまでいわんでもスポットを当てた。結果、信者を増やし、団体がよりその特異性を強化させたことは確かやろう。もはや百パーセント安全という保証がないと、マスコミは味方にはならん」

「四方八方、敵だらけってことですか？」

「残念ながら、その通りやな」

僕は昼過ぎに大松広平と落ち合いました。連絡する処が多過ぎてすぐには時間を取ることが出来ないと大松がいうので、僕は数時間、只、君の身を案じるしかありませんでした。

大松は午後一時、新宿の喫茶店を会合場所として指定してきました。

「これが署名嘆願書や」

一階が喫煙、地下が禁煙という古びた純喫茶で、大松より観せられた紙には、こうありました。

　八月三日午前、新宿西口に於いて政策の提言ビラを配布していた北据光雪さんが都迷惑防止条例違反という根拠なき罪に拠って別件逮捕されました。我々は人権蹂躙、法の不当行使、及び公安の事件捏造を糾弾すると共に即刻の北据光雪さんの釈放を要求します。


眼を通すと、更に大松は、署名用紙と書かれた、同意する者が氏名と住所などを記す紙を僕に手渡します。

「こんなものを持って街頭に立っても署名して貰えそうにないですね。北据さんのことなんて誰も知らない」

　否定的にいうと、大松広平は、頷《うなず》き、応えました。

「署名は或る程度の数、集ると思う。その為のネットワークは、日頃の活動から用意してある」

「僕が最初、李さんの演説に連れて行って貰った時にいたサクラのような人達に頼むということですか？」

「うん。勿論、彼等にも願うが、兎に角、公安がやることには何でもかんでも反対したいという奴等もおるからな。不本意ながら、そういう連中の力も借りんとならん。数を集めな、署名は意味がないからな」

「それで何とか数を稼げそうなんですか？」

「数は稼げる。そやけど、こういう署名に普段は賛同してくれん、左でも右でもない一般人の署名が少しでも欲しいんや。署名に関する情報は当局に拠ってデータ化されとる。そやから重複する人間の署名は余り力を持たんのや。一般賛同者の署名が少なければ、単に署名は先方《せんぽう》の資料にされるだけや」

「先方の資料？」

「活動家の不当逮捕には様々なメリットがある。北据はんが逮捕されたらこういう署名嘆願書が提出されるのを公安は解ってて逮捕しとる。署名した人間も事案の関係者。署名は危険分子を知る絶好のリストとなる」

「全ての署名がデータ化されてるだなんて……。そんなことをするのは、個人情報保護法に抵触する行為じゃないですか」

「国家権力が個人情報保護法を律儀《りちぎ》に遵守《じゅんしゅ》しとる筈がないやろ。今、国が最も優先しとることは個人情報の保護やない、国家に拠る個人情報の管理支配や。柊木はんは、もう少し頭の切れる人間やと思とったが……」

大松広平がこのように非難めいたことを僕にいったのは初めてのことでした。

しかし僕は堪《こら》えます。大松もまた君が不当逮捕されたことに戸惑い、その憤《いきどお》りを何処に向かわせていいのか解らないのだ。自分達のせいで君が被害に遭《あ》い、署名くらいしか打つ手を持たない現実に最も苛立《いらだ》っているのは大松や李達のほうなのでしょう。

大松広平は続けます。

「デモや集会に参加するようになってから、柊木はんも職質を偶《たま》に受けるようになったやろ？」

確かに何度か職務質問というものをされるようになりました。制服の警察官が、「最近はいろいろ物騒なことが多いですから、飽《あ》くまで念の為です」と笑顔で近付いて来て、身分証の提示、財布の中、ポケットの中に何があるかの確認をしていいかを訊ねられる。任意だといいつつも、疾《やま》しいものを何も所持せず、その行動に知られたくないことがないならば、応じられる筈だとそれは事実上、強制される。高校まで棲んでいた京都とは違い、東京は警官達がいうように様々な人間が様々な目的で行き交っている訳だし、不可解な事件も多発するから仕方がないのかと、面倒ながら素直に応じていましたが、大松に拠れば僕への職務質問は偶然にパトロール中に気になったからしているのではなく、もう僕がデモなどに多く参加し、君達とコンタクトを持っているのを知るが故にしてきているものなのだといいます。

「もう柊木はんにも、マークは付いとるってことですわ。そこんとこを弁《わきま》えて行動せんと、思うてもみんうちに近しい人間に迷惑を掛けることになる」

「地元の親——とかですか？」

「一応の調べは入れられとると考えなはれ。何処か特定の支持政党があるかどうか、宗教、門地、素行歴はどないなってるか、知らん間に洗われとりますわ」

「僕に大松さんや李さんの計画を打ち明けないのも、僕のそんな状況を慮《おもんばか》ってということですか？」

いうと、大松広平はオーダーし、醒《さ》め切った珈琲《コーヒー》のカップを儀式的に持ち上げ、口を付けつつ、視線を横に動かします。

「申し訳ないが、柊木はんのことを心配する余裕はあらしまへん。自分等のことで手一杯やさかいな。——ええか。絶対にまじまじと観たらあかんで。あすこの一番後ろの席で、映画のパンフレットみたいなもんを広げて談笑しとるＯＬふうの二人がおるやろ。あれは俺等を監視しとる公安や」

大松がいうようにそこには、普通の会社勤めのＯＬにしか観えない制服姿の二人の女性がいました。嘘だろうと思いつつも、僕は声を潜めてしまいます。

「何か証拠でも……」

「一人は俺が入ってきて暫《しばら》くして、あの席に座り、一人は柊木はんが来ると同時に入って来た。一人は長髪で一人はセミロングやが、二人共に耳が髪で、隠れとるやろ。耳に付けてる無線のイヤホンを隠す為の髪形や」

「考え過ぎじゃないですか？　あんな髪形の女性は幾らでも――」

「活動を長く続けとるとな、どんなに誤魔化してても、イヌの匂いってのは解るようになってしまうもんなんや。それに制服を着て何処かの会社のＯＬに見せかけとるが、二人共、スニーカーを履いとるやろ。ここで俺等が彼女達の正体に気付き、逃走したら追い掛けるのに、ヒールでは拙《まず》いちゅうことや。普通はあんな格好なら靴は、ヒールとかローファーやろ。公安のやることに抜かりはない。そやけど、テロなんて滅多《めった》に起こることのないこの国の公安は、命を張った経験なんてしたことあらへんさかいにな、ああいう自分達の些細《ささい》なミスに気付かんのや」

成る程、彼女達は大松のいう通り、共に制服には不釣り合いのスニーカーを履いていました。

「ならば、僕達がこうして署名の為の話し合いをしている内容も、すっかり筒抜けだということですか？　そしたら、もっと監視されにくい場所を選ぶほうが……」

僕が更に声を小さくすると、大松はいいます。

「そりゃ、簡単には監視出来ん場所で逢うことも可能や。そやけど、そうしたら必要以上に不穏なことを企《たくら》んでの会合を持っとると、逆にこれからの行動を厳重に監視されることになる。署名の為の話し合いをしとるとこくらい見せびらかして、大したことは出来んと向こうに思わせるというのも作戦の一つや。ある程度の無警戒を装《よそお》うとかんと、あの距離なら簡単にこっちの会話を盗聴出来るしな。盗聴なんて大層なことをせんでも、あの場所からなら読唇術《どくしんじゅつ》で会話の内容を把握することも出来る」

「では、この会話も……」

「全て読まれてるかもしれんというのは、頭の隅に入れときなはれ。ここで、藪蛇《やぶへび》になる質問や意見は極力、いわんことやな」

大松と別れ、僕は彼から渡された署名用紙とビラをリュックに入れ、大学に向かいました。

署名目的を記す紙と賛同者に氏名等を書いて貰う紙は各々一部ずつしかなく、大松はそれをコンビニか何処かで必要と思うだけコピーしてくれといいました。

署名を頼めるのなんてアニメ研の先輩達しか僕にはいない。

迷わず、部室に向かいます。部室にならコピー機もある。

この前から三日しか経たぬというのにアニメ研は、コミケの準備のラストスパート、殺気立った活気に溢れていました。しばし部室の入り口に立っていると畠中隊長が僕に気付きました。

「ほよよ。柊木じゃなかとね」

作業中の井上書記長も僕に向きました。

「おう、柊木。今日はお前とエロゲをやってる時間はないぞ」

「僕はエロゲなんてやりませんってば」

「じゃ、何しに来たのだ」

「暇潰《ひまつぶ》しにゃら柊木の手すら借りたい。ベタ塗りくらいはやれるじゃろ。コミケ要員ではないが一応、部員じゃからのう」

畠中隊長がいうので、僕は返しました。

「申し訳ないんですが……僕には僕の都合がありまして。その余裕がないんです」

「まさか愛《いと》しの第四世界さんと行く夏のビーチの準備で忙しいとかいわないよな。もしそうなら呪い殺す」

後藤隊員もデスクトップパソコンに眼を向けたまま、マウスを慎重に細かく動かしつつ、声を上げます。

「海水浴は……中止になりました」

「柊木、第四世界さんに振られたんか？」

「それで悲しゅうて、慰めて貰いたくてアニメ研を覗いてみたっちゅう訳かいにゃ」

「辛《つら》いな柊木。よしもう二度と現実の女子になんぞ心、奪われるな。一段落したら、一緒に『ラブプラス』を買いに行ってやる」

「先輩達がいろいろと僕のことを想って下さるのは有り難いです。でも、あの、今日は、部室のコピー機を借りたくて」

「お、おぬしもとうとう、コミケでの配布物を制作したくなったという訳かいな」

「否《いや》、あの、そうではなく……」

説明しない訳にはいかない。僕は何をしに部室にきたかを打ち明けました。

「ここに来たのはですね、署名に協力して頂きたくて」

「署名？」

「また反原発、脱原発？」

「それなら聞く耳は持たぬぞなもし」

「コピー機も貸さんばい。どうしても借りたいなら、一枚、三〇円！」

「カラーじゃなくて、モノクロですよ」

「それでも三〇円。但し十枚以上からは一枚、三五円」

「なんで割高方式になっていくんですか！」

「この季節、我等もコピー機を朝から晩までフル稼働させるからのう。幾ら自前のコピー機でも、紙代とトナー代がバカにはならんのじゃ」

「そんなに沢山、コピーする訳じゃないんです。只《ただ》とはいいませんから、せめてコンビニと同様、十円で――」

「だから、その署名の内容次第じゃな。僕、振られて傷心《しょうしん》なので、まどマギ好きの彼女応援よろしくみたいな署名ならば、只でええばい」

「実は……。北据さんが逮捕されてしまったんです」

「逮捕？」

「遂《つい》に何かやらかしたか！　あのクーデレ嬢」

「ではなく、不当逮捕なんです」

経緯を話します。皆、暫く手を止めて僕の話に耳を傾けてくれました。

「だけど、それなら大層に、署名なんて集めなくても一日くらいで釈放されるんじゃねぇの？」

「別件や誤認は一番、マズいだろうし」

「警察も具体的に何もしとらん人間を何日も勾留して、取り調べる程、暇じゃないだろう」

「今、当局が一番気に掛けとるのは、俺等のようなコミケでやびゃーものを配布しようと目論むヲタ民、並びにそれこそ第四世界さんさながらに際どい露出を厭《いと》わぬコスプレイヤーさん達じゃしな」

「児童ポルノ規制法、ファック・ユー！」

「後藤隊員よ、そのファックが規制の対象なのじゃよ」

「でしたね」

「しかし、いいがかりとはいえ逮捕される程のコスプレって、第四世界さん、どんな格好を？」

「写メとかないのかぞなもし？」

僕はどう応えてよいのか解らず口籠《くちごも》るしかありませんでしたが、助け舟を出してくれたのは部室の中央の作業机を囲み作業する数名に指示を与えていた赤いベレー帽のハナゲ先生でした。

「いいよ。署名してあげるよ、柊木隊員」

「本当ですか、助かります。でも、騙《だま》すようなことになるのは嫌なので断っておかないとならないんですが、さっきもいいましたが、この逮捕で署名嘆願書が出されることは既に、警察は想定済みなんだそうです。実際、僕には既に公安のマークも付いているそうです。つまりこの署名に拠って、自分等の把握していない反体制の危険思想を持つ、またはそのような活動家を支持する人間が何処《どこ》にどれだけいるかを知ろうという目論見を持って北据さんを逮捕したという側面もあるらしいです。ですから署名すれば実際、活動に何の関係もなくとも何らかの形で公安からのマークを受ける可能性は否定出来ません。署名のみで迷惑をお掛けすることは先ず、ないとは思うんですが」

「それでも署名には協力してあげよう」

ハナゲ先生は手招きし僕に署名用紙を出すよう促《うなが》し、僕がリュックの中に入れていたビラと署名用紙を渡すとビラの文面には眼を通さず、コピー機に向かうと、二枚の紙を自らコピーし始めました。

そして自分の名前と住所、電話番号を、

【嘆願項目】

不当逮捕における北据光雪氏の身柄の即時釈放と謝罪を求める――

と、記された欄に、楷書《かいしょ》で丁寧に書き込みました。

「綺麗な字ですね」

礼をいいながら、もっと他に何かいわねばと僕はその字を誉めました。

「日ペンの美子《みこ》ちゃん、一級だからね」

ハナゲ先生は当然とばかり、頷きました。そして、

「あんたらも、強制はしないけど、書いてあげたら」

部室にいる者達全員に聴こえるよう、声を張ってくれました。

それに応じ、僕と何の関わりもなき数名が、署名しようと並んでくれます。

畠中隊長、井上書記長も承諾してくれました。

「こういうのを訊くのは変なんですが、どうして協力して下さるんですか。ハナゲ先生とはここで数回、顔を合わせただけ、僕はコミケの手伝いすらしていないのに」

ハナゲ先生は笑います。

「警察ってもんは一般人が思っている以上にセコい遣り方で権力を行使するからね。私らはR指定を受ける、受けなくとも限りなくR指定に近い絵をこうやって同人誌に何時《いつ》も描いてるでしょ。全ての同人誌をチェック出来る訳はないから、どうしても彼等は商業誌もやりながら同人活動もするクリエイターに的《まと》を絞らざるを得ない。私なんてもうとっくの昔から警察にマークされてるわよ」

「じゃ、余計、署名すると立場がマズくなるんじゃないですか?」

「私は同人活動で確かにまともな人間からすれば変態と思われても仕方ない作品を描いてる。だから自分でいうのもおかしいけど、多分、やっぱり危ない人間なんだよ。何処かで世間の皆様、マトモな皆様、ご免なさいと何時も、思ってる。

といって、こういう地下活動を、堂々とはしないけれども、こそこそしなければとも思わない。自分が描いている商業誌で告知はしないし、していいとしても差し控えるけど、ブログやtwitterでは宣伝しまくる——みたいな使い分けだね。

自分を貫《つらぬ》いてることに対してのささやかな誇りと、意地みたいなものがあるからさ。でないと、同じ変態仲間、わざわざコミケに来て、買ってくれる読者に悪いじゃん。

私はさ、貴方のことや北据さんのことを何も知らない。只、別件逮捕したり、心証が悪いというだけで本来は執行猶予《ゆうよ》になるべきところを実刑にしたりする司法の遣り方ってのに対しては、やっぱり憤りを憶えるんだよ。先入観を持たれるのは仕方のないことだと思う。でもそれと偏見、差別ってのは、違う種類のものなんじゃないかい？　だから別に柊木隊員の為に署名した訳でもないのさ。北据さんが可哀想だと思ったんでもない」

少し間を置き、ハナゲ先生は更にいいます。

「昔さ、参加した同人のメンバーに、天皇太郎《てんのうたろう》ってのがいたの。画風もジャンルもまるで違うし、私は運良く若いうちにデビュー出来たけど、太郎は下積み、十年以上って奴でね。漫画家なんてものは、商業誌で描いていてなんぼのものだった時代、私達はとにかくデビューを目指した。

商業誌で描いてないとスタートラインにすら立たせて貰えない、自称・漫画家の卵でしかないから、関心のないジャンルであろうと描けといわれれば描いた。

人生の中で私は一度も、男女のプラトニックでセンチメンタルな恋愛になんて憧れたことがないさ。男と男の肉体の絡み合いにしか突き動かされない。でもそんなもの大衆は求めていない。

太郎がなかなかデビューに至れなかったのは、絵は異常に巧いんだけど、ネームがイマイチだったのね。尚且《なおか》つ、自分の好きなものしか描かない、描けないっていう体質だった。今でいうコミュ障の気《け》もあって、ちゃんとしたことを話そうとすればする程に、混乱しちゃって、悪い印象を与えちゃう人間でもあった。

私等みたいな腹を割って冗談をいいあえる同業相手なら大丈夫だったんだけどね、結局、生真面目《きまじめ》過ぎたんだと思う。自分の考えていることをきっちりと理解して貰おうと必死になればなる程に、何をどう伝えていいのか解らなくなる。よく、それで持ち込み先の編集部で、痙攣《けいれん》を起こし意識をなくして倒れちゃうことがあってさ、そうすると、アイツはヤバいからって事実上、出入り禁止になっちゃうのね。今みたく、直接、編集者に逢わなくても、メールとデータの遣り取りだけで成立しちゃうシステムもなかったしさ。少し早く、生まれ過ぎたのかもしれないね。

太郎はいわば、刀ヲタでさ。時代モノでの決闘シーンとか描かせたら、もうカミだったのよ。でもそういうのって需要がないんだよね。今ならいろんな属性の人間がそれぞれの属性の仲間と絡《つな》がる術《すべ》を手軽に得ることが出来るけど、当時はまだ情報交換の仕方が限られてたし……。どうにか、マイナーな季刊の刀剣マニアの専門雑誌で一枚、五百円とかでイラストの仕事を貰える程度。でも踏ん張り続けて、やっとオッサンになってから読み切り短編を、掲載することが出来たの。

太郎の作品が載った時、祝勝会したよ。太郎から、自分はネームが下手だから、これからいろいろと教えて欲しいと頭を下げられた時は、泣きそうになった。キャリアも浅い年下の私にそんなこと出来るって、よっぽどこの人は描くことが好きなんだと、編集者にいわれるがまま器用に絵もネームも使い分けている自分が恥ずかしくなった。

でも、太郎はデビュー作以来、作品を発表することがなかった。誰がチクったのか未《いま》だに解らないけど、太郎の棲むアパートにガサが入った。太郎は刀ヲタだからさ、本物の日本刀も所持してた訳。たった一本だけね。デビューするまでは模造品で我慢してたんだけど、デビューで得られた原稿料とそれまでバイトで貯めた金を足して、自分へのご褒美とこれから頑張る為、気合いを入れようとして、本物を買ったんだろうね。で、銃刀法違反で留置場行き。初犯だし、たった一本の刀を持ってただけだし、執行猶予が当然とその頃の私達は高《たか》を括《くく》っていた。

でも、実刑になったんだよ。銃とは違って、日本刀を所持するのに免許なんて必要ない。外に持ち出したらアウトだけどね。私達も後で知るんだけど、日本刀を持つのに認可はいらないけど、作られた時点で一本一本、登録がなされているのね。登録のない刀は違法ってことになる。

太郎が買ったのは個人の家の蔵から出てきた昔の刀でね、登録がなされてなかったの。太郎自身は刀ヲタだから、そういう知識を持ち合わせていたんだけど、手続きを踏むと、登録料が掛かる。それに、刀の出てきた蔵を持つ家の人が売る前に登録するのは割と簡単だけど、譲られた太郎がしようとするとかなり煩雑《はんざつ》なことになるらしい。最悪の場合、没収も有り得なくはない。だから、太郎は登録を敢えてスルーした。それが悪質なケースと判断されたのね。

故意に未登録にした。自分の家に元々あったものではなく、未登録であるのを知っていて他人から購入した。何をする目的での所持だったのか？　刀が好きなんです。日本刀を眺めていると背筋がゾクゾク、震えるんです。血に飢えた刃が僕に語りかけてくるんです。——正直に喋《しゃべ》っちゃったもんだから、イメージが泥沼的に悪化していった。芸術品として愛好しているだけです——みたいな取り繕《つくろ》いの供述が出来ない奴だったんだよ、太郎は……。

多少、高価な刀だったし、それを買うだけの経済的余裕がない生活状況だった事実も、太郎の立場を悪くした。

生活を切り詰めてでも刀を買うからには、誰かを殺傷、もしくは恫喝《どうかつ》する準備であったとしか考えようがない。裁判所はそう結論した。描いている漫画の内容と、天皇太郎っていうペンネームも、心証を悪くする大きな原因だった。それまでボツになった漫画の原稿や同人誌に発表した原稿やなんかも、根こそぎ、押収されたっていうから。社会に置いておけば何をしでかすか解らない、ヤバい人間は事件を起こす前に処置しなければという判断だったんだろう。

だけどさ、社会的にヤバいの、そのヤバいって何なんだよ。無論、司法は実際にこいつはヤバいなんて言い方はしないよ。でもヤバいから実刑になったことは確かだ。ヤバいのは罪――を承知するとしても、それなら何がヤバいか国民投票しておくれって、思う。奇妙な嗜好《しこう》を持つ人間を悪とするなら、全ての人間が倒錯者じゃんか。写真が趣味の人間は盗撮嗜好の持ち主だし、twitter 民は全員、露出狂だよ。

太郎は……虫の一匹も殺せない、只々、日本刀の美しさに取り憑かれていた奴だっただけなのにさ。捕まった時、もっと当局と自分達の意識の差を理解して、署名嘆願とか出来ることをやっておけばと悔やんだけど、遅かった。実刑は八ヶ月だったし、実際には半年足らずで刑務所からは出てきたんだけど、以来、太郎は行方不明になっちまった。仲間の誰にも連絡を寄越さず、何処かに消えちゃった。

今も何処かで生きてるのか、死んでしまったのかすら私達には解らない。仲間がそういうふうにしていなくなってしまった時のあの痛みを、柊木隊員、あんたにも味わって貰いたくないよ。あんただけじゃない。誰にも味わわせたくない」

「天皇太郎氏のデビュー作『武蔵は死んだ』が掲載された当時の『コミック・コロンブス』は、今、ヤフオクで状態がいいものは十万円以上の高額で取引きがなされてるによろよ」

「商業誌とはいえ、『コミック・コロンブス』はジャンプやマガジンと違って、発行部数、二千のマイナーな月刊誌。版元が五年前に倒産したこともあって高額査定なんだけど、特に天皇太郎先生の

『武蔵は死んだ』が載った号は幻とされるからなぁ。返本の嵐で実売、五百も出てないらしい」

「俺、買ったんじゃなく、サバゲ仲間が持ってて、その作品が載った『コミック・コロンブス』、観せて貰ったことあるんだけど、あの線の繊細さは尋常じゃない。なのに迫力があって。ハナゲ先生から、全部、Gペン一本で描いてたと聴かされた時は、腰抜けたよ」

ハナゲ先生の後に、畠中隊長、井上書記長、後藤隊員が追加で、情報をくれました。

「でも尋常じゃない。確かに、ハナゲ先生に怒られるかもしれないですけど、太郎先生はヤバいです。ネームは凡庸《ぼんよう》だけど、あそこまでの描写は狂ってる。『武蔵は死んだ』は、妖刀を手にしてしまった宮本武蔵がとにかく殺しまくるって話だけど、いきなし前振りなく、斬られて体内から飛び出してる臓物《ぞうもつ》の一枚絵。次に、アングルが引いてコマ割になると、その臓物を出している全裸の幼女の死体が田んぼの真ん中にドーン。デッサンが上手くて描き込みがハンパないから、大人でも気の弱い人は観ただけでゲロ、吐いちゃいますよ」

後藤隊員の言葉にハナゲ先生は同意しました。

「だろうね。でも本人曰く、あれでもかなり線を粗く少なく、何度も修正させられてるんだよ。なんでも載せてくれる『コミック・コロンブス』とはいえ、余りにリアルで書店に並べられないと編集者から注意されて、描き込みを減らしてるんだ。実際の原稿を観せて貰ったけど、もう、ホワイトだらけさ。

——確かに、ヤバかった。幾ら描き込みを緩《ゆる》くしても、本質的にヤバい。画力は正当に絵画として抜きん出てた。太郎は服の上からでも人体の骨格がはっきりと解るし、動けばどの筋肉がどう収縮しているのか観えるっていってた。天才だったんだ。太郎は、いわゆる死体写真とか、一切、参考として観てないの。せいぜい解剖図止まり。あの臓物も、想像で描いてるんだよ。

今度、機会があればよく検証してご覧。腎臓も肝臓も二つずつ飛び出てるから。太郎は腎臓だけが二つってのを、肝臓も二つだと勘違いしている」

署名用紙には、合計、十三名の氏名と住所が書かれました。アニメ研の正式メンバーで、署名をしてくれなかったのは後藤隊員のみ。

後藤隊員は何度も僕に頭を下げます。

「ご免、柊木――。俺は署名、出来ないんだ」

「いいですよ。飽くまでお願いですから」

「俺の趣味は軽く法律違反してるものが多いからさ。もしものことを思うと、情けない。情けないけど、署名を躊躇《ためら》わずにはおられんのだ」

謝り続ける後藤隊員に、畠中隊長が、陽気な絡みをいれてきます。

「後藤隊員は、今も盗聴してるかにゃ？」

「はい」

「企業などのデータベースに侵入、ハッキングしてるかにゃ？」

「はい」

「非合法となるモデルガンやエアガン、持ってるかにゃ？」

「沢山」

「偽造した警察手帳、持ってる人、いますか」

「はーい」

「仕方にゃーね。後藤隊員、自首、しよう」

この掛け合いに周囲から爆笑が起こったので、空気は和《なご》みました。

僕は畠中隊長に心の中で感謝します。

「柊木隊員は何時までに何人くらい署名を集めたいのかね」

ハナゲ先生が僕に訊ねます。

「今日の晩まで署名活動をするとして、それを徹夜で纏《まと》め、明日、提出したいです」

「後の署名はどうするつもりなん？」

「今から学校の正門に立ってみようかと」

「無理だよ、柊木隊員。あんた、公安のマークもあるっていうし……、第一、もうこの大学では、第四世界民主連合のメンバーだと思われてるそうじゃん。誰もあんたの声なんて聴いてはくれないよ」

「でしょうか？」

「うん。で、ものは相談だ。もうすぐ出来上がる私の原稿を、今から地図を渡す印刷屋まで届けてくれれば、柊木隊員が戻るまでに後、最低でも、十名追加は保証する。どうかな？」

「本当ですか？　よろしくお願いします」

思い掛けぬ取引きの申し出に僕は、跳び上らんばかりになる。

ハナゲ先生は、そんな僕の様子には関心を示さず、部室にいる全員に号令を掛けました。

「では柊木隊員がメトロを使い、印刷所に到着するまでを三〇分と想定する。従い、四時三〇分をデッドとせよ。すれば印刷会社より、これ以上の特急仕上げの料金を貪《むさぼ》られることもない。余った予算でカラーコピーし放題に出来る。それでいいな、畠中隊長？」

「あいあいさー！」

「では、各自作業を急げ！」

皆、各々《おのおの》の仕事に戻る。

僕も何か手伝ったほうがいいですかと訊いたけれど、ハナゲ先生から、全速力で走って貰わないと困る。だからして、身体、暖めておけといわれました。

僕は一人、部室の隅で屈伸運動を開始します。

やがて、渡された原稿を持ち、地図を頼りに指示された印刷所に行く。指定された駅から印刷所までは一本道だから迷うことはないといわれていましたが、その道は険しくかなり長い坂道。僕は必死でそれを駆け上がります。

目的地である印刷屋は看板さえなければ普通の民家だと錯覚するような作りの比較的小さな建物でしたが、呼び鈴を押し、中に入ると僕と同じように原稿が入っているらしき封筒を抱えた者達が数名、待合室のような部屋で、長椅子に座っていました。印刷会社の社員らしい人が、最後尾に座って待つよう促します。

部屋の扉の向こうにあるのが作業場らしい。

やがてそこから黄土色の作業服姿の年老いた男性が扉を開き、現れ、一番先に来ていたであろう長椅子に座る人から原稿の袋を受け取り、中味を確かめます。

「PP加工に表紙は箔押《はくお》しだな。しかしやけに表紙のベタの割合が多いじゃないか。特色刷りでこの変更だと、最初の見積もりにプラス、五千円だぞ」

「そこは何とかまけて貰えませんかねぇ」

「嫌なら他を当たればええよ。もっと安い処は幾らでもあろう」

「そりゃそうですけど、おっちゃんところのクオリティには到底及ばない訳で……」

「そりゃ、うちはこの道一筋、四〇年だからな。ここ最近で急増したオンデマンドなんかと比較されちゃあ困る。そこいらの印刷屋では出来ん注文もこなす。これでもギリギリの原価率で頑張っとるんだぞ。この時期、お前等が徹夜ならこっちもずっと徹夜だ」

「……解りました。ではプラス五千円でお願いします」

このようにして、おっちゃんと呼ばれた印刷所の男性は次々、原稿を確かめ、その製本の仕方や加工に就いてオーダーに間違いがないかを確かめていきます。順番が回ってきたので僕も原稿の入った袋を渡す。おっちゃんからは懐かしい匂いが、しました。バイトしていた製本印刷所で何時も嗅いでいた匂い。インクの濃いシロップのような甘いけど苦いような臭味《くさみ》。

共に入れられていた印刷に関する指示書のようなものを読み上げ、おっちゃんは僕に間違いがないかどうかを訊ねますが、専門用語が多過ぎて何を訊かれているのかさっぱり解らない。

僕が「すみません。只の使いっ走りなもので——」と明かすと、おっちゃんは、

「君のところのサークルに限って不備がある原稿を持ってくることはなかろうし、指定に関しても万事、心得とるからな」

いい、

「ハナゲさんによろしくな」

僕に伝達すると、原稿を袋に戻し、扉の向こう側に去っていきました。

アニメ研の部室に戻り、ハナゲ先生に入稿完了の報告をします。

「印刷所のおじさんが、ハナゲ先生によろしくとのことでした」

「あすことは長い付き合いだからねぇ。職人気質《かたぎ》の偏屈なジジイだが、こっちが思っている以上のものを仕上げてくれる。元々は大手の印刷所にいたらしいが、幾らその技術を高めても、クオリティは低くていいから予算内であげてくれというオーダーばかりの仕事に嫌気がさして、独立し、自宅で同人誌専門の印刷屋を始めたんだ。いいものを作る分、安くはないが、でもあのジジイは自分も本作り

に参加しているって意識を持ってくれている。引き受けた同人誌はどんなものでも、全て一部だけ余計に刷って、自分の書庫に保管してるんだよ」

「いい印刷所ですね」

「何故か私のこと――作品を気に入ってくれていてね、コミケに遊びにきてくれることもある。ヤオイには全く興味ないらしいんだが……。だから、打ち上げで一緒に飲むこともあるよ。ジジイはいってたよ。近い将来、大手出版社は必ず潰れる。否、一旦、潰れるべきだと」

「やけに過激な発言ですね」

僕が呟《つぶや》くと、「そうでもないさ」――ハナゲ先生は応えます。

「商業誌で描いてるとね、ジジイの予言は正しいんじゃないかと思わずにはいられない。

今はヲタクの地位も向上して、コミケに参加する人間は増えるばかり、いろんなものが売れない時代に、二次元産業だけがバブってるともいわれるけどさ、実際はそうでもないんだよ。今も昔も絵描きなんて、一部の人間しか食べられない。

状況は更に非道《ひど》くなっている。

出版社も所詮、企業な訳じゃん。そうである限り、如何に利潤を追求出来るかが一番のテーマとなる。

昔は自費出版をしようと思えば、どんなに安く作ろうとしても百万円以上、掛かった訳。ところが今は、大枚を叩《はた》かなくても大手の出版社が作るのと遜色ないクオリティの書籍を作ることが出来る。少し前まではオールカラーの同人誌なんて、夢のまた夢だったけど、自宅のプリンターで写真製版かと見紛《みまご》う印刷が出来る時代だからね、そのうちセルフ印刷製本所みたいなものが登場したっておかしくはない。グーテンベルクも吃驚《びつくり》さ。

採算を度外視して、本当に作りたいものを作って発表することも出来る。私がデビューした当時、同人誌に於いて最もネックだったのは、雑誌コードの壁だったんだよね。発送の際、コードを持つ雑誌なら、安い郵便料金で送れる。コードは事実上、大手の出版社が独占している。個人が申請した場合、認可が下りるまでには莫大な時間と労力が掛かり、事実上、取れない仕組みだ。欲しいなら大きな出版社が専有している余ったコードを又貸しして貰う他、ない。無論、出版社は只で貸してはくれず、レンタル料を要求する。

でも今、書籍であろうがモノであろうがamazonでは大きさと重量のみで配送価格が決定される。印刷物のインフラは既に変更されている。バカ売れするならともかく、それなりにしか売れないクリエイターは遠からず、出版社から本を出すことをしなくなると思うよ。電子書籍で充分だというなら、ダイレクトパブリッシングという方法だって、ある。

いい時代になったと思う反面、嫌な時代になったとも思う。

昔、ネームはトレペの上から鉛筆で書いてたの。それを写植屋さんに持って行って、フォントやら級数やら行間を指定して、編集者がカッターナイフで切って、ペーパーボンドで貼り込んでいた。漫画は出版の中でも特殊で、一人の漫画家の売り出しに成功すればその編集者も崇《あが》め奉《たてまつ》られる、逆に失敗したら左遷、育てた漫画家を他社に持って行かれようものならクビ――というシビアな世界だったから、編集者も必死だった訳。

自分の興味ないジャンルの作品ばかり描き続けてきた――と自嘲したけどさ、でも、その作品は私と編集者が二人三脚で作り上げたものなんだ。だから、商業誌での作品に対する愛情もあるんだよ。世に問う為に、同人とは別の、経済競争の中で戦ってきた同胞、運命共同体みたいな絆で私達と編集者は結ばれてきたから。

最初の担当さんは人気投票で一位になった時、経費で落とすのが嫌だといって自腹でステーキを奢《おご》ってくれたよ。

私よか漫画に対する熱を持っていた。ハナゲ、あんたの描きたいハード・ホモを堂々と描ける時代がいつかくるよ。それまで乗り切ろう。あんたの才能を殺しはしない。――そういってくれた担当さんの顔を今でもよく思い出す。その人は五年程前、過労死しちまったんだけどね。

担当から外れてからは電話で声すら聴くこともなかったんだけどね。葬式で私は柄にもなく嗚咽《おえつ》したよ。数名、私のような漫画家が真っ赤に眼を腫らしていた。

もはや漫画もネームの八割はＤＴＰでの打ち出しだ。ここでこうして共に作業してる人も、私以外はもう写植なんて知らない世代。原稿自体をパソコンで仕上げる漫画家が増えてきたし、若い人達はデビュー前から同人誌のデジタル入稿に慣れてしまってるからね、自分でネームを自在に打ち込める。色調整も出来る。そういう私にしろ、もはや同人誌のネームはＤＴＰなんだけどさ。

活字を写植屋に頼まなくて良くなったことでコストも下がり製作時間も以前より、大幅に短縮出来るようになった。誰でも気軽に本が作れるようになった。歓《よろこ》ばしいことだよ。これは歓ばしいことの――筈なんだ。雑誌コードからの解放も、歓ばしいことなんだ。

でもね、一つの工程が抜けると、必ず何処かに皺寄《しわよ》せがくる。

ＤＴＰで精巧な文字詰めが出来るようになっている筈なのに、ネームのみてくれの美しさは編集者が写植をカッターで切ってペーパーボンドで貼り付けていた時代に劣る。根性論なんて馬鹿げてるけどさ――、あるんだよ、気合でしか出せないものって。後藤隊員がいう天皇太郎の作品から滲み出るヤバいもの――とは、そういうものなんだ。背景も一切、トーンにも頼らずＧペン一本で描き上げている手作業の狂気。

印刷されてもちゃんと伝わる類いのものなんだ。柊木隊員の愛用するその一澤信三郎帆布の鞄と同様に――。

一般の読者には観えない。でも、感じ取る。よく解んないけど、何かとんでもない熱量。だから、手に取る。興味がなくてもつい、眼を通してしまう。モノという形になっているからこそ伝えられるんだよね。データは複製可能だが、そういう計測不能な熱量は複製出来ない。

大袈裟だけど、私は漫画が好き。描くこと、作品を作ることに命、賭けてる。DTPは更に進んでいく。更にデジタルになり、今作っているような同人誌すら、データでの遣り取りのみになるかもしれない。そうであるならば、私はそこに、デジタルであろうともだ――。解析不可能な膨大な熱量を与える努力をする。

全ての工程がデジタルになろうとも、関わっている人間の数が膨大なら、熱量は、入力、制御、記憶、演算、出力のシステムを必ず超えるよ。

熱量がなきゃ終わりさ。今、大手の出版社が苦しんでいるのはインフラの変更に拠る本の流通形態じゃない。作品に関わる者全ての熱量のなささ。だからあすこのジジイは、潰れてしまえという。熱量なき者は去れ――ってことだよ。漫画がなくても人は生きていける。過剰な熱量を持つから、漫画といえども疎《おろそ》かに扱えない。私達はこの原理を忘れちゃいけない。

ここの同人誌はずっと私がメインとしてやらせて貰ってるけど、著者名はアニメ研究会だ。

この同人誌に於いては私もスタッフの一人でしかない。

皆が同等の熱量を注ぎ合う。その熱量は化学反応で相殺し合うものでなく、足せば足す程に大きくなる。

――トーンを貼ったり、ベタを塗ってくれてる一人一人が、作者だ。柊木氏も、事情はともあれさっき印刷所までダッシュで原稿を届けてくれた、そのおかげで我々は無事、入稿に至った――、だから、やっぱりあんたもアニメ研のスタッフの一人だ。著者名なんてどーだっていい。いい作品なら誰が描いたもんであろうが、いいものなんだから。

よく、私は弱小のこんな部の同人をどうしてハナゲ先生ともあろう人が続けているんですか？　って訊ねられたりもするが、私がいてこのサークルがあるのでなく、このサークルがあって私がいると、何時《いつ》も応える。優秀な人材が多数いるサークルに移れば、もっと作品のクオリティは高くなるかもしれない。でも、私が求めているのは有能なアシスタントじゃない。一緒にサークルの看板を背負うことに生き甲斐を感じている仲間さ。

多少、仕事は鈍くても、イカのねんどろいどが出たら、一緒にアニメイトにお迎えに行く約束が出来る奴等さ。

商業誌の連載に追われながらの地下活動は正直、キツいけど、それでも私は死ぬまで参加を止めるつもりはないよ。――コミケも、営利目的の企業ブース、転売野郎……。様々な問題を抱えている訳だけど、それでも私はコミケから下りない。この部が存続する限りね。

たかが自己満足のオナニーでも、沢山の人の手を煩《わずら》わせてわざわざ人に観せようとする本気のオナニーはスゴいよ。

依頼されたものの方が、オナニーのオカズとしては優秀だろう。

だけど、私はオナニーのオカズが作りたいんじゃない。オナニーがしたいんだよ！

私の気持ちいいは、私が決める。セックスなら配慮が必要だけど、オナニーは何処までも自由さ。自由でなくてはならないんだ。オナニーにすら抑制を掛けようとする者がいたなら、神様であろうが私は抗議するね。

コミケがダメになっちまえばコミケを離脱すればいい。新しい場所を作ればいい。同志は簡単に集まるさ。

もはや広告なんて必要なく只、twitter や Facebook に載せるだけで事足りるんだからね。

それがSNSの正しい使い方だよ。

太郎――天皇太郎のことを想い出す時、私は規制がどんなに厳しくなろうが、奴の分まで踏ん張らなきゃと思うんだ。そして過労死した昔の担当さんの為にもね。

『武蔵は死んだ』が掲載された『コミック・コロンブス』が発売されたのは八月の初旬だった。コミケに参加し続けることは、私なりの太郎の弔《とむら》い合戦でもあるんだよ」

戦いには様々な形がある。徒党を組みデモをするのも戦いならば、こうしてハナゲ先生のように自分の描きたい作品を描き続けることもまた戦いなのだろう。

「付き合いのあるサークルや漫画家仲間にファックスを無差別に流してみたんだけど、思った以上にきたよ」

長々と語ってしまったのを詫びるよう剽軽《ひょうきん》な口調になるとハナゲ先生は、作業台の上に置いていた数枚の署名用紙を取り、それを僕に差し出しました。

署名は三五名に増えていました。

「皆、うちと同じようにコミケの準備で大わらわなのに、協力してくれたのだぞ。柊木、ハナゲ先生に敬意を表すずら」

「はい」

「いいよ。こういう時は相互扶助。相互扶助はあんたら共産主義者の基本なんでしょ」

僕は署名用紙を持ち、一刻も早く渡したく、礼も適当にアニメ研の部室を後にし、大松広平のアパートに急ぎます。

僕の集めた――実際はハナゲ先生が集めてくれたのだが――署名用紙を観て、大松広平は眼をしばたたかせました。

「こんなに沢山……。もしかして柊木はんは、署名集めが得意なんでっか？」

「そんなことは……。で、大松さんのほうはどうです。今の時点でどれくらい集ったんですか？」

「約五〇――」

大松は、気不味《きまず》そうに口籠《くちごも》りました。

「少ないですね」

「当初、想像していたよりも皆、非協力的やった。俺のせいかもしれん。こういう時、北据はんや李はんは主張が違えど、左翼というカテゴリーで中核や革マルの連中にも支持されるが、俺は左からも右からも疎んじられとるさかいなぁ……」

「でも、五〇人も署名してくれたんですから、よしとしないと」

「そういうて貰えると、少しは気が楽になりますわ」

君が勾留されている警視庁に明日の朝九時に署名嘆願書を持っていくが同行するかと大松は問います。複数で渡すことに意味があるかと訊けば、ないというので、僕は行かないと応えました。

結局、君は七日間、身柄を拘束されました。

釈放されたことを僕は知りませんでした。深夜、何気なく君の部屋の前に行くと部屋から灯《あかり》が洩れている。

もしやと扉をノックしてみると、ジャージ姿の君が出てきました。

「釈放されたのですか？」

「今日の昼過ぎに身柄の拘束を解かれた」

「留置場からそのままアパートに？」

君は頷きます。

「どうして、それなら報告してくれなかったんです。昼は大学にいたけれど、僕は夕方にはアパートに戻っていた。一言くらいあってもいいじゃないですか！」

思わず、声を荒らげてしまう。

非難めいた口調が何故なのか解らぬ様子で、君は、首を傾《かし》げました。

「何故に、柊木君は怒っているのか？」

「怒ってはないです。でも……」

「確かに柊木君の部屋を訪ねるべきだったかもしれない。そうすれば柊木君は今夜、一人で夕食を摂らずに済んだ。何時《いつ》ものようにうちで水炊きを食べれば食費を抑えられた。しかし、考慮して貰いたい。――たった七日の勾留といえども、その間の身柄拘束や取り調べに関しては、流石《さすが》に私も疲れてしまった。柊木君が買い被ってくれているようなタフな人間ではない。だから釈放されてすぐ、水炊きの材料を買いにいく気力を持てなかったのだ。夕食はカップ麺で済ませてしまった。すまない」

「水炊きが食べられなかったから、いってるんじゃないんです」

「では、何処が気に障ったのだろう」

僕は言葉を失う。

タフじゃない……。僕は買い被ってなど、いない。

確かに釈放され、僕に報告しなければならない義務を君は有しない。

でも、僕は君が釈放されたなら真っ先に僕に連絡を寄越《よこ》してくれるだろうと思い込んでいた。

タフじゃないから……。

君も何処にでもいる一人の、か弱き女子だからこそ……。

ずっと君を案じ、君に逢いたいと僕が願うと同様、君もまたすぐに僕に逢おうとすると自惚《うぬぼ》れていたのだ――。

カッコ悪い……。

僕は自分のそんな性根を見透かされてはならぬとばかり、早口に問います。

「大松さん達には知らせたんですか？」

「大松と李には釈放後、直ちにメールを入れた。釈放の為の署名をしてくれたと国選の弁護士から聴かされていたから」

僕は自分でも嫌なくらいに不機嫌になる。

「僕だって署名活動をしましたよ。そんなに多くの署名は集められなかったけれど」

「それは厄介を掛けた」

君が入るかというので、少しだけといい、君の部屋に上がりました。

「身体は……大丈夫なんですか？」

「留置場は劣悪な環境ではない。三食、きちんと食事も与えられるし極めて衛生的だ」

「でも、取り調べとかきつかったんじゃないですか？」

質問に応える替わりに、君は、いいました。

「柊木君が第四世界民主連合に入ったと、当局はみているようだ。私は否定したが警察の人間は私と柊木君が同じアパートに棲み、接触も密にしていることから同棲しているようなものだと考えているらしい。当局は柊木君の身辺調査も既にしているだろう。私よりも自分のことを案じたほうがいい」

「ええ、それは大松さんからも聴かされました。既に僕にも公安のマークが付いていると。でも、僕には調べられても困ることなんて何もない」

「なくても彼等は何らかの罪を捏造《ねつぞう》する。気をつけるに越したことはない」

「彼等の目的は――。別件逮捕という暴挙に出てまでも摑みたかった情報があるのでしょうか。大松さんに拠ると何か水面下で動いていることがあるみたいですね。やっぱりそれ絡みの拘束ですか?」

君は少し間を置いてから、こくり、頷きました。

「そう。大松広平と李明正はある目論見《もくろみ》に賛同している。が、私はそこに共闘しない。が、当局は第四世界民主連合も共闘していると判断した。私は黙秘を通した。従って勾留が長引いてしまった」

「共闘していないなら、話しても問題のないことは話してしまい、さっさと釈放されれば良かったのに」

「大松等がやろうとしていることに協力はしないけれど、その行動が間違いであるとはいえない。だから私は批判的ではあるが彼等の計画を当局に教えようとは思わない」

「大松さん達は何をしようと?」

「柊木君は最近、大松広平と親密にしているではないか。ならば彼に訊けばいい」

「訊いてみましたが、部外者だからと教えてくれませんでした。信頼されていないのかと訊けばそうではないという。爪弾《つまはじ》きにされてると拗《す》ねるつもりは毛頭ありませんが、どうにも遣《や》り切《き》れませんよ」

「仕方ない。確かに柊木君は部外者なのだから。信頼していたとしても、計画を誰かに明かせば自ずと情報が洩れるリスクが生じる。目的を達成させるには可能な限り全貌を知る者を少なくしておくに越したことはない。活動のみならず、これはあらゆる行動を成功に導く兵法《へいほう》の基本だろう」

君はやかんでお湯を沸かし、何時ものように雁音《かりがね》の茶葉でお茶を淹れ、湯呑みで出してくれました。

久々に、君が淹れた雁音を飲む。

「これを飲んだら、すぐに退散しますよ。今夜は早めに寝たいだろうし」

「構わない。確かに疲れてはいるが、柊木君と話しているのは苦にならないから」

「僕には留置場での暮らしがどのようなものか見当が付かないけれども、そんな処で身体は休まらなかったでしょう。だから今晩は早目に寝た方がいい」

するとと、君はまた何時もみたく不愉快なものに向けるかに思える眼差しで、僕を睨《にら》むようにすると、

「柊木君こそ、眠いのではないか？」

訊ねました。

「眠くなんてないですよ」――否定すると、君はいいます。

「ならば……」

「ならば、何ですか？」

「後、十分でいい。もう少し、一緒にいてくれないだろうか？」

君の申し出に、驚く。

内容よりも、その弱々しい歎願《たんがん》の口調に、異変を感じました。

蚊の鳴くような声、とはこういうものだろう。

君は続けました。

「何故《なぜ》に勾留されたのかを私も大松同様、柊木君に話すことが出来ないし、それを語らないことで柊木君が苛《いら》つくのも解らなくはない。だけど、勾留中、私はずっと柊木君のことを考えていた。執拗《しつよう》な取り調べに心が折れそうになる時、私は、柊木君の顔を想い出すことで、辛うじて己《おのれ》を保つことが出

来た。

――初めて容姿を誉められた。

――初めて、海に行こうと誘われた。

どうして、未だに柊木君が私の手すら握ろうとしないのか、その理由を恋愛というものに詳《つまびら》かでない私は、まるで解釈出来ないが、しかしだ。冷たく狭い独房の中で、柊木君に就いて想う時、私は自分の凝《こ》り固まった心が、氷解していくのを感じていた。柊木君を同志として第四世界民主連合に迎え入れることは出来ない。ながら、勝手な言い草かもしれないが、柊木君は何時も私と共にある。

否、私は、柊木君と出逢うことに拠って、もはや一人きりではなくなった。私は孤独ではない。

これはかつて子供の頃に、父や母と暮らしていた頃に味わっていた感情とは一線を画し、大松や李と利害を一致させ共闘する時の共鳴ともまるで異なるものだ。

ヘーゲルは啓蒙に導き、ショウペンハウエルは批判を伴いつつも私に高次の理論を指し示す。ルソーに於いては繰り返して読めば読む程に矛盾の見解からすら新しい認識が齎《もたら》され、マルクスは強固な希望と闘争への意志を私に与えてくれる。だが、柊木君から私は余り学ぶべきものがない。柊木君から譲渡されるもの、それは湯たんぽの暖かさのようなもののみだ。

でも私はそれを……。それを、柊木君と、出逢うまで……。

そんなものが存在し……、自らが必要としているとは、想像だにしなかった。

柊木君――。かつて私が貴方《あなた》にいわれたことを、私も今、貴方にいおう。柊木君、私は……。私は、柊木君が……好きだ」

何も返せませんでした。僕はどう応えるべきなのか？　まるで解らない。

ながら、胸が震える。血が頭に昇るのが解る。

それなのに、僕を満たしていくものは嬉しさでなく強い痛みだ。

その告白を、聴かなければよかったとすら、僕は思ってしまう。

僕は時間を巻き戻そうとするかのように、問いました。

「取り調べって、眠いのに寝る時間を与えられず、意識を朦朧《もうろう》とさせて無理矢理に口を割らせようとしたりするんでしょう？」

君は応えます。

「そのように拷問《ごうもん》じみたことはしない。すれば釈放後、不当な取り調べがあったと訴えられることを弁《わきま》えている。彼等はプロだ。常に精神的なプレッシャーを与えてはくるが、恫喝《どうかつ》とみなされる行為は決してしてしない。

しかしどうすればダメージを与えられるかはちゃんと心得ている。取り調べの中で最もきつかったのは、彼等に私の父、堂本圭一《どうもとけいいち》に対する批判を聴かされることだった。父の思想に対する批判であれば、聞き流すことも可能だった。が、彼等は調べ上げ、職を追われても尚《なお》活動を続けていた父を、思想家だといいながらも実際は母の稼ぎに頼るしかなかった、ヒモのような人間だったと愚弄《ぐろう》した。お前も大変だったたな、給食費すら滞納していたんだってと、私を憐《あわ》れんだ。悔しかった。暮らしは確かに楽なものではなかった。が、それは私にとって、かけがえのない記憶として今も胸中《きょうちゅう》にある。彼等はそれさえも否定しようとした」

身体を小刻みに震わせながら君は、堅く拳を固めました。

黒縁眼鏡の奥の眼が、取り調べでは観せなかった筈《はず》の涙で潤《うる》む。

君は歯を食い縛る——。

ここまでに、剝《む》き出しの感情を晒《さら》す君の姿を観るのは初めてでした。

抱き締めたい衝動に駆られる。

その長い髪に手を遣り、頭を抱え、撫《な》で付けたい――。

僕は大柄な体軀《たいく》ではないので、君を胸ですっぽり抱擁するというふうには出来ないのだけれど、それに限りなく近い行動を取りたい。

でも、それは望ましいことなのか？

僕は窮する。

簡単なエロゲすらやったことがないので、解らない。

弱く不完全な僕が、そのようなことをして君の役に立つのか？

それでも、君に対して、何かをいわなければと思う。

僕は言葉を探し倦《あぐ》ね、結局、つまらないことしかいえない。

「警察なんて最低だ！」

しかし君はそれに対し、異議を申し立てるのでした。

「安直なことをいってはならない。柊木君だって警察がなければ困るだろう。落とし物をした時、落としたかもしれない場所をひと通り巡ってみてそれでも出てこなかった場合、どうする？　誰かが拾って届けてくれてないかと期待し、派出所を訪ねるだろう。窃盗の被害に遭《あ》ったなら、警察に捜査を依頼するだろう。彼等は自分達が大抵の人間から疎んじられていることを知っている。何か困ったことが起きれば頼ってくるのに、問題が解決されなければ税金泥棒と罵《ののし》られることに日々、耐えつつ、一部の者以外は、薄給で任務を続けている。一つの事柄だけを論《あげつら》い、非難すべきではない」

「……」

「彼等とて不正をなくそうとして奉仕しているのだ。よりよき社会を目指して活動を行っているという点では、私達と同様だ。取り調べは朝から晩まで毎日ある訳ではない。それがない間、逮捕されている被留置者は、狭い房の中で時を過ごす。担当官は被留置者の容疑を詳しく教えられてはいない。私の場合でも、担当官達は私が別件で捕えられていると聴かされてはいないようだった。だから、公然猥褻《わいせつ》でやられちゃったらしいね？　気の毒に——。うちらも偶《たま》にそういうものを検挙しておかないと、世の中に対して示しがつかないから。諦めて貰うしかない。よっぽどのことがない限り、実刑なんてつかない。最大でも留置は二〇日間。ここの生活はいろいろ大変だけど、頑張ってくれと、いってくれる者もいた。私をストリップのダンサーか何かだと思い、慰めてくれているようだった。

ストリップ劇場ではダンサーが全裸で踊る、局部を客に観せるのが当然の行為だ。しかしそれは法律に照らし合わせれば違法となる。警察は黙認しているが、あそこの劇場ではそのようなことが行われているとの通報があれば、建前上、捜査し検挙しなければならない。ソープランドにしろ同様だ。そこでは挿入行為、いわば本番が行われているのだが、これは売春防止法違反に該当する。本番はソープ嬢と客とがサービスの途中、恋愛関係になってしまったのだと、とんでもなく白々しき言い訳をすれば違反行為とならないのだが、それが苦い抜け道であるのは誰もが心得ている。従い、仮に客がお金を払いそれと引き換えにあの店でセックスをしましたと申し出れば、店側とそのソープ嬢を検挙しなければならないことになる。そうすれば申し出た客も逮捕される訳だが……」

「おかしな話ですね。僕は両方、行ったことないからよく解らないけど、それぞれが建前さえ保てれば違法なことも罪にならないってことでしょ」

僕がいうと、君は頷《うなず》きました。

「法律とはルールなのだから、抵触しなければ罰することが出来ないのは仕方ないことなのだ。どんな非人道的行為であろうが、法的に問題がなければ処罰することは適わない。従って法律をどんなに整備しようがそれは諸悪の根源を改善する方法とはならない。共産主義の究極がアナーキズムであるとする意見は、法での統制には限界があり、真の秩序は各々《おのおの》の良心に拠《よ》ってしか得られないという思想に基づくからだ」

「でもそれって、人間は根本的には善を指向するという考えを肯定した上で成立する考えですよね。いわゆる性善説——。でも人は元来、弱いものだから法を作っておかないと狡《ずる》いことや不正ばかりが蔓延《はびこ》るようになるっていう考えもあります。つまり——」

「性悪説」

君は僕の代わりにいい、こう続けました。

口調が、普段のものに戻っていることに、僕は安心をする。眉間には皺も、ある。

「私は性善説を完全に認める訳ではない。しかし性悪説を認める訳でもない。この二つの説はいわば言語ゲームのようなものだ。悪を定義する時に善が生まれ、悪よりも善が先にあることは論理的に不可能なのだから、性悪説を採る人は人が性善であることを裏返しに認め、性善説を採る人はそもそも悪が無効であることを証明しようとしているに過ぎない。

私は人は性善でもあり性悪でもあると考える。私の中にも善への指向と悪への指向が同居している。きっと柊木君も同様だろう。だがしかし、私はこうも考えるのだ。——人は自分の善意と悪意を戦わせるからこそ、よりよい方法を模索すると。何故ならば善も悪も、同じ、幸せになりたいという欲望から生まれるものだからだ。

先程の話に戻れば、私を苛《いじ》め抜こうとした刑事達も悪意を以《もっ》てそれをしていたのではないと思う。そのような方法しか彼等は知らなかったのだ。そのようにしてしか人を追い詰めることが出来ないと教えられ、マニュアルに従って取り調べを行っていただけだ。彼等そのものに罪はない。求める結果をどうすれば得られるか？　どのような過程を経たかは彼等の仕事の査定の対象とはならないから、彼等は過程より結果を優先させるしかない。これも資本主義社会の歪《ゆが》みといえよう。利益さえ出ればどんな手順を踏もうが構わない。最小の運動で効率よく最大の作用を得る。それが資本主義経済に於ける最終テーマだからだ」

「北据さんが大松さん達が起こそうとしている事案に関して、共闘を拒否している理由もそこにあるのですか？」

「そうだ」

「非暴力というプロセスを大事にしなければ、求める結果が得られても意味がないと？」

君は顔を一旦《いったん》上げるとまた戻し、今度は敵対するかの如く毅然の眼付きで僕を見据えました。

「簡単にいえばそうなる」

「だけど北据さんは銅像を破壊したではないですか。あれは暴力ではないのですか？」

「あの破壊も暴力とカテゴライズされるものであるかもしれない。が、あれはラッダイト運動のようなものだ」

「ラッダイト運動？」

聞き慣れぬ言葉に僕が訊《たず》ねると、君は説明をくれました。

「かつてイギリスで産業革命が起こった時、機械化が推進されることで職を失ってしまうのではないかと危惧を抱いた労働者達は、その設備や工場の打ち壊しを試みた。その行為と活動をラッダイト運動という。ラッダイト運動は他人の財産を損壊、損失させるのであるから、賞賛されるべきものではない。しかしそれは人命を奪う行為でも外傷を与える行為でもない。これを私はデモやサボタージュ同様、プロレタリアートや社会的弱者に赦《ゆる》されたギリギリの力の行使だと捉《とら》えている。無論、議論を以てして解決されるに越したことはない。だがしかし、正当防衛というものがあるように、ある種の抵抗活動は巨大な圧力の危機に晒される時、最低限、認められなければならないのではなかろうか。でなければデモやサボタージュですら、不当なものとみなさなければならなくなる。全ての抵抗は秩序を乱す罪科となってしまう」

「人命を奪う目的でない暴力は赦《ゆる》されるということでしょうか？」

更に問うと、逆に君からの質問がきました。

「柊木君は何故、命はこの世で一番尊《とうと》いものであるとされるか解るだろうか？」

僕は少し考えてから、慎重に応えます。

「そりゃ、一人に一つずつしかないし、貸し借りも出来ませんからね」

「では、世の中の役に立つ立派な人格の人間の命と殺人鬼の命の重みは同じだと思うか？」

「それは難しい質問ですね」

いうと、君は何時もよりも更に毅然たる口調で、僕に対しました。

「同じなのだ、柊木君。命は誰にも与えられる平等なものだ。どんなにお金を積もうが誰も命を複数持つことは出来ないし、どんな権力を行使しようとも何《いず》れ死ぬことを免れる者はいない。

第四世界民主連合は非暴力を掲げはするが、無抵抗ではない。マハトマ・ガンジーは非暴力不服従を以て公民権運動に参加し独立を勝ち取った。が、非暴力の思想と立場を貫きながらも、彼は無抵抗であれとはいってはいない。

暴力に対し更なる暴力で対抗することは簡単だ。暴力に対して暴力を使用せず抵抗するにはとてつもない勇気が必要になる。ガンジーは暴力に屈せぬ理性こそが世界を本来の在り方に導くものだとした。非暴力の抵抗こそが暴力の抵抗よりも大いなる力であり、武器であると考えたのだ。思想の核は単純だ。世界を変えたいのなら勇気を持て――。一見、これは難しい注文のように思える。だが、弱者が権力に対抗する為には勇気と相反《あいはん》する憶病さを克服するしかないのだ。社会的弱者であっても精神的弱者になるな。敗北は諦《あきら》めた時に訪れる。言い換えれば、諦めぬ限り、人は負けることがない。

ガンジーは人殺しの武器を持つのではなく心に武器を持つべきだと考えた。暴力からは憎しみの連鎖しか生じない。暴力に対し非暴力で対抗するには敵への愛を持たなければならない。人間にとって真の強さとは何かをガンジーは理解していた。全ての不正、差別、争いは心の弱さから生じる。憶病さが人を保身へと誘い、羨望《せんぼう》が人を権力に固執《こしつ》させる。そしてそれらからくる疑心暗鬼が人を攻撃的にさせるのだ。人は皆、そもそも弱く、身勝手で、憶病な生き物だ。だからこそ、知恵を付け、経験から学び、共同体を形成し、災いを齎《もたら》すものを克服してきた。意識の変革は勇気なしにはあり得ない。私は恐れを抱きながらも世界の改革に向かおうと舵《かじ》を切る民衆の強さこそが、真実の強さだと認識する。恐れを知らず立ち向かえる者が勇者なのではない。意識を改革することを恐れぬ者こそが勇者なのだ」

そこまでいうと、君は話題を転換しました。

「――柊木君は、アメリカでキング牧師らが指導した黒人の人権を認めさせようとした公民権運動は知っているだろうか?」

僕は応えます。

「五〇年代から六〇年代にかけての市民運動ですよね。かつてアメリカでは有色人種への差別は当然で、同じ人間でありながらも黒人は白人よりも劣っていると考えられていた。だから従属するもの、つまり奴隷として扱うのが当然で、家畜同様に売買される存在だった。でも南北戦争の最中、当時の大統領であったリンカーンに拠って奴隷制度は廃止された。それは表向きのことで、法律上は黒人も有色人種も平等とされながらもアメリカ社会は変わらなかった。人種差別の慣習は根強く残って、黒人が白人と同じ職種に就くことは赦されなかったし、選挙権、投票の権利だって白人は登録をするだけで貰えるのに黒人は試験にパスしないとその登録すら出来なかった。そんなものだから黒人の子供と白人の子供が同じ学校で学ぶなんてこともあり得なかった」

「そう。同じレストランの中でも黒人の席と白人の席は分けられ、黒人は白人と同じトイレを使うことも赦されなかった。禁止されていた訳ではない。その差別は常識として残り続けたのだ」

そしてアメリカでの公民権運動の長い説明を開始しました。

「バスにしろ、白人用の席と黒人用の席が区別されていた。双方が座ってよい席もあったが、そこに黒人が座っていて、後から乗車してきた白人が座れる席を見付けられない時は、黒人は白人に席を譲らなくてはならない仕来《しきた》り、いわば慣習が、存在した。

ところが一九五五年、アラバマ州のモンゴメリで一つの事件が起こる。当時、四二歳だったローザ・パークスという黒人女性は、仕事の帰りに利用した市営バスで、警告があったにも拘《かかわ》らず、白人に譲るべきとされる慣習の席から立たず、激怒した運転手に訴えられ逮捕された」

「確か、ローザ・パークス事件と呼ばれるものですよね」

僕は世界史のテストで暗記したその事件の名を口にしました。

君はテキストを読むかのように続けます。

「この逮捕をきっかけに人種差別撤廃の公民権運動の先頭に立っていたマーティン・ルーサー・キング牧師やラルフ・アバナシー牧師などが抗議運動を行い、モンゴメリの黒人達にバス乗車をしないよう、つまりバス利用のボイコットを呼び掛けた。それに拠り彼等は歩く、黒人同士で車を利用するなどしてバスの利用を止めた。ボイコットは約一年間、続いた。当時のモンゴメリの市営バスの利用者の殆《ほとん》どは貧しい黒人達だった。長い抵抗運動に遭い、市営バスサイドはこれでは運行がままならないと、悲鳴を上げざるを得なかった。ボイコット運動のきっかけとなったローザは、バスでの人種隔離を違法として裁判所に訴えた。時間は掛かったが、裁判所は市営バスに対し、違法との判決を出さぬ訳にはいかなくなってしまった。

判決での勝利を機に、キング牧師は全米での公民権運動を精力的に展開し始める。無論、順調に進んだ訳ではないが、しぶとく根気づよく続けられたその運動は、徐々に理解を得て、広がりをみせていった。白人の賛同者も増えていった。そうして一九六三年、ワシントンで二五万人が集結する大規模な人種差別撤廃の抗議集会、デモが開かれるに至る。が、それで公民権運動が終結し、運動に勝機が見え始めた訳ではない。易々と、人種差別の意識が変わろう筈はなかったのだ。

一九六五年、二月、アラバマ州マリオンで選挙権を求める黒人の運動家達に拠るデモが行われた。そのデモ隊を警官隊は阻止しようとした。警官の一人が、デモに参加する老人とその娘に対し、警棒で殴り掛かろうとした。老人の孫であり娘の息子であるジミー・リー・ジャクソンは警官に摑み掛かった。そして、撃たれ、死亡する。

キング牧師は翌月、ジミー・リー・ジャクソンが死んだ病院のあるアラバマ州のセルマから州都であるモンゴメリまでのデモ行進を呼び掛ける。

黒人を中心とした約六百名の抗議に賛同する人々が、モンゴメリまで行進に参加した。――エドマンド・ペタス橋にデモ隊が差し掛かろうとした時、公共の秩序を乱すとする知事の指示でデモを阻止しようと待ち構えていた警官隊が、デモ隊の武力制圧を試みた。参加する人々の中には危機を感じ逃亡する者もいたが、警官隊は容赦せず催涙ガスや発砲で彼等を追い詰めた。六七名の負傷者が出て、うち十七名が重傷を負い病院へと運ばれた。この様子はテレビなどの報道機関に拠って全世界に伝えられ、当局の酷《むご》いデモ鎮圧の模様を知った人々は、ようやく意識を変え始めた。非難が沸き起こった。後に、このデモは血の日曜日と呼ばれるようになった。

アラバマでのデモは、合計三度行われた。三度目のデモには人種、立場を越えたあらゆる人々が参加し、その数は最終的に二万五千人にも膨れ上がった。政府もデモを容認するしかなくなった。この三度目のデモは一度目のデモとは打って変わり、大統領が、選挙権法案を議会に提出したこともあり、敵だった連邦警察が行進するデモ隊を警護する状況を作り出した。

私は想像する。血の日曜日と呼ばれる第一回目のデモに参加した人々は、さぞかし恐ろしかっただろうと――。

柊木君がいった通り、当時、デモに参加した黒人達は自分達が白人達に同じ人間として認められていないことを知っていた。家畜と同様に見做《みな》されていることを心得ていた。

どれだけ酷く甚振《いたぶ》ったっていいと思われていることを、彼等は十二分に承知していた。殺される可能性もある。

それでも彼等は自分達が同じ人間であることを主張しようと、エドマンド・ペタス橋を渡ろうとした。

非暴力で勝利を勝ち取れというキング牧師の言葉に従い、武装せず、デモに参加した。

キング牧師が非武装の戦いを説いたのは牧師であったからだろう。聖書の教えに従い、キング牧師は左の頬を打たれれば右の頬を差し出すことこそが、神の子としての正しい在り方だと、その信条を貫くことを要求したのだろう。――が、デモに参加したどれだけの黒人が、その教えに頷けたか？

キング牧師の呼びかけに応じた中に、敬虔なクリスチャンなぞ多くはなかっただろうと、私は思う。

それでも彼等はデモに参加した。恐れながらも、非武装で立ち向かった。

私は彼等の精神に感服する。

素手で世界を改革しようとした彼等の手段の強さこそが、本当の強さだと確信する。

暴力、武力は最も原始的な権力だ。私は暴力や武力に拠る革命を否定する。

人は権力で得た幸せで本当の幸せを得ることは決してない。

絶対的な権力などないことも知っている。

大いなる権力を得た者は更に大いなるそれを持つ者に恐怖する。

もしも絶対的権力を持つ者が存在するとするならば、神以外にないだろう。

こういえばまた、私の活動の根源は思想ではなく信仰であると勘違いされるかもしれない。

が、私は神など存在しないと断言する。

私が神と称するもの、それは即ち、摂理であり因果だ。

とはいえ、摂理や因果は宿命ではない。それは変えようとすれば変えられる、流動し変容し続けるものなのだ。一秒先のことなぞ何も決定してはいない。一秒先にはあらゆる可能性がある。だからより良き結果を得る為の原因を私達は積み重ねていかねばならない。過《あやま》ちを犯せば是正すればいいだけのことだ。私達は何度でも進路を変えられるし、どんな苦境をも克服出来る。

どうして人は、自分の限界を自分で決めてしまうのか？　その不服から逃れることが適わないと決めつけてしまうのか？　幸せになろうとする意思を放棄するのか？　理想を貫けない自分こそが本当の自分だと自身を貶《おとし》める行為に、心を砕き専念しようとするのか……」

「自分が本当に望んでいることが何なのか、解らないからじゃないんでしょうか」

「どうして解らないのだろう。人のことならともかく自分のことではないか？」

「自分を否定するのが嫌なんですよ、きっと。自分の考えを否定しなければ、新しい考えには至れない。今、話してくれた公民権運動にしろ、意識を変えてしまえば過去の自分を否定することになる。だから、皆、その変革に長い時間を要してしまったんだと思います。自分の心を観察してみて、そこに唾棄《だき》すべきものを見出したなら、生きていること自体が辛くなる。真実を映し出す鏡なんて、出来れば覗きたくないでしょう」

「自分の醜さを知るからこそ、人はそれを克服しようとするのではないのだろうか？」

君はそういうと、突然、大きな欠伸《あくび》をしました。

時計を観れば、午前四時。

「流石《さすが》に眠いですよね」

すると君は眼鏡を外し、眼を擦《こす》りつつ、

「少しやはり疲れは溜まっているようだ。もう寝るとしよう」

といいつつも、しかし、立ち上がろうとする僕を制しました。

君は卓袱台《ちゃぶだい》の隣に置いてあったビニールの袋を掴み、トイレへと消えます。

やがて、出てきた君は、何たることか、白い水着姿……。

ビキニ――。

それも極限のハイレグで胸を隠す部分も小さめ、まるでアニメ研の先輩達が好きなエロゲなどの登場人物しか着ないような、水着を着ていました。

君は僕の前に、座り直します。

「買ったのだ。逮捕される前日に、池袋で。せっかく海に行こうと柊木君がいってくれたのに逮捕で予定が流れてしまい、申し訳なく思っている。だけれども……。私だって、楽しみにしていたのだ。柊木君と海に行くことを。電車やバスを乗り継ぎ、二人で少し遠い海まで出掛ける。その日の夜には、海辺で花火大会もある」

「また海に行く機会は幾らでもあるじゃないですか。花火大会のあるビーチはどうだろう？　調べてみないと解りませんが」

「約束を反故《ほご》にしたのに、柊木君はまだ海に行ってくれるという気持ちを失わないのか？」

「当然じゃないですか」

「ならば、慌てて観せる必要はなかった。――せっかく買ったもののもう柊木君に水着姿を観せられない、観て貰えぬのは困ると想い、着てみたのだが……必要なかったのか」

君は着痩せするが意外とグラマーであることを、僕に前に告げていました。

実際、君の胸は大きかった。

否《いや》、おかしな水着を着ているので必要以上、やたらに大きく観える。

眼の遣り場に困った僕は、

「服、着て下さいよ！」

首を極力、横に向けつついいますが、

「何故だ？」

君は僕が眼を背《そむ》けていることを、責めるように訊ねます。

「だって変じゃないですか。夜中、否、もう明け方、女性の部屋に男性が来ていて、男性は服を着ているのに、女性は水着だなんて」

「柊木君は、私の水着姿に関心がないのか？」

「そういう訳じゃなく……」

「迷惑なのか？」

「ですから……」

「はっきり、言って欲しい。やはり、幼女しか駄目なのか？」

「違いますってば！」

どうしてこの誤解ばかりは解けぬのだろうと、僕は思わず怒鳴りますが、

「なら、ホモだったのか？」

更に君は、見当外れの問いを発します。

「私は柊木君から気持ちを伝えられてとても嬉しかった。だから、あのような告白もしたのだ。しかし私の感情が恋愛感情であるのに対し、柊木君のそれはホモ故、友情のようなものだったという訳か。とんだ勘違いを続けてきた訳か。少し、悲しくなってきた」

「ホモじゃないですってば……」

「別に隠す必要はない」

「好きです。僕も恋愛感情をもって北据さんに臨《のぞ》んでいます。ゴミ置き場で逢ったあの日から、恐らく北据さんのことを考えなかった日なんて一度もない。水着、観たかったです。観れて、ドキドキしていますよ……」

消え入りそうな声で本音を洩らすしかありませんでした。

「なら、何故にこちらを向かない？」

「胸が……。否、デザインが、余りに過激といおうか……」

「そうだろうか？　これくらいで丁度いいと店員さんはいっていたのだが……。私がアルバイトしているメイド喫茶の制服と比べても、これくらいの露出はさほど大きな問題にあたるものではないと思ったのだが」

何故にこちらを――といわれたので、僕は思い切って、君のほうを向き直る。

どうやっても、胸に眼がいってしまう。

ビキニはやはりサイズが小さ過ぎる。

白いせいもあり、君の乳首の在処《ありか》がはっきりと解ってしまう。

「もう本当に夜が明けちゃったんで、僕、部屋に戻りますよ」

観てもいいのだが、観てはいけない。

――煩悶《はんもん》を糊塗《こと》しながら、僕がいうと、

「明日の弁当は?」

君が問います。

僕は立ち上がり、玄関に向かいながら応えました。

「幸い、夏休みですしね。昼に弁当がないなら適当に自炊しますよ。北掘さんは疲れているだろうし、お昼くらいまで、たっぷり寝て下さい」

「そうか。それは有り難い。しかし――」

背中越し、何かを途中でいうのを止めた君でしたが、僕は無視するように靴を履き、扉を開きました。

外に出て、扉を閉める為に振り返る。

もう、ビキニのままとはいえ、乳首の突起が解らない距離だ。

僕はようやく平常心を取り戻しました。

「そうだ。明日の昼食、奢りますよ。一緒に食べましょう。釈放祝いです。とはいえ、大学の食堂でよければですけども」

「二番目に高価な七百円の海老フライ・ハンバーグ定食でもいいのか？」

「勿論です」

僕の提案を君は呑みました。

翌日、約束通り、大学の学食で昼食を摂りました。

君は宣告通り、海老フライ・ハンバーグ定食を頼み、僕は五百円の生姜《しょうが》焼き定食を頼みました。

夏休みだというのに混んでいました。相席になるのは仕方のない、されど僕と君が座ったテーブルに同席するものはありませんでした。

僕は、自分達が占領するテーブルに、二人分の水を持ってくる。

プラスチックの薄緑色の湯呑みに汲んで――。

入り口の机の上に置かれたセルフサービスのお茶、或いはポットに入った水を注ぐ為に用意されたものだが、君の部屋では水炊きの具材が盛られたりもする万能の器へと変わる。

君は幾つか学食より、これを無断拝借している。

「知っていますか？　ここの学食にはラージサイズでケチャップとマヨネーズが掛かった特製のオムライスが隠れメニューとして存在するんです。頼んでも作って貰えないけれども、確かに存在するんです」

「学食自体をそんなに使用しないので、知らない」

「どうやれば作って貰えるのかは不明なのですけど、うちの部の部長はそれを食べることが可能なんです。実際に食べている処を観ました。ブラック・マジシャンの称号を持つ者だけが注文を可能にする……と先輩達は説明するんですが、そんな厨二《ちゅうに》病な説明で納得出来る筈、ないですよね」

「チュウニ病――？　それはどのような病気なのだろう？」

食べながら、遠巻きに、触れると爆発しかねぬ危険物を避けるようにしている周囲のぴりぴりとした感じを察しつつ、

「僕達、明らかに避けられてますよね」

いうと、君は返答しました。

「私と一緒だからそうなる。気になるなら私から離れ、違うテーブルで食べればいい」

その言葉に僕は微笑み、こう応じました。

「否、ここまで白眼視されると、一寸《ちょっと》、愉快になってきましたよ。それに僕はアニメ研の部員ですからね。【白い眼で　観られてなんぼが　ヲタの道】――って、おかしな川柳みたいですが、この前、そのブラック・マジシャンの称号を持つ先輩がメールをくれました」

「柊木君は学内でよい輩《ともがら》を得たのだな」

「そうですね。変な人達ばかりですけど、アニメ研の先輩達は皆、優しい人ばかりです」

「それは、柊木君が優しいからだ。優しい人の許には自然と優しい人が集る」

「僕は優しくなんてないですよ」

「否、柊木君は優しい。優し過ぎるくらいに優しい。だから、その優しさが、柊木君に悲しい決断をさせることがあるかもしれない。私はそれを、とても危惧している」

「どういう意味ですか？」

君は応えませんでした。

久々に君の部屋で大松広平《おおまつこうへい》、李明正《りめいせい》と共に四人で鍋を囲んでいました。李明正が松阪牛を持ってきたので、水炊きではなくすき焼きでした。

李がいい肉を持ってくるのは何時ものことながら、この日は松茸まで持参。松茸入りのすき焼きなんてものを食べるのは初めてでしたし、松茸をすき焼きにしていいものかどうか僕には解りませんでしたが、

「気にするな。初物《はつもの》とはいえ、所詮、中国産の安物だ」

李はいい、他の調理法を僕も大松も君も思い付かなかったので、僕達は松阪牛と松茸の特上すき焼きを食べることになりました。

大松がいった通り、李明正も僕と同様、君に恋愛感情を抱いていることが僕にもようやく理解出来ました。少し時間が経ったけれども、君の釈放をどうやって祝えばいいか、彼なりに考えた結果がこの具材の取り合わせになったのでしょう。

僕は李の行動に対して、決して優越感からではないけれども、微笑まずにはいられませんでした。釈放されたことを労《ねぎら》う食事会であるせいか、何時もとは違い、余り政治に関する議論を大松も李もしようとはしませんでした。僕達は黙々と松茸入りのすき焼きを食べました。この人達は、活動に関することを奪えば何も話題を持たないようです。

ですから、自ずと僕が会話のイニシアチヴをとることになる。

僕は、この前に初めて参加したコミックマーケットのことを話しました。

りんかい線に乗り、会場である東京ビッグサイトの最寄り駅である国際展示場駅に向かうと、徐々に何処となく同じ匂い、雰囲気を醸している——明らかに同じ駅で降りるであろう人達が乗り込んで来て、やがて電車内はまるで通勤ラッシュさながらの状態になったこと。国際展示場駅で降りると、

ホームには沢山の駅員さん達がいて、押し合わないで下さい、走らないで——と、会場に向かう人達に大声で注意を促していたこと。初参加なので会場までの道のりが解るか心配だったけれども、人混みに沿いながら改札を出ると、皆、目的地は同じなので付いて歩いていけば自然とローマ字のダブリューを模《かたど》ったような近未来的なデザインの屋根部分が特徴的な建物、東京ビッグサイトの会場に辿り着けたこと——。

同人誌のイベントではあるが、コスプレを披露する祭典でもあると先輩達から聴かされてはいたものの、コスプレイヤーが余りに多い、そしてアニメのキャラクターのみならず、自動販売機の格好をした人がいたり、新幹線に扮した鉄道オタクらしい人がいたりと、コスプレにも様々あるということを知らされ、カルチャーショックを受けてしまった等、僕は三人に語ります。

「前に大松さんは、自分がミリタリのツナギを着ることを右翼のコスプレみたいなものだっていいましたけど、そんな人も少なからずいましたよ。大松さんが何時もの格好でコミケ会場にいけば、自分なんてまだまだ温《ぬる》いとヘコむでしょうね。なにしろ、迷彩服にヘルメット、マシンガンを持ったコスプレイヤーがいるくらいですから」

「マシンガン——？　勿論、偽物《にせもの》でっしゃろ？」

「本物の訳ないじゃないですか」

僕は訊き返す大松広平にいいます。

「意外なのは、そういうコスプレイヤーって男性もいますけど、女子も多いんですよ。大松さんが着ているようなものじゃなくて、かなり露出度の高い迷彩服姿の女の人もいたりして……。ホント、あらゆる意味で、コミケのイベント会場ってのは異次元でしたね」

「ミリタリルックの若い女のコか——。想像するだけで、一寸、ムラムラしますなぁ。——そやけど、メインはいわゆる同人誌の即売なんやろ？　皆、コスプレして同人誌を売ったり買ったりしますんかいな？」

「コスプレの人達が集《つど》うスペースと同人誌を売買するスペースは一応、分かれてるみたいでした。同人誌のエリアにはコスプレ姿の人もいなくはないですが、そんなに多くはなかったですね。僕はアニメ研の先輩達に挨拶する為に行ったので、コスプレの人達がいる場所でなく、即売会場を中心に観て廻ったんで、正確なことはよく解らないですけど。――正直、驚きでした。人気のサークルになればその新刊を手に入れようとして、会場の外まで炎天下の中、人が並んでるんですよ。購入までに三〇分、一時間待ちなんて当たり前らしくて」

「柊木はんとこのサークルは人気があるって、前にいうてたよなぁ。そうはいうても、全部のサークルがそない繁昌《はんじょう》する訳やあらへんのやろ？」

「ええ。列が出来るサークルは限られていますし、素通りされてしまうブースのほうが圧倒的に多いんですけど――。別に誰も大声をあげたりして騒いだりしてないのに、会場全体がスゴく活気に溢れていて……。とても刺激的でした」

「脅迫状が届いたり、そのように露出度の高いコスプレをした女性の写真を無断で撮影し、ネットに上げたりという事件が多発していると聴く。販売されているものの殆どはポルノ紛《まが》いのものであり、多くのものが著作権を侵害するものであるのだろう」

　李明正が報道で流されているコミケの問題点に関し、評論家めいた口調で否定的にいうので、僕は応えます。

「ええ。おっしゃる通り、コミケで売られる同人誌の殆どは二次創作で、何処までが赦される範囲で何処からが著作権に抵触するか――みたいな議論はずっとなされています。猥褻な表現を認めるか否かも、同様です。実際、僕自身、何がやり過ぎと感じるかは個人差があり過ぎて基準や定義なんて作れないとは理解しつつも、生理的に不快だと感じる漫画やゲームが蔓延し過ぎだと、そのことに対しては批判的です。よくそれでアニメ研の先輩達と、喧嘩とまではいかないけど、ぶつかり合います。

コミケは年に二回、夏と冬にあって、どちらも人気が高いですけど、お盆の季節に開催される夏コミのほうが地方からも来やすいせいか、盛り上がるらしいです。

世界最大の同人誌即売会ですからね、中にはマナーが守れなかったり、本来のコミケの目的とは違《たが》えた意図を持って参加する人達だって少なからずいますよ。李さんがいうようにコスプレの女性を盗撮する為に来場する人なんてのはその典型でしょうね。一九七五年の第一回のコミケは、今のような盛大なイベントじゃなかったらしいです。漫画の批評を目的とする『迷宮』という団体が主催して、虎ノ門の日本消防会館会議室という場所を借りて行われたんだそうです。サークルはたった三十二しかなく、参加者も七〇〇名程だったと先輩達から聴かされました。丁度、少年愛を扱う少女漫画が出始めたりして、漫画っていう表現手段がそれまでのものから大きく変化しだした頃です。よく李さんが使用する言葉を借りれば、レジーム・シフトみたいなものですね。

そういう理由もあって、第一回のコミケでもいわゆるヤオイと呼ばれるものがクローズアップされた。現在のコミケで売買される同人誌にポルノ紛いのものが多いってのはその歴史を踏襲するもので、新しい風潮ではないんだそうです。

僕はコミケに参加して、良かったと思います。行くまでは、所詮、オタクのイベント、マニアックといおうか閉ざされた、一般人を寄せ付けない感じのものだと認識していましたから。確かに独特の雰囲気があるし、コミケというものに嫌悪感を抱く人もいると思います。それでも僕はコミケって素晴らしいと実感しましたよ。だって、人気のあるサークルの人達も人気のないサークルの人達も、企業ブースのみを目当てに訪れる人達も、コスプレに興じる人達も、一様に自分達の遣り方で自分達の決めたルールの中で自分を出し切っている。そんな印象を受けたからです。

　コミケのサークル会場って四時にはもう終わっちゃうんですけど、終了のアナウンスが流れて、出店している人達がブースとして貸し出されているテーブルの上にパイプ椅子を畳んで置くと、何処からともなく拍手が巻き起こるんです。

　自分達の創作物を売りにきた人、求めにきた人、そこに参加する人達が立場の違いなんて関係なく、コミケというイベントに対し、自分も含めそこに来ている全員に対し、感謝の拍手を送る。——先輩達からコミケは主催者から与えられたものでなく、参加者が全員で作るイベントなんだと聴かされていましたけど、その拍手と会場に流れる和《なご》やかな空気を肌で感じて、ようやく先輩達がいっていた意味を理解出来た気がしました。どんなに規模が大きくなろうと今も昔も変わらないコミケの理念。それは、コミケに於いて参加者は対等であり、お客さんというものは存在しない。そこに来る者、全てが参加者である。——なんです。売る者、買う者、というのは単なる役割であって、絶対的なものではない。状況に応じて売る者も買う者になり、買う者も売る者になる。否、売る者であり、買う者であり、傍観する者でもある、みたいな複数の立場を同時に所持している。

　だから物々交換もありますよ。隣のブースのサークルの人と、互いに出品している作品を交換し合ったりします。うちの部は人気サークルですけど、皆の目当てはハナゲ先生という人が描いている作品なんですね。だから同じテーブルに並べている他の作品は殆ど見向きもされない。それでもお隣同士ということで、四年の部長なんて、自分が一人でコピーして作ったホチキス留めのコピー本を、人気サークルのなかなか手に入れられない作品と交換して貰ったりしているんです。明らかに釣り合ってない交換なんですけど、それで得したとか損したとかは、ないんです。

たかが漫画のイベントといわれてしまえばそれまでですけど、これは誰かから与えられて楽しんでいるものじゃない、自分達一人一人が試行錯誤しながらも先人から受け継ぎ、継続させてきたものなんだっていう、参加者の気概みたいなものを教えられた気がしました。

ですから、さっき李さんが指摘したようにコミケが抱えている問題も、誰かが解決するんじゃなくて、試行錯誤しながらも参加者全員が、自主的に改善していかなければならないと考えられているんです。コミケのスタッフは全員、志願してきたボランティアなんですよ。

コミケの参加者は、ブースで同人誌を売ったり、その同人誌を求めにきたりという人達ばかりじゃない。運営サイドとして準備をしイベントを円滑にする人達もまた参加者なんです。これだけ大規模のイベントとその参加者を、ボランティアスタッフのみで、そつなく誘導して取り仕切れていることは、奇跡的だと海外のジャーナリストなんかは驚嘆しているそうですよ。世界で最も統制の取れている部隊だとも評価されています。

こんなことをいうと笑われちゃうかもしれませんが、これが本当の民主主義であり、共産主義なんじゃないでしょうか。

縦の指令系統がしっかりあって、訓練された者達がそれに従っているんじゃないんです。

各立場や各見解の者が、各自の判断で動いているんです。

強制される相互扶助ではなく、部分としてのそれぞれが、それぞれの能力を活かしてお互いを補完し合いながら、よりよい全体になっていこうとする意思を持った自主的な共同体としての相互扶助制度。

考え方に異なる部分が多いけれども、北据《きたすえ》さんや大松さん、李さんが目指す社会の在り方とコミケの在り方って似てやしませんか？　皆さんの活動に加わりながら、僕は何処かで、目指しているような社会がくればいいに決まっているし、その為に頑張ることは大事だと思いながら、理想の社会システムなんて、エゴの塊である人間に作れる筈がないと思っていました。でも、現にもうその遣り方が機能している場があるんです。誰が声高《こわだか》に主張して先導した訳でもないのに、そこにいる全ての人は対等であるという理念に賛同し、どんどんと広がり続けているソサエティが存在するんです。

　理想のシステムを機能させるのって実は、簡単なことなんじゃないかとすら思いました。

　コミケが上手く機能している理由は、違う認識や立場だとしても参加者全員が、アニメが好き、ゲームが好き、漫画が、二次元の文化が好き――という共通項を尊重出来ているってことだけじゃないかと思うんです。

　皆、それぞれの属性ってのを持ってますから、身勝手ですよ。

　俺は巨乳にしか萌えない、貧乳は敵だという人もいれば、貧乳こそがステイタス、巨乳なんて糞喰《くそくら》えという人もいます。エロがなければ同人誌じゃないという人もいれば、僕みたいに際《きわ》どいものが苦手な人間もいます。だからコミケの参加者は団結なんてしてないし、解り合おうともしていないんです。でも、誰もが自分にしか理解出来ない嗜好《しこう》があるというのを弁《わきま》えているから、相手には相手の嗜好があることをちゃんと認められる。それを軽視しないし、否定することもない。故に、法律や掟《おきて》、注意事項みたいなものを掲げなくたって、自然と一番、多くの人が納得出来るシステムが出来上がっていく。

　どんなルールだって永久的で絶対的なものじゃないですよね。憲法の解釈を変えなきゃいけないとか、時代に合った改正が必要だとかいう議論が常にある。だけど、そのルールが有効か無効かではなく、ルールを定めておかなきゃ上手くいかないってこと自体が、そもそもの問題なんじゃないでしょうか？　僕達はルールを守る社会を目指すんじゃなくて、ルールが極力必要ない社会こそを目指さないといけない気がします。

その為に必要なもの、それは相手を思い遣る気持ちじゃなく、自分自身を思い遣る気持ちなんじゃないかな。

自分を認める。嫌な部分も含めて、自分はこうなんだって肯定出来た時、初めて他の人の権利も認めることが出来るんじゃないでしょうか。対等になれるんじゃないでしょうか。

自分が自分であることに満足がいっていれば、自分自身を自分が好きでいられれば、他人の方が優れていようが嫉妬することもない。羨《うらや》ましいなとは感じるでしょうけど、羨む気持ちと嫉妬の感情って、僕は違うと思うんですよ。

——この考えもコミケから学んだものです。人気のないサークルの人達は人気のあるサークルを羨ましいとは思えども、彼奴等《あいつら》だけいい思いをしやがってと嫉妬することなんてしやしないんです」

「何十万人もの若者が能動的な意識をもって一つのイベントに関わってるっちゅうのを聴くと、確かに希望が湧いてくるな」

「秩序がなくてもコミケがそれなりに上手く機能しているのは、女性参加者の存在に拠《よ》る部分も大きいんじゃないかと思います。北据さんは何時か、僕の考え方はリバタリアニズム、『自由論』のジョン・スチュアート・ミルのものに近いかもしれないといいました。その頃、僕はミルなんてよく知らなかったけど、ですから気になって軽く調べてみました。ミルは、女性解放論も唱えていますよね。女性が従属的立場にある以上、強者による暴力的支配の原理は崩れない。

ハナゲ先生は、BLというジャンル、男子と男子が絡み合うのを愛《め》でる作品を同人誌で描き続けています。ハナゲ先生は女性で、その同人誌のファンの殆どもまた女性です。男同士の性行為を女性が愉しむ——。これは女性に拠る一種の女性解放のレジスタンス運動なんじゃないでしょうか。女のコ達が自分から率先して際どいコスプレをしていることも、また、同じように女性に拠る女性解放のレジスタンス運動かもしれないと、僕は思いました。厭《いや》らしい視線で観ないでくれというのが旧来のフェミニズムならば、厭らしい視線を無価値の近似値までデフレーションさせてしまうのが、新しいフェミニズムなのではないかと。女性作家に拠る少年愛を扱う少女漫画の台頭がコミケの歴史とリンクしているなら、これはあながち考え過ぎということもないと思います」

元原稿を没収したからと安心していたのは甘かった。それがなくともコピーしたものを更にコピー、東京ビッグサイトに入場し、僕がアニメ研のブースに辿り着いた頃にはもう、僕と君とをネタにした隊長作『殉一郎の海』の頒布《はんぷ》はなされた後でした。無料なのですぐに全て捌《は》けたという。

コミケの撤収作業を、僕も手伝いました。

作業は、閉場の約三〇分前から、淡々と開始されました。

この時間になると、もうハナゲ先生の作品は完売、ブースに列をなす人もいなくなっているので、さっさと引き上げの準備に移るらしい。他のサークルも同様で、帰り支度をしている姿が多く見受けられました。僕達が撤収の作業を開始する頃には、運営サイドから用意されたテーブルの上に、パイプ椅子を畳んで置き、早々と後片付けを終えているサークルも目立ちました。思い入れのあるイベントならギリギリまでブースを出していたいものではないかと、その淡泊さに多少、戸惑いましたが、そういうものらしい。

畠中隊長達はピンク色のハッピ――僕が隊長達に初めて学食で出逢った時に羽織っていた揃いのロゴ入りのハッピ――を脱ぐと、打ち上げがあるから参加しないかと僕を誘いました。僕は連れて行って貰うことにしました。

会場は、大崎駅まで移動して、事前に予約を入れてあったというチェーンの居酒屋でした。

僕が入稿の為に走った、ハナゲ先生がジジイと呼ぶ印刷所のおっちゃんも来ていました。僕の席はハナゲ先生の横になりました。その隣が印刷所のおっちゃん。コミケと女性解放運動に就いての考えを述べると、ハナゲ先生は、「穿《うが》ち過ぎだよ」と失笑しましたが、印刷所のおっちゃんは「そうかもしれんな」、こくり、頷いてくれました。少しの期間だけれども、自分は製本印刷所で働いたことがあるとおっちゃんに告げました。ジイとマリさん、プレス機を操る二人の熟練技師達はとてもカッコよかったですというと、君は大学を出て何をやりたいのかしれないが、製本に興味があるなら、薄給だが雇ってやるぞと、印刷所のおっちゃんは真顔で僕にいいました。「一流大学を卒業して、就くような仕事じゃないけどな。ボーナスも寸志《すんし》程度が出たり、出なかったりだ」。

悪くない——と、思いました。

印刷所の仕事はとても遣《や》り甲斐《がい》がありそうだ。

それにこういう人から技術を学べるのなら、稼げなくてもとてもいい仕事ではなかろうか。

印刷所に勤務すれば、君や大松達のビラをこっそり材料費のみで刷ることも出来る——というセコい目論見も、頭を過《よ》ぎりました。

「君主制から議会民主制に移行すれど尚《なお》も継続してきた家父長制と、解放されるべき女性も同権の新しい社会との新旧の階級闘争の場として、コミケは機能しているということか」

コミケに否定的な見解を述べていた李が頷いたならば、今度は大松広平が首を傾《かし》げました。

「柊木はんも一人前《いちにんまえ》に、小難しいことをいうようになったなぁ……。やけど、俺は今、柊木はんらみたいな若者が夢中になってる萌え——というもんがまるで解らんのや。何なんや、萌えって——？　好き、とは一寸違う訳やろ？　エロい気持ち、欲情ではある、チンポは立つけど、一発、してこましたいっていう気持ちにはならんのやろ？　どうも、納得いかんわ。俺なんかは『宇宙戦艦ヤマト』に憧れてその後、エヴァにハマった口やからなぁ」

「エヴァにも萌えはあるじゃないですか」

「そやけど、アスカや綾波《あやなみ》の抱《だ》き枕《まくら》を抱いて、寝たいという感情はないで」

「私はそれより、仮令《たとえ》フィクションでも、戦争というものを疑似体験することで嬉しがる人間の気のほうが知れないがね」

李が顔を顰《しか》めたので、大松は李に問いました。

「李はんは、何を観て育ちましてん？」

「私は『けろっこデメタン』だな」

「何でんねん、それ？」

すると、李は思想的対立で激昂《げつこう》する時と同様、否、もしかするとそれ以上の勢いで語気を荒らげました。

「君はデメタンすら知らんのか！」

僕も、知らない。

李は不承不承《ふしようぶしよう》の口調で、説明し始めます。

「雨蛙《あまがえる》のデメタンは学校にも行けぬ貧しい境遇に育つが、ブルジョワの娘である殿様蛙のラナタンと出逢い、仲良くなる。デメタンは彼女から学問を教わり精神的にも成長していくのだが、しかしラナタンの父はそれを好ましく思わず二人を引き離そうとする。やがてデメタンはラナタンの父を傀儡《かいらい》として彼等が居住する池を支配する独裁者の大ナマズの悪政に立ち向かう。そして池に棲む民衆をそのドグマから解放するのだ。私は子供の頃にこのデメタンの行動に感化された。私はデメタンのような革命家でありたいと常に願っている」

「カエルが革命を起こすんでっか？」

「そうだ」

「北据はんは何を観てはりました？」

「アニメといえるのかどうなのか、解らないけれど……」

すき焼きの鍋にはもう、肉も松茸も残っておらず、少しばかりの煮詰まった野菜があるばかり。君はそれを浚《さら》い、食べると空になった取り鉢を自分の前に置き、しばし考えるようにしながら、いいました。

「私は……。『黄金バット』くらいしか、知らない」

大松は口をぽかんと開け、

「北据はん、何歳ですねん？　『黄金バット』って、俺でも知らんで。北据はんの世代が何でそんな古いアニメを」

というけれども、君は何かを想い出そうとするかのように宙を仰ぎました。

「私の家にはテレビがなかった」

眼鏡を外し、取り鉢の横に置きます。

眼鏡を外した君は化粧をしていなくともとても綺麗だ。

君に特別な感情、思い入れをしていなくても、それは誰もが認める筈だ。

李はおろか大松も、男なら誰でも、そう思うに決まっている。

観るな！　観るな！

眼鏡を外した君を——。誰も、観るな！

観ないで、くれ……。

了見の狭い苦悩で僕の頭は爆発しそうになる。

でも、君は眼鏡をまだ外したままでいる。君は続けました。

「否、テレビくらい、幾ら貧しいとはいえ、うちにだって正確にいえば小学校一年の時までは、あったのだ。が、或る日、父は僅《わず》かな金の工面の為、二束三文にしかならなかったが売ってしまった。テレビなぞなくともラジオさえあれば、世の中の情勢は解る。困ることはなかった。しかし、父は私が学校で同級生らが当然のようにテレビを観ているであろうに私だけ観れないでいるのを哀れと感じたのだろう、暫くして手製の紙芝居を作ってくれた。その演目が『黄金バット』だった。本格的なものではない。自分が文章を書いて破棄した数枚の原稿用紙の裏に、只、ボールペンで絵を描いたものを捲《めく》っていくだけだったのだが……」

ようやく君はまた、眼鏡を掛けました。僕は少しほっとする。

「北据さんのお父さんは短歌も作られるし、絵も描かれる。多才な方だったんですね」

いうと、君は首を横に振りました。

「娘の私がいうのも何だが、絵は驚く程に下手だった。下手な癖に黒いボールペンのみで陰影なども付け、時間を掛けて丹念に描くから、とても恐かった。骸骨《がいこつ》の顔にマント姿、死神のようだが彼こそが正義の味方、黄金バット——というふうに紙芝居を進められても、とても正義の味方には観えない。物語も父が独自にこしらえたものだったろう。

どの話でも黄金バットは、悪事を働く敵を糾弾《きゆうだん》するものの、飽くまで非暴力主義、話し合いで相手に反省を促し改心させる。そうして敵だった者同士が最後は必ず肩を組み、『インターナショナル』を歌うのだ。そんなストーリーだったので、ちっとも面白くなかった。それでも登場人物毎《ごと》に声色《こわいろ》を変え、絵を捲る前には、さて、次はどうなるかな？　と　　私を見詰め、必死に頑張ってくれている父の姿を目の当たりにすると、つまらない、観たくないとはいえなかった。仕方がないので、紙芝居が終わると私は無理矢理に笑顔を作り、拍手をしたものだった」

「だから最初にアニメといえるかどうか解らないと、前置きをした訳ですね」

「そう」

「お父さんの出し物は、何時も『黄金バット』だったのですか？」

「今から思えば正直にいらないものはいらないというべきだったのかもしれない。私がその紙芝居に対して面白がっている振りをしたせいなのだ。そのうちに父は、不必要にやる気を起こしてしまい、二時間以上の演目である超大作の紙芝居を作ってしまった」

「二時間とは、すごいですね。どんな紙芝居だったんですか？」

「二時間ではない。二時間ならどうにか耐えられる。二時間以上だ」

「休憩なしですか？」

「父が休憩を入れないので、私も尿意を催そうとトイレにすらいけない。拷問のような紙芝居だった」

「どんな内容だったんです？」

「『田中正造《たなかしょうぞう》の生涯』——」

「田中正造——？　明治時代の政治家でしたよね。ええと、確か、農民達が自分達の田畑が汚染されたことに苦しんでいる現状をなんとかしようとして、直接、天皇に直訴状《じきそじょう》を渡そうとして捕まってしまった……。教科書に載っていて習った筈なんですけど、余り詳しくは憶えてないというか——」

僕がいい、先を続けようとすると、遮《さえぎ》るように大松広平が説明を開始しました。

「柊木はんが空憶《そらおぼ》えなんはしょうがないですわ。俺等の頃はがっつりと田中正造を教えられたけど、今は何処《どこ》の小中学校の教科書にも田中正造のことをきちんと載せてるものはおまへんからな。柊木はんの歳やったら、載ってても申し訳程度でっしゃろ」

「日本初の公害問題といわれる足尾銅山事件を告発した人物であり——」

李明正もこのことに関しては黙っていられないという調子で、重ねるように、語ろうとしましたが、大松がそれをやらせまいとするかのように、

「まさに黄金バットなんや！」

更に声を張り上げたので、李は黙らされてしまいます。

顰《しか》め面《つら》で腕組みをする李のことなぞ眼中にないかのように、大松は田中正造のことを僕に伝えたくて堪《たま》らぬ様子、興奮の口調で続けました。

「十七歳の時に親が村の名主《みょうしゅ》やったんでその跡を継ぐんやが、もうその頃から弱きを助け強きを挫《くじ》く正義感を持っとってな、領主の不正を糾《ただ》そうと土地の農民の先頭に立ち、長きに亘《わた》る抵抗運動を始めよる。そやけどそれが故に、獄《ごく》に繋《つな》がれてしまう。明治の初めのことやさかいな、今以上にお上《かみ》は金持ちや権力者の味方や。

そやけどそんなことで自らの信念を曲げる人間やなかった。釈放後、数年してまたその活動が元で入獄させられるも、出てきたら余計、熱心に政治に取り組む姿勢を強め、己の生涯を不正や貧困をなくす改革の為に捧げるを誓う。新聞社を興《おこ》し、県会議員になり、そんでまた自由民権運動に参加したさかいに無実の罪で投獄され……。そんな人生を歩み、やがて有名な、足尾銅山事件に至る」

そうだ、確か、その事件——足尾銅山事件は栃木であったものの筈だ。

僕はうろ憶えな記憶を辿りながら、大松の講釈に耳を傾けました。

「足尾では昔から銅の採掘・鋳銭《じゅせん》がされとったんやが、近代化に伴いその作業は製錬所がやることに

なる。製錬所が出来たことで銅の取れ高は上がる訳やが、製錬所は排ガス、排煙、毒水を出すものでもあった。川は汚染され、田畑の稲は枯れ、谷中村《やなか》など下流域《かりゅういき》、鉱山周辺の土地は甚大な被害を被ることになった。農民は原因が鉱山にあることをちゃんと解っとったから怒りよった。そやけど農民が文句をいうたとて鉱山側が非を認める訳はない。被害の現状を調べた田中正造は、農民達と立ち上がる。

真の文明は山を荒らさず、川を荒らさず、村を破らず、人を殺さざるべし――。足尾の山も今宵《こよい》限り、可愛い谷中のお前等を捨て、別れ別れになる門出、俺は陛下に直訴すらぁ。お願いでございまする、陛下！　我々農民どもの願い、守るべきが君主たるものの使命ではございませぬか！　この田中正造、一介《いっかい》の名もなき田舎の県会議員ではございますが、民を想う気持ちは陛下と同じでございまする。なにとぞ、我等が直訴、お聞き入れを願いまするぅー！」

口調が三文芝居《さんもん》がかっていく。まるで大衆演劇だ。

そう感じていると、大松広平は立ち上がり、歌舞伎役者が見得を切るようなポーズを取りました。

同時に君も立ち上がります。

君は大松をじっと見詰めました。大松も君を見詰め返しました。

しばしの不可思議な、サイレンス――。

どうなるのだろうと僕はその様子を眺めるしかありませんでしたが、君は大松に背を向け、黙したまますたすた、トイレに向かい、その扉を閉めました。

大松ははぐらかされたように、君の行方を眼で追います。

用を済ませたのでしょう、戻り、君は座り直しました。大松も座します。

大松は、おずおずと、訊ねました。

「北据はん……。何か、気に障りましたか?」

「否《いや》、何も」

大松広平の問いを無視するかのように、君は僕にいいました。

「柊木君、彼の田中正造の話は間違っているとはいわないが、生半可《なまはんか》の認識をされるのも困るので補足並びに誤謬《ごびゅう》を糾しておく。――足尾銅山の製錬所からの毒で田畑は枯れた。しかしそれで困窮したのは農民だけではない。その毒は魚をも獲れなくした。更にいえば製錬所の出した有毒ガスは足尾近辺の山々の木を枯らした。これに拠り下流の渡良瀬川《わたらせがわ》流域に洪水の被害も出ることになった。洪水自体は製錬所が木々を枯らす前にもあった。問題なのは洪水の水に有害物質が混ざったことと、土砂流出に拠る天井川《てんじょうがわ》の形成と更なる洪水の頻発だった。

大松氏の話は、途中から少し混乱をきたしている。天皇に直訴するまでの経緯が省《はぶ》かれてしまっているし、国定忠治《くにさだちゅうじ》が少し、混ざってしまっている。そして直訴の直前まで、田中正造は県会議員ではない、衆議院議員であった」

大松広平は、バツが悪そうに身を竦《すく》めました。

僕は少し可哀想になったので、こう返します。

「でも、直訴はしたんですよね」

「警官に取り押さえられ、正確には直訴未遂《みすい》に終わった」

君の返答がまた大松の肩身を狭くする。

拙《まず》いことをいってしまったかなと後悔していると、李明正がこういいました。

「とまれ、北据氏の父――堂本圭一氏は田中正造に非常なシンパシーを感じていたということだ。私も田中正造こそが政治家の手本であると思っている。正造は農民と生き、自らも農民の立場を徹頭徹尾貫いた。彼は支援者の家で死ぬが、その時、無一文《むいちもん》だったという。持っていたものは信玄袋一つ。その中身は書きかけの原稿、日記、小石、鼻紙、川海苔、帝国憲法、マタイ伝、新約聖書のみだった」

また君は立ち上がりました。今度は、トイレではない。押し入れの中から色褪せた大きな封筒を取り出し、君は中から慎重に一枚の紙を抜き、僕達三人に観せました。

原稿用紙で、その裏にはデッサンが狂いまくった、不気味な、着物姿の浮浪者をモデルにしたような絵がありました。

しかし、ボールペンのみで描かれたその絵の人物が田中正造であることは、すぐに解りました。人物の横に矢印が付いていて、田中――と、書き込まれていたものですから。

「これが父の紙芝居の一部だ。父は自分に絵の才能が皆無《かいむ》であるのは承知していた。だからまるでこれが田中正造には観えないので、わざわざこうして田中――と説明を加えたのだろう。当時の私はこの絵に恐怖したものだが、しかし今、観ると、逆に余りに稚拙《ちせつ》で、笑いすら込み上げてしまう」

誰も、笑う者はいませんでした。

ここでささやかな微笑みくらい洩れれば、何処となく気不味《きまず》くなってしまった空気が、和《なご》んだことでしょう。けれども僕と大松広平と李明正の三人は、一心に押し黙り、その稚拙な絵を、眺め続けました。

「憎いだろう」

やがて、李明正が沈黙を破りました。

「何が？」

君が訊ね返します。李明正は、補います。

「父親を殺した男――に、決まっている」

「解らない」

君は裏に絵の描かれた原稿用紙を元の封筒にしまい込むと、座っている横に置く。

そうして、その続きを応えました。

「憎い――のかもしれない。でも憎んではならないと私はずっと私自身を戒《いまし》めてきた。当時、父を刺殺した者はまだ若く、その者にはその者の思想があり、その思想の為に彼は父を殺さなければならないと思った。その者は今もずっと己の罪を悔いているだろう。誰かを殺された者よりも誰かを殺した者のほうが、その心にずっと悲しみを持ち続けるのではないだろうか」

「私は憎んでいいと思うがね」

李は返します。しかし、君は冷静な口調を変えませんでした。

「憎むべきは罪を犯した者ではない。罪を犯さずにはいられない世界の歪《ゆが》みだ。李氏、貴方《あなた》はこの世界が自分の思い通りにならないから革命を目指しているのか？　そうではないだろう。もしそうならば、その革命はフラストレーションの解消でしかない。私は、どんな大義名分があろうと血は流されるべきではないと考える。どのように高邁《こうまい》な理想があろうとも、人が人を裁くことなぞ出来はしないし、命を奪うこともまた赦されるべきではないのだ」

「また話が平行線になる。北据氏を我々の計画に懐柔《かいじゅう》するのは無理という訳か」

李明正は、口惜《くや》しそうに呟《つぶや》きました。

「北据氏に明確、且《か》つ透徹な行動原理が伴えば、我々としては非常に助かるのだが……。日本部戦《にほんぶせん》の連中もそもそもは第四世界民主連合の活動と、その第四世界民主連合を主宰する北据氏の父親が、日本革命的共産主義者同盟の分派である堂本圭一氏であるということに着眼してコンタクトをとってきた。北据氏抜きでの作戦実行は正直、厳しい」

君はいいます。

「だから私は――第四世界民主連合は貴方達の行動に対し傍観の立場を取る訳ではないとしているではないか。目指すところは同じなのだから。しかしながら、繰り返しになるが初めに日本部戦の武力制圧ありきという方針を、第四世界民主連合は了《りよう》としないのだ」

「無血革命が望ましいことには同意する。柊木氏が参加したコミケのように何十万人もの賛同者、支持者が求められるなら、もっと時間が掛かろうとも安穏に成し遂げようとしただろう。しかしどれだけの人間が今こそが変革の時期だと感じているというのか。

日本人は革命を望んでいないのではない。革命なぞこの国に於いては無縁だと思い込んでいるだけだ。一八六七年、倒幕があり大政奉還が成功したことや、一九三六年の軍事クーデター未遂を映画や物語で、よくよく心得ているというのに、時代は革命に拠ってしか変わらないことを承知している筈なのに、健忘《けんぼう》してしまっている。だから、思い出させなくてはならないのだ。変革のイニシアチヴを取るのは政治家ではなく、自分達であることを。一刻の猶予《ゆうよ》もない。日本だけではない、世界全体が進路を見失っている。従って今回、日本部戦の計画があるのは北据氏も了解していることだろう」

「もはや革命が猶予ならぬ、歴史的必然であることは理解している」

「ならば――」

李明正が苛《いら》ついたように語気を強めたので、僕は問いました。

「あの……さっきから李さん達がいっているその日本部戦って何なんですか？」

三人は、僕から眼を逸らしました。

「また、爪弾きですか？」

「すまない」

君は応えますが、謝罪の意思なぞ微塵《みじん》も感じさせない。

大松広平が、わざとらしく呑気《のんき》な声を上げました。

「すき焼きも食べてしもうたし、酒も飲んでしもうたし、今夜はお開きにしまひょか」

僕は大松広平、李明正と共に君の部屋を引き上げることにする。

帰り際、君は、僕に訊ねました。

「柊木君、明日の弁当は必要だろうか？」

「明日は……。いらないです」

「夏休みになると、柊木君が毎日弁当を必要としなくなるので家計の収入が減ってしまう」

「……すみません。でも明日は大松さんの手伝いで朝からこの前の北据さんの不当逮捕に抗議するビラ撒きをしますから」

「そんなことはしなくていいのに」

「不当な別件逮捕で北据はんがしょっぴかれたんや。抗議したって無視を決め込む、一言の陳謝もでぇへんのは解ってても、同志としての筋は通しとかんとあきまへんやろ」

大松広平が、擁護するかのような口調で僕の気持ちを代弁してくれたので、僕もそれに続きました。

「そういうことですよ。確かに僕は部外者で活動家でも何でもありませんけど、北据さんを逮捕した——警察の遣り方には心底、腹を立ててるんです。僕らが抗議しなければ事件はうやむやになってしまう」

君は何かいい返したげでしたが、それを止め、その代わりにだろうか、こう僕に訊ねました。

「前に話した三里塚闘争のことは憶えていてくれているだろうか」

僕は頷きます。

「婦人行動隊の女性達は機動隊と衝突する時、彼等に抗議する時、一切の暴力は使わなかった。眼の前の機動隊員達に、彼女達は泣きながらこう訴えた。貴方達の親はこんな非道《ひど》いことをする為に貴方達を産み、育てたんじゃない筈だと――。柊木君はこの意味を、彼女達の言葉の意味を、理解してくれる、出来るだろうか？」

「出来る――。出来ている、つもりです」

「なら、いい」

君はそういうと、僕達が出て行くのを見届け、アパートの扉を閉めました。


翌日、朝から警視庁前に街宣車を停止させ、大松広平は助手席に設置されたマイクを握り拡声器で不当逮捕に対する糾弾演説を打《ぶ》ち上げ、僕は車の前でビラを渡そうと往来の人達に頭を下げていました。

ビラはまるで受け取って貰えませんでした。正面に立つ警察官達だけがずっとこちらを凝視《ぎょうし》している。行き交う人達は僕達の存在なんて観えないかのように無関心だ。今回の抗議に参加するかと大松から問われた時、僕は即座に参加するといいました。しかし、これまでデモや集会には顔を出していたものの、僕はビラを配るということをこれまでやったことがありませんでした。

要領がまるで摑めない。

結局、僕がビラを渡せたのはたった三人きりでした。

「駄目でした。避けて通られては、追い掛けて渡すことも出来る訳じゃなし……」

テストの出来が悪かった子供が親に言い訳するみたく、僕は大松広平に残ってしまった大量のビラを返します。大松は慰めるように僕の肩を叩き、笑います。

「そりゃそうや。只でさえ、桜田門の前で右翼の車がガナッとんのやからな。三人でも上等。結果より行動が大事なんや」

僕達は街宣車を引き上げる。『残酷な天使のテーゼ』を外付けのスピーカーから大音量で流しながら。途中、大松は、運転しながら僕に訊ねました。

「このままでよろしいんか？」

「何がですか」

問うと、大松広平は応えます。

「柊木はん自身の立場や。昨日、また、爪弾きですかと、俺等を責めたよな」

「ええ。僕も活動家ではないにせよ、もう皆さんの仲間として受け入れられていると思ってましたからね」

大松は続けました。

「その通りや。それは間違いない。柊木はんのことを、俺も李はんも、もう仲間やとは思うてるで」

大松広平は、

「だったら……」

という僕の言葉を遮るようにして訊ねます。

「なぁ、柊木はん——」

少し改まった顔付きでした。

「第四世界民主連合に入りたいと志願しても、北据はんが拒否するなら、皇頼《こうらい》の会に入党せえへんか？　そうすれば、部外者だから説明出来んとはいわんでようなる」

僕は黙る。そして暫く、考えてから、いいました。

「よしておきます」

その応えを聴くと、大松は、

「そうでっか……」

少し悲し気に呟き、『残酷な天使のテーゼ』を流すのを止めました。

僕はいいます。

「でも、だからといって今のままじゃ駄目だと僕も思ってます。ですから——」

一呼吸し、僕は続けました。

「僕も大松さん達と同様に、党を立ち上げますよ」

一瞬、大松は困惑の表情になり、助手席に座る僕を見遣りました。

「党を立ち上げる？」

「ええ」

僕は「余所見《よそみ》運転、しないで下さい」——大松に注意を促すと、考えを打ち明けます。

「皇頼の会にせよ、トロツキズム解放戦線にしろ、北据さんの第四世界民主連合にしろ、結社といいながらたった一人じゃないですか。それなら僕が一人で党を立ち上げても問題はないでしょう？　そして、利害関係が一致するならば大松さんとも、李さんとも共闘します。——どうですか？」

それを聴くと、大松広平は急に笑い始めました。

「ほんま、柊木はんは変わった人や」

「駄目ですかね？」

「否、駄目やない」

僕等を乗せた街宣車はやがて大松の棲むアパートの近くまで戻ってくる。

大松広平は街宣車を借りている駐車場に停める。

大松が借りている駐車場は丁度、大松のアパートと前に二人で行った少林寺拳法の看板のあるお店の、中間地点にありました。駐車場といっても、舗装さえされていない草の生えた狭い空き地。アパートの持ち主が所有する土地で、小さな一軒家を建てる程のスペースもない為、放置しておくしかなく、だからそこを口約束で、格安で借りられているらしい。書面で契約を交わすと税金やらいろんなことで所有者は、簡易に安く提供出来なくなるのだそうだ。だから問題が生じて急に明日から使えなくなると通達したら、速《すみ》やかに退《ど》けてくれ、約束を反故《ほご》にされたとかややこしいことはいわないでくれ——という注文を、大松は呑んでいる。

街宣車から降り、大松が自分の部屋に寄れというので、僕は従います。適当に座ってくれというので、僕は座す。大松はポケットからガムを取り出し、それを噛みながら、僕にも勧める。いらないというと、大松は僕と対峙《たいじ》する位置に座りました。

「しかし、結党とは、恐れ入った。しかし、まぁ、理に適《かな》った選択かもしれんな。つまり、皇頼の会ともトロツキズム解放戦線とも思想的に共鳴出来る部分もあるけども出来ん部分もあるさかいに、自分自身で党を立ち上げるってことでっしゃろ？」

「おっしゃる通りです」

僕が首を縦に振ると、大松広平は僕に右手を差し出しました。

「なら、柊木はんの党と皇頼の会は利害や行動への姿勢、考えが合致する場合のみ共闘する。とりあえず握手や」

僕は毛むくじゃらの、その手を握りました。

「よろしくお願いします」

大松は離した手で噛んでいたガムを口中から取り出すと、「えい！」、カバーを付けてないまま天井にある二本の蛍光灯の間目《めが》掛けて投げ、くっつけ、

「上手いもんでっしゃろ」

落ちてこないのを自慢するかのように僕に微笑む。

一人暮らしといえどなんとガサツ……。僕が思っていると、

「で、何ていう党ですねん？」

訊ねました。

「何ていう党とは？」

「党の名前ですがな。結党したからには何らかの党名がないと困りますやろ」

僕は唸《うな》る。そこまでの思慮はなかった。

「……僕の党」

暫時《ざんじ》、思案し、僕は小さな声を上げます。

「ええ、柊木はんの党の名前ですわ」

「だから、僕の党――で、どうですかね」

「僕の党――。つまりそれが党名ってことですか？」

顔が真っ赤になる。こういうのは昔から苦手だ。タイトルを付けたり名前を付けたりするセンスと

いうものが僕にはまるでない。

大松広平は「こらまたシンプルな」と、笑いを堪《こら》えるような面持《おもも》ちでいうと、しかし、

「僕という、一人一人が主役。悪うないネーミングですわ」

大きく頷きました。

「そういわれると慰めになります。李さんのトロツキズム解放戦線みたいな党名は、身《み》の丈《たけ》に合ってない、恥ずかしいですしね」

「じゃ、北据はんの案件の抗議活動に関しては、皇頼の会の実行に共闘する僕の党が、サポートするということで宜《よろ》しいな」

再び、手を差し出されたので、僕は大松とまた握手を交しました。

「もう昼過ぎやからな。お腹、空きましたやろ。何か食べましょうや。僕の党の立ち上げを祝うてご馳走します。とはいえ、結党した柊木はんとは早急に大事な話を少ししておかんとならんしな——。ほんまならこの前のホルモンの店は、昼に定食屋みたいなこともやっとるさかいに連れて行ってやりたい処やが、外に出て話すことは避けたい。カップ麺しかおまへんけど、よろしいか？」

「構いませんよ」

応えると、大松広平は水道水を溜めてある大きなペットボトルの水を電気ケトルで沸騰させ、二人分のカップ麺を作り、一つを僕の前に置きました。

僕と大松はカップ麺を啜《すす》る。

食べながら、話題は自然と君の作ってくれる弁当のことになりました。

「そしたら、柊木はんの愛妻弁当は三百円、しますんか」

「愛妻弁当だなんて、大松さんまで……。きっちりお金、取られてる訳ですし、安くて助かりにしま

すけれど中味は毎回、同じなんですよ。愛情なんて全く感じられない」

「タッパーの中の三分の二はごはん。後、沢庵、ゆで玉子、それとタコさんウィンナー。但し、タコさんになっていないで只、焼いてあるだけの日が偶《たま》にある――聴くだけで、食欲をなくしますわ」

「慣れれば大丈夫ですよ。でも、どうしてウィンナーがタコさんの日とタコさんじゃない日があるんだと思います？」

「そりゃ、タコさんにせんかった日は弁当を作るのに時間を掛けられんかって、たったひと手間やけど、省略してしもうたということなんとちゃいますんか？」

「僕もそう思っていたので最初のうちは何もいわなかったんですが……。そうでもないらしくて。単に忘れてしまうのだそうです。ウィンナーに切れ目を入れるという工程を。ウィンナーをタコさんの姿にすると可愛い――とか、そういうのが彼女にはないようで」

「そやけど見ためも料理のうちでっせ」

「ですよね」

僕は返します。

「もはやタコさんウィンナーくらいなんですよ、僕が北据さんの弁当でテンションを上げられるのは……。タコさんじゃない時はどっと、落ち込みます。勝手な一喜一憂なんですけどね。ですから僕はその旨を北据さんに伝えたんです。すると必ずタコさんにすると約束してくれました。それでもやっぱり偶に……十回に一度くらいの割合で、彼女はウィンナーをタコさんにすることを忘れてしまうんです」

「災難やなぁ……」

やがてカップ麺を食べ終えると、大松はいきなし僕にこう切り出しました。

「僕の党となった柊木はん。ええか、これから話すことは、誰に洩らして貰ても困《もろ》る。もし秘密を守る自信がないんやったら、最初から聴かんで貰いたい。無論、俺等の計画に参加する、せえへんは柊木はんの判断に任せるし、無理に賛同してくれというつもりはないんやが」

今までにない深刻な圧力の眼付きに、たじろぎつつも、僕は応えます。

「そりゃ、誰にもいいませんよ。もう僕も結党した者の一人です」

「何処から話せばええんか迷うところやが――」

大松広平が腕を組んで眼を瞑《つむ》ったので、逆に僕から質問を投げ掛けることにしました。

「日本部戦――。昨日も会話に出たそのものが何かを、先ず、教えて貰えますか」

「そうですな。そこから話すのが手っ取り早いかもしれん」

眼を開くと、大松広平は説明を開始しました。

それは想像だにしないものでした。

「日本部戦というのはパレスチナ人民自由戦線の一部や。マルクス・レーニン主義の立場を取る左翼系ナショナリズム、反シオニズムの武装組織で、かつては日本赤軍とも共闘していたし、ドイツ赤軍とも連携してた。同志は世界中に拡散してそのネットワークを通じ、隠密《おんみつ》に活動を続けとる。どれだけの数の同志がいるのか詳細は解らんが、服役中の者だけでも千を超えるからな。そこから推し量るしかないやろ」

「パレスチナ人民自由戦線って、確か湾岸戦争にも加担してましたよね」

「一概にパレスチナ人民自由戦線というても全員が同じ方向を向いとる訳やない。俺等に共闘を呼び掛けてきたんは、解放は世界同時革命に拠ってしか成し遂げられず、維新達成の為に武力行使は止むを得ないが可能な限り避けるべきと考える一派や。その多くは俺等と似た形態を取っとる。最初に組織がある訳やのうて、一つの議題、目的に対し、賛同する者達がその都度、部隊を編成する。いわば有志連合やな。

　今回、日本から展開する世界同時革命の可能性と必要性の草案を支持する者達に拠って、プロジェクトが立ち上がった。これが日本部戦や。彼等は行動に於いて民間人には危害を加えるべきではないという。しかし一時的な武力は不可避なら使用すべしと主張する。北据はんが首を縦に振らんのは、この最低限必要な武力すらも暴力として特例には出来んという意見を持つが故や。日本で騒動を巻き起こそうというのやさかいに、当然、日本部戦はこの国で実際に革命を実行する日本の結社を必要とする。そやから俺等——正確にいえば、北据はんの第四世界民主連合に白羽の矢がたった。第四世界民主連合に打診する為、日本部戦はグローバルネットワークを張っている李はんのトロツキズム解放戦線にコンタクトを取ってきた。そやから今の状態は、俺と李はんが第四世界民主連合にきとる話を横取りしとるみたいな形や」

「パレスチナ人民自由戦線——否、彼等の一部で組織されたその、日本部戦が目指す理想の国家というのは？」

「日本部戦はこの国に、真の共産国家を作り上げようとしている」

「この国に？　この国をではなくて？」

「国の一部を独立させ、そこで共産主義的方法論を用いた国家を形成するんや。つまり資本主義である日本国の中に、独立した共産国家を出現させ、二重構造のイズムを両立させるんや。従来通り、資本主義の遣り方がええと思う人間はそのまま日本国で暮らし、共産主義に賛同するという人間は新しい独立国家に棲めばええ。国民に複数の国家体制の選択の自由を与える。共産革命がこれまで上手くいかんかったんは、選択を与えることをせえへんかったからと日本部戦は考える。共産主義を選択しない自由を認める共産主義国家。ふざけているようやがこれが日本部戦の求める新しい国の在り方なんや。最終目標は世界同時革命やさかいに、革命は独立国を作ることのみでは終わらん。そやけど先ず試験的なモデル国家を作らんことには、世界に対し、判断を仰げへんやろ」

「モデル国家にする場所は――」

「福島や――。福島県をジャックし、そこを独立国家とする」

余りの計画の馬鹿馬鹿しさに、僕は首を横に振る。とてもじゃないが、そのような計画に参加することは出来ない。主義主張が問題だからではない。

計画の内容が無謀過ぎるし、まるで漫画だ。

成功する訳がない。

「どうやってジャックするというんです。厳重なセキュリティでハイジャックすら困難な時代に、県をジャックするなんて出来る筈がないじゃないですか。それに仮に出来たとして、どうして福島なんです。原発で今も大変な処をジャックだなんて迷惑千万《せんばん》だ」

いうと、大松は、「そう思われても仕方がないが」――一応の前置きをして、自分達の計画内容の続きの説明を再開しました。

「日本部戦は、事故した原発があるさかいに、敢えて福島に着目したんですわ。福島をジャックするというたかて、県民を人質に取るんやない。事故の処理を永続的に施していかなあかん、そやけど処理をどうやって完遂すればええのか見当も付けられん、あの厄介な福島第一原子力発電所自体を、俺等は人質にするんや。そりゃ、蜂起して暫くは、申し訳ないが福島にいる人、全員も人質とする。が、日本国がこちらの要求を呑み、独立を認め、混乱が収まれば人質は解放、資本主義国家で暮らしたい人は福島から住民票を抜けばええし、新国家の主義に賛同する日本人は福島を目指せばええということとや。——どうです、これなら無血革命が出来まっしゃろ。原子力発電所というもんは、核爆弾と同様のもんや。その核の脅威を逆手《さかて》に取ってしまいますねん。計画に参加するにあたり俺も李はんも、かなり独自の補強や修正案を出した。先方との連絡の殆んどは、李はんがやっとる。李はんは英語もアラビア語も達者やさかいにな」

「原発を人質に……。スゴい発想です。確かにそれが可能なら無血革命も夢ではない。でも、あんなものどうやって人質にするというんです。やっぱり無理だ」

「三百名で蜂起しても無理でっか？」

大松の眼差しは、挑発するかのような、何処か不敵なものに変わる。

三百人——？

もし三百の武装兵が蜂起したならば……？

僕の頭は、処理速度が鈍いパソコンのようにフリーズ寸前の混乱状態になる。

しかし、お構いなしに、大松は喋り続ける。

「只《ただ》、三百人集るんやない。戦闘スキルのあるスペックの高い者達が三百、集るんや。福島くらい、あっさり制圧してしまうやろ。しかし現在、こちらから、つまり日本側からの日本部戦の計画に参加するのは、トロツキズム解放戦線と皇頼の会のみや。つまり俺と李はんのみ。人数が少な過ぎると、恐らく柊木はんは考えるやろ。しかし、この計画はこちらサイドの人数が少ないからこそ、成功するんや。大きな集団やと内部抗争や秘密漏洩《ろうえい》の可能性が高くなる。日本での共闘結社は極力少なくし、いざ革命となれば目的に必要な大量の部隊が海外から派遣されてくる。これが当初からの日本部戦の作戦なんや。効率がよろしいやろ。本来は、第四世界民主連合がこちらの中心、代表にあるべきなんやが……。第四世界民主連合は堂本圭一の娘の結社、そのイズムを引き継ぐ最も正統な結社という事実が彼等に信用を与える。海外の左翼にも、堂本圭一は思想家として多大な影響力を持っとるからな」

段階的な手順が必要になるが、独立国での貨幣は用途別に数種類に分けられ、成人は一人に付き、一年で百五〇万円、国から支給を受ける。交付金、援助金……様々に言い換えることが出来るだろうが、ベーシックインカムともいい、ゲームにエントリーする時に各自に与えられる持ち点みたいなものだと大松は、それを喩《たと》える。

新国家の経済では、ビットコインのような仮想通貨も取り入れる。

独立後の福島に於けるシステムはもう事細かに具体的に協議され、シミュレーションもなされている。

「新しい国の政治、運営に関しては基本的に、日本側が中心や。独立後の憲法草案や政策のガイドライン、居住方法の取り決めなんかは李はんが既に考えてくれてます。そういうことはあの人に任せておけばええ。肝心の第四世界民主連合――北据はんやが、あの人は、共闘はせぬが協力は厭《いと》わんという。そやから、計画の詳細に関して、北据はんはその殆どを知ってる。

否、新しい国家の方針、理念みたいなものはほぼ北据はんのイデオロギーやというても差し支えないやろう。

俺や李はんは、それを如何《いか》にすれば現実のものとして機能させられるかの事務を進行しとるようなもんや。李はんが草案を纏《まと》め、北据はんがチェックし、更に是正される。

日本部戦サイドは新国家の運営方針に就いて細かい要求を特に持ってない。俺等――日本の共闘部隊が決定し施行させ、自分達は飽くまでオブザーバーの立場を取るという。

変に思うかもしれんが、彼等の目的は既存の資本主義国家の中に共産国家――新しい尺度で機能する独立自治の共同体を作ることにある。プロトモデルとして福島の独立が成功すれば、それを足掛かりに同様の方法で革命をあちこちで連鎖させていく。こうして、理想論と思われがちな世界同時革命を達成していこうという訳や。

一応、俺かて新しい国家の在り方に関しての意見は、ちゃんと出してます。採用されてないもんの方が多いけど、されたもんもある。新しい国では国家の代表は天皇になる。——これは俺の案や。

今の天皇を独立国の代表にするんやおまへん。皇居から引っ越しさせようというんやない。福島を日本から独立させる際に、現在の日本の天皇からその称号を、分譲して貰うんや。商売でいう暖簾《のれん》分けと考えて貰えば解りやすい。そんなものは必要ないと思われるかもしれんが、独立するこちら側以上に、独立を承認する日本国の方が、特定の代表の存在を求めてくるやろう。適当な領収書なら上様で切れるが、公式な書類としての領収書の宛名はきちんと表記せな渡す方に都合が悪くなるみたいなもんや。代表が不明確なものを国とは認められんというのでもないが、そうすると国の定義に就いての議論が必要になってしまう。現段階でそれを討論させてる猶予はない。蜂起から承認までに要する時間は最短であるべきや」

「日本に、もう一つ国が出来ると共に二人の天皇がいる状況にする訳ですか？」

「別に問題はないやろ。歴史的にみても天皇が二人おった時代かてこの国にはあったんやから。初代福島の天皇の任期は、すぐに満了にする。初代天皇は独立国家の誕生を示すのに必要なだけやからな。二代目の天皇は選挙で選出する。維新を達成した者が国の中枢で戴冠《たいかん》したままやと、独裁国家が出来ただけと認識されるやろ。それでは新しい国家の何処に画期的な部分があるのかを世界中に示すのが難しくなる」

半分納得したけれども半分はまだ納得出来ないというのが正直なところでした。

僕はしばし黙り込む。成功のイメージも、失敗のイメージすらも持てない。

「仮に福島をジャック出来たとして日本政府が独立を認めるのか。仮に認めたとして、それまでに途方もない時間が掛かるのではないか。そんなことを考えたはりますんやろ？」

僕の心の動きを見透かしたように大松広平が訊ねるので、僕は首を縦に振りました。

「本来なら成功しませんわ。そやけど今回はすぐに片が付く。吃驚《びっくり》する程あっさりと独立は認められます。何故なら、独立国にするのが、福島やからや」

「どういうことですか？」

「手荒い表現やが――壊れた原発を持つ、放射能で汚染された福島は、日本政府にとってお荷物なんですわ。決して本音は明かさんけど、国は福島を持て余しとる。費用が掛かるだけの金食い虫、何時、また重大な事故が起こるかもしれない爆弾を抱えとるとしか国は福島、福島原発を捉えてない。喩えは不適切やが、腫瘍《しゅよう》みたいなもんや。出来ることなら、切除してしまいたい。

そんなところに占拠、独立をといわれたら、国にとっては鴨が葱《ねぎ》を背負《しょ》って――ということになりますしゃろ。合理的に、見捨てることが出来るんや、福島を――。

少なくとも福島が独立国家になれば、日本政府はあそこの原子炉に関しては今後、責任を逃れられる。奪われてしもうたんやからなぁ。仕方なしに譲渡したんやから、日本政府は、福島原発から海洋に汚染水が流れても、その原因である原発を持っているのは自分の国やない、独立国家の福島やと、他国に対して言い訳が出来る。内政干渉になりますから……というふうにな。無論、新生の独立国に壊れた原子炉や廃棄物をこれまで通り修復したり処理し続けられるだけの力はないから、外交として、独立後も引き続きそれは日本国に要求しますがな、日本国としては壊れた原発を自国から切り離すことのメリットのほうが大きい訳ですわ。

福島が独立国になれば道義上問題があろうと、何《いず》れ復興の支援を打ち切ることやて出来る。近隣国にしろ国連にしろ日本に原発をどうにかしろと強要することが不可能になる。つまり今回の蜂起が成功して最も得をするのは、日本政府なんですわ」

ようやく、僕の中で革命の印象が固定される。

無論、作ろうとしている新国家のシステムの在り方や、そこに至るもっと詳細な手順を把握し検討しなければならないけれども、この革命は成し遂げなければならない、なさなければならないものであることを、理解する。

今は、それで充分だろう。

「僕も――否、僕の党も、共闘させて貰えないでしょうか」

「勝機がみえはりましたか?」

「勝機がみえたとかじゃないです。ほとほと今の政治、国家の、利潤への考え方が嫌になった、と同時に変えたいと、思い直しただけです」

「まぁ、どっちでもよろしいわ」

大松広平はまたもや、僕に握手を求めました。三度の握手――。

僕はそれに応え、そしてまた訊ねました。

計画に加わることを決意してしまうと、今度は君が何故に頑《かたく》なに革命軍となることを拒み、しかし間接的には関わっているのかが、理解出来ない。

「ねぇ、大松さん、新国家の方針の殆どは、北据さんのイデオロギーなんでしょ。ならば、非暴力主義なのは解りますが、その信念に余りに拘《こだわ》り過ぎじゃないでしょうか。この革命は無血で終わる公算が極めて高い。兵を以《もっ》て一時、県を戒厳令下に置くことすら武力行使というのなら、何も出来ないじゃないですか。彼女の非暴力主義がどのようなものなのか、僕はある程度、心得ているつもりです。北据さんはラッダイト運動やサボタージュのようなものは、ギリギリ赦《ゆる》されるものであり、それらは破壊、もしくは損失を与えるものであろうと、非暴力の抵抗だと定義してよいといいました。

昨日も僕に三里塚の婦人行動隊が飽《あ》くまで闘争を、相手の良心に訴えることで解決しようとしたことを認識させようとしました。

原発を制圧する行為の何処に、北据さんは異議を唱えているのでしょう？　そりゃ、制圧の際の三百の兵が丸腰な訳はない。しかし、手を絡《つな》ぎ、人間の鎖のようなもので原発を囲んでも、独立国家は認められないでしょう。そこには見せかけでも武力的な威嚇が必要だ。この革命に第四世界民主連合という信用が用いられ、イデオロギーの母体として自分の思想を関与させているなら、北据さんは只、黙認している訳ではない。明らかに関与している。どうも北据さん本人の中で、その思想と行動の、矛盾が生じているかのように思えてしまう。もしかして、それは、お父さんが殺されたという個人的な体験からきているんでしょうか？」

「そうやな……」

いうと、急に大松の声が弱々しくなりました。

「なっとるやろし、武力行使を認める、父親を殺した人間の結社とは組めんのやろな」

僕は返します。

「どういうことです？」

初めて聴く話だ。

「北据はんは柊木はんに、いうてはりませんのか？　日本革命的共産主義者同盟の分派の新左翼の思想家、堂本圭一を殺した犯人のことを――」

知らない――。僕はいう。

大松広平は、鳩が豆鉄砲を食ったが如く、意外そうな表情を顕《あらわ》しました。

もう、北据はんからとうに教えられてると思てましたが……といい、大松広平は話し始めます。

「七年前のことや……」

何を聴かされるのか解らぬまでも、僕は、嫌な予感を感じずにはいられませんでした。

「俺はその頃、反共産主義団体、日本東皇会《とうこう》という民族派の右翼団体に入党してた。その頃の俺は世直しの為には暴力革命しかないとした血盟団の井上日召《にっしょう》の思想に感化されてた。一九三二年に起こった連続テロ――。血盟団事件――。知らはりませんかなぁ？」

知らないと返す代わり、首を横に振ります。

僕は大松広平が続けるのを待つしかありませんでした。

「俺は彼の一殺多生《いっさつたしょう》という思想と行動こそが、維新を成功させる唯一の方法やと信じた。一殺多生は一人一殺《いちにんいっさつ》といわれることもあるけども、邪悪なる者を一人成敗しそれが万民の幸福に絡《つな》がるんやったら、殺人も止《や》むなしという方針や。ウルトラマンかて、桃太郎侍やってそうやろ。悪代官がであえー、であえー、というて掛かってくる手下を桃さんが斬りまくる。手下は代官に仕えとるだけで自分は抜け荷をやったり、町娘を手籠めにするような悪巧みをしとらんが、桃さんにやっつけられてしまう。手下からすりゃ桃太郎侍はとんだテロリストや……。

考え方の違いから最初に入った党を脱党し、新たに入党する政治団体も見付けられんまま、暫く一人、維新の手段を考え続けた俺は、自分の理念の原点に戻ろうとした。やはり一殺多生でしか、腑抜《ふぬ》けた世の中を変えられんと結論した」

「……」

「新左翼の中で最も影響力のある思想家である堂本圭一。彼は、日本を共産国家にすると同時に天皇制を廃止、リーダー不在の政治システムを構築し、将来的には国土という概念を消滅させるべきやと論じてた。権力をコントロールするのでなく、権力を無価値にする。それが堂本圭一の唱える革命理論やった。

俺は皇室の廃止、国家そのものの概念を解体するとした堂本氏の考えに非常な反発を覚えた。リーダー不在、どのような権力であれ、権力そのものを無力化させるという意見にも薄気味の悪さを感じた。極左独特の無責任な理想主義のように思うた。堂本のような者がシンパを増やし続けていけば、法や秩序が乱れ、自己利益、私利私欲を優先させるだけの社会が出来上がる。共産主義といいながら、堂本の思想は名誉や道徳より競争原理をモラルの先頭に置く最悪のものや。

――そやから堂本を、殺さなならんと思うた。計画は単純やった。堂本圭一が講演をしている会場に聴衆の振りをして入場し、講演が始まったなら『異議あり！』ナイフを持ち、ステージ横の階段を駆け上がり、演台の堂本を仕留める。

しかし実際は乱入の俺に対し、堂本が咄嗟、硝子《ガラス》の水差しを投げ付けてきた。そんなものはかすり傷にしかならん。俺は突進して堂本の腹にナイフを突き立てた。関係者に拠《よ》って俺はすぐに捕らえられたから見届けることはならんかったが、病院に搬送された堂本圭一はその後、多量の失血が原因で死亡した」

僕の頭はまたもや混乱する。さっきまでの混乱とは全く違う混乱。

七年前に大松広平は君の父親を政治的な理由から刺殺した。七年前といえば、十四歳の時に父親を彼に拠って殺されたことになる。

昨日、李明正が、犯人のことを憎くないのかと君に問うたのは、君の意見を聴くというよりは、大松広平を責めるつもりで発したものだったのかもしれない。

現在の君は、自分の父親を殺害した男と、場合に拠っては政治的共闘をしている。君の心が益々《ますます》、解らなくなってしまう。これまでだって理解出来ていた訳ではないけれども、どう想像していいのか、皆目、見当がつけられなくなってしまった。

僕が君ならば絶対に大松広平を赦さない。罪を憎んで人を憎まずとはいうけれども、そんなことが本当に出来る訳がない。出来るとすればそれはもはや人間ではない。ロボットだ。

仮に赦せたとしても、自分の父親を殺害した人間と、共闘する心情になるだなんて、異常としか思えない。

君は何処か、大切な部分が壊れてしまっているのだろうか？

革命家として生きる為に、通常の人間としての感情を、自分自身で破壊してしまったのだろうか？

大松広平は更に続けます。

「当然、俺は起訴され裁判所から七年の懲役を言い渡された」

「懲役を経験したこともあるというのは、その事件のことだったんですね」

僕は辛うじて理性を保ちつつ、質問をします。

大松広平は、そうだと応えました。

「でも、七年の実刑を受けたけれども僅か二年余りで、仮釈放になった。人を一人、殺したんや、普通はそんな早《はよ》う出てこられる筈はない。そもそも七年の実刑自体が軽いくらいや。しかし抗争でヤクザがヤクザを殺しても、屑《くず》が屑を始末しただけやから司法も大した罪に問わん慣習があると、服役中に聴いたことがある。右翼が左翼を刺す——俺の場合も同じように扱われたのかもしれん。ともあれ、殺人罪でなく俺の罪状は、飽くまで傷害致死罪やった。

明確な殺人の意図があったか、なかったかで殺人と傷害致死の差が出るんやが、国選で付いた弁護士は裁判は傷害致死の線でいくと最初から言明していた。起訴が決定する検事調べでもこの点を細かく訊かれた。講演を妨害しようと壇上に上がったのは貴方だが、最初に器物を投げ付けたのは被害者ですね？　それ以前に貴方に明確な殺意はありましたか？　――俺は減刑など望まん。最初から殺すつもりやったと繰り返したが、それならもっと確実な方法があったのでは？　と責めるように訊ねられるので、逆に閉口するしかなかった。

殺そうと思いナイフを持っていたとしてもそれが明確な殺意とは断定し難い。演台の硝子製の水差しを投げ付けられたことが、更に貴方を激昂させた。反対に身の危険を感じた貴方はナイフで応戦した……。これは喧嘩や――、誰も彼もがそれで決着をつけたがっているかのようやった。

俺も逮捕なんて初めての経験やったからな。自分のそれが法的にどないなるかなんてよう解らん。事実のみを語ってそれが調書として出来上がった時、俺の意思とは関係なく俺の殺人は傷害致死罪にされとった……。おかしな言い訳に取られるかもしらんけどな」

大松は恥じるように語る。傷害致死罪――それこそが自分の根源的な汚点、拭《ぬぐ》いされない穢《けが》れであるかのように。

「ムショの中で俺は自分の政治的理念、行動の在り方に関して、再考し続けた。人の命を奪ったということの実感は、一殺多生、それが正義やという俺の信念を呆気《あっけ》なく打ち砕いた。どんな大義も人の命を奪う理由として成立せんかった……。

宮沢賢治も読んだ。石川啄木も読んだ。一人だけで考え続けてると自分の仕出かした過ちに押し潰されて、発狂してしまいそうになるから、いろんな本を差し入れして貰うた。どんな立場や考えのものでもええ、とにかく人の意見が、聴きたかった。

堂本圭一氏が遺《のこ》した唯一の著作も読んだ。こいつが諸悪の根源やと殺害を計画し実行したが、俺はきちんと堂本圭一の著作に眼を通したことすら、なかった。読む価値もないと、放棄していた。愚の骨頂や。正直、何が書いてあるのか、殆《ほとん》ど解らんかった。知らん言葉ばっかしで、どれが主語でどれが述語かすら見当が付かん。それでも、繰り返される権力の無力化という言葉は、俺の中に静かに浸透し、俺の脳味噌と心を整頓していった。――俺は堂本圭一の思想を、まるで勘違いしとった……。

出所後、一人で今の皇頼《こうらい》の会を立ち上げた。右の連中からは右の振りをした左やと叩かれ、左の活動家からは左派なのか右派なのか一貫性のない継《つ》ぎ接《は》ぎだらけの活動家やと罵《ののし》られ続けた。

そのうち、トロツキズム解放戦線――李はんが俺の言葉に耳を貸すようになってくれたってのは、話したよな。暫くすると、李はんは俺に、北据はんを紹介した。まさか堂本圭一の娘さんやとは思わんかった。李はんも、北据はんの素性は知らんかった。知っとったら、まさか会わせたりせんやろう。意地の悪いものいいをすることが多いが、邪心《じゃしん》のない人や。

――当時の北据はんは、奨学金で定時制に通いながら、アルバイトをして、本格的に政治活動を始めたばかりの十七歳の高校生やった。

まだ未成年で政治活動に目覚めたばかりの学生だが、しっかりとした改革への意思を持っている――というて対面させられた。

学生服――赤いリボンのセーラー服に、登山靴という出で立ちやった。無表情のままに頭を下げて、北据はんは、何もいわず、背負ってる登山用のリュックサックからビラを出して、俺に差し出した。

――あなたの幸せは本当の幸せですか？　ビラにはそれだけが書かれてた。俺は、ビラを受け取ってこう返した。それが、解りまへんのや。――俺の応えに、北据はんは無言で頷いた。

それから半年程経ってからや、北据はんの父親を堂本圭一やと知るのは」

「北据さんに対して、贖罪《しょくざい》はもう済んだと思っているんですか？」

僕は詰問の口調を緩《ゆる》めることが出来ない。僕は、今にもこの男の首を絞めてしまいそうだ。

しかし、感情を爆発させたのは僕でなく、大松広平のほうでした。

「思う訳あらへんやろ！」

大松はまるで君の心を壊してしまったのが僕であるかのような悲痛な非難の口調で、叫びました。

「一生、掛かっても償《つぐな》いなんて出来る訳ない。柊木はん、あんた、人、殺したことないやろ？　人を殺して、そのことを後悔したことなんてあらへんやろ？」

僕は黙らされる。

僕が介入を赦されない、君と大松が共有する個人的な暗黒が、僕の眼の前に立《た》ち塞《ふさ》がる。

大松は熱に魘《うな》されている者が妄言《もうげん》を吐くような様子で、いいました。

「償えへんのや。法律上の償いは済ませられても、人の命を奪うとそれはどうやったって返すことが出来ひんのや。取り返しのつくこととつかへんことがある。そやからこそ、俺は第四世界民主連合と共闘をしている。北据はんが目指す共産主義社会、その父親である、若気の至りで葬《ほうむ》ってしもうた堂本圭一が目標とした世界を実現させることがたった一つ、俺に出来ることやと思うて活動を続けとるんや。虫のええ考え方やと責めるやろ？　軽蔑するやろ？

そうや、あんたが思うてるようにな、俺は最悪の人間や。どうや、李はんはともかくとして、俺との共闘は撤回しはりますか？　計画のあらましは打ち明けてしもうたが、心情的にやっぱり、俺と組むのは無理やといわはるなら構わんし、殺したいなら俺を今、ここで殺してくれてもええ。そやけどな、この革命は成功させなあかんのや。俺を殺しても、柊木はん、あんたは李はんと共闘し、北据はんの為にもこの革命を成し遂げなならん」

「少し考えさせて貰えないでしょうか。とても冷静に判断出来る心境にありません」

日はとうに暮れていた。大松広平は垂れ下がる紐《ひも》を引っ張り、蛍光灯を点ける。

まだ八月なのに、部屋の中は少し、肌寒い気がしました。

「北据さんは、一度も大松さんに恨み言をいうことはなかったんでしょうね」

「あの人は――。現在の貴方の思想が、過去の思想の過《あやま》ちがあったからこそ真実に近付いたのであれば、私怨《しえん》を絡《から》めるべきではないし、そのことで政治的理念を同じくするものを排除する理由はないと、いうてくれはった」

僕は突然に、気付く――。

大松広平もまた、君のことを愛している。愛してしまったのだと――。

「僕は――。否《いや》、僕の党は、計画に参加します。李さんと大松さんと、共闘します」

「そうでっか……」

大松広平は、立ち上がります。

「そしたら、近いうちに李はんから新憲法の草案を、柊木はんも読ませて貰いなはれ。李はんのほうには柊木はんも共闘に加わった旨、俺から伝えときますわ。李はんとの連絡の取り方は知ってはりますよな？」

「ええ。携帯のメールのみですが」

「今日の夜も……水炊きでっか？」

「恐らく。大松さんもどうですか？」

「俺は止めときますわ」

大松広平は伏し眼がちに、微笑みました。

君と水炊きを食べている。また君の隣の部屋、一〇四号室の窓では住人がいない筈《はず》なのに、灯《あかり》が点いたり消えたりしている。もうこの怪奇現象に驚かなくなってしまった。

そして最後は必ず、うどんではなく焼きそば用の麺でラーメンを作って締める水炊きにも。

話しておかねばならぬだろうと思い、自分が大松広平《おおまつこうへい》等の計画に加担することにしたのを打ち明けました。撤回するべきと僕を諭《さと》すと思っていたのですが、意外にも君は特に驚く様子もなく、

「そうか」

——僕の言葉を受け流すような反応をみせました。

この日、君は外出する時に着用する白のワンピースのままだった。ハンガーに掛けられキッチンに吊るされているので、お馴染みのジャージは洗濯したがまだ乾いていない模様だ。

若干、僕は拍子抜けしたような気分になりました。

「反対すると思っていましたよ」

「反対したところで柊木《ひいらぎ》君の気持ちは変わらないだろう。もしも私が反対して止《よ》すようなら所詮、それは柊木君にとって計画は夢物語のように現実味のないものとしか理解されていないということになる。大松広平等が日本部戦と共に起こそうとしている革命は前代未聞のものだ。しかし成功の確率は七〇パーセント以上だと私は推測している。李明正《りめいせい》が作成した新憲法も細かい修正、補正が終わり施行するにほぼ問題ないものに仕上がっている。福島県の人口は大凡《おおよそ》一九九万人。これくらいの数の人間の一定期間の統制であれば、準備した革命軍で充分事足りるのも度重なるシミュレーションで検証

済みだ」

「明日にでも李さんに逢って、新憲法の全てには眼を通せないかもしれませんが、もっと詳しい概要を教えて貰おうと思っています」

「李の許に出向かなくとも彼の作った草案は私が持っている。読みたければ今晩、貸しておく。明日の午前中までに返してくれればいい」

君は立ち上がり、ワンピースの裾《すそ》をたくし上げ、下半身を露《あらわ》にしました。

「何をしてるんですか！」

僕は驚いて、卓袱台《ちゃぶだい》の向こうの君から、反射的に眼を逸らします。

そんな僕の言葉の意図が解っているのかいないのか定かではない。君はいいました。

「私達は既に公安にマークされている。だからその草稿を部屋の何処かや、持ち物の隠しポケットに仕舞っておくのでは用心が悪過ぎる。従ってこうして腹巻きの中に入れ、片時も離さずに持っているのだ」

視線を向けると、ワンピースの裾を胸の辺りまで上げた君の腹部には黄色い毛糸の腹巻きが巻かれていました。腹巻きは縦に長いので、穿かれているであろうパンツも覆い隠している。

君は二つ折りの腹巻きの隙間に突っ込んでいたクリップで閉じられた紙の束を取り出すと、それを僕に手渡しました。

「草案なので基本方針しか記されていないが、眼を通せば、革命軍が樹立しようとしている新国家の概要は知れるだろう。多少、読みにくいとは思うが、ロジックは口頭で説明がなされるより、文章の方が理解し易い」

受け取った僕はいいます。

「日本部戦が福島を制圧した後、僕等を裏切り、福島と原発を自分達の思惑で統治しようとする可能性はないんでしょうか？」

「それは大丈夫だ。信じろというしかないが日本部戦はそもそも、私の父、堂本圭一《どうもとけいいち》の思想に共鳴した有志の集まりなのだ。彼等の目的が自分達のイズムで新しい国を建国することではない旨《むね》は大松より聴かされただろう。国土や政治の規定は一瞬にして変更され、消失されるものであるのを実証することの方に彼等の狙いはある。予《あらかじ》め統制のなされている国家の内部に、突然、変則的な独立自治のコミューンが出現し、それが国家と同等のものと成り得る自然本来の摂理を証明することが出来れば、本懐《ほんかい》を成し遂げたことになる。彼等の望みは最初のモデルを成立させることであり、モデルを多様化して拡散させることであり、一つのモデルを完成形に導くことでは、ない。

私も随分と李を介し、間接的にではあるが彼等と話し合ったし、李のようにアラビア語は出来ないが、英語ならどうにかなるので直接、対話も試みた。彼等は福島の独立が認められれば、もう福島への関与に興味を持たない。彼等はこの革命の遣り方を基準とし、また新たな場所で独立国を開拓するのみだ。上手くいかなかった場合、案ずるように、仮に彼等が違う目的で福島を制圧しようとした場合の切り札の用意も既になされている」

「切り札？」

「そう。第四世界民主連合は今回の行動に参加しない代わり、福島第一原子力発電所の原子炉に日本部戦が仕掛ける爆発物を爆破させ得《う》る遠隔スウィッチを託される。日本部戦のメンバーは約百人態勢で原発を占拠する。もしも彼等が約束を違《たが》えたならば、第四世界民主連合はそのスウィッチを押す。無論、そんなことはしない。もしも彼等が裏切ろうと、原子炉を爆破するようなことは断じてしない。が、万が一、私達の同意に背《そむ》く行動がなされたら、原発に配置された同志等《どうしら》百名の命が一瞬にして奪われる。彼等と対等な立場であろうとする時、この駆け引きを有する保険はとても有効となる。革命のイニシアチヴはこちら側が持っておかねばならない。革命に私は参加しない。しかし私は——第四世界民主連合は、革命軍への抑止力として機能する」

「その爆発物は何処から調達するんです？」

「日本部戦が持ち込み、原発の占拠と共に仕掛ける。爆発物を仕掛けることは例えば特殊部隊や自衛隊が出動する他、アメリカ軍や国連軍が出動し鎮圧しようとした際、手出し出来ぬようにする二重の抑止力としても働く。蜂起が起こった後は、公安は第四世界民主連合も日本部戦と共闘する結社だとの確信を得ているから、私もこのアパートから速やかに行方を晦《くら》まさないとならない。場所はまだ確定してはいないが、日本部戦のメンバーがその手配はしてくれる」

「僕は——北据《きたすえ》さんは革命のプロセスに同意が出来ないから、草案作りのサポートに徹する役目に留まろうと自制しているのだと、勘違いしていました。でも、それじゃ、今回の革命のキーパーソン、否、中心人物といってもいいのかもしれない。それは、明らかに北据さんです。北据さんの意思が全てを動かしているし、全てを停止させ得る唯一の権限でもある。

革命が成功すれば、大松さんと李さんは英雄、歴史に名を残しますよ。でも今のままじゃ、北据さんは最初から最後まで、まるで裏方ではないですか」

「私がプロセスを大事だと考えているのは間違いない。柊木君は勘違いしてはいない。勝つ為にどのようにするのかではなく、どのようにして戦うのかが重要なのだ。もし途中で失敗すると解ったなら、止めるのか？　このままの遣り方では勝てないことが決定的となったなら、投降すべきなのか？　個人と個人の試合ならばそれでも構わないだろう。しかしイズム、或いは大勢の戦いであれば、最後まで死力を尽くしてプレイするのが最低限のマナーなのではないだろうか」

「だけども……」

口籠《くちごも》るように返そうとすると、君はいいました。

「歴史に名を残したくて、革命を起こすのか？」

僕はまるで責められている気分になりながら、

「そういう訳ではないですけれど……」

という。そして、

「北据さんは余りに欲がないというか……」

と、追加する。

すると、「欲ならある」――君は応えると、曇りがあったのでしょうか、眼鏡を外すと左右、両方のレンズをワンピースの前身頃《まえみごろ》で丁寧に拭き、そのまま眼鏡を卓袱台の上に置くと、裸眼で、僕の顔をじっと見据えました。

僕はまた、素顔の君にどぎまぎする。

僕は眼鏡を掛けているより、掛けていない君のほうがよっぽど綺麗だと感じる。

これは通常の男子の感性だ。

君は眼鏡を止してコンタクトにしようなんて、恐らく一度も考えたことがないだろう。

アニメ研の先輩達がいう眼鏡っこ、眼鏡を掛ける女子に萌えを感じる眼鏡属性というものが、僕にはないようでした。

「私は柊木君が思っているよりも、相当に欲張りで傲慢で、自分勝手だ」

「昼はご飯と沢庵とゆで玉子とウィンナーのお弁当、夜は安い材料の水炊きで我慢しているのに？

全ての人の幸せを願い、自分の利益など些《いささ》かも考慮しないのに？」

こんな重要な話をしながらも、裸眼の君の美しい顔立ちに気をやってしまっている己《おのれ》を恥じつつ、僕は訊《たず》ねます。

「私は、父の影を追っているだけかもしれない」

君は応える。

脳裏に、大松広平の話が蘇《よみがえ》りました。

「さっき、大松さんから聴きました。北据さんのお父さんを刺殺したのは、若い頃、過激な右翼思想に傾倒していた大松さんだと」

「……」

「どうして教えてくれなかったんですか」

「過去のことだからだ。それに彼はその罪をきちんと法の裁きに拠って償った」

「形式的には、そうです……」

「柊木君――。買い被らないで欲しい。清廉《せいれん》などと、私を誤解しないで欲しい。私の心は醜悪だ。大松広平は罪を償った。遺恨《いこん》を遺してはならない。だから私は場合に拠《よ》って彼と共闘を組む。しかしどれだけの時間が過ぎようとも、私は心の奥底で恐らく彼を赦《ゆる》してはいない」

「当然ですよ」

「憎しみからは更なる憎しみしか生まれないことは曲げようがない。私は自分がちっぽけな私怨《しえん》に動かされ続けていることに、激しい嫌悪を覚える。どうして赦せないのか？　赦せば私自身が最も楽になれるのに、何故、拘泥《こうでい》しなければならないのか？　理性は幸せの為に存在する筈なのに、自分を苦しめるものを優先し保護しようとする原因は何か？　共闘に私が参加しないのは手段に関する齟齬《そご》の不可避からだが、深層に於いて私は暴力に拠る解決を強く憎んでいるのだろう。父が殺されたという経験をしていなければ、或る程度の武力行使を私も認めたかもしれない。私は嫌なのだ。大切な人が傷付けられるのが。耐えられないのだ。愛する人が死にゆくのが。私は弱い。限りなく弱い人間だ」

「だから……。だから……。革命をするんじゃないですか！　僕達は弱いから、一人ではやっていけないから助け合うことでしか幸せになれない。共産主義とは何なのか。北据さんと出逢って、大松さんや李さんと議論して、僕なりにいろいろ考えました。僕はまだ共産主義とは何なのかがてんで解っていやしない。だけど、これだけは解るんです。その根底にある相互扶助という精神は、一人一人が弱いから、不完全だからこそ必要なんだって。違いますか？」

「そうかもしれない。私は柊木君の思想に拠って、自己嫌悪から解放されつつある」

「僕の思想？」

「柊木君はいったではないか。ルールを守る世界ではなくルールが極力ない社会こそが望ましいと。その考えはアナーキズムな訳《わけ》だが、私が共鳴したのはその部分ではない。その為に必要とされるものだ。柊木君は、自分を肯定出来た時、初めて人は他者をも思い遣れるといった。その言葉を聴いた時、私は眼から鱗《うろこ》が落ちるような心持ちになった。――これまでの私は如何にして自分自身のエゴイズムを消し、普《あまね》く人々の幸せを自分の幸せと思えるかということに心を砕いてきた。だが実践しようとすればする程に、その限界を感じるということに煩悶《はんもん》し、続けていた。

が、私は柊木君の思想に拠って、考えを変更することが出来た。柊木君のいうように自分を愛せないものは本当の意味で他者を愛することなど出来ないのだ。それを教えてくれた柊木君に感謝せねばならない」

君は――、ぎこちなくも、含羞《はにか》むような笑みを、零《こぼ》しました。

君が笑った顔を観たのは、初めてのことでした。

でも君にはどうも笑顔が似合わない気がする。頑張って作ってみた笑顔だからして、そう思ってしまうのかもしれないけれども、眉間《みけん》に皺《しわ》を寄せているほうが、断然いい。

「今回、トロツキズム解放戦線、皇頼の会、そして日本部戦とは共闘出来ない。しかしながら、我が第四世界民主連合は、柊木君が立ち上げた僕の党となら共闘してもよい。柊木君は——、平和主義者だから」

僕はかつてない感激の動悸で、息苦しくなり、頭が真っ白になる。

両手で自分の身体を強く抱え、抑えるようにしていなければ、卒倒してしまいそうだ。

君は訊ねます。

「どうしたのだ？　具合でも悪いのか？」

「否、何でもないです」

「腹《はら》が、痛いのだろうか？」

「大丈夫です」

「私は貧乏に慣れているから、賞味期限が過ぎたものを食べても滅多に腹を下すことはない。しかし、柊木君にはそのような耐性が備わってはいないだろう。さっき水炊きに使った豆腐は、賞味期限を一週間過ぎたものだった。だからそれで腹が痛くなってもおかしくはない。腹痛なら腹痛だと正直に教えて欲しい。正露丸ならある」

僕は両の腕を身体から外し、本当に腹痛ではないことを改めて告げると、自分の部屋に戻る旨を伝えました。

「新しい憲法の草案にも早く眼を通しておきたいし、今日はこれで引き上げます」

立ち上がった僕に、君は訊ねます。

「明日のお弁当はどうする？」

「お願いします。何時もみたく部屋のノブに掛けておいてくれなくていい。この草稿を返しに朝来るのでその時、受け取りますよ」

「了解した」

君の部屋を出て、自分の部屋――一〇二号室へと、向かいます。

一〇四号室の前を通過すると、灯は消えていました。もう幽霊も寝てしまったようでした。


昼過ぎにアニメ研究会の部室に行くと、鍵が掛かっていました。誰もきていないんだな――持っていたマスターキーで部室の扉を開け中に入ります。

夏期休暇の最中、夏コミという大イベントを終えたのでわざわざ大学に出てくる部員などいない。

僕はデスクトップパソコンがある机にリュックサックを置くと、パソコンの電源を入れ、机の上に乱雑に放り出されている数枚のＤＶＤ－Ｒを一枚手に取り、ドライブにセットします。

再生されたのは『Fate/Zero』を録画したものでした。観ながら君が作ってくれた弁当を取り出し、蓋《ふた》を開きます。僕は小さく声を上げる。

ウィンナーがちゃんとタコさんになっていたからです。

「おお、柊木じゃないか」

井上書記長が部室に入ってきました。

僕は座ったままで頭を下げます。

「コミケ以来顔を観せないと思ったら。ああ、こっそりエロゲやりに来た訳ね」

「弁当を食べようとしたものの、場所が特に思い付かなかったしアパートで食べるのも何だか味気ない気がして、もしかして誰かいるかなと思って学校まで来てみただけです」

黒地に白い文字で中央に「へたれ」と書かれたTシャツを着た井上書記長は僕が否定すると、

「健全な男子なら、エロゲの一つや二つ、やらないほうがおかしい」

といい、持っていたショルダーバッグから如何にも卑猥《ひわい》なパッケージのゲームソフトを取り出し僕の前に置きました。

タイトルは『放課後女装☆ネットアイドル～皆の為の性ペット～』。

井上書記長が、僕の耳許で囁《ささや》きます。

「さっき、とらのあなで買ってきたのだよねー。かなり過激だぞ」

「過激なのはパッケージとタイトルから想像がつきます。僕はこういうのは一寸《ちょっと》……」

「相変わらず、食わず嫌いだな。いいんだよ、このおとこの娘《こ》倶楽部のエロゲは。設定がナイス。出てくるのは女子じゃなくて女装男子。これは男子校の生徒が女装して同じ男子校の男子とエッチなことをする訳。で、その様子を覗いていた男子生徒が覗いているのがばれた罰として女装でエッチなことをさせられてネットアイドルとしてブログに上げられてしまうの」

「つまりキャラクターはゲイ?」

「柊木、お前、バカか? 何で俺がゲイのエロゲをせねばならんのだ」

「女装した男性なんでしょ?」

「あー、解らんかなー」

井上書記長はもどかし気に頭を掻きます。

「これはエロゲだぞ。どれだけ妄想出来るかが決め手となる。単に可愛い女子の裸やセックスが観たいのならAVを観ればいい。無茶なシチュエーションであればある程に俺達、エロゲマニアの想像力は逞《たくま》しくなり、萌えも激しくなる。今から俺がやるから試しに、横で観ておけ。絶対にハマるから。再三いっていることだが、この部の中で一番の変態はお前なんだぞ」

「嫌ですよ。今、ご飯食べてるんですよ。そんな変なエロゲ、観せられたら食欲なくしちゃいますよ」

「食欲なくしちゃいますって……。そのタッパーに白米、沢庵、ウィンナーというどう観ても不味そうな弁当を平気で食ってる奴にいわれたくはないなぁ」

「いいじゃないですか。さっきまでゆで玉子もありました。不味くないです！」

君が作ってくれた弁当を貶《けな》されて僕は少しムッとして返答しました。

「不味くはない……。つまり、言い換えれば、美味しくもないってことだろう？」

「……」

「第四世界さんの手作り弁当なんだろ？」

「ええ」

「そういうプレイなのか？」

「失礼なこと、いわないで下さいよ」

「お前等、まだ続いてる訳？」

「続いてるって何がですか？」

「恋愛関係」

「そ、そんなんじゃないです。僕と北浜さんは……。前もいったじゃないですか」

「じゃ、何なんだよ」

「同志、みたいなもんですよ」

「ドウシ？　やっぱり第四世界さんは宗教だったのか？　柊木にとってのグルな訳だ」

「そのドウシじゃありません！」

「冗談。解ってるよ、思想を同じくする、いわゆるシンパって奴だろ」

井上書記長は未《いま》だ開封していないエロゲを僕の前から取り上げると、そのパッケージを見詰めながら、いいました。

「俺、耳にしたんだよね。お前が街宣車の横に立って警視庁の前でビラ、配ってるって。それって、第四世界さんの不当逮捕への抗議だろ？」

「はい」

「お前――。隠さないんだな。だけど、第四世界さんってのは左翼系なんだろ？　何で右翼とつるむ訳？　このエロゲより意味不明だよ」

「それはですね……。皇頼の会は思想的にはコミュニズムですが、美意識というか、趣味が右寄りだから街宣車で尊王攘夷を掲げていると、理解して貰っていいと思います」

上手く説明出来ていないと思いながらも、タッパーの中に残った最後のご飯を沢庵と共に咀嚼《そしゃく》し蓋を閉め、辛《かろ》うじて僕はそういう。井上書記長はエロゲのパッケージから眼を逸らさないまま、頷きます。

「三島由紀夫のクーデター未遂が引き金で新右翼は誕生したようなものだ。三島は天皇制に固執《こしつ》したが、思想は左翼的だといっていい。右翼のパイオニアである吉田松陰も、一君万民《いっくんばんみん》という思想を提唱している。一君万民とは皇族以外は全て平等だってことだよな。ということは或る意味、共産主義的な思想ともいえる。右翼、左翼、その線引き自体を実は、するべきものではないのかもしれんよな。牛乳を醱酵《はっこう》させるとチーズになったりヨーグルトになったりするってだけのことなのかもしれん」

井上書記長は、壁のアナログ時計を見遣《みや》り、時間を確かめました。

「もう十二時半か。畠中《はたなか》隊長は無事、お宝をゲットして家に戻った頃だろうな」

「お宝って何ですか？」

「この前の夏コミ、最終日に企業ブースでまどマギの甚平《じんべえ》の販売があったんだよ。でも隊長、朝から熱出してさ、朝イチで並べなかったんだ。根性で午後に駆け付けたが既に完売で……。それがアキバの二次元コスパとジーストアで今日から若干数、追加販売という情報が入った。だから隊長は始発でアキバに行きコスパの前に開店前から並び、多分、今頃は、まどマギ甚平をゲットしてる。二次元へのあの人の執念はスゴいから」

「そこまで真剣になれるなら尊敬します」

「俺も後藤も隊長には敵《かな》わない。何しろあの人はガチ、二次元オンリーだからね。隊長と話してるとさ、日本が共産主義国家になる日も遠くないとすら思わされちゃうよ」

「どういうことですか？　話が飛躍し過ぎて呑み込めないんですが……」

僕は首を傾《かし》げる。

どうしてガチヲタが頑張れば、日本は共産主義国家になるのか……？

怪訝を露《あらわ》にする僕に対し、逆に井上書記長は訊ねます。

「なっちゃいけない訳か？　柊木は共産主義者なんだろ？」

「ええ……。恐らく」

「恐らく――？」

「どんどん解らなくなっていくんですよ。それでも自分なりに考えて、資本主義よりも共産主義の方が理に適《かな》っている。採用すべき方法だという見解に至るんですが、資本主義自体が問題なのではなく、それを採用する方法に問題があって、前に井上先輩がおっしゃられたように、資本主義は共産主義を包摂しないと成立しない、もしくは共産主義であっても資本主義的な遣り方を百パーセント排除してしまうと不具合が生じるということを考慮すると、自分の目指すものが簡単に共産主義だとはいえなくなってしまって」

「チーズになったりヨーグルトになったりする牛乳理論だな。いわゆるノージックの分析的形而上学論的な――」

「右翼も左翼も、牛乳がチーズになるかヨーグルトになるかの違いで、本来、対立するものではない――。さっき、一寸、なるほどと思いました。既に、そういうことを論じている人がいたんですか？読んでみたいな。ええと、分析……」

いうと、井上書記長は応えました。

「すまん。嘘を吐《つ》いた。ノージックはそんなことを、いったり書いたり、していない」

またからかわれてしまっていたことを悟り、肩を落とすと、井上書記長は、

「うん。しかしノージックは、その柊木が感じているモヤモヤ感を解消してくれるかもしれんぞ。読んでみて損はないと思う。彼は資本主義を上手く進めていくと、共産主義になるというようなことを提唱してるから」

申し訳なく思ったのか、今度は真面目にいい、話を畠中先輩のことに戻しました。

「隊長はニュータイプなんだ」

「ニュータイプ？」

「ああ、俺なんてどんなに二次元やアイドルを愛していても、所詮はナマモノにいくしかないオールドタイプさ。でもこれからは隊長のようなニュータイプが世の中をリードしていく。自分がコミュニストであるといい切れなくなってしまったとはいえ、やはり柊木は、現在の資本主義には未来がないと考える訳だろ。そうだろうなと、俺も思ったりする訳さ。隊長と接しているとそう思わずにはいられない」

井上書記長は自分が着ているTシャツを指差し、

「これ、さしこが着ているのと同じやつなんだぞ」

脈絡のない自慢をインサートすると、僕に質問しました。

「柊木は人間にとっての根本的な資産って何だと思う？」

僕は応えます。

「そりゃ、労働力でしょう」

井上書記長は、首を振りました。

「ブー、不正解です。労働力は二番目。一番はね、セックスなの」

「はぁ？」

僕はまた、冗談モードに入ったのだと睨《にら》みますが、

「マジレス」

井上書記長は、僕を、制するように言葉を続けました。

「いきなしそういわれたら戸惑うだろうけどな。でもセックスなんだよ。男性にとっては……。まぁ、女性にとっても、なのだけどね。とりあえず、男性の立場からすれば、最も価値を持つものが、女性だといい直せば解るかな」

また、自分の着ているTシャツを僕に、「これ、ガチにさしこと同じなんだぞ」――「へたれ」と書かれたそれを誇示すると、続けました。

「人類に限らず生命体の究極の目的は種の保存だ。だから男は自分の遺伝子を如何にいい条件で未来に遺すか、女も如何に優秀な男性の種を得て種を遺すかが最重要課題となる。男は他の男よりいい女をパートナーに、といえば聴こえはいいがセックスして、子供を遺す為に競争して勝たなければならない。腕力を得ようとするのも、権力、富を得ようとするのも、優秀な女を獲得し独占したいからだ。売春というものが人類最古の職業である理由も、男性にとって女性が富であるとすればなるほどと思えるんじゃないか？

女性であるということ自体が価値となるからこそ女性はセックスを生業《なりわい》と出来る。男性が女性を富として認識するからこそ男性は女性とのセックスに対価を払うといったほうがいいか。つまり愛も富に他ならない。――こういい切っちゃうと、柊木は反論するだろうけどね。でもさ、何故、富が権力となり得るかということを考えてみれば、やはりこの結論になっちゃうんだ。

本来、富と権力は別のものだよな。金がなくとも権力はある――という状態は成立する。でも権力というものは独占の為にあるのではない。独占は権力を強固に保持する為に必要なものだというのが正確なところだ。しかし往々にして権力は独占を求めて暴走する。独占したいが為に人は権力を手に入れようとする。何を独占したいのか？　優秀な女だよ。自分の遺伝子を競争で生き残らせたい場合、選んだ女性が自分以外の精子も受精させ得る状態にあるのは好ましくないことだろう。だから自分だけのものにしたい要求が湧く。一方、女性が優秀な遺伝子を残したい場合、複数の男性の精子を受精しても問題はない。一夫一婦制が大前提となり、場合に拠って一夫多妻は容認される傾向にあるが、一妻多夫が認められにくいのは、倫理的な問題というよりも、一妻多夫を了《りよう》としたなら、男の役割が限りなく希薄になってしまうのが原因だ。

男と女では性欲が異なるといわれるけど、性のメカニズムが違うといわれるけど、そんなものは、一夫多妻のみを正当化する根拠になり得ない。男性が沢山の女性と性交渉を持ちたいと望むのと同様、女性だって沢山の男性と性交渉を持ちたいと願うさ。

でも、畠中隊長のようなニュータイプの男性はさ、現実の女性に興味がない訳よ。二次元の女性、空想の女子にしかセックスの欲望を抱かない。どんなに富を積もうが、権力を行使しようが、二次元の女性を支配することは不可能だろ。そうすると、富や権力への執着が余り意味をなさなくなる。

幾ら隊長が涼宮《すずみや》ハルヒを慕って、ハルヒに貢《みつ》ごうが、ハルヒの運命の相手は同じクラスにいる平凡なキョンだ。命懸けでまどマギの甚平をゲットしても、鹿目《かなめ》まどかは隊長に好意を抱いてくれない。ハルヒとは違い、鹿目まどかにステディな男性なぞいないが、制作会社を買収して、隊長がまどかが自分に恋をするという続編を作らせることが出来たとしても、それは隊長の恋の成就に絡《つな》がらない。従って、二次元の相手を独占しようとするならば、お前が毛嫌いする傾向にある二次創作本を勝手に作ってしまうというのが一番、満足のいく行為になる訳だ。

無論、そんなことをした処で、三次元の、現実に存在する女子を嫌がっているのに監禁して満たされる支配や独占欲の十分の一すらも、己のそれが補われることはない。

だから、最初から諦めている。欲望の対象となるものを、現実的に自分が独占することを。というか、どんなにガチヲタとして生まれてこようとも、二次元の相手をコントロール出来ると思っている奴なぞいないから、隊長を含めたニュータイプは、権力への衝動を抱く必要性を端《はな》っから感じないんだ。

ま、こういう隊長の性質は、ヲタなら少なからず持ち合わせている。アイドルヲタである俺だって、まさか応援するアイドルを本当に自分の恋人にしたいとは、思わない。思えない——んじゃなくて、そもそも、独占の対象じゃないから、ステディな関係になるのなんて、まっぴらご免なんだ。

そりゃ、欲情しているんだから、オナニーはさせて頂く。

しかし、萌えという欲情は、このコを手に入れたいという衝動ではない。

属性を同じくする仲間同士で鑑賞して、見守っていきたいという、老人の盆栽いじりにも似た枯れた衝動なんだ。

おお、そちらの枝はえらく曲がっておられますな、シブい。ほう、この曲がり具合をお気に召して下さるとは貴方もとんだ茶人《ちゃじん》だ。ここはお一つ、落雁《らくがん》でも召し上がれ——。というのが、俺達の萌える恋愛衝動だ。

それなのに従来の恋愛感情をアイドルにぶつけてしまうファンも、いる。だから時折、ややこしい事件が勃発する。所有を伴う恋愛感情は萌えではない。俺達が所有欲を促《うなが》されるのは、実際の相手ではなく、生写真やグッズのみだ。この感情が本末転倒な歪《ゆが》んだものだとは思わない。だってそうだろ、従来の恋愛感情にしろ別に崇高なものなんかじゃなく、所有欲、つまり物神性の魔術に取り憑かれているものなんだから。進化系のフェティシズムだ。

マルクスは貨幣そのものが物神性を持つといったが、もはやヲタに拠《よ》り貨幣への物神性は跳躍《ちょうやく》された。

俺、リアルにぶっちゃけて下さいよ、現実の女性に対してコンプレックスとか感じるから、二次元がいい訳ですか——って、隊長を問い詰めたことがあるの。幼女なら、法律的に問題なければ興奮しちゃうんですかって——。そしたらとにかく現実の、実際の女性は幼女でも駄目って返された。そして反対に真顔で訊ねられたよ。だって、オマンコなんてあんな気持ち悪いもので、どうやって勃起するんだ？　――って。あんなグロいものを舐《な》めたり、あんなものに入れたりすると思うだけでゲロ出そう、萎《な》える、と……」

三度、井上書記長は、胸を張り、自分のＴシャツを自慢する様子をみせます。

好きになったアイドルと交際出来る権利、そのアイドルのグッズをコンプリート出来る権利、どちらかを選べるなら、コンプリートを迷わず選択するのがヲタであるのを、僕に理解させようとしているのでしょう。

「隊長もこんな自分はマズいかもって何度か実際のセックスにトライしてみたらしい。フーゾクも試したし、ちゃんと付き合いをした相手とも試したんだよ。でもやっぱり駄目らしい。

隊長って、実は案外、モテるんだよ。あんな感じだけどさ、変な包容力があるじゃん。それにすっごいフェミニストだしね。モテて当然かもしれん。

後藤ってさ、下品なことをいうのがカッコいいと思っているような奴じゃん。だから、あいつがまだアニメ研に入りたての頃、俺がアイドルに熱を上げて、今度はこのコがくる――みたいなことを熱く語った時、アイドルなんて、皆、枕《まくら》営業してますよ。ヤリマン、公衆便所ですよ――って、いったことがあるのね。そうしたら、隊長、スゴく怒ったの。本気でキレた。二次元の女子にそういうのはいいが、実際の女子に対し、ヤリマン――まではいいが、公衆便所とは、いうな！　――って……。

どうしてヤリマンは赦されて、公衆便所――と譏《そし》るのが、赦されないのかは、説明し辛《づら》いんだけど、隊長なりのフェミニズムなんだよね。だから現実の女子に性的な欲望は抱かないけど、現実の女子を軽視しているというのでもない。

そんなんだから、俺が知るだけでも、超可愛いコと二、三人、恋愛関係らしきものに、なってはいる。学食で、隊長のみがラージサイズのオムライスを注文出来るのは、単純なトリックで、学食のオバチャンの中に、隊長にモーレツに恋しちゃっている人がいるからなんだ。あの風情《ふぜい》が、その人にとっては完璧のストライクらしい。

今度、学食に行って観察すれば、どの人か解るよ。麺のコーナーの横が、カレーとか、オムライスとか、ご飯物を作るセクションの人の持ち場だし、オバチャンといっても、際立って綺麗な人だから。何せ、ここ五年間、学園祭のアンケートで、ミス学食を連覇している。非公認ながらファンクラブすら、ある。

ミス学食が都合で休んでいる時は、幾らブラック・マジシャンを発動出来る隊長といえども、ラージサイズのオムライスは食べられない。ケチャップと共にマヨネーズも掛けて貰えるのは、隊長が、マヨネーズはないの？　って訊いたから。あの学食でマヨネーズを使うメニューがないから、ミス学食は個人的に、何時《いつ》、隊長に頼まれてもいいようにマヨネーズを常備しているんだ。健気《けなげ》だろ。補足情報だが、そんなミス学食は独身だ。

隊長は無論ゲイではないし、二次元の女子には勃起する。オナニーもする。

柊木からすれば、俺達のようなヲタは趣味にめっさ、金を費やすってイメージがあると思う。

今日、隊長が入手したであろう甚平も、たかが甚平なのに、七千八百円もする。普通の人からすれば浪費だよ。

でも、それくらい可愛いもんだと思うんだ。現実の女性に対しての所有欲に取り憑かれた男性は、商売で相手をしてくれていると解っていながらも、キャバクラに通う為に会社の金を横領しちゃったりするじゃん。ヲタはさ、幾ら熱狂しようと、会社の金を横領してまでは貢がない。メシを喰わずとも貢ぐことをするけれども、それは、自分への挑戦みたいなもの。如何にこんな不毛に労力を費やせるかのゲームをしてるような感覚かな。

愉《たの》しませてくれて有り難うというお布施《ふせ》みたいなものであるともいえる。お布施は飽くまで出す方の志《こころざし》で、定められていない。俺はお前より多く出したぞって威張る類《たぐ》いのものでもない。貴方は私にこれだけのものを下さいましたと、相手というより、自分に示す尺度だ」

井上書記長はそこまでいうと、エロゲの並ぶ棚に向かい、先程のものと風情は似ているけれど異なるタイトルのエロゲを一本、手にし僕の膝の上に置きました。

僕は返したいけれども、話の腰を折るのが嫌なのでそれを、とりあえずそのままにしておく。

「どうして畠中隊長みたいなニュータイプがこの世に現れたのか？　要はインターネットが主な原因なんだよ。俺達より昔の世代の人達は、性に興味を持ち始めてもなかなか、セックスとはどういうものなのかを知ることが出来なかった。小学生や中学生は、『週刊プレイボーイ』を立ち読みするのでさえ、決死の覚悟で臨《のぞ》むものだったという。咎《とが》められれば獄《ごく》に繋《つな》がれる、それでも観たい――という特攻精神で女の裸へと向かったそうだ。

でも俺達の世代は性に目醒める、目醒めないに拘《かかわ》らず、物心ついた頃から、インターネットでその知識を得てしまう。自発的に探そうとしなくても、スパムとして無修整のセックスの画像や動画がどんどん勝手に入ってくる。性教育なんて受ける前に、異性の性器がどういうものなのか知ってしまうし、自分を産んで育ててくれている母親もフェラチオをしたり、ローションプレイをしたのだろうと、想像する。人格形成の早い段階で情報を与えられてしまうから、ショックを受けることはない。

そうして、実際のセックスが、デフレーションを起こしてしまった。経験をしていなくても、情報がインプットされてしまうから、セックスへの理想を抱く暇がない。暴落した株券が只の紙切れになってしまうように、もう、事実上、セックスの価値はほぼなくなってしまった。価値のないものに魅力は感じない。快楽のみならオナニーの方が無限大のものを与えてくれる。畠中隊長みたいなリアルのセックスに興味を抱けない人間が出てくるのは当然の理《ことわり》な訳さ。入部したての頃、戦争が起こるかもしれない状況ではなくて、もう既に開始していると、俺達はお前にいったよなぁ。

この戦争は誰と誰とが戦っているのかが解らない、戦わされているのか不明の戦争でもある。しかしもしかすると、隊長のようなニュータイプと、それまでの旧タイプ——新しいモデルと旧来の倫理や制度を存続していきたい保守モデルとの、人類というヴァージョンを巡る階級闘争が行われているのかもしれん。何を支配するのが有効か、何に対して権力を行使したいかという基準が異なり、優先順位が軽んじられれば、喧嘩は起きる。

水に棲む環境から水上で暮らす環境を選択した生物は、その過程で、やはり本来の水中での進化を望む種と新天地に向かおうとする種の紛争を経験しただろう。戦争を肯定する訳ではないが、もはや戦争が勃発してしまったこの世界で、戦争を未然に防ぐ議論をしていたって仕方がない。どうやればいい解決方法を与えられるのかを各自が模索する方が建設的だろう」

「長引くと、思いますか？」

井上書記長が言葉を終えたので、僕は訊ねる。

井上書記長は、僕に訊ね返す。

「この戦争がまだ長引くかどうか——ということ？」

僕は頷きました。

井上書記長は、応えました。

「解らないよ。——でも、そろそろ終わらせなきゃ、いけないだろう。継続するとしても、終わりへのシナリオは示されるべきだ。もうどちらの軍も、疲弊し切っているのだしね」

窓の向こうに眼を遣り、呟《つぶや》くようなその回答は、もう戦う気力を奮い起こすことの出来ない、全身の至る箇所を負傷した重傷の兵士から発せられた懇願《こんがん》のように思えました。

「お茶、淹れましょうか？」

訊ねてみる。

すると、井上書記長は、

「ちょこっと、忘れ物があったから寄ってみただけだしな」

またエロゲの棚に向かい、そこから数本を抜き取り、とらのあなで買ってきたというＤＶＤと共に自分のショルダーバッグの中に入れ、こちらへ首を捻《ひね》りました。

「俺は帰るけど、柊木はどうすんの？」

「僕ももうじき帰ります」

「鍵、閉めておいて貰っていいかな」

井上書記長が、出て行こうとするので、僕は自分の膝に載せられたままのエロゲを持って、立ち上がります。

「先輩、これ」

「ああ。……柊木に貸しとくわ」

「いらないですよ」

「先輩のいうことがきけんのか」

「苦手なの知ってるじゃないですか」

「それでも受け取れ」

井上書記長の顔が、妙に真剣なので、僕はつい、返しそびれます。

「それはおとこの娘《こ》ものとしては、比較的初心者でもとっつきやすい。一部ではカミゲーともいわれている」

「……」

「柊木——。俺達はまだまだ世間のことなんてまるで知らない呑気《のんき》な大学生だ。生きてきた年数だって僅かな若輩《じゃくはい》者だ。そんな俺達だからこそ出来ることが、ある。だからこそ出来ないことだって、ある。政治や思想に関心を持つのは重要なことだ。しかし、自分がまだてんで考えの浅い未熟な人間だということも、きちんと胆《きも》に銘《めい》じておけよ。若者は時に極端な行動に走ってしまうものさね。考えることを放棄しちゃいけないが、考え過ぎないことだって、子供の俺達にとっては大事だよ。今のお前に必要なのは、だらしなさだよ。エロゲから学べる事柄だって、意外に沢山ある筈さ」

井上書記長を見送り、暫くして僕もセーラー服でしどけない欲情を掻き立てるに相応《ふさわ》しい三名の女のコ（にみえる）イラストが描かれたパッケージの『おとラブ～女装美少年限定！～』なるエロゲを食べ終えた弁当のタッパーと共に、リュックの中に仕舞いました。

部室の鍵を閉め、僕も、新学会館を後にしました。

一度くらいは経験です。エロゲをやってみてもいいかなと思いながら……。

駅前の閑散とした喫茶店で、夕刻に僕は李明正と逢う約束をしていました。

二人で逢うのはこの日が初めてでした。君と僕と三人でなら逢ったことはある。その時もこの店でした。夕方からはスナックになる、昼はやる気のないマスター一人きりの全てのメニューが不味い店。

このように粗末な店であるほうが密談がしやすいと李明正はこの店を指定する理由を説明しましたが、それだけではないことは解っていました。李明正は交通費の負担を掛けたくないので僕や君が歩いてこられるこの店を待ち合わせ場所にするのです。

実家が裕福ではあるが、李は自らの生活資金は自らで賄《まかな》おうと、新聞配達の仕事をしている。しかし、それで足りない分、活動の費用が嵩《かさ》んでしまう場合は、実家に援助を求めている。無心といわれれば返す言葉がないが、余剰な富のある処から必要最低限の支援金を引き出すことは自分の活動の理念に抵触する行為ではない――と李はいうが、それに、後ろめたさを感じている。

李は僕達に逢う際、極力、金銭的負担を掛けないように配慮してくれる。君がいなくとも、大松と僕とであっても、その気遣いを怠《おこた》らない。偶《たま》に申し訳ないと思うから、無理しても自分の出せる金額以上を負担しようとすると、彼は、「金などというものは、その時により多く所持している者が出せばいいのだ」と、退《しりぞ》ける。「それに拠って私が君等に恩を売ることもなければ、君等が私に義理を感じる必要もない。全ての所有を認めないトロツキズム解放戦線のイズムを遵守《じゅんしゅ》しているだけだ」。人を見下すように居丈高《いたけだか》で衒学《げんがく》的な態度を誇示しがちな男であるけれども、性根《しょうね》は朴訥《ぼくとつ》だ。

僕が喫茶店に着くと、既に李は奥の席に座り珈琲《コーヒー》を飲んでいました。皺だらけの紺《こん》の背広に白いシャツの李明正は、僕の姿を認めると、

「今日は授業の帰りか？」

と、訊ねます。

「今は夏期休暇ですよ」

応え、面倒臭そうに出てきた店のマスターにコーラを注文すると、

「そうか。気楽なもんだな」

鼻を鳴らして、李は、口許を歪ませました。

「大松から君が、共闘に加わりたいと志願して来た旨は既に聴いた」

コーラが運ばれて来てマスターがいなくなるのを確認し、李明正はいいました。

「足を引っ張るかもしれません。それでも事情を知ってしまった以上、僕も一緒に戦いたいんです。一緒にやらせて下さい」

「今日はやけに殊勝《しゆしよう》じゃないか。最初に逢った時のあの威勢はどうしたんだい」

「大松さんにもいいましたが、僕はまだ詳細は知らされていませんが、完全に武力革命に就いて賛同している訳ではないですし」

「その辺りのことも聴いたよ。僕の党――として共闘するんだってね。構わない。歓迎するよ。私と大松も完全に意見が合致している訳ではない。君も私も大松も同じじってことだよ。只、これは遊びじゃない。今、盛り上がりをみせている反原発のお祭り騒ぎにも似た市民運動の延長でもない。本当の革命だ。途中で憶病風に吹かれ、足を止めてしまう可能性を少しでも自身に見出すのなら、関わらないで貰いたい。邪魔なだけだ。我々の行動は最初、全く世間から認められないだろう。我々はしばしテロリストの汚名に甘んじなければならない」

僕は強く、頷きました。

「いい目付きだ。もうすっかり革命家だね。で、今日君を呼び出したのは具体的な我々の行動、戦術を知って貰う為だ。もう少し先にするつもりだったんだが、日本部戦のほうから予定を繰り上げたいという要請が入った。勿論、武力制圧した後、実際に政権を取り仕切るのは我々であり日本部戦はそれが滞りなく行われる為の軍事部隊に過ぎないのだが、作戦を何時、どのようにどのタイミングで起こすかの主導権は彼等に委《ゆだ》ねてある。武力行使に於ける経験値が我々にはない。

本来はもっと時間を掛ける筈だった。しかし日本部戦は危ぶみ始めている。東京電力が福島第一原発の一号から三号機の原子炉への注水が保安規定による冷却に必要な量ではなかったことを隠し通せず、暴露した。原因は異物混入に拠る配管の不具合らしい。注水量を増加させることでこの問題は回避出来ると東電は説明しているが、日本部戦はそれに関して懐疑的だ。

異物は取り除かれたという発表がなされたが、日本部戦はこれを虚偽の発表だと考えている。原子炉の仕組みに関しては私も学者じゃないからね、正直、説明は受けたがぼんやりとしか解っていない。が、研究機関に拠れば配管に異物が混入した状況であるなら、最悪の事態だそうだ。水の量、圧力を増して取り除けるという単純なものではないそうだ。人間に喩《たと》えれば血管の中に血栓が出来る、要するに原発自体が脳血栓を起こすようなものらしい。つまり残念だが第一原発はもはやどう対処しようが更に汚染を拡大させるしかないのだそうだ」

「嘘でしょ……」

いうと李明正は冷めた珈琲をまるでドブ水でも飲むかのよう、一気に飲み干しました。

「だからして、彼等日本部戦は少々、焦《あせ》っている。日本部戦としては原発を自分等の支配下に置くことで日本のみならず世界に自分達の存在を示そうとしている。その原発が修復不可能なものだとしたら、今回の作戦と行動の意図が曖昧《あいまい》になってしまう。これまで我々は解りよく福島の原発を人質に喩えてきたが、怪我をした人質と空気感染する深刻なウイルスに冒された人質では、拘束の影響もモラルも変化してしまうだろう。ウイルスを抑止する策を持たぬまま感染源となる人質をとる場合、全世界に対し闇雲に恐怖を提示していると理解されても仕方がない。それでは革命の正当性は何処からも認められない。

日本部戦は、原発が修復不可能であり更なる被害を出すことがまだ明るみに出ないうちに、行動を起こすべきだと戦略を変えてきた」

「その被害というのはどのようなものだと日本部戦は推測しているんですか？」

「膨大な汚染水が流出するだろう。最悪、太平洋は死の海と化す」

「それが前もって解っているなら、革命なんてものは後回しにして、少しでもその汚染水対策に奔走《ほんそう》するべきじゃないでしょうか？」

僕は異を唱える。専門家がいうのですから、真実、福島第一原発は滅亡の装置となるしかないのでしょう。でもそれを為《な》す術《すべ》がないからと、もはや仕方のないことと受け入れなければならないのか。僕等に出来る被害を最小にする方法はないのだろうか？

「原発が更なる被害を齎《もたら》すということは、まだ一般には知られていないんですよね」

「そうだ」

「ならば世の中に発表しましょうよ。どうにもならないかもしれない。でも全ての人がそれを知れば、何処かの知恵者が、学者が、何かの手立てを思い付くかもしれない。それが今、僕達の為すべきことではないですか？」

「確かにそうだ。しかし君は肝心な部分を一番最初に聴き逃したようだ。

私はいった筈だ。日本部戦は危ぶんでいると——。つまりだ、とてつもない放射能汚染を引き起こすことになると研究機関が予想したと私はいったが、今回の原発事故は人類が経験をしたことのない初めてのものなんだ。

チェルノブイリでの原発事故の教訓を活かせないくらいに今回の事故は特殊なものだ。だから研究機関は予想を立てたが実際にどうなるかは神のみぞ知ることだ。研究機関にしろ実際に調査し配管がどうなっているか観た訳ではない。最悪のシナリオは飽くまで日本政府と東京電力の発表を鵜呑《うの》みにした結果、出されたものなんだよ。研究者の中には仮令《たとえ》、発表されている以上の量の放射能汚染があったとしても、人体にさほど重大な影響がでることはないと考える者もいる。

この事案に関する予測は、根拠そのものがはっきり確認出来ないが故、憶測の域を出ない。私は日本部戦が原発に対し最悪のシミュレーションを得た結果、ことを急ごうとしているということを伝えようとしただけだ。東電が配管から異物を取り除くことに成功したという発表も真実かもしれんしね。只、不安要素は完全になくしておかねばならない。さもなくば三百の兵は動かない」

「配管の異物は取り除かれているかもしれないし、そうでないとしてもそれが原因で新たな大惨事に至るかどうかは解らない。飽くまで可能性を否定するに足りる情報がないということですよね？」

「君の質問は、私の説明を繰り返しているだけに過ぎないが、そうだ——と、応えておこう」

僕は配管に異物が詰まったことが決して大事に至らぬよう、信じてもいない神様に向かって願《がん》を掛《か》ける。李明正は席の横に置いていた茶色いダレスバッグから、バインダーを取り出しました。

「調整中だが九月中には行動を起こしたいというのが日本部戦の考えだ。十月になると東京でＩＭＦと世界銀行グループの年次総会が行われる。要人が多数入国してくるのでセキュリティが強化される。早めるなら九月がベストらしい。準備は整っている。観てくれ」

テーブルの上にバインダーを置き、李明正は、僕がそれを正面から観られるように向きを変えました。その手に捥って捲《めく》られたバインダーには、至る処、赤や青のボールペンで細かく印が付けられた地図がありました。

「福島県の地図だ。蜂起の日がまだフィックスされてはいないので、仮にその日をＸデイとしておこう。で、Ｘデイの午前九時、日本部戦は福島県に隣接する県、宮城、山形、新潟、群馬、栃木、茨城からの交通を遮断する為に県境の主要道路を全て封鎖する。

具体的には、宮城県との県境の国道６号、並びに１１３号、３４９号、４号。３９９号——山形との間は他に、13号の板谷《いたや》大橋、１２１号の大峠《おおとおげ》トンネル。新潟と福島間の国道は４５９号、49号、２５２号、樹海《じゅかい》ラインと呼ばれる３５２号。それと群馬からの４０１号も念の為、檜枝《ひのえ》岐《また》村で封鎖。栃木県からの１２１号の山王トンネル、４号、２９４号も同じく封鎖する。残る茨城県からの国道も、１１８号、３４９号、６号を封鎖だ。無論、常磐自動車道の茨城との県境も封鎖、磐越自動車道、東北自動車道も同様にする。飛行機、電車、バスは運行停止。これで福島は事実上、日本から孤立する。当局は福島に突入する幹線道路を失うことになる」

　地図のあちこちに走る道路を指でなぞりながら、李明正は僕に説明をします。

「その為に百名を送り込んでくる？」

　李明正は応えます。

「否、今いった県境の道に配置される部隊はその半分、五〇名程度だ。国道を中心に封鎖したとて福島に入ってくる方法は幾らでもある。自衛隊や特殊部隊は山を越えたりして道なき道を進み、乗り込んでくるだろう」

「それでは、完全に外部からの侵入者を防ぐのは不可能なんじゃないですか？」

「ああ、不可能だよ。自衛隊や特殊部隊が出動してくれれば空、並びに海から福島に入ってくることは簡単、幾ら日本部戦でもそれに対抗するのは無理だ。国道や高速道路以外の道もあるのだしね。主要幹線の封鎖は我々が福島を制圧したことを日本、延《ひ》いては世界に示す為のプロパガンダに過ぎない。封鎖しても我々を鎮圧しようとする者は少数ながら入って来るだろう。制圧された福島の状況を報道する為、ゲリラのマスコミが潜り込んでくることも想定の範囲内だ。

——我々は福島を占領するが戒厳令下で起こることを隠そうとは考えない。交通手段を規制するのは一時的に福島にいる人間の数を必要以上に多くも少なくもしたくないからだ。さもなくば我先に福島から出て行こうとする人間で大混乱が起きる。怪我人が出たり、無用な犯罪を引き起こすことになりかねない。

そんな状況下に於いては、誰も我々の主張に耳を傾けない。——目的は福島県を乗っ取ることではない。福島を独立国家として超法規的措置の採用で、日本政府に認めさせることにある。争点はたった一つだ」

李明正はバインダーの次の頁を捲《めく》り、先程よりも縮尺が大きな福島市街が拡大された地図を観せました。

「道路の封鎖や交通、それにいい忘れたが福島県警本部の入る県庁庁舎、陸上自衛隊福島駐屯地も制圧したら、直《す》ぐ様《さま》、早稲《わせ》町《ちょう》にあるこのＮＨＫ福島放送局をジャックする」

「放送局——ですか？」

「放送局を占拠しなければ、我々の蜂起とその主張を世に知らしめることが出来ないからな。日本国政府とのホットラインの確保は、県庁に据える。従い、この制圧部隊には私が加わるつもりだ。しかしこれらに配しても兵は余る。残りのメンバーは市内を中心として、警察でいえばパトロール隊といったところだな——として分散する」

「それだけしても、まだ原発を人質とするメンバーは確保出来るんですね？」

「出来る。日本部戦に拠るとその思想と行動に共鳴する者は時が経つにつれ、未だ徐々に増えているそうだ。だから三百といっていたがＸデイまでにはもっと多くなるだろう」

僕は李明正が観せる地図を眺めながら、いいます。

「北据さんから李さんの作成した新憲法に眼を通させて貰いました。賛同しかねる箇所がないではなかったのですが、北据さんもいう通り基本的には素晴らしいと思います」

「何処が賛同しかねるのかね」

「そうですね。一番、気になったのは死刑廃止という部分です。北据さんは普通の人間の命も殺人鬼の命も平等だといいました。それは解ります。でも、どんなに凶悪な犯罪を犯そうが死刑にならないのなら、被害者の遺族はやりきれないんじゃないでしょうか？」

いうと、李明正は「確かにね」と、素直に認め、

「しかし、死刑は認められてはいけないと私は考えるのだ。あの草稿を読んだだけでは、何故、死刑は廃止されなければならないのかよく解らないかもしれないが……」

僕の質問に応えました。

「人が人を裁くことには限界がある。どれだけ証拠が揃っていようとも、それが真実であるか否かは誰にも解らない。どんなに理性的でも人は感情の生き物だ。全く感情が介入しない裁きなんてものはあり得ない。そしてその感情と判断は、コモンセンスに容易に左右されるものでもある。絶対的なモラルなんてものは存在しない。君は命が何故に、一番、尊重されなければならないのか解るか？」

「えっと、だから……。命は一人に一つしかなく、唯一、平等なものだからではないですか？」

「その通り。しかし、人は必ず死ぬのだよ、君がいうように平等にね。私は命が最も尊重されなければならないのは、誰の命も同じだけの可能性を有しているからだと思うのだ。常に同じ量の可能性を全ての命は所有している。余命一日を宣告された人間の命も、これから偉大なる発明をすることがほぼ決定された発明家の命もその可能性の差を持たない。命を奪うということは可能性をゼロにしてしまうことだ。可能性があるからこそ私達はそれに縋《すが》る。修正や後悔も出来る。可能性がなければ理想もまたないだろう。可能性があればこそ私達は革命が出来る」

「そうかもしれませんが……」

食い下がると、更に李はこう、続けました。

「理屈ではそうなるが――と、君が納得しかねる気持ちは解らないでもない。全ての命が同等の可能性を持つのであれば、どうして食べるもの、食べられるものとに分かれてしまうのかという反論がなされるだろう。法という規定が取り除かれた世界、或いは法が機能している世界、どちらでも構わないが、それは自然に拠ってあっさりと可能性を奪われてしまう性質のものだ。

生き残れるか否かの努力を、自然という暴君はまるで配慮せず采配《さいはい》を下す。――しかし、それならば、我々は只、ひたすらに自らの幸いを神に祈願するしか術《すべ》を持たないではないか。神が残すもの、淘汰《とうた》するものを整理していく時、残すものに自分が入りますようにと、祈禱《きとう》するしか方法がなくなってしまうではないか。

我々は自立を主張する場合、理屈を採用するべきだ。仮に命の価値が銘々《めいめい》違っていたとしても、我々はそれを認めてはならない。理屈というのは公理だ。基本的仮定を前提として定めなければ命題は導き出せない。つまり仮定が真理か否かを問題にするのではなく、私達は何を前提とするのかを議論し決定しなければならないのだ。

命に同じ可能性があるとするのは、前提に過ぎない。が、この前提を打ち消してしまうと全ての思想と方法はその土台を失ってしまうことになる。

君が読んだのは飽くまで草稿だ。そこから北据氏にも読んで貰い、アドバイスを受け細かく訂正を加えてある。施行する新憲法は手前味噌ながらもっと優れた内容のものになっている。大松のもの、私のもの、北据氏のもの――。三者三様の意見を調節してみると、より実際的で有効的な方針が現れた。無論、完璧なものとはいえないが、とりあえずの新憲法としては悪くないものである筈だ。

私達は非の打ち所なきルールを作り上げなければならないのではない。出来る限り明確なガイドラインを制作し、それを世界に問うのだ。我々の思想の正当性を主張するのでなく、審判を仰ぐのだ。この革命で我々は新しい国家の為政者になるのではない。固定され変更が不可能とされている法や原則が、再検討可能なものであるという事実を伝えるのだ。革命が成功し新憲法を施行してみて、問題が出て来たなら随時《ずいじ》、是正すればいい。君に読ませるのは、同意を得る為のものではない。君にも補足して貰いたいから読んで貰うのだ。憲法は教典ではない。君の意見も加われば、ここから更に視野の広い手段が導き出せるだろう」

李明正はバインダーを閉じました。そして、

「原発を人質に取るのは、福島を制圧するのと同時に行う。日本部戦の計算では幹線道路を塞ぐのは三〇分もあれば可能らしい。その三〇分の間に同時進行で大凡《おおよそ》百名の部隊が原発を制圧する。成功すれば私達、つまり私と大松、そして君はそれぞれ自分の仕事を遂行する。

君が共闘してくれるとは思っていなかったので当初は私が指揮を執り部隊と共に県庁と県警――県警本部が同じ庁舎に入っていてくれるので助かったよ、まるで我々の計画を歓迎するかのようではないか――大松がＮＨＫをジャックするつもりだった。が、君が参加してくれるならば君には大松と共にＮＨＫを占拠して貰いたい。占拠自体は日本部戦に任せればいいからそんなに難しいことをさせるつもりはない。君は封鎖完了と原発制圧の知らせを受けたら速《すみ》やかにＮＨＫに乗り込み、生放送で我々の主張を語ってくれさえすればいい。原稿は私が書く」

いいました。

「僕にそんな重要な役が務まりますか？」

李は頷きます。

「放送局といっても四階建ての小さな建物だ。完全武装した日本部戦なら、十名を用意せずとも簡単に制圧出来る」

「僕の役割は、いわばスポークスマンといった感じなのでしょうか？」

「スポークスマンでもあるし――」

李明正は言葉を切りました。

僕は待ちましたが、続きを、李明正はなかなか、いいだしませんでした。

「後は、何です？」

焦《じ》れたように問うと、李明正は僕の目線から自分のそれを下方に外し、応えます。

「新国家の初代、天皇でもある」

「僕が天皇？」

「その役割を君にお願いしたいのだ」

無言ながら僕が更なる説明を要求していると悟った李明正は、慎重に、語り始めました。

「大松と協議し、日本部戦とも話し合った結果、それがベストであるという結論に達した。日本国から天皇の称号を譲り受け、革命軍から初代の天皇を出すということは既に、聴いた筈だ。一時だけの天皇、まさに革命の成功を示す為に据えられる象徴としての天皇だが、問題はそのとりあえずの初代天皇の役を誰がするかだ。北据氏がその役を買って出てくれれば一番いいのだが、日本部戦もそうあって欲しいと願っていたのだが、彼女に幾ら提議し直しても共闘出来ないというので、諦めるしかない。従って君にやって貰うしかないのだ。他に人材がいないではないか。日本部戦も君なら適材だと判断したようだ」

「そんな……。だって日本部戦は僕のことなんて何も知らないじゃないですか」

「第四世界民主連合の北据光雪《みつゆき》が、最も思想的に近しく信頼を置く人物であるというプロフィールだけで、君は私や大松以上に信用を得られるのだよ」

「それは……。余りに荷が重過ぎますよ。少し考えさせて下さい」

「北据氏に相談をしてみるつもりかね？」

「したいです」

僕はいう。

しかし、君はこの計画には間接的にしか関わらない。相談していいものなのかどうか……。

思案に暮れていると、

「構わんよ。彼女は共闘を拒みこの蜂起に参加しないが、彼女の存在なくしてこの計画はあり得ない。彼女は最も適切な意見を君にも、そして私達にも与えるだろう。彼女には何を打ち明けても差し支えはない」

李は、そう告げ、

「では、相談してみます。その結果、北据さんが新天皇の任には李さんか大松さんが就くべきだといえば、それでいいですよね？」

僕が応えると、

「北据氏の判断なら従おう。彼女は我々の良心のようなものだからね」

ぎこちない笑みを、浮かべました。

「天皇制共産主義国家か——。文字面のみなら全く意味不明だな」

「ですね」

李の言葉に僕は頷きます。李はその後、バッグをテーブルの上に載せると中にあるものを僕に観せようとしました。

　迷彩柄の布の塊がありました。

「大松が用意してくれたものだ。彼が皇頼の会として活動している時のものと同じスイス軍のツナギだ。当日は私もこれを着る。無論、君も着用せねばならない。私としては不本意だが蜂起の際、今日のような恰好では動き辛い。まさかこんなスーツの内ポケットに、手榴弾や拳銃を入れて動き回る訳にはいかないからな」

「手榴弾？　拳銃？」

　僕はツナギを着用しなければということよりも、その不穏な単語に反応してしまう。

「そんなもの、持つんですか？」

「君にも持って貰うよ。日本部戦が我々の分も調達してくれる手筈になっている」

「僕は持ちたくないです」

「最初にいった筈だ。これは遊びじゃないんだ。君が銃を撃ちたくなくともテロリストとして認識される私達には、発砲、否《いや》、射殺命令が出るだろう。自分の身を最低限、守る武器は持っておかねばならない。撃たれたら撃ち返さなければならぬばかりでなく、撃たれなくとも撃たなければならない場面も出てくる」

「それじゃ、本当のテロリストじゃないですか！」

「誰も負傷しないに越したことはない。だがことを起こせば自衛隊や警察の特殊部隊はどんな手段を用いても私達の行動を阻止制圧しようとする。そんな相手に素手で対抗するつもりかね。日本国に福島の独立を認めさせるまでは何があろうと私達は死ねないのだ。殺《や》られる前に殺《や》るのも極限の状況下に於いては正当防衛だと考えるしかない。無論、一般人に銃口を向けることは可能な限り避けなくてはならないが……」

「武装した制圧部隊が乗り込んできた時、威嚇射撃などという子供騙しが通用する筈はない。また戦闘に関してまるで素人《しろうと》な私達が、立ち向かってくる相手を悉《ことごと》く器用に急所を外し、撃つことが可能だろうか？　場合に拠っては殺すしかない。只、如何《いか》なる理由があろうとも平気で人を殺すことなんて出来る訳がない。この革命を成就させる為に誰かに向かって銃口を向けたならば、私はそのことを一生、悔やんで生きていくしかないだろう。

北据氏の武力制圧に拠る革命を認めないという立場は、非暴力主義の理想論からのみくるものではない。

北据氏は何があろうと銃のトリガーに指を掛けたくはないのだ。そして掛けさせたくないのだ。自分であろうが相手であろうが、誰も人殺しにさせたくないのだ。だから私は彼女の頑な非暴力主義に対し敬意を表し、それを一欠片《ひとかけら》も否定することが出来ない」

大松の告白が、頭に浮かぶ。

僕は急に君に逢いたくなる。

君と話し合いたくなる。議論がしたくなる。

そして貴方は間違っている――。

今すぐ行動から身を引きなさいと、強くいって欲しい衝動に駆られる。

僕がやろうとしていることは間違ってはいないし、李明正の言葉と行動原理も間違ってはいない。革命は起こさなければならないし、僕達は既に非暴力ではない革命へと走り出してしまっている。だけど、僕はもっと君と会話をするべきだった。僕はさんざんに非暴力革命に就いて君から聴かされていたのに、まるで半分も理解出来てはいなかったのかもしれない。

頭が、がんがん、鳴る。

何の解決にもならないけれど、一刻も早くこの喫茶店から立ち去りたい。

アパートに帰って、井上書記長が貸してくれたエロゲがしたい。

僕の混乱を見通したかのように、李明正はいいました。

「私も恐いんだ。最近、毎晩のように人を殺す夢をみて、目醒めてしまう。君に偉そうなことはいえない」

「それでも革命が成功すれば、世界は今よりも必ず、少しはよくなるんですよね？」

「誰かがやらないと、ならない。賽《さい》は投げられた」

「命を賭ける決意は揺るぎません。しかし命を奪う勇気が、僕にはないです」

「それがある人間と私は共闘なぞしないさ」

僕と李明正はそのまま、沈黙にそれぞれの身を晒《さら》し続けました。

「無血であろうと、革命は世界の在り方を粉砕する行為だ。既にある世界を破壊するだけの価値が己《おのれ》のイデアにあるのかどうか、君はもう一度、よく考え直すべきだろう」

李は、目前に正体を現した革命というものが持つ暗部に就いて、こう簡潔に述べました。

突然、店の扉が開きました——。

僕は何かに追われている人間かの如く、びくっと身体を震わせ、反射的にそちらを振り向いてしまう。扉を開けたのは、中年の訳あり気な男女でした。

身体を寄せ合いながら、陽気に入ってきた二人のうちの男性が叫びます。

「マスター、マスター。本日はボトル、入れちゃうよ。競馬、三連単、当たったの！」

奥からマスターが出てきます。

この喫茶店がスナックに変わる時間帯でした。

「また進展があれば連絡をする。携帯電話は念の為、プリペイド式にしたほうがいい」

李明正はそういうと、話を打ち切りました。

平凡な別れの言葉を交し、僕は李と別れ、喫茶店の前の道を李が進むとは逆方向に歩き始めました。


「正直、解らなくなりました。さっき、李さんと逢っていたんです。大まかな計画内容を聴きました。正直、ぐらつき始めています。自分の行動の在り方がこれでいいのか、否か。僕は――」

「外に出ないか、柊木君」

「いいですけど、何処へ」

「今夜の水炊きをするキャベツがない。コープまで買い物に行きたいのだ」

李明正と別れてすぐ、アパートに戻った僕は自分の部屋に戻らずに君の部屋を訪ねました。

暫《しばら》くはとりとめもない話をしていたのですが会話が途切れたのを見計らい今、僕が語りたいことを語ろうとすると、君はそういって僕を外に連れ出しました。

「何時《いつ》ものコープですか？」

「野菜はあそこが一番、安い」

駅を越えた向こうにあるコープ。コンビニよりも遠く、歩いて二〇分弱、掛かる。

君はキャベツを一玉と、特売だったので椎茸を纏め買いで三パック、そして五百ミリリットルの醤油を買いました。

賞味期限内に食べなきゃ駄目ですよ――。という軽口を思い浮かべましたが、口にするだけの心の余裕を僕は持てないままでした。

会計を済ませた君はレジを通った後、購入物を袋詰めするカウンターで、困った表情になり考え込みます。

「どうしたんです？」

「買い物袋を持ってくるのを忘れた」

「レジ袋を貰えばいいじゃないですか？」

「レジ袋は一枚、五円だ」

「僕が出しますよ」

「それではコープで買う意味がない」

「じゃ、僕の鞄に入れればいい」

僕は背負っていたリュックをカウンターの上に置いて、口を開きました。

「柊木君がいて助かった」

君はレジ籠の中のキャベツと椎茸のパック、醤油の容器を僕のリュックサックに入れます。僕はそれを背負いました。

僕と君は、コープからまたアパートへの道を引き返します。

「さっき、私の部屋で柊木君が、いいかけたこと――。それを聴こう」

「帰ってからでいいですよ」

「否《いや》、アパートで話すべきでない。既に公安は私の部屋にも盗聴器を仕掛けたらしい」

「本当ですか？」

「何処に仕掛けてあるかも、ほぼ解っている」

「なら、取り外せばいいじゃないですか」

「取り外せば、彼等は更に見付けるのが困難な場所に設置し直すだろう。気付いていない振りをしていたほうがリスクは少ない」

「もしかすると、僕の部屋にも？」

「可能性はある。否、仕掛けられていると思っておいたほうがいい」

「李さんからも別れ際、今後の連絡はプリペイド式の携帯にしろといわれました。だから外に連れ出したんですか？　僕が計画の話を始めようとしたので」

「そう。この数日で公安の動きが活発になってきている。水面下で動く日本部戦の動きの何らかを捉《とら》えたのだろう」

「こうして話すのは大丈夫なんですか？」

「外で会話している分には、公安も内容を把握することは出来ない」

「さっき李さんと逢っていたあの喫茶店には――」

「李は慎重な人間だ。何か重大なことを打ち明けたならば、そこは安全だったと思っていい」

「この前、大松さんのアパートで計画内容を教えて貰った。それももしかすると盗聴とか……」

不安気に訊ねると、君はいいます。

「柊木君に打ち明ける前に、大松はおかしな行動をとらなかっただろうか？　例えば噛んでいたガムを屑籠《くずかご》にではなく、壁に貼り付けるとか」

心当たりがあったので、頷《うなず》くと、君は明かしました。

「大松も李とは違う意味で慎重だ。彼は盗聴器をガムで覆い、話している内容が聴き取れぬようにする術を心得ている。簡単な機器ならばそれで傍受が妨げられるそうだ。私も盗聴器と思しきものを発見すると、そうするようにしている。もっとも最近は当局も本腰を入れてマークしてきている。こちらが発見出来る盗聴器に信頼など置かなくなっているだろう」

「わざとガセを摑ませるような行動を、こちらがとることも？」

「予測済みだ」

君は、並んで歩く僕を観ました。

背筋がゾクッとする。

本当に自分が、国家との戦いという途方もない行動に出ていることの恐怖を実感する。

「で、何が解らなくなったのだ？」

僕は心境を吐露します。

「Xデイには、僕も武器を持たされるそうです。僕は護身用にしろそんなものは持ちたくない。だけど僕等の行動はテロと見做《みな》される。僕等には射殺命令が出されるだろうと李さんはいう」

「そう。柊木君達は日本政府からすればテロリスト以外の何者でもない」

「革命が成功しなければ、頓挫《とんざ》してしまえば確かに僕等は只《ただ》のテロリストですよね。仮令《たとえ》、誰一人、負傷させなくても……。

それは解ってるつもりです。でも、僕は幾ら革命の為とはいえ、誰かに銃口を向けるのは嫌です。撃たなくても嫌だ。仮に撃ってこられたとしても撃ち返したくはない。今更、何をいってるんだといわれるかもしれません。ようやくことの重大さに気付いたのかといわれれば、その通りです。だけど……。

李さんから、自分達の行為が世界を破壊するに値するかどうかを、もう一度、熟考しろというようなことをいわれました。でも考え抜いた処で、答えが得られるでしょうか？

僕は別に今のこの世の中に北据さんや大松さん、李さんのように大きな不満がある訳じゃない。歴史を変えなければならないという使命感もないし、体制を倒さなければという強い志《こころざし》がある訳でもない。少し世の中のルールを変えてみたら大勢の人が幸せになれるかもしれない。それだけなんです、僕を革命へと駆り立てるものは」

アパートが観えてきました。

「もう少し歩こう」

君がいうので、僕達はアパートを通り過ぎ、そのまま歩き続けます。

「柊木君は間違ってはいない。人は誰しも自分の行動や思想を肯定したいが為に、自身の気持ちの辻《つじ》褄《つま》が合うよう取り繕うものだ。自分の中にある矛盾をどうにかしたくて無理矢理に整合性を持とうとする。確かに柊木君のいう通り、資本主義から共産主義への転換は、少しだけ世の中のルールを変えてみるくらいに些細《ささい》なものだと私も、思う。

今回の蜂起は共産主義制度を導入するとはいえ、何もかもを共有財産にし私有財産を認めない国を作ろうというものではない。所有を認めないものは、三つ。土地、貨幣、人間——のみだ。李の草稿でも、その部分は強調し過ぎる程させたつもりだ。

認めないのではなく、個人が所有出来るものではないので、それを明らかにするに過ぎない。現状の資本主義制度と区別する為、便宜上、私達は新しい国家の体制を共産主義としているが、方法は国家の権限を最小に抑制し、自由競争を更に加速させるものであるから、超資本主義国家と呼んでも差し支えはないだろう。最小国家主義《ミナキズム》の範疇《はんちゅう》と見做されるものかもしれない。そして私達は実体のない国家という概念そのものに与えられた特権を排除するのだから、アナーキズムを実践しようとするものと捉えられてしまうかもしれない。

只、柊木君のいう、一寸《ちょっと》したルールの変更――。これが、最も困難な変更なのだ。その変更は意識の抜本的な部分に関わるものだから。

部分は全体であり全体は部分だということは、部分が変われば全体も変わるが、逆にいえば全体が変わらなければ部分も変われないということでもある。つまり、全体としての国家の意識が変更されなければ部分の意識もまた変わりようがないのだ。

私は、柊木君のように迷いながらもよりよき道を歩み始める者こそが真の改革者だと思う。

正解を見付けた者でなく、様々な回答に眼を通し、何故、その回答に至ったのかを真摯《しんし》に検討し続ける者こそが、尊ぶべき為政者なのだと思う。人は間違う。その間違いを誰かが糾《ただ》す。これを弁証法のように繰り返し、流動する幸福の価値観に機敏に応対し、互いが互いを補い、是正していけるシステムを機能させようとするイデオロギーが、私の共産主義だ。

――私も銃は持ちたくない。仮令《たとえ》、理想の社会にあと少しで手が届こうとも、それは決して人を殺していいという免罪符《めんざいふ》にはならない。大きな目的の為に小さな幸せを犠牲にしても仕方がないという考えは革命の本質を履《は》き違えている」

「僕はどうすればいいのだろう……」

少し勾配の強い坂道に差し掛かる。

大学に入学してから約半年が経ったのだけれども、こんな道を通るのは初めてでした。

「共闘を止めればいいのではないか」

「そういう訳にはいかない。もう、計画を知ってしまったんですから。それに、僕にはもう役割を既に与えられました。そのことに就いても北据さんに意見を聴きたかった」

「どんな役割を――？」

「福島の独立が日本から認められれば、暫定的に初代の天皇になって貰いたいとのことです」

「なるほど」

「僕としては李さんか大松さんがやればいいと思うんですが……」

「李はともかく、大松は無理だろう」

「どうしてですか？」

「日本部戦は大松を余り信用していない」

「大松さんが左翼でなく右翼だから？」

「否――」

君は沈黙のまま坂道を上りました。僕も従います。

坂を上り切ると同じような勾配の今度は下り坂が待っていましたが、そこには工事中・進入禁止――の看板があり、僕等は引き返すことを余儀なくされます。

「大松は数年前――正確には二〇〇九年だが――しくじっている。それを日本部戦は知っているのだ。お飾りとはいえ、天皇となればその者は英雄だ。日本部戦は大松にそんな役を与えたくないのだろう」

「しくじった？　どういうことですか？」

君は道を戻りながら俯《うつむ》いて話し始めます。

出来る限り事実のみを端的に伝えようとするかのよう、新聞記事を読むかのように……。

「一九九八年、長銀は多額の貸し付けを回収出来ず破綻《はたん》、日本で初めての金融再生法が適用された。

経営陣のうち二人は自殺。検察は長銀の頭取等経営陣三名を粉飾決算、検査妨害、証券取引法違反などの容疑で告発、東京地裁は二〇〇二年に有罪判決を出した。高裁も二〇〇五年、有罪判決を言い渡した。が、二〇〇八年、最高裁は旧大蔵省から出されていた資産査定通達は指針に過ぎず、十八行のうち十四行が不良債権処理を行っていたことから当時の会計処理は罪に問えないと一転無罪とした。この判決は世論の激しい非難を浴びる。長銀を経営破綻に追い込んだのは誰かということも議論された。そこで浮かび上がったのが財務省の官僚や日銀幹部の存在だった。無罪判決が出てすぐ大松は最高裁で無罪判決を出させた財務官僚と日銀幹部を糾弾《きゆうだん》するとして抗議活動に日々打ち込んだ。

その頃の大松は今以上に熱心だった。無罪判決が出てからすぐはマスコミもこの裁判の結果を糾弾していたが、一年経つともう忘れてしまったかのように騒がなくなってしまっていた。そんな中、大松だけが時代に乗り遅れた勤皇の志士のようにこの問題に拘《こだわ》り続けた。私の父を殺した罪での服役後、彼にとっては社会の巨悪と戦うことが全てだったのだろう。或る日、もはや訴えても誰も見向きもしないと悟った彼は、財務省の前で自らの喉元をナイフで掻き切り自害することで最後の抗議をする決断をした。街宣車を財務省の門前に停車させ、車上に上り往来の人々と駆け付けた警察官達が見守る中、大松は長い演説をした。そして演説を終えると、持っていたナイフを自らの喉に突き立てた」

僕達は坂を降り切りました。

君はそこまでいうと、忘れ物をしたかのように急に立ち止まる。僕も足を止めます。

「でも大松さんは生きている。自害は失敗した。それがしくじりということですか？」

「そうだ」

君は眼の前に何者かがいるよう、それを凝視するみたく真っ直ぐ視線を前方に向けると、いいました。

「急所を外した。それが故意だったのか否かは誰にも、大松自身にも解らないだろう。大松は車上から地面に転がり落ち、警察官に確保され、救急車で搬送された」

君は歩き出し、僕等はアパートに至る。

「盗聴器が仕掛けられているなら、北据さんの部屋で鍋を食べるのはもう止したほうがいいですよね」

僕が訊ねると君は応えました。

「計画に関することを話さなければいいだけのことだ。どうしてもそれに関連する事柄で伝えたいことがあるなら筆談すればいい」

「なるほど」

僕はいい、水炊きを一緒に摂ることにします。君の部屋に入ろうとすると、君は、

「ああ……」

如何にも失敗をしでかしたという感嘆の声をあげました。

「どうかしましたか？」

「カセットコンロのガスボンベのストックがないことを思い出した。恐らく今使っているものでは十分持つかどうかだろう。今日辺り、また一〇四号室には幽霊が現れる筈だ。大事をとってカセットコンロで調理するほうがいい」

僕は時計を観ます。六時五〇分――。

コープは七時で閉まります。猛ダッシュで走ればギリギリ間に合うかもしれませんが、微妙な時間でした。

「少し高い――定価ですが、コンビニの方が近いし、コンビニで買ってくるしかないですよね」

君は、頷きます。

「僕、行ってきますよ。だから北据さんは鍋の準備をしておいて下さい」

僕はリュックから財布を取り出し、君にリュックを渡すと、いいました。

「中にはさっきコープで買ったものと今日、食べたお弁当のタッパーが入ってます。他には特に何も入ってないんで、中身を広げて貰って結構です」

「解った。では先に用意をしておこう」

コンビニエンスストアで、カセットガスボンベを買って部屋に戻る。

卓袱台《ちゃぶだい》の上にもう水炊きの用意が出来ていました。

「気が付いて良かったですね。でないとせっかく食べ始めたのに途中で止めてコンビニに走らなければならなかった」

差し向かいで鍋を食べる。

「冬になればキャベツじゃなくて白菜を入れられますね」

「十月になれば店頭に並ぶ筈だ。柊木君はキャベツよりも白菜のほうが好きなのか？」

「好きというか……鍋といえばキャベツじゃなくて白菜のイメージがあります」

十月ならば後、一ヶ月と少しだ。

一ヶ月先、僕等はやはりこうやって二人で鍋をつついているのだろうか？

僕は想像する。もはやその頃は僕等は蜂起し革命に成功している。

革命に勝利したならばこんなみみっちい食事に甘んじる必要はないのかもしれない。

否、僕等が新しく作る世界は全ての人が金持ちでも貧乏でもない世界だ。

正確には、金持ちであっても貧乏であっても、特にそれが生きることの障壁《しょうへき》にはならない世界だ。

財産を多く持っている人と持っていない人の違いは、アニメ研の先輩達のように、お気に入りのキャラクターのねんどろいどを沢山持っているか、そんなに持っていないか、好きなアイドルのレアな生写真を確保しているか、いないかだけに過ぎない。新しい国では、天皇であろうと、皆と同様、国から支給された百五〇万円で暮らしを遣《や》り繰《く》りしなくてはならない。

ならば初代の天皇になったとて、僕はやはり同じような雨が降れば雨漏りがするし、隙間風も非道《ひど》いこのアパートで節約しながら君と鍋を食べているのかもしれない。そうあるべきなのだ。

僕は今の生活に何ら不満はない。惨《みじ》めだとも思わない。

僕は考える。

資本主義にしろ共産主義にしろその生活が満たされるか否かは、結局、心の温《ぬく》もりの有無に拠って決まるのではないだろうかと——。

稚拙《ちせつ》で恥ずかしいが、それが僕の思想の最終結論だ。

「何か思い悩んでいるのか？」

無口になってしまったので、君は不審に思ったのか、僕の顔を凝視します。

僕は正直に応えます。否、訊ねてみます。革命のことに話題が触れぬように気を付けつつ。

「理想の社会、全ての人が平等に暮らせる社会が実現したとしても、好きな人と自由に逢えないなら、その暮らしは悲しいですよね」

君は少し、考え込んでから応えます。

「そうかもしれない」

「必要なのは物質的に平等な社会なのではなくて、全ての人が平等に想い合える社会なんじゃないでしょうか——。かといって、好きだと告白されれば、告白された者はその気持ちに応えなければならない訳ではないんですけど――。差別の撤廃は差別をされる人の為に有効なのではなくして、してしまう人の心を自由にする為に必要なもので、貧富の格差の是正も、持たざる人を裕福にする為のものではなく、持つことに固執せざるを得ない人の焦燥や不安を取り除き解放する為のものなんじゃないかな。新しい社会は、盗まれてしまう人の不幸でなく、盗まなくてはならない人の不幸を、どうにかしなくてはならない」

「その通りだ。柊木君は確実に、論理的、弁証法的に思想を組み立てる能力を身に付けてきている」

「部の先輩がいっていました。僕達が今、巻き込まれている世界規模での戦争は、所有への概念が異なる旧世代と新世代との覇権争いなのかもしれないと」

「そういう解釈も成立するだろう」

「なら、それはどちらが仕掛けたもので、今、どちらの方が優勢なんですか？」

「どちらが仕掛けたのか――。それを断定するのは難しい。それぞれの立場で見解は相違する。

これまでの戦争にしろ、どちらが先に手を出したかというのは曖昧なケースが多い。第一次世界大戦の武力行使は、サラエヴォでオーストリアの皇太子夫妻がセルビアの青年に拠って暗殺されたのが引き金となった。これを契機にオーストリアはセルビアに宣戦し、そこに様々な国が相乗りをしていく結果となった。しかし、セルビアが先に手を出したのだとはいい難い。当時は各国に事情と思惑があり、正当な理由さえ見付かれば何時でも戦争に突入しようとする緊張の空気があった。皇太子夫妻の暗殺事件はきっかけとして好都合だったに過ぎない。一人の青年が個人的な意思に拠り起こした殺人が、国家と国家を武力衝突させる実際の原因になる筈がない。

従って究明は不毛だ。理はお互いに、ある。只、二つ目の質問に就いては明瞭に応えられる。現在、劣勢なのは新しい価値観を望むレジームだ。予想よりもこれまでの体制、産業革命と共に構築された資本主義のイズムを継続、死守しようとするコンサヴァティズムは強力だ。新しいイデアやシステムを旧来のものに戻そうとする圧倒的な力は、あと少しで凱歌《がいか》を上げる寸前にある」

「そろそろ終結すると、部の先輩もいっていました。新しい勢力が敗北すると、どうなるんでしょう？」

「何かが変更される訳ではない。敗戦した方の戦争責任が問われ、リーダーの斬首《ざんしゅ》が行われることなぞない。単になかったことにされる。新勢力の抵抗も台頭も、事実上なかったことにされるだろう。書物からもあらゆる電子上の履歴からも、それは抹消されてしまうのではないだろうか。そうして、更にインターネット上には莫大な広告が溢れ返り、所属するソサエティとソサエティの分断が大きくなる。異なる会社のキャッシュカードを持つ恋人達は、デートの際、単独で目的地までそれぞれの移動手段で向かい、それぞれに違う手段で帰路に就くことになるだろう」

「そんなのは嫌です」

「私もいいとは思えない。デートの方法に就いて私のようなものが考察するのは適切ではないだろうが、そのようなデートでは、余り愉《たの》しくない、気がする。海水浴に行こうと柊木君にいわれ、ここに来て下さいと紙を渡され、地図のみがあり、現地集合、現地解散だとしたら、私は多少、がっかりするだろう。出向かないかもしれない。

先程、柊木君がいったことは、柊木君が私に教えてくれた、自分を愛することが出来て初めて他者を愛することも出来る——という、思考の延長線上にあるものだ。

個人が罪を犯すのではなく、社会が罪を犯す。被害者も加害者も、その代員として苦痛を一手に引き受ける。本来、全ての人に与えられる歓《よろこ》びが特定の人間に寡占《かせん》される世界は、悲しみの配分もまた不平等の寡占状態として成立させる世界だ。そのアンバランスの状態で、どうやって他者を思い遣れというのか。物質的な安定が担保されようと、想い合う、コミュニケーションを取る相手の条件が、自ずと限定され、決定されてしまう社会は、豊かさに比例し、全ての人の孤独を更に深くする社会だろう」

僕はようやく確信的な答えを得たような気がして、君にそれを伝えたくなる。

でも、口には出せない。

盗聴されてはならない——ので、僕は、携帯電話を取り出しました。

画面を新規メールにして文字を打ち込みました。僕はそれを君に観せます。

【僕は初代天皇になります】

君は、頷きました。

そして返事のかわりに、僕にこう訊ねます。

「前にも訊いたが、その時の柊木君はまだ自身として納得のいくロジックを探し当ててはいなかった

ように思う。だから敢えてまた問う。柊木君——。命とは、つまり何だと思う?」

僕は携帯電話を置いて、応えました。

「李さんはいいました。命とは全ての人に平等に与えられた可能性だと——。僕もそれに同意しま

す」

「ならば、思い通りにすればいい。私は柊木君を、私なりの遣り方で援護するだけだ」

君は僕の携帯電話を手に取り、打ち込んだ文章を消して、何かを入力し始めました。

【日本部戦は武力を行使するが最悪の事態に至らぬ限り負傷者をださない。

流血があれば国民が新政権に拒否反応を示すことを彼等は心得ている。だから安心して欲しい】

僕は首を縦に振りました。

部屋全体が、温暖な空気で満たされていく気が、した。

羊膜《ようまく》のように、僕を保護してくれる。

それはどのような武器よりも強く頑丈な盾《たて》であり、矛《ほこ》だ。

僕の中に無尽蔵の力が、チャージされていく。

行動を同じくするばかりが共闘ではない。このような形での共闘もまた存在するのだ。

僕は返された携帯電話のその文章を保存したかったのですが、それは何かあった時に証拠となってしまうものなので消さなければなりませんでした。

「消去したほうがいいですよね」

「したほうがいい」

文章を消します。

「じゃ、今日は帰りますね」

僕はリュックサックを持って立ち上がります。君が訊く。

「明日、弁当は？」

「お願いします」

「了解した。あ、すまない」

君は何か思い出したというふうに、僕に待つようにいい、台所に行きます。

「柊木君がコンビニに行っている間、いわれた通り、リュックの中身を広げたら出てきた。うっかり入れ直すのを忘れていた」

玄関に戻ってきた君がそういって僕の前に差し出したのは、『おとラブ～女装美少年限定！～』

——井上書記長から貸されたエロゲでした。

こんなものがリュックに入っていたことを、僕はすっかりと失念していた！

「僕のじゃないんです。先輩が、アニメ研の先輩が……。無理矢理に、僕に貸して」

「別に恥ずかしがることはない。柊木君も男性だ。ＡＶくらい観るのは当然だろう」

「ＡＶじゃなくエロゲなんです」

「エロゲとは？」

「……」

「でも、自慰の為のものなのだろう？」

どうして君は何時も、淡々とそのようにあられもない単語を口にするのか――。

「確かにそのような目的で使用されるものなのだと思います。でも、このゲームに出てくるのは美少女の恰好をした男子ばかりなのだそうで……。だから姿形は可愛い女子が厭らしいことをするエロゲには違いないのですが、その実、そのゲーム内でのキャラクターはおとこの娘《こ》とよばれる男子なんですよ」

「柊木君はやはり、ホモだったのか？」

「違います。違うんですってば……」

どう説明していいのか解らない。誤解を解こうとしたら余計に誤解を招く。

何故に、選《よ》りによって今日、こんなややこしいものを貸されてしまわねばならなかったのか……。

しかし受け取らない訳にはいかない。

僕は『おとラブ～女装美少年限定！～』を引き取り、リュックに入れ、しどろもどろで別れの挨拶を済ますと、逃げるように自分の部屋に戻りました。

「蜂起は九月二六日。日本部戦の参加メンバーは、志願兵もあり最終的に計三五〇名。このうちの四分の三は既に日本に無事、到着、潜伏している。基本、私が当日の司令塔となる。全ては私に報告、私の指示に従って貰いたい」

道路の封鎖方法や、県庁と県警本部占拠、並びにNHK福島放送局の占拠の具体的な手順などを僕と大松広平は李明正から聴かされます。

「柊木はんが天皇の役目を受けてくれたんは有り難いな。俺や李はんのような活動家が主張するよりも、柊木はんのような素人《しろうと》――ノンポリの一学生がプロパガンダしたほうが受けはいい筈や。俺等では新左翼が暴走、血迷うた新右翼が、と思われかねん」

僕と大松広平と李明正は逢う機会が、必然、多くなっていました。

大体は、児童公園で話をしました。児童公園ならば盗聴の仕様がないし、尾行がいたとしても会話が聴こえる近くまでは接近が出来ないし、三人共に話す時は、人の姿のある方向には顔を向けないようにする習慣がもうすっかり身に付いているので、読唇術《どくしんじゅつ》で会話を読み取られることはない。

「蜂起まであと、二週間もないんか」

「ああ、二週間足らずだ」

「ホンマに維新が起こるんやな」

「真の共産革命がこの国から始まる」

僕達は何度も蜂起のシミュレーションを重ねました。何時に東京を出て、どのような手段で福島に辿り着き、どうやってNHK、県庁・県警本部をジャックするのか。手順は全部、頭に叩き込まなければならない。メモを取る訳にはいかない。メモを取ることが赦《ゆる》されたとしても、そのメモをみながら行動を起こしていては革命は成功しない。

蜂起の前、日本部戦から支給される拳銃の使い方も学びました。MP－443、通称ヤリギンと呼ばれるロシア製の銃――。箱型の弾倉に十八発、九×十九ミリのパラベラム弾を挿弾子で装塡《そうてん》する。グリップは極力高め、両手で握らなくては、初心者は命中させることすら難しく、撃った時の反動に耐えられない。銃に慣れることと射撃の練習は、吉祥寺にあるシューティングバーの地下で行いました。ダーツの的と同じような中心から外に向かって次第に大きくなっていく等間隔の円のターゲットと黒い人型《ひとがた》のターゲット、両方の用意がそのバーにはありました。

僕は模擬とはいえ人の形のターゲットを狙うのは憚《はばか》られたので、円の方を選ぼうとしましたが、李から人型を使えといわれました。無論、エアガン。しかし用意されたものは、重さや素材、パワーこそ違えども、見た目のみならず、セーフティレバーの感触や、撃針《げきしん》を叩くハンマーの圧《あつ》など、限りなく本物に近いものにカスタマイズがなされたガスガンだといいます。僕達の使用するセミオートのもの以外にも拳銃はリボルバー式のものもありましたし、店にはライフルや機関銃もありました。通常に販売されているエアガン用のプラスチック弾よりも重いという弾を、僕達は用いました。

大松が探してきた店でした。ミリタリマニアの間では知る人ぞ知るバーだという。一見《いちげん》では僕達が使用するようなカスタムされたものは店の奥に仕舞《しま》われていて、あることすら知らされない。

自作のエアガンを持ち込んでシューティングに興じるような常連客にしか、それらを店長は貸し出さない。大松は僕達と連れ立つ前に予《あらかじ》め、自分が入手した幾許《いくばく》かのカスタムのエアガンを持ち、訪れ、自分はこのようなものを収集するのみでまだサバゲなどにも参加した経験がないといい、短い期間に上手くこの店長と懇意になるのに成功したようでした。

黒一色に塗られた無機質な壁に小さな照明が当たる薄暗く縦に長い部屋で、僕達は黙々と射撃をしました。

拳銃を携帯する片腕を腰に当てたポーズの人型には、部位によって目印が付けられている。

胸の中心が５Ｘ――。Ｋ５－Ｄ２――は頭部及び５Ｘの周辺。Ｋ３－Ｄ５、Ｋ２－Ｄ４というのは両肩に印字された目印のことだ。李は、頭か胸に命中させられるよう、鍛錬を施せと僕と大松に促す。負傷させるのでなく確実な銃殺の為の訓練――。

三人の中で一番、上達は僕が早かった。

Ｋ５－Ｄ２――頭のど真ん中、同じ箇所に寸分違《たが》わず、弾を撃ち込むことがやれるようになった。

二人に比べ、前傾《ぜんけい》姿勢になる時、体幹がしっかり安定しているからのようだ。

しかし、そんな優秀さは何の歓喜も齎《もたら》さない。

一寸《ちょっと》は浮かれるのではなかろうかと思っていた大松ですら、耐える表情で粛々と練習をこなしている。只、ひたすらシューティングバーの店長のアドバイスに従って姿勢やグリップの握り方の修正を試みている。

九月一五日、尖閣諸島問題についての反日デモが中国各地で起こり、中国の日本企業が暴徒に襲撃される出来事が報道された日、李明正から呼び出しを受けました。

緊急の会合をしたいという。僕達は李の指定した児童公園で逢いました。

「今になって日本部戦が、難しい要求を我々に突き付けてきた」

児童公園に集った大松広平と僕に李明正は開口一番、吐き捨てるようにいいます。

「難しい要求？」

「私達——トロツキズム解放戦線、僕の党、皇頼の会が同志である誓いを立てなくては、計画を白紙に戻すこともあり得るといってきたのだ」

　李の言葉に、大松広平も僕も戸惑いを隠せませんでした。

「どういうことやねん？」

「日本部戦は有志に拠るいわば多国籍部隊だが、基本はイスラムの人々が中心となっている。彼等の思想はイスラムの宗教的バックボーンを抜きにしては語れない。彼等は血の約束を要求してきた」

「血の約束？」

「日本部戦は命を懸けて革命に取り組む。従って我々にも、命を懸けろということだ」

「当然やろ。何を今更——」

　いい捨て、首を捻《ひね》る大松に対し、李は慎重な口振りで応えます。

「彼等は証《あかし》が欲しいというのだ。我々が必死であるように彼等もまた必死だ。革命が失敗すれば彼等もまた国際社会で多大なる非難を受ける。テロリズムの集団としての認知が今以上に大きくなれば、同志の離脱も増え組織の弱体化にも絡《つな》がりかねない」

「で、どうしろと？」

　李の説明がなかなか先に進まないので、僕も焦《じ》れてしまう。

　李は、まるで訃報《ふほう》のようにいいました。

「日本政府から独立の承認を受けた場合、つまり革命の成功が担保された際には、日本の行動部隊——つまり今ここにいる私達の誰かから、一人、神に身を委《ゆだ》ねる者を差し出すべしというのが彼等の要求だ」

　大松が喉に唾を呑み込む音が、聴こえる。李は続ける。

「身を委ねる者といえば聴こえはいいが、死ねということだ」

「そんな……」

「自死、誰かが誰かを射殺――。その方法に規定はないが、犠牲者が必要だという」

僕は根本的に何かが間違っていると叫びたくなるが、それをやれない。

「イスラム教に於いて死は終わりではない。魂は死に抛り肉体を離脱するがやがてまた神の審判の後に肉体と結び付き復活する。――しかしこのロジックの是非を論じても埒《らち》があかない。私はこう理解している。要するに彼等は革命軍の神格化をはかりたいのだと。この血の約束が果たされない場合、日本部戦は最悪の行動に出ることすら仄《ほの》めかした」

「何ですねん？　新国家への内政干渉をせずという約束を反故《ほご》して、武力で自分達が施政のイニシアチヴを執るとでもいうとるんか？」

そう質問する大松を李は睨《にら》み付けます。大松は気圧《けお》されるように後退《あとずさ》りました。

「蜂起の際、日本部戦は原発に仕掛ける爆発物を遠隔操作する権限を持つ北据氏を安全な場所に匿《かくま》うが、革命が成功し尚且《なおか》つ、我々の誰も血の約束を果たさない場合、北据氏にその役を充《あ》てがうつもりでいる」

「……」

「北据はんは、堂本圭一の娘やで」

「血の約束を果たす者は死を以《もっ》て革命の英雄となると考えるならば、北据氏にそれを与えるのを躊躇《ためら》う理由などないことになる。

遠隔スウィッチを持っているとはいえ、ボタンを押すまでに日本部戦の兵士達は、身を委ねる形となっている彼女を斬首するくらい簡単にやってのけるだろう。それにそもそも、どのような事態が起ころうと、北据氏には最初からボタンを押す意思がない」

「この要求に就いて、北据さんは――？」

「彼女には知らせていない。知らせるつもりはない」

李の選択が妥当であることを、僕も大松も思考が鈍くなってはいるものの、理解する。

知った場合、君は、ならば自分が殺されればいいのであって何の問題もない。日本部戦には革命が成就すれば三人のうちの誰かが犠牲になることを約束し、果たさなければいいだけの話だと、あっさり応えるであろうことは明らかだ。

「蜂起がカウントダウンの段階に入ったこのタイミングで、こんな要求を突き付けてくるとは……。多くの経験を持つ実践部隊ならではの老獪《ろうかい》さなのだろうが……。しかし三百余りの兵を動かす時、何らかの眼にみえる代償を欲するのを乱暴とすることも出来ない。私は、残念ながら今回の蜂起計画そのものを断念してもいいと考える」

「向こうから持ち掛けられた計画やというても、リスクなくそんな援護を貰えるということ自体、虫が良過ぎたんや。ええで、俺が引き受けるわ。それで収めてくれるか？」

無理に笑いながら、やがて大松がそういいました。

「このまま計画を進める場合、それが妥当な選択になると思う。年長の私が引き受けるべきなのかもしれないが、新国家が承認されたら暫《しばら》く、私は新憲法の施行などに奔走することとなる。当分は生き延びていなければならない」

「ダメですよ……。そんなの……」

「承認後、柊木氏が新しい国の実質的な施政を北据氏に頼んでくれるのなら、私が引き受けるので構わない」

「そうじゃなくて！　誰も死んじゃダメなんです！」

僕は懇願するように李に反論する。

こんな革命を僕達は望んでいなかった筈だ。否、このような革命であるならばするべきではないというのが、原点であった筈だ。

「では潔《いさぎよ》く、計画自体を頓挫させよう」

李の言葉に、大松は特に異議を唱えない。

「無念は残りますけどな」

矛盾するようだけれども、僕はこの二人のあっさりとした対応に反感を持つ。

「それでいいんですか……」

李明正は諭すような口調で僕にいう。

「このような機会はまたとない。柊木氏、君が諦め切れない心境は解るつもりだ。が、長い活動を通じ、私は幾度も様々な理由で行動の頓挫を余儀なくされてきた。今回の撤退で全てが水泡《すいほう》に帰《き》する訳ではない。組み立て直せばいいだけのことだ。我々は日和《ひよ》ったのではない」

「そりゃそうですけど、もはや革命に猶予はないっていってたじゃないですか！」

「では、北据氏を危険に晒してもいいというのか！」

僕よりも大きな声を李が上げる。第三者に会話を聴かれてはならないという前提を、誰より冷静を心掛けている筈の李も忘れてしまったようでした。

暫く誰も言葉を発しない。

「僕が引き受けますよ」

僕が沈黙を破りました。

「大松さんも李さんも、新国家には必要な人材じゃないですか。無論、北据さんにしてもね。でも僕は大松さんもいったようにノンポリの平凡な大学生です。この計画が出来上がってから急に参加した新参者、新しい国の運営の仕方や方針に関して僕は何の提案も協力もしていません。今回、第四世界民主連合の北据さんが唯一全面的に共闘するということで、日本部戦が僕に最大の信頼を寄せるのだとしたら、僕がその任を果たす約束は、北据さんの安全を同時に保障出来るものにもなるんじゃないですか？」

「それはな、柊木はん――」

「柊木氏――」

「命というものの正体が可能性であるならば、大松さんも李さんもこれからの新政府にとっての可能性です。二人が死ぬのはダメですよ」

二人共に僕を論破することはやれなかったけれども、計画を続行させるなら死ぬのは自分でなければならないと、今度は大松が譲らなくなった。

「諸々《もろもろ》を引《ひ》っ被《かぶ》って切腹――。それなら、右翼の俺がやらんでどうしますねん」

そこで僕は、無理矢理に嫌味な口調になることを心掛けて、こういいました。

「大松さんには任せられないですよ。だって、どうせまたしくじるに決まってます。財務省の時のようにね。大松さんは根っからの憶病者なんです。人を殺せても、自殺は出来ないような狡《ずる》い人間なんですよ。自分でも解ってるでしょう」

すると、食い下がるかと思いきや、大松広平は頭を抱えました。

「恐い。その通りや。俺は死ぬのが恐い……。そやけど……」

「じゃ、やはり、僕しかいないじゃないですか。とても簡単な引き算です」

いうと、大松はその場に跪《ひざまず》き、土下座をする形で泣きじゃくりながら、僕の左足を握り締めました。

「それは、あかん。あかんねや。柊木はんは、俺に腹を立ててるから、その復讐として自分が死ぬ処を生き残る俺にみせたいんやろうが、そんなことしてしもたら、俺はホンマにもう、北掘はんに、どんな謝罪すら出来んようになってしまう……」

「復讐だなんて、何を……。そりゃ、赦《ゆる》していませんよ。堂本圭一、北掘さんのお父さんを大松さんが殺《あや》めてしまったことを。でも、それとこれとは話が別です。北掘さんが大松さんを赦そうとするのなら、僕だって貴方《あなた》を赦せる人間にならなければならないと思っています。そこは誤解しないで下さい」

「そやけど、さっき財務省の時の話を……」

大松広平の尋常でない蒼褪《あおざ》めた表情で僕を縋《すが》るような眼で見上げる姿に、僕はまだ自分が知らされていない何かが、あることを悟りました。

「俺のことを下衆《げす》の下衆やと、思てはるんでしょ」

「どうしてそんなことを思わないといけない……」

「そうしたら、北掘はんは、柊木はんに――」

「……」

大松広平は今にも気を失うのではないかと思われるくらいに、ガタガタと震え始めました。

李明正が、僕にいいます。

「柊木氏――。今日はひとまず帰り給え。大松はこの通り、今、正常に物事を判断出来ない状態になっている。後は私に任せて欲しい。犠牲を誰にするかはまた後日に話し合おう」

僕は李の言葉に従うしかありませんでした。

アパートに戻ると、後藤隊員からメールが入りました。出来る限り、近いうちに逢えないかという。僕は明日ならと返信します。

【では、秋葉原駅電気街口に十二時。メシおごってやる】

後藤隊員のメールに、了解と返します。

翌日、僕は秋葉原に向かいました。

電気街口と書かれた方向の改札を出る――。

ＡＫＢカフェやガンダムカフェがある前のロータリーじみたスペースにadidasのジャージ上下姿の後藤隊員は、しゃがみ込んで、先に来て待っていました。ＡＫＢカフェの前には催しでもあるのでしょうか、僕等と同年代くらいの大勢の若者達が並んで何かを待っている様子でした。

「おう、柊木。少しだけ久し振り」

しゃがみ込んだまま、手を上げた後藤隊員の横に、僕もしゃがみ込みます。

「どうしたんですか？　なんか急用っぽいメールでしたけど」

後藤隊員は何度か周囲を警戒するように見渡すと、声を潜めていいました。

「ガチで訊くけど、お前、最近、かなりヤバいことに関わってね？」

「何ですか、急に……」

僕は恍《とぼ》けるしかありませんでしたが、後藤隊員は更に続けます。

「関わってそうな気がするんだな」

「……」

カフェの前に並んでいた若者達が係員の誘導で中に入っていく。入れなかった者達は悔しそうにぶつぶつ文句をいいながら、それでも何故か楽しげに去っていく。

僕達の周囲の人影はまばらになりました。後藤隊員は声のボリュームを少し上げて続けました。

「知ってるだろうけど、俺は武器マニアのみならずハッキングとかも大好きなんだよね。でさ、いろんなサイトを閲覧、ハッキングしてたら何かの計画参加人物の一覧が出てきたんだ。観てたら殆《ほとん》どイスラムっぽいんだが、日本人らしき名前と中国人らしき名前があった。K-OHMATSU――J-HIIRAGI――M-LEE――このJ-HIIRAGIって、柊木じゃないのか？」

「まさか……」

僕は恍け続けるしかありませんでしたが、どんな訊き方をしても本当のことを打ち明けないのは承知していたのでしょう、更に後藤隊員は、既に確信を持っているという口振りで僕に対します。

「誰にもいわないよ。公安の無線を盗聴してるとそっちの動きも慌ただしいし、近々、何かとんでもないことが起こると思うんだよね。大量のＡＫ－47が日本に持ち込まれたって噂もあるしね」

「ＡＫ－47って何ですか？」

「ロシアの軍用自動小銃だよ」

「……」

「後、とあるシューティングバーで最近、新参の男性三人組が、射撃の練習を黙々と行っているという話も耳に入っちゃってる。ガンマニアを装っているが、どうも匂いが違うと、店長はいっている」

僕の顔色は変わっていないだろうか？　不安で動悸が激しくなっている。

後藤隊員は、微笑みました。

「大丈夫だよ。その三人が出入りし始めたことは外部に洩れちゃいない。俺はその店の店長によく依頼されて、カスタムのエアガンを作って納品しているからね。特別にそんな情報が入ってくるんだ。店長もわざわざそういうことを誰彼なく吹聴《ふいちょう》する人間じゃない。法律違反のエアガンを客に撃たせるような店を経営してるんだから、警察との相性はよくない」

「……」

後藤隊員が僕達のことを口外しないよう頼んでくれたかもしれないと思いつつも、礼すらいえないもどかしさが今度は胸中《きょうちゅう》を苦しめるけれども、後藤隊員は僕の返答など待つ気もないらしく更に続けました。

「これは俺の独り言、或いは妄想。聴き流してくれていい。横で暫《しばら》く、付き合ってくれよ。お前等、革命を目論んでるんじゃないのか？　恐らくそれは、共産主義革命なんだろう。想像し難いけど、マジでそんな革命が成功すれば、面白いじゃん——と、俺は思ってしまう」

後藤隊員はジャージのポケットに手を突っ込んだり出したりを繰り返しながら、本当に独り言を呟《つぶや》いているように、僕の顔も観ないままで、話します。

「安直だとお前等に怒られそうだけどな。資本主義と共産主義——学校で社会の時間に習った時、子供心に思ったよ。共産主義のほうがいいじゃんって。それは今でも変わらない。

共産主義や社会主義は理想論だ、実際に施行してみたら、必要最低限しか働かなくなって生産力がガタ落ち、どの国も官僚達が潤《うるお》うだけの窮屈な国家になっちまっただろうと、否定派はいうけれど、必要最低限しか働かなくていいなら、その方がいいんじゃないかな。余り働かないでもそれなりに生きていけるなら、別に発展とかしなきゃならない理由はないんだし、ぼんやり暮らしていければ最高じゃんか。俺達には働かない権利だって、ある。

人はエゴの塊《かたまり》だから、自分の利益しか考えない。相互扶助の精神なんて宛《あて》になるものかという意見は、人間、否、生物を単純に捉《とら》え過ぎてると思う。確かに全ての生物は自分の利益を優先する。でも自分が利益を得る為に、相手の利益をより尊重する場合だってあるよな。一人でやるよりも大勢でやった方が効率よく利益が得られると解ったなら、協力をする。

柊木は石川啄木が好きで、その頃の――いわゆる近代文学に、興味、持っちゃってるんだろ。あの時代ってスゴいよ。森鷗外とか芥川龍之介とか、天才級の作家がぼんぼん、登場する。でも、あの時代って作家になりたい人間、なれるだけの教養を持つ人間の数はとても少なかった筈なんだよ。よっぽど裕福じゃないと学問など出来なかった訳だし、エリートは大抵、官僚になるのを目的としていた訳だし、文学をやろうなんて人間は限られていた。

その中から傑出した才能が頻出したのは何故なんだろう。確率、高過ぎじゃねぇ？　でもこう考えれば不思議ではなくなる。時代に与えられる才能の量は常に一定だから、役割を担う者が少なければ、一人に割り当てられる才能が自ずと大きくなるんだ――と。

今は担《にな》う者の数が多いから、一人頭に振り当てられる才能も大して大きくない。それでも割り振られた才能の量の総計は、現代も昔も同じなんだから、人間全体として捉えれば退化している訳ではない。芸術だけじゃなく、あらゆる才能の割り振りが、一極集中から分散に移行している。専門に特化した個人でなく、いろんなスキルを少しずつ持った個人となるようシステムが変更され始めている。直列回路から並列回路へと人類は移行しつつあるんだ。

だから、これから先は一人で何かを達成するのが困難になっていく筈だ。パソコンさえあれば一人で立派な同人誌を簡単に作れちゃうようになってしまったんだけど、天才の漫画家は、複数の人間が集結しないと生まれない。一人のナポレオンでなく沢山の人間が集まって協議した共同制作のナポレオンが為政者となり、一人のエジソンが沢山の発明をするのではなく、大勢のエジソンがそれぞれの知恵と経験を持ち寄り、一つの優れた発明をする。

ヴァージョンアップだよ。一個の機能が麻痺したら全体が故障してしまうんじゃなくて、一つ壊れても違うもので代用することが出来たり、その壊れた機能以外の部分は現行通り使えたりするようにプログラム変更されるんだから。

人類は、より頑丈《がんじょう》になろうとしているんだ。

でも過渡期だから、皆、混乱している。自分が全体の一部分であり、共有財産の質を高めることを利益として歓ぶことを、想像出来ない。価値の転換を疫病《えきびょう》のように恐れる」

後藤隊員はそこまでいうと、急に、「ゆとりー。ゆとりー。ゆとりー。我等はゆとりー」、変な節の歌を歌い始めました。歌はこう続きます。「ゆとりー。ゆとりー。余ったゆとりー。余裕のゆとりー。伸《の》び代《しろ》だらけ～」。そして、ヲタ芸のような奇妙な所作を素早くすると、

「ヲタク戦隊、ユトレンジャー！」

両手を水平に伸ばして、ポーズを付け、また続きを語り始めました。

どうしてうちの先輩達は、皆、真面目な話題の時、必ず途中で、脱線しようとするのだろうか……。

「もはやモノがあり余ってることは疑いようがない。新しい自動車を生産しなくったって、これからの百年間、自動車が足りなくて困ることはない。壊れたなら修理すりゃいいんだし、環境の為にガソリンじゃなく電気をエネルギーとする自動車に変えようというのなら、ガソリン車のエンジンと燃料タンクをモーターとバッテリーに替える改造をすればいいだけのことだ。買い替える必要なんてない。

需要を供給が上回っている状態を、売る方は今まで隠してきた。バレたら値引きするしかないもん。井上書記長がヤフオクの話をしてたけどさ、ああいうもんの登場でバレちゃった。このフィギュアは出回ってないからプレミア価格だっていわれ、納得せざるを得なかったものが、検索すればどれくらいの市場価値で売買なされているかが、誰でも簡単に判別出来てしまうようになった。

ネークションは金を持ってる奴が有利なシステムだから、一見、資本主義的な制度に思えるけど、

そうでもない。この価格までなら出してもいいがそれ以上ではいらないという買い手と、この値段以下では譲れないという売り手が一つ一つ、交渉して売買を成立させる遣り方だ。井上書記長にいわせりゃ、裁縫が出来る隣のおタネさんと、それより腕は立つが少し手間賃が高くなる向い町のおヨシさんがいる仕組みだ。

ヤフオクはもはや殆どが素人の振りをした業者の出品だから、面白味がないけど、後発のオークションサイトでは、出品者同士が商品を交換出来る制度が導入されていたりもする。トレード、物々交換の時代に逆進化している。

売り手と買い手がダイレクトに絡《つな》がるんだからさ、後、暫くすると大量生産の既製品の価値はマックスまで暴落する。

自分の予算内で一点物やカスタムメイドを作ってくれる、調達してくれる人を探せる仕組みが充実していく。

世界中のおタネさんとおヨシさんにコミット出来る。

俺の処では対応出来ないけど、ここならやってくれるんじゃないかな、紹介してやるよ。俺はこういうのが欲しいんだよ、あんたとあんたとあんたが参加してくれれば、作れちゃうんじゃね？——クラウドシステムなんて大袈裟にいわなくても、チャットで自然とそういうプロジェクトが成立させられる。

インターネットやSNSが、未曾有《みぞう》の可能性をみせ始めるのはここからだ。

でも今のままじゃ、旧来の資本家にそのインフラを寡占《かせん》されちまう。

俺が想像する共産主義の社会ってのはさ、なりたいものに誰もがなれる社会なんだよね。

偶にニュースなんかで、容疑者のことを、自称・ミュージシャンとか、自称・イラストレーターとかって説明することがあるけど、ああいうのって、それで食っていけてるかどうかで決まるもんだろ。——切なくなるよ。食えてなくても、少数の人達に支持されるいい音楽を作る音楽家は沢山いるし、いい絵描きだって沢山いるんだから。

俺がフィギュア作りにも自信があるってのは柊木がまだ入部したての頃、教えたよな。

だけど、俺が作るキャラって大抵、人気ないのね。

ハルヒやみくるちゃんを作っていればいいものを、雑魚《ざこ》キャラ、コンピ研の部長やデブの部員を立体化することにしか、俺は興味を持てない。そんなフィギュアを俺は、このアキバにあるレンタルショーケースの店で、ショーケースを借りて販売している。無論、ショーケースの店は、ケースのレンタル代金を借りる者から徴収するんだけど、レンタル料は月にたった三千円だぞ、それでアキバの一等地で、何でも好きなものを売れるってのは、悪い話じゃない。ネットオークションでは実物を手に取れないという欠点があるしね。

レンタルショーケースの場合、肝心なのは並べる商品の価格を店が決めるんじゃなく、商品を置く俺自身が決められるってことだ。購買希望者の入札で決まるのではないからオークションとも異なる。

価格の決定方法は、常に複数あるべきだ。

命の値段——という議論にしろ、値段を付けるのが悪い訳じゃないのかもな。

値段の決め方に一律のルールしかないことが問題なのだろう。

今日の俺の命は百円だが、明日は非売品、でも柊木になら五千円で売ってやる、後輩だから——。

こんなのでいい筈なんだ。

コンビニなんかでは、卸《おろ》す業者がこれを売りたいと思っても、売れ行きのいい商品しか棚に並べて貰えない。商品が淘汰《とうた》されていく。結果、何処の店でも、同じメーカーの同じ商品ばかりになる。資本主義の最先端であるようなコンビニが、毛沢東時代の中国の商店状態になっている。

俺のフィギュアの出来映えに感心して、レンタルショーケースの店の人からは、メインキャラを作りなよって何時も忠告される。それでも稀《まれ》には売れるんだよ。

この前なんて、自分でもこんなの買う奴いる訳ねーよなと思いつつ、でも渾身《こんしん》の出来だからとショーケースに並べたオウム事件の八木澤《やぎさわ》さんのフィギュアが売れてしまった。観て貰えるだけでいいやって非売品のつもりで、六万円っていうべらぼうな値段設定にしたんだけど、買う人がいた。店の人も驚いてさ、俺に、オウム関連が売れるなら次は麻原を作ってみなよ——だってさ。でも麻原を作る気はしないんだよね、だって麻原は、オウムのメインキャラじゃん」

「一度、観てみたいです。先輩が作ったフィギュア」

話が蜂起《ほうき》から掛け離れたようなので、僕は相槌《あいづち》を打ちます。

「観てみるか？　ここからすぐの処だし」

いうと、後藤隊員は立ち上がりました。

多分、観たいといわずとも観せるつもりだったのでしょう。だから、秋葉原に呼び出した。

「はい」

僕が頷くと、後藤隊員は歩き始めます。

付いていくと、とあるビルの四階に透明のショーケースが並ぶ店がありました。

四角い一辺四〇センチ程のショーケースの中には既製品のフィギュアが入れられていたり、アイドルのトレーディングカードが並べられていたり、後藤隊員の説明通り、様々なものが価格を付けられて入っています。商品を雑に放り込んであるケースもあれば、アクリルの棚で雛壇を拵《こしら》え、几帳面《きちょうめん》なディスプレイで商品を見栄えよく陳列しているケースもある。明らかに不用品、石鹸の詰め合わせや、瀬戸物など脈絡のないものを詰め込み、オール百円というプレートがあるのみのケースだって、ある。

「バザーみたいですね」

僕が感想を洩らすと、

「うん。何でこれをアキバで売ろうとするんだという、謎のレンタルケースも少なくない。でも、あらゆる嗜好の人間が一堂に会するのがアキバでもあるからな、何でもありなんだ。別にアキバはアニヲタやドルヲタのみの場所じゃない」

後藤隊員は、一つのショーケースを指差しながらいいました。

「ほら、ここなんか、石しか置いてないだろ。石といっても、貴石《きせき》や隕石《いんせき》じゃない。本当に只の石ころだ」

観ると、確かにその辺りの道端に転がっている石ばかりが置かれたケースがありました。

どれも同じような大きさと形の石ですが、価格は一つ、一万円から十万円まで様々。ケースの奥には奇妙な図形が羅列の他、後は何も書かれてない画用紙が貼られています。

「何でこんなに高額なんですか？」

「どうやらこれらにはどれも、莫大なヒーリングパワーが込められているんだそうだ。後ろに貼られた画用紙に、その説明がある。しかし神代《じんだい》文字での説明書きなので、普通の人間には読めない」

「売れたりするんですかね？」

「売ってる本人が愉しければ、売れなくても問題ないだろ。余りに売れなくて嫌になったら、撤退すればいいだけだし。レンタルケースの更新は一ヶ月毎《ごと》だからさ。俺がここに自分の自作フィギュアを置くようになって約一年半だけど、その頃からずっとこのショーケースはあるよ」

後藤隊員は、指す指をその石のケースから隣のケースに移動させました。

「で、こっちが俺のレンタルケース。俺のも販売目的というより趣味の展示だし、お隣さんの悪口はいえない。ここでマジに稼いでいる人もちゃんといるんだけどね」

中には三体のフィギュアが置かれていました。後藤隊員の自作フィギュアが、実に精巧に作られたものであるのは僕にも理解出来ました。

しかし、何のキャラクターなのかは、さっぱり解りませんでした。

説明を受けます。

「右のは『それゆけ！　宇宙戦艦ヤマモト・ヨーコ』の沙羅《さら》・ドレッド、真ん中は、『シスター・プリンセス』の小森さん。左は『けろっこデメタン』のラナタン。もし気に入ったのがあれば、柊木にやるよ。どうせ売れないんだし」

「いいですよ。僕には価値が解らないので」

「解んなくてもいいよ」

「きっと、誰かそのうち欲しいっていう人が現れますから――。先輩だってそういう人に買って貰ったほうが嬉しいでしょ」

僕がいうと、後藤先輩は、淋し気に呟《つぶや》きました。

「そうか。うん、そうだな」

そして、暫く考え込んだ後、こういいました。

「俺、先輩としてお前に結局、何もしてやれなかったな」

「……」

「もしかすると、もうお前に逢えないかもしれないんだろ？」

僕は不意に、抑え切れず、泣いてしまう。

最初に先輩達と出逢った学食でのこと、非道なエロゲに就いて口論したこと、コミケの準備で忙しい中、署名を願い出た時のこと、君とのことで、からかわれ続けたこと――。畠中隊長に作られ、不特定多数の人に配布されてしまった『殉一郎の海』――。

記憶が次々と頭の中を駆け巡り、本当はもっと先輩達とこれからも、アニメ研究会のメンバーとしてやっていきたいと、告白してしまいそうに、なる。

「バカ、泣くな！」

後藤隊員はポケットからポケットティッシュを取り出し、僕に渡してくれました。

涙を拭《ぬぐ》い、鼻をかむ。

残ったティッシュを返そうとすると、後藤隊員も、泣いていました。

「じゃ、ラナタン、貰っていいですか？」

僕は、赤い帽子に赤い吊りスカートを穿いた気味の悪い蛙《かえる》のフィギュアを指差す。

後藤隊員は受け取ったポケットティッシュを使わず、ジャージの袖で涙と少し出た鼻水を拭い、

「お前、カエルっこ属性なのか？」

ようやく何時もの様子に戻り、僕に問いました。

「カエルっこ属性？　そんな属性あるんですか？」

「寡聞《かぶん》にして俺は出逢ったことはないが、人それぞれだからなぁ。カエル萌えする人間がいても不思議ではない」

「カエル萌えなんてしないですよ。只、デメタンというアニメは観たこともないけど、その名前や大まかなストーリーだけは辛うじて知っていたという理由です」

「解った。じゃ、ラテタンをお前に譲ろう」

後藤隊員は店の人に、ラナタンのフィギュアを持って帰る旨《むね》を伝え、ショーケースからそれを取り出すと、僕に渡しました。

「じゃ、メシ、行こうぜ。ゴーゴーカレーでいいかな」

「はい。一度、行ってみたかったです」

レンタルケースの店を出る。

後藤隊員は僕を、ゴーゴーカレーに連れて行ってくれました。

この日、僕は財布と携帯電話のみをポケットに入れ、リュックも何も鞄を持っていませんでしたから、不気味なラナタンのフィギュアを両手で抱えながら秋葉原の街を歩かねばならず、恥ずかしかったのでしたが、文句をいうことは出来ません。

黄色い看板に、ゴリラの顔のイラストが描かれたゴーゴーカレーの店に着きます。

これが噂のゴーゴーカレーか……。

カウンター席のみの店内のあちこちを珍しげに眺める僕に、

「本当に初めてか、柊木は?」

訊くと、

「ならば、俺に任せろ」

後藤隊員は、券売機で食券を買いました。

そうして、席に座り、店員に券を渡していいます。

「両方、キャベツ大盛りで」

眼の前にステンレスの皿にキャベツがてんこ盛り、黒いルウでご飯が隠れて観えないカレーがフォークと共に眼の前に運ばれました。

「フォークで食べるんですね」

「そうだよ。キャベツは無料、後からでも追加出来るんだけど、最初に大盛りにしておくのがコツさ。さぁ食え。素早く食って素早く出て行かないと、他の客に舐《な》められるぞ」

ゴーゴーカレー、ゴーゴーカレー。ゴーゴーカレー、ゴーゴーカレー。

店内に流れる、店名を連呼するノーテンキな歌を聴きながら、僕はいわれた通り、一気にカレーを掻き込みました。そうして、僅《わず》か十分足らずで店を出ました。

「俺はまだ用があるけど柊木はどうする？　アキバで行きたい処があれば付き合うけど。俺の用なんて何時《いつ》でもいいものだし」

「後期の準備をしたいので、今日はアパートに戻ります」

「そうか。呼び出して悪かったな」

「いいえ。先輩と話せて良かったですよ」

後藤隊員はいう。

「成功するといいな、お前等の計画。関わり合いにはなりたくないし、何の協力も出来はしないけども……」

僕は何も返せない。しかし、後藤隊員は続けます。

「お前達が作ろうとする新しい国、体制——。それがどういうものか、お前は絶対に教えてくれないだろう。それでも俺は期待してしまうよ。お前が加わっているのなら、その革命は応援出来るものと信じられる。だけどな、柊木——。成功しても、お前達のうちの誰かが新しい世界の支配者となろうとしたなら、裏切れ。革命軍をぶっ潰《つぶ》せ。独占や権力が悪なんじゃない。それを使って行われる支配こそだ、悪なんだから。自由と対立するもの、それは支配だ。どんなに高邁《こうまい》な思想であろうと、行動であろうとも、何人《なんぴと》も何人《なんぴと》を支配する権限を持っちゃいない」

後藤隊員は僕が迷うといけないからといって、待ち合わせた秋葉原駅の電気街口まで見送ると付いてきてくれました。

改札の前で僕は告げる。

「ラナタン、大切にしますね」

「ああ。よろしくな」

また涙が込み上げてくるけれど、心配を掛けるだけなので必死に堪《こら》えます。

「だから、死ぬなよ」

僕は後藤先輩に向けて笑顔で頭を下げ、ラナタンを抱き、秋葉原駅の改札を潜《くぐ》りました。

ゴーゴーカレー、ゴーゴーカレー。ゴーゴーカレー、ゴーゴーカレー。

ゴーゴーカレー、ゴーゴーカレー。ゴーゴーカレー、ゴーゴーカレー。

陽気な歌を頭の中でリフレインさせながら、僕は振り返りたい想いを断ち切り、階段を駆け上がり、黄色い総武線の電車に乗る。

カエルのフィギュアを抱えた男が、電車の中、一人、泣いていたら、否《いや》が応《おう》にも、目立ってしまう。我慢しろ……。僕は今、人目を惹《ひ》く行動を極力避けなければならぬ身の上なのだ。

帰宅したけれど、君はアパートにいませんでした。後期の準備をしたいと後藤隊員にいったのは嘘でした。君に訊ねたいことがあったので早くアパートに戻りたかったのです。

ラナタンを置き、携帯で――長銀事件　皇頼の会　大松広平　新右翼などのキーワードを入力、検索を掛け、君が語って聴かせてくれたこと以外の情報を探しましたが、収穫は特にありませんでした。

諦めて、僕は寝転がり、石川啄木の歌集を読み始めます。

すると、これまで特に印象深くなかった歌に魅入られました。

　こそこその話がやがて高くなり
　ピストル鳴りて
　人生終る

明らかに、自害の歌だ。

ずっと病身であった啄木が、作品が書けなくなり困窮していた時の心情を託したものであると解説には、書かれていました。

僕は芸術家でもないし、病身でもない。

大きな病気なんてこれまで、子供の頃、おたふく風邪に掛かったくらいしか経験のない人間だ。理不尽な迫害を受けた経験もなければ、親子間で大きな問題を抱えたこともない。どうしようもなく人生に行き詰まった覚えなぞ持ちはしない。だから自殺をしようという人間の気持ちは全く解らない。それ故かもしれないが、自分で自分の命を絶とうとすることはどんな理由があろうとしてはならないと思っている。死ねば周囲の者が嘆き悲しむ。自分の命だから自分でどうしようと勝手だという人もいるかもしれないけれど、どうせ人は何《いず》れは死ぬのだから自分で自分の終結の時期を選ぶことは自分の人生に責任を持つというように肯定的に捉えるべきであるという考え方があることも知ってはいるけれども、僕はどんなに苦しくても、みっともなくても、生きられるならば人は生きることを選び続けなければならないと思っている。

殺されても自殺でも、遺《のこ》された者はいなくなってしまった悲しみを背負う。

否、殺されたならば殺した人間を恨むことで少しは痛みを転嫁《てんか》することも出来るかもしれないが、自殺ではそれをする相手を見出せない。自殺が一番、最悪の死であるとすら思える。

しかし、僕は、死を選ぶことを決意している。

大松広平に簡単な引き算だといったが、引いてはならない引き算をしようとしている。

その歌から逃れたくなり、乱暴に歌集の頁を捲《めく》りました。

すると、今度はまるで運命が導くように、一つの歌が僕の中に飛び込んできました。

わが村に
初めてイエス・クリストの道を説きたる
若き女かな

僕は、その若き女が——君であると、反射的に思う。

少なくとも僕にとってのそれは、君だ。

部屋の前を通過する足音が聴こえました。

君の足音に違いない——。

起き上がり、早足で部屋の玄関に向かい扉を開きます。

やはり君が帰宅する足音でした。

僕は君の名を呼びます。

「北据さん——」

君は僕のほうを見遣る。

「海に、行きませんか」

「海――?」

そのような提案をするつもりではなかったのですが、何故か口からは、そんな言葉が出ていました。

「前に約束したじゃないですか。二人で海に行こうって。結局、北据さんが不当逮捕されて、計画はそのまま頓挫してしまいました。だから……」

「構わないが……。何時《いつ》、行くのだ」

「今からでは駄目ですか? まだ三時。どうせもうこんな季節だし海水浴なんて出来やしない。海を観に行って電車のあるうちに帰ってくる。情緒《じょうちょ》はありませんが」

「柊木君が満足するなら、私は構わないが……」

君は少し戸惑ったようでしたが、応えます。

僕は君の了承を得ると、早口でまくしたてました。

「じゃ、すぐに支度して下さい。多分、少し寒いと思うので、上に何かを引っ掛けて」

「解った」

君は、自分の部屋に入っていきました。

僕も部屋に戻り、八月、二人で行く筈だった千葉の北条海水浴場までのアクセスを調べ直します。

東京駅前から出ている高速バスに乗って館山《たてやま》駅というバス停で降りれば、後はもう歩いて五分程で海水浴場に着く。所要時間は約二時間半――。

押し入れの中から、実家から冬用に持ってきた白いダウンジャケットを取り出して羽織り、携帯をポケットに入れ、僕は外に出ました。

やがて、君も部屋から出て来る。

ジャージから臙脂《えんじ》色のシンプルで古臭い形――スリムだけど寸胴で腰に太いベルトのある――ワンピースに着替え、上に紺色のハーフ丈のスクールコートを着ていました。靴は相変わらず、重そうなトレッキングシューズ。そして肩に黒い長細いナイロン製のケースを掛けている。

「時間がないんで、早速、行きましょう。田舎だからでしょうかね、よく解りませんが、夜になるとバスの本数が極端に減るみたいなので、うっかりすると帰って来られなくなる」

せかすようにしながら少し早足で、駅へと向かいます。

歩きながら僕は、訊ねました。

「そのワンピースを観るのは、初めてだ」

「今年、初めて着た。母のものだからかなり流行遅れだろう。しかしジャージ以外で秋に着る服を私はこれくらいしか持ってない」

「コートは、高校生の頃のものですか？」

「そう。コートもこれしかない」

「その肩に背負ったケースには何が？」

「釣《つ》り竿《ざお》」

「はい？」

「父の釣り竿だ。この季節だから泳ぐことは出来ないにせよ、釣りなら可能だろう。釣りをしたことはないが上手くいけば、今日の夕食鍋は豪勢に洒落《しゃれ》込める」

「釣れれば、いいですね」

やっぱり君の思考は論理的といえば論理的なのだろうけれども、突拍子《とっぴょうし》がない。思いつつ、いうと、君は、

「しかしどうして急に、柊木君は、急に想い出したかのように海に誘ってくれたのだ？」

逆に僕の風変わりが理解しかねるという調子で、訊ねてきました。

僕は応えます。

「少し訊ねたいことがあって。――北据さんの部屋や僕の部屋では訊き難いと思ったので、せっかくなら海が良いかなと……」

「盗聴されたくない内容だったのだな」

「多分――」

僕達は地下鉄、高速バスと乗り継ぎ、北条海水浴場に辿り着きました。

東京駅に至るまでは座ることが出来ませんでしたが、房総なのはな号という、東京駅八重洲南口から出る白いボディに青い横線が入れられたマイクロバスのような高速バスに乗り合わせる者は少なく、僕達の為の、貸し切りバスかのようでした。

一番後ろの座席に並んで座りました。

バスが八重洲南口から出発する。

窓からの景色、移り変わっていく風景は、どんどんと賑やかな都心を離れるに従い、寂《さび》れた辺境に向かっていることを知らせます。停車するバス停の数は、通常の路線バス同様、多く、その間隔も長くはないけれども、稀《まれ》にしか下車のボタンは押されないし、バス停に乗車の為、待機する人の姿もないので、バスは信号以外ではほぼ停車せずに、道を進んで行く。

僕達は途切れ途切れにしか会話をしませんでした。

訊ねたいことはバスの中で切り出すものではないように思われました。かといって、政治や思想の話はしたくない。

しかしながら、ずっと無言というのも、おかしい。

いい話題はないものか——？　僕は考え倦《あぐ》ねては、質問を捻出《ねんしゅつ》するのですが、どうにも会話が続きません。

例えばこういうふうに——。

「僕もショウペンハウエルの『幸福について』を最近、読み始めました。哲学だから難しいと思っていましたが、結構、すらすらと読めますね」

「そう。訳者の腕もあるのだろうが、彼の著書は読みやすい」

「なるほどと唸《うな》らされる言葉が沢山あって、勉強になります。でも、彼は幸福は物質的な豊かさにあらずといいながらも、お金に執着する者に与えられる非難は的を射たものではない。お金程、人生にとって役に立つものはないとも書いていています。そこんところは納得出来ないな」

「最後まで読んで、それでもまだ納得出来ぬならもう一度、読み返してみればいい。そうして尚《なお》、深い理解を求めたいのであれば、河上肇《かわかみはじめ》の『貧乏物語』を読んでみるといい。日本に於いて初めての本格的な経済論の書だ。そこにも——げに今の世の中は、金のある者にとりてはまことに重宝《ちょうほう》しごくの世の中である——と、財産を得ることの有意義が記されている」

「それは全ての個人は自分自身という財産しか占有することが出来ないという、僕達の根本的なコンセンサスと相反する考えじゃないですか？」

「私達はユートピアを求めているのではない。自給自足のコミューンを作ろうとしたとしても、それではその土地をどう調達するかの問題を先ず、クリアせねばならない。仮に無償で提供する者があったとして、では、家を建てる為の木材はどうやって手にいれるのか？　森があったとしてそこに生えた木を切る斧は何処で入手するのか？　無一文《むいちもん》では何も達成されない」

「あの草案を読む限り、段階的にではあるけれども、ゆくゆくは貨幣そのものを撤廃するのが新しい国の方針だと思っていました」

「それは読み方を多少、誤っている。通貨は必要だ。物神性のない通貨も流通させ、物神性のある通貨の価値基準に限定性を持たせる。それが草稿に書かれた経済改革の方法だ。その辺りの詳細はもう時間が限られているかもしれないが、李に教授して貰うといい。只、李の言葉遣いは、ショウペンハウエルとは対極的に、不親切極まりない。却《かえ》って、解りにくくなってしまうかもしれないが」

「そうします。また、政治の話になってしまいましたね」

「すまない。柊木君は海に行く時、そのような話は一切なしといったので、私も気をつけたつもりなのだが……」

「僕が、ショウペンハウエルの論に納得いかないといいだしたのがいけなかったんです。もっとたわいない、けれども面白い話を思い付ければよかったんだけれど……」

「そうだな……。では、たわいのない面白い話を、私がしよう」

「お願いします」

「そのショウペンハウエルの『幸福について』だが、これは日本の翻訳のみのタイトルだ。彼の論稿は一八五一年の『筆のすさびと落穂拾い』——原題 *Parerga und Paralipomena* なる随想集の *Aphorismen zur Lebensweisheit* を訳したものなのだ。*Aphorismen zur Lebensweisheit*——即ち、『処世術の箴言《しんげん》』。世の中を上手く渡っていく為のアドバイス——ということだ。どうだ、面白いだろう?」

面白いといえば面白いけど、望んだ面白いは、そういう面白さではなく……。

バスは無事に時間通り、館山駅に着きました。

夕方の刻《こく》を越え、陽はすっかりと沈んでしまっていました。

僕は帰りのバスの時間を確かめると、海への順路を探しましたが、よく解らない。きっとバス停に着けば、海水浴場はこちらみたいな看板や、道筋に出店のようなものがある筈と思い込んでいたので、少々、僕は焦りました。

人に訊こうにも人影すらない。しかしどうにか海に辿り着く。

海は、真っ暗でした。

季節が外れてしまったからなのか、海水浴場の面影《おもかげ》はない。

国道のような車道を横切った先にある浜辺は、只、歩きにくいだけの砂浜。

車道に点在する微《かす》かな街灯の灯のおかげでどうにか、海と地の境界を知らせてくれてはいるが、それがなければ海辺であることすら不明の地帯だ。

生憎《あいにく》、空も曇っていました。月影すらない。車道と反対の方向の遥か彼方に街らしきものがあるのは、解りました。でもどれくらい離れているのかまでは見当も付かない。沿岸に立ち並んでいる建物が放つ光も強いものではない。それはその場所と僕達のいる場所が海で隔てられているのを教えてくれることしかしない。一分間に一度くらい、何処からか多少、強い光がこちら側に届きます。

その光が水面を不気味に照らす。液状の黒いものが鈍く灰色に色を変え、さざめくのを確認する。

そして僕達に、液状のものが海であることを知らせる。

当然、この海水浴場のアピールポイント、海に沈みゆく美しい夕日を僕達はもう観られない。

ロマンティックの破片《はへん》すらない、無機質の海。

かといって、せっかくここまで来て、引き返す訳にもいかないので、僕達は浜辺を歩きました。

暗澹《あんたん》たる海岸線を左、左へ左へと、ひたすらに歩く。

砂浜の隆起が眼で知れないので、僕は何度も転びそうになる。その度《たび》、スニーカーの中に大量の砂が入る。君の靴はハイカットなので、砂が入りにくいのだろうか。アウターソールの溝が深くて硬いから、足場が悪くても平気なのだろうか、僕とは正反対に、君は、姿勢を崩すことなく難なく歩いていく。僕は前を歩く君の後ろを追うような形になる。

　暫くすると、君は立ち止まりました。

　コンクリートの突堤がありました。

　海に突き出た低い突堤。

　君はその突堤に上り、海のほうへと進み出ます。僕も続きました。

「危ないですよ。灯もないし、足を滑らせたらおしまいだ」

「でも、釣りには適していそうな場所ではないか」

　いうと君は一番先まで行き、持って来たケースから一通りの釣り道具を取り出しました。

　海の向こうの湾岸からの光に縋《すが》りながら、君は針に糸を通して、ケースのポケットから何かを出します。

「何ですか、それ？」

　訊ねると、君は応えます。

「椎茸」

「椎茸？」

「コープの特売で買ったやつだ。水炊きに入れようと思っていたが、持ち帰り、点検してみると一部、腐りかけたものが混じっていた。あのコープは安いが、偶にそのようなものを特売として売る。私は多少、腐っていようが構わないが、柊木君にはそのようなものを食べさせてはならないと、この前、柊木君の腹痛を観て、学んだ。魚の餌としては問題ないだろう」

あれは本当に腹痛ではなかったんです——といいたかったけれども、止めて、僕は訊ねます。

「魚は椎茸を食べるんですか？」

「解らない。でも急に海にといわれたので、餌になる適当なものをこれくらいしか見付けられなかった。キャベツよりはマシだろう」

椎茸を手でちぎり、小さな欠片《かけら》にすると、君は針に付け、海に糸を垂らしました。

僕は君の横に立つ。風が強くなってきました。

君の髪が僕の顔に掛かる。

僕は風のせいで、灰色が縦に揺れ始める海の様子を、見詰めました。

コンクリートへ打ち付ける波の音が聴こえるのだけれども、ポリタンクを叩くかのような軽率な音だ。

「私に訊ねたいこととは、何なのだろう？」

ぼそり、君は呟きます。

僕は、

「応えたくなければ応えなくてもいいんですけど」

——前置きをした上で、訊ねました。

「単刀直入に、訊いていいですか？」

「構わない」

「大松さんが長銀の事件の無罪判決に抗議して財務省前で自害しようとした少し前、何があったんです？　大松さんと北据さんの間に、何事かが起きたのではないかと僕は推察しています。北据さんは大松さんはしくじっているから信用を獲得出来ていないといいました。でもそれ以外にも日本部戦が大松さんを信用出来ないと判断する某《なにがし》かが、あったのではないですか？」

「前日のことだろうか？」

「恐らく――多分」

「日本部戦の知る処ではない」

君は竿を上げました。針には椎茸が付いたままでした。

また、君は釣り針を海に投げ込みます。

「応えたくない訳ではない。しかし話せば柊木君は私を軽蔑するだろう」

「大松さんも自分のことを下衆《げす》の下衆だと僕にいいました」

右手で持っている竿が、ぐいっと撓《しな》る。

垂れていた釣り糸がぴんと張り、水面に浮かんでいた浮子《うき》が海中に潜る。

何か掛かったのか？　嘘だろう……。餌は椎茸だぞ……。

竿を上げてみますが、針先に魚の姿はなく、椎茸もありませんでした。

「餌、食い逃げされちゃったんですかね？」

再度、君は椎茸を針に付け、竿を海に差し出します。

「何処から話すべきだろう。この前の話と重複する部分もあるが……」

前置きをすると、君は語り始めました。

「大松は父を殺害した罪で服役し、出所後、皇頼の会を結成した。そして思想的転向を計り、李のトロツキズム解放戦線と近しくなった。その頃私はまだ高校生だったが、既に第四世界民主連合を名乗り政治活動を始めていた。李は活動家として駆け出しの私にいろんなことを教えてくれた。ある時、李は大松を私に紹介した。右翼ではあるが主張が重なることも多い活動家だと私にいった。私はその男が父を殺害した者であることをすぐに名前から察した。李はこの時、まだ私が堂本圭一の娘であるのを知らなかった。大松もまた私が堂本圭一の娘であるとは気付かなかった。父と母が戸籍上、夫婦の形を取らず別姓のままだったから、北据である私がその娘と解る筈はない」

「何時、解ったんですか？」

「共闘を組むうち、議論の中、大松は刑務所の中で、父の著作『無抵抗のフーリエ的情念系列の社会運動』を何度も読み返したといった。辞書を牽《ひ》きながら、理解出来るまで根気よく読んだといった。

そして父の思想、理念には自分のそれと通底するものがあるのを悟ったといった。

その頃の大松は、酒を飲むとへべれけになるまで飲み続けた。好きで飲んでいるようには到底、見受けられなかった。自分に罰を与えるが如く酒に溺《おぼ》れようとしていた。酔いどれた大松は、何時も、泣いた。錯乱者のように、暴れ、自分の頭や身体を、割れたビール瓶で殴り傷付けるような自傷行為をすることもしばしばあった。彼はいった。自分は人を殺した。本来なら、出所後すぐに遺族の許に行き、懺悔《ざんげ》をしなければならないのだが、それすらしていない。遺族に逢うのが恐い。罵《ののし》られるのが恐いのではない。遺された人達の姿を観るのが恐い。死んで詫びれるならば死ぬが、それで殺した人間が生き返る訳はない。苦しむ胸の内を彼は私達に、吐露《とろ》した。――だから私は彼にいってやった。もう遺族は赦《ゆる》している。苦しむことはないと」

「そして、北据さんは……。自分が堂本圭一の娘であるのを、彼に教えたんですね」

「憎んでいる者と共闘など出来ない。――私は伝えた。彼の後悔の念を少しでも和《やわ》らげることが出来るのは、私だけだと思ったから。私は……、ほんの少し……。嘘を、吐《つ》いた」

そろそろ引き上げないと、東京に戻る為のバスがなくなる時間でした。

しかし、そういっても、君は釣りを止める気配すらみせませんでした。

「帰りましょう」

「否《いや》、まだ、柊木君の質問には応えていない」

「もういいですよ」

「否、話すべきだ。柊木君に対し、私は隠し事をするべきではない」

風は先程よりも強くなり、雨がぽつりぽつりと降り始めてきました。

「早くバス停に戻らないと――。バスから降りた時に確かめましたが、もうこの時間のバスは一時間に一本しかないんですよ」

「なら、ここで朝まで夜明かしすればいい。魚だってまだ一匹も、釣れてはいない」

「雨が強くなりそうです。こんな処で雨に打たれて朝まで過ごせば、風邪をひいてしまう」

「私の身体は頑丈に出来ている」

「僕が頑丈じゃないんです」

「そうだな」

また釣り竿がぴくんと動く。君は引き上げるけれども、今度も餌だけ取られたのか魚は掛かっていない。三度、君は椎茸の欠片を針に付け、竿を垂らす。

更に風速が増し始めました。僕がいった通り、雨も大粒なものに変わってきました。

「戻りましょうよ。話は帰ってからだって出来るし、聴けます」

しかし、君は僕の言葉を無視するが如く、話を再開しました。

「財務省の前で自害を以《もっ》て抗議する。二〇〇八年の長銀不良債権問題の最高裁判決への最後の抗議として、それを決行するという大松の計画を、私と李はその一週間前に聴かされた。李はやれといった。行動で世界を変えろと計画に賛同した。私は活動をしていたとはいえまだ高校生だったから、止めさせる術《すべ》を知らなかった。踏み留まらせる言葉を思い付けなかった。活動を開始したとはいえ、自分が求める活動の方法と本質が、まだ子供の私には不明瞭であったのだ。自分が死んだとて堂本圭一が生き返る訳ではないが、自分が死ぬことに拠って少しでもこの国の不正が糾《ただ》されるのであれば、自分は命を捨てたい、捨てさせて欲しいといわれると、何もいい返すことが出来なかった。

前日の夜、大松は私を呼び出した。彼はいった。恐怖心がある。死にゆくのが恐い。こんなことを頼むのはみっともないが、セックスをさせてくれないかと——。自害への決意が鈍らないように、今夜は女の身体を貪《むさぼ》りたい。商売女では駄目だ。やって、やって、やりまくって、そして疲れて眠り、目覚めたらすぐさま、行動を起こす。でないと寸前に躊躇《ためら》ってしまいそうなのだ。若い頃から活動に専念してきた自分は、このようなことを願い出られる相手を、女性を、まるで知らない。

彼は私に土下座をした。恋愛感情なぞまるでなかったが、私は大松の願いを聴き入れた。大松のアパートで私は抱かれた。繰り返し繰り返し、大松は挿入をした。初めての経験だった。そのようなことをしたのは、後にも先にもその一夜きりだ。大松の遣り方が粗雑だったのか、私が未経験だったからなのかは、定かでない。快楽の感覚は一切、なかった。

このような過去を聴かされてはもう迷惑なだけかもしれないが、私はこの歳まで恋愛というものをしたことがなかった。

初めて人を好きになったのは——この人と身体を重ね合わせたいと欲情したのは、柊木君が、初めての人間だ。

私は留置場に入った時、生まれて初めて、自慰をした……。

柊木君のことを考えると、身体の奥底が凶暴に疼《うず》き、就寝時、蒲団《ふとん》を被り、寝た振りをしながら、私は自分の局部を、指で擦《こす》らずにはいられなかった。

柊木君が私の身体を舐め回し、私の口にそのペニスを銜《くわ》えさせることを想像すると、私はオーガズムに達した。以来、私は釈放されてから、柊木君が帰ってしまった後、柊木君のことを想いながら、自慰をする……悪癖を身に付けてしまった。釈放された日も、朝まで柊木君と話し、流石《さすが》にもう眠いでしょうといい、柊木君が帰った後、私は寝るといったが、久し振りに逢えた柊木君、言葉を交わせた柊木君が、今までこの部屋にいたのだと想うと、得体の知れない淋しさのような悦《よろこ》ばしさのような、矛盾した衝動の誘惑に抗《あらが》えなくなり、そのような行為を、せずにはおられなかった。あの明け方、私は何度も何度も、自分でも驚くくらいに絶頂に達した。柊木君の名前を呼びながら、柊木君の座っていた場所の匂いを嗅ぎながら、私は自慰を繰り返した」

荒くなった波が打ち寄せ、破裂のような響きを重ねさせる。

シューティングバーでモデルガンを撃つ時、耳にする音と同類だと、僕は思う。

雨のせいもあり、僕の衣服はもはやずぶ濡れだ。

無論、君が着ているスクールコートも雨を吸収し、重くなっている。

下に着た古い型のワンピースにまで染み込んでいることだろう。

一体、僕は何を聴いたというのだ？

君の告白に対し、どう応えればいい……。

「私は猥褻《わいせつ》な性情の女なのだろう」

その行動は、決して間違ってなぞいやしないというべきか？

僕にはいえない。いうことが出来ない。

芯《しん》から身体が怒りに震える。不明の力が僕を振り回し、僕を奈落の底に突き落とす。

如何《いか》にすればいいのか？　大松広平を打ちのめせばいいのか？　それとも君を、罵《ののし》ればいいのか？

猥褻な性情の女だ。自分でいうように、貴方《あなた》は厭《いや》らしい好色の女だ。

頼まれれば誰にでも、股を開くのだろう。

売女《ばいた》、ヤリマン、公衆便所――。

嘘吐《つ》きめ。僕はお前に騙《だま》された。そうだ、僕はアニメ研で先輩に第四世界民主連合に入れば、君は誰にでもセックスをやらせるとの情報を聴いた。2ちゃんねるで流されてるんだよ。事実無根ならば噂が立つものか。メイド喫茶では給仕のみならず、客に誘われれば金を貰い、ホテルに行くこともしていたのではないか？　その事情で逮捕されたのだ。別件容疑ではあるが、不当逮捕なんかじゃなかった。

李明正は全ての事情を知っている。だから李は、日本部戦の生贄《いけにえ》の要求に対しその役を大松広平に与えようとした。侮蔑するのさえ馬鹿らしい。大松は君が自分の要求を却下しないことを解っていて、君に願い出たのだろう。嗚呼《ああ》、高邁な革命家達よ――。僕はとんだ偽善者達の演じる茶番劇に付き合わされてきた訳だ。何処に大義がある？　お前等の行動と思想は全て紛《まが》い物だ。革命なんて成功しない。させてたまるか……。

もう僕は何も信じない。

信じることが出来ない。

君はようやく、釣り竿をビニールケースに仕舞う。僕達は元来た道を引き返す。

館山駅前のバス乗り場に至る道を僕達は歩く。やがて、東京行きの高速バスが来る。それに乗り込む。殆ど乗客はいませんでした。濡れた髪と水浸《みずびた》しになった足が、気持ち悪い。靴と靴下を脱げば少しはマシになるだろうけれど、僕は脱ぎませんでした。君もずぶ濡れのまま眼鏡に付いた水滴すら取り除こうとしない。

東京に着くまで、窓際の席に座った僕は窓の外を観ていました。

会話は、ありませんでした。僕は考えることを、したくなかった。

アパートに戻ります。

「夕飯はどうする？」

君は、訊ねました。

「食べますよ」

君の部屋に入る。鍋の用意が整う。

お腹は減っている筈なのに、少ししか食べられませんでした。

「今日は締めの麺はいりません。何だか疲れてしまった。明日のお弁当もいいです。昼に用があるんで適当に済ませます」

自分の部屋に戻り、僕はダウンジャケットを放り出し着替えもせずそのまま蒲団に潜り込み、身体を丸め腕で膝を摑み、胎児のような格好で歯を食い縛りました。

眠れない――。

やがて外が白み始めます。

僕は蒲団から出てプリペイド式携帯電話で、李明正に宛てたメールを作成します。

【やはり死ぬのは僕の役割です】

送信すると、ようやく睡魔が訪れてくれました。

「こちら第二部隊。成功したようやな」

九月二六日――。快晴。

JR福島駅から近い陸橋のたもとで、待機していた第二部隊と名付けられた僕等は日本部戦からの無線を確認しました。県境を封鎖したのを知らせる通信。

迷彩のタンカーカバーオールを着た――僕も李がいったとおり同じそれを着ているのだが――大松広平が、無線で李明正に連絡をする。

「準備はもう整ってる。そちらは？　知事の身柄を拘束したら連絡をおくんなはれ」

ヘリのプロペラの旋回する音らしきものが聴こえ始めます。僕と大松は空を見上げる。八機の小型ジェット機くらいの大きなヘリが隊列を組んで、喧《やかま》しい轟音《ごうおん》を伴い僕達の頭上を通過していく。隊列は二つに進路を分かち、進路を変えて違う方角に飛んでいく。陸上自衛隊福島駐屯地と福島第一原子力発電所を制圧する為に――。

暫《しばら》くすると、また大松に李から無線が入りました。

「無事、陸上自衛隊駐屯地の占拠が完了したそうや」

大松はそう伝えると、僕の眼を正面から見据え、自らを鼓舞《こぶ》するかのように声を張り上げました。

「よっしゃ、では、俺等も制圧開始や。行くで、柊木はん」

「はい」

大松は拳銃――本物のMP－443――を腰に巻いたベルトに付けた二つのカーキ色のポーチのうちの一つから、取り出し、構える。

僕もそれに倣《なら》う。MP－443のグリップを握り、トリガーの先に指を掛ける。

精巧に模倣されたモデルガンより、若干、重たい。実弾が装填されている分の重みだろうか？

実弾での練習はしていない。発射する事態はないに越したことはない。

僕達の腰に付けられたもう一つのポーチには手榴弾が入っている。

手榴弾の扱い方も、大松が手に入れたレプリカで何度も練習を積み重ねた。

大松と僕とは装備は同じだけれども、大松がツナギとポーチのみなのに対し、僕は何時も使っているリュックを背負っていました。集合した時、リュックは邪魔になるから置いていけ、大松と李にいわれたけれども、大事なものが入っているので持っていきますと、僕は拒否をしました。

「[illegible]」

大松広平が叫びます。

――サルジュ・サーティウ――。

大松が口にしたアラビア語は、僕達の作戦コードだ。

これをきっかけに僕と大松広平を含む日本部戦、三五名で編成された部隊は、茶色い四階建てのＮＨＫ福島放送局に乗り込みます。

「施設に入場している一般人を全員、速《すみ》やかに退去させて貰いたい。この建物、否、放送局は現在より、我々日本部戦が占拠する。これより我々はスタジオに入り、その主張、要求を電波に乗せ発信する。今すぐ局長を連れてきなはれ」

銃を突き付けながら大松広平は声を響かせますが、受付に座っている女性達は、きょとんとして僕達を見詰めるばかりだ。知らされていない撮影のロケとでも思っているのだろう。仕方なし、僕も銃を彼女達に向けて、いいました。

「あの、本当にこの建物をジャックしているんです。いう通り、局長に連絡したり、非常事態の態勢を取って貰えますか。電話でもいいですし、局長室に出向いて貰っても構いません。局外に出ようとする場合、発砲をしますが、中を移動なさる場合の身の安全は保障します」

大松が叫んだのと同じ言葉を合図として用いながら、多国籍の日本部戦のメンバーが小銃を身体の一部のように扱い、無駄のない動きでエントランスに絡《つな》がるスタジオ、或いは二階に続く階段に散っていく。

彼等の人間離れした速度に、ようやく受付の女性達は冗談でもロケでもない状況を察してくれたようだ。二人は、立ち上がり、二階へと続く階段を駆け上がって行きました。

アラビア語で光る雪という意を、僕達は自分達の作戦コードとして採用した。

言語の異なる即席の編成部隊では、符丁がないと作戦の遂行に支障をきたす。

光る雪――。

雪は、雪月花《せつげつか》の雪――。

雪のように真っ白に、穢《けが》れなき想いで自らの心を照らせ――。

君の母が君に込めた想いを、僕達は革命の合図とする。

君よ――。原発爆破の遠隔スウィッチを持ち、何処かで蜂起の成り行きを見守っている君よ――。

僕等は常に君と共にある。

李明正からの無線連絡が入りました。

県庁並びに県警、制圧。福島県知事、拘束に成功――。

「第三部隊も上手いこと、やったようや」

李明正と共にその指示に拠り県庁と県警をジャックする日本部戦の隊は、第三部隊でした。

隣接する県との交通を断つ為、配置されたのは第一部隊で計五〇名。陸上自衛隊駐屯地の占拠に費やされたのは八〇名。福島第一原発に配置された第四部隊の数は、最終的に百五〇名――。

五分も経たぬうち、局長が出てきました。

若干白髪混じりの痩せた体軀の局長は、何の質問もしませんでしたが、背広の上着のポケットから名刺を取り出して、僕達に差し出しました。

仕方なく、僕がそれを受け取りました。「局長のオオバです」と名乗られたので、「日本部戦の柊木です」名乗り返し、僕も、頭を下げました。

「声明の為に一時的な強取《ごうしゅ》を行う。スタジオに連れて行って貰いたい」

大松が要求をする。

僕達はスタジオに案内されました。シックな木目調のテーブルと椅子のあるスタジオで撮影の準備をしていたらしき人々を、七名の日本部戦に指示して、一塊《ひとかたまり》にし、部屋の右隅に纏《まと》めました。

「今から緊急生放送を開始や」

大松広平が、人質として拘束した局員に告げる。しかし、局員達は動かない。

局長が、僕達の要求を呑むよう、改めて指示を促《うなが》すと、数名が当てもなく動き始めました。

「ここで放送が出来る状態にして貰えれば、いいだけのことです」

僕の言葉で、何をすればいいのかをようやく局員達は悟ったようでした。

カメラや音声の準備が整えられます。

僕達が入室するまで撮影の用意が行われていたセット――壁のようにみせかけた白いボードに、卓上マイクの置かれた上半身のみが露出する簡易なテーブル――の後ろにある椅子に座れば、オンエアが可能な状態になりました。

大松は、僕に席に着くよう促します。

「マイクの準備も大丈夫か？　カメラの人、これからはあすこにいてる若者がスポークスマンとして、我々の要求とこの蜂起の意図を話す。あんたらは彼のみを映し、彼の声だけをオンエアしてくれればええ。――ほな、柊木はん、よろしゅうにな」

僕はテーブル席に着きました。

僕の目線の先にはテレビカメラがある。

背負っていたリュックを、床に無造作に置きました。

卓上マイクの前には、福島県の復興シンボルキャラクター、黄色く丸いボールに眼と鼻と口があり、その両脇から羽根のような手が伸びているキビタンのグッズが並べられていました。僕達がこうして乱入しなければ、ここでキビタンに関する番組が収録される予定だったのかもしれません。

僕はリュックから入れてきたラナタンのフィギュアを取り出し、それらのグッズの後ろに、隠すように置くと、前の大掛かりなカメラを見据えました。

「さぁ、放送を開始しなはれ」

大松広平はカメラとそれを操作するカメラマンの後ろに移動して、仁王立ち、局員に指示を与えます。

放送が開始されたことを大松広平は確認する。

大松が敬礼をしたのをきっかけに、僕は話を始めました。

「あの……おはようございます。僕の党の代表、柊木殉一郎といいます。僕等は日本部戦との共闘に拠り、先程、この福島県をジャックしました」

我ながら、何て呑気な言い草だと思いつつも、このような出だししか僕には出来はしない。

「嘘でもギャグでもありません。僕達は福島を隣接する六つの県から切り離しました。ですから申し訳ありませんが、今、福島にいる人は暫く県外に出ることが出来ません。そして県外にいる人は福島に入ることが出来ません。要するに……。現在、福島は今、戒厳令下に置かれたと考えて下さい。ご不便をおかけしますが、電車やバスも県内ではこれまで通り運行していますが、県外に出る、もしくは県外から福島に乗り入れることに関しては制限させて頂きました。でもこのような状態がずっと続く訳ではないのでその辺りは心配なさらないで下さい」

福島県のみにしかまだ流れていないかもしれない。テレビ局の放送のシステムまでは僕等も把握していませんでした。でもよくバラエティ番組などで放送中にミキれることのある、大きな業務用のカメラの上部にあるボタンが赤く光っているので、カメラが僕を捉《とら》えて映し出していることは確かなようでした。モップのお化けみたいな形をしたブームマイクもカメラの横に立っている。声がテーブルの上の卓上マイクで拾われているのか、そのモップのお化けみたいなブームマイクで拾われているのか、両方なのか、僕には解らない。でも音声も要求通り、流してくれているだろう。彼等が流す振りをして僕と大松を騙《だま》しているとは思えないし、そうしなければならない理由も見当たらない。このような事態を想定したマニュアルなぞない筈だ。

僕は、先を続けました。

「突然のことで状況がよく呑み込めないという方も多くいらっしゃると思います。ですから、出来るだけ解り易く説明出来たならと考えます。僕達の目的は福島を日本から独立させることです。それを日本国政府に承認させる為に、このような強行手段を取らざるを得なかったのです。求めるものは独立国の樹立――これは、いわゆる、革命です。

僕等の要求が認められれば、現在、人質としてとらせて貰っている福島の皆さんは即、解放させて頂きます。もし日本国政府が要求を呑まなくとも、このような状態が長期に亘《わた》り続くようであれば、要求が通る見通しがまるでみえてこないようであれば、県境封鎖の緩和策も講じます。何故なら、僕達の真の人質は皆さんではなく、福島第一原発だからです」

君も何処かでこの放送を観てくれているのだろうか？

君の潜伏先を僕等は知らされていませんでした。

何時《いつ》、どのようにして何処《どこ》に移動させられたのかを僕達は知らされていませんでした。

訊ねたが、日本部戦はそれを教えてくれないと、李は、苦いものを吐き捨てるかの表情でいいました。日本部戦は情報の漏洩《ろうえい》の可能性を限りなくゼロに近付ける為、同志であろうが必要最低限のことしか明かさない。事情は呑み込めるが不服である――。

「しかし、この蜂起が成功すればまたすぐに逢える」

李は、日本部戦の戦略を擁護する文言を付け加えました。しかしすぐ、

「申し訳ない」

謝罪を入れます。

それが僕へのものであるのは明白でした。

革命が成功した新しい国に、もはや僕は存在しない。

僕はもう二度と、君の顔を観ることが出来ない。

当初は、李明正の書いた原稿を読む、読めばそれでいいということだったのですが、李が僕に渡したそれは誠に堅苦しく、君が北条海水浴場に至るバスの中でいったように聴く人に優しくない――不親切極まりない内容だったもので、僕はそれをそのまま読むのではなく、多少、誤謬《ごびゅう》が出たり言葉足らずなことになるかもしれないけれども、自分が理解した内容を自分の言葉で伝えたいといいました。

なにせ、李の原稿は「我々は共産主義的革命、全世界永久革命を標榜《ひょうぼう》するインターナショナルの共闘部隊である。プロレタリアートの解放属性であり人民解放の目的の一環である暴力革命とは異なる

武力革命を行使するものである」――というふうに始まり、その文体での説明が、延々と続くのです。

これでは一部の人を除いて、人質となってしまう福島に棲《す》む人々も、県外の日本国民も、僕達が何をしようとしているのか、さっぱり理解出来ない。

僕は肝心な部分は李のテキストを、仮令《たとえ》、表現が難しくとも端折《はしょ》らず、正確に読むので、蜂起の経緯《いきさつ》と新しい国家の展望を説明するのは、自分の言葉遣いの方が適していることを訴え、了承して欲しいと頼みました。

「確かに私の書いたものは鹿爪《しかつめ》らし過ぎるかもしれない」

「日本国憲法とか、六法全書を読んでも、何が書かれているのか、僕等のような普通の人間にはよく理解出来ないじゃないですか。噛み砕かないと、賛意は得られませんよ」

「一理ある。君のような人間がそうして語るほうが、取っ付き易いだろうし、解りいいのかもしれない」

自分の言葉でたどたどしくとも、語ればいい。出来るだけ簡単に、解り易く――。

政治は、国家は、皆の為のものなのだから――。

僕等は何故、革命を起こさねばならなかったのか?

僕達が作ろうとしている社会とはどのようなものか?

きっちりと話そうと、僕は思う。

幾ら時間が掛かっても構いやしない。福島県をジャックし、放送局を占拠してしまった今、後につかえている番組なんてない。あったとしても放送は出来ない。

大松広平が、カメラの後ろ側で声を上げました。

「今、連絡があった。第四部隊、無事、福島第一原子力発電所を包囲、制圧」

僕は頷《うなず》いて、一呼吸おきます。そしてまた、テレビカメラのほうを観て、話を続けました。

「……ということです、皆さんにはさっきの声が、聴こえましたでしょうか？　僕等は福島第一原発を占拠してしまいました。無事、本当の人質確保です。原発を人質にしたといえども、日本政府、東京電力には、原子炉に対する、原発に対する対策措置を引き続きやって貰わなければなりません。否、大事な人質ですから、今まで以上にきちんとケアをして頂かないと困ります」

大松広平が、僕に向けて、指で何かを指している。

そちらのほうを見遣ると、テレビのモニターがありました。そこに僕が映っている。

キビタンのグッズが並べられたテーブルの後ろ、まるで政見放送をする人のように、僕がいる。

何だか少し、気恥ずかしい……。

僕は頭を掻きました。

「僕等の正体は左翼と右翼が共闘する混合組織です。僕等はたった三名しかいません。トロツキズム解放戦線、皇頼の会、僕の党――。これだけ大規模な行動を起こせたのは、海外の有志からなる日本部戦のメンバーのサポートがあったからです。但《ただ》し、彼等は飽《あ》くまで僕達の蜂起と独立を援護する文援団体に過ぎません。従ってこの革命で、彼等が僕等の新政権の遣り方に介入してくることはないんです。

日本部戦が僕等に協力してくれるのは、この福島での独立国家が承認された後のことを考慮するからです。僕等は福島を統治した後、日本全土を共産主義的な国家にしたいと考えています。そして何《いず》れはこの世界の国々に等しく共産主義的な革命を齎《もたら》したいと考えています。否、共産主義的な国家としてやっていく為のチャンスを与えたいと思っています。しかし従来通り、資本主義での生活がいいという人達もいるでしょう。僕達はそういう人達に共産主義的なルールを押し付けようとは思っていません。

福島に棲む人達の中でもとんでもない、元の日本の制度の許で暮らしたいと思われる方は多くいらっしゃるでしょう。ですから日本国政府が僕等の新政権を認めた後、そういう人には福島から他県に移り住めるよう措置を取ります。それじゃ困る。自分の会社は福島にあるし、福島から出て行きたくないという人に関しても、特に問題はないです。福島が共産主義的な国家として独立した後も、そのような人は福島に棲んで福島の会社で仕事をすればいい。只《ただ》、その場合は従来通り日本国に税金を納め、日本国の選挙権を持ち、日本国の定める憲法、並びにその他、諸々《もろもろ》のシステムに従って貰う立場の人として扱わせて頂くことになります。

それはつまり、僕達の国の国民でありたいと願うなら、僕達の国のシステムに従って貰わねばならなくなるということでもあります。新しい国の国民として生きていくのか、今まで通り日本国のルールで暮らしていくかは、それぞれの自由です。これは即ち、わざわざここに移住してこなくても、新しい僕達の国の国民になりたいなら、手続きさえ踏んでくれれば、国民として承認するということでもあります。

僕達が作ろうとしている国がどのようなシステムを用いるのかの説明をしなければならないでしょう。一例を挙げるなら、新しい国では国民は納税の義務を負いません。新しい僕達の国はそれぞれの国民がこれだけ支払ってもいいと思い、支払ってくれる寄付金に拠《よ》って経済を動かし、運営します。一円も払いたくないというならそれでも構いません。

そんな遣り方で行政のサービスなど諸々が行き届く筈がないと思われるでしょうが、僕達の国家では国家予算を最小限に抑えます。

ケチるべき部分は企業以上に大胆にケチります。全ての方法を説明していくには時間が掛かり過ぎますし、一例のみを挙げておきたいと思いますが、例えば、コンビニと交番を合体させてみたらどうなると思います？　基本的にコンビニエンスストアは交番の業務も行うべし――としたなら、派出所の継続に掛かる費用をかなり抑えられます。防犯対策としても妥当ですよね。

それじゃ警官はレジ作業もしなきゃなんないのか？　すればいいじゃないですか。そりゃ警察官の業務とコンビニの店員の業務が重なる場合、警察官は警察官としての業務を優先するべきです。その期間、コンビニで商品が買えない？　そうじゃないです。合体型のコンビニにはコンビニの店員もいるんですから、警察官が本来の業務で忙しい時はコンビニの店員が頑張ればいいんです。定員二名のレジ係の片方を警察官にすれば、幾らスペックの高い店員がレジ打ちをしようとレジは混みます。でも待てばいいじゃないですか。コンビニの買い物で一刻一秒を争う事態なんてそんなにないし、あったとしたら必要に応じて譲り合えばいいんです。

僕は共産主義ではなく、この新国家を共産主義的な国家にするといいました。従来、僕等が抱いている共産主義のイメージやシステムと、僕等の施行しようとするものが異なることを知らせておきたかったからです。僕等の考える共産というのは、共に考え、共に作り上げるというものです。

分業だけでなく、兼業の効率を最大限に活かすシステムです。

僕はある人から、共産主義の社会というのは誰もがなりたいものになれる社会なんじゃないかといわれました。そうなのだと思います。下手でも儲かる漫画が描ける人がプロの漫画家で、いい作品を描くけど商売として成立しない人はアマチュアだという考えは、コミケなどを無視出来なくなった今、旧弊《きゅうへい》だと皆、気付いているでしょう。

やりたい役割を皆、持てるだけ持てばいいんですよ。仕事が増えるのは嫌なことかもしれないですが、やれる役を沢山持つことって、強みであって財産じゃないですか。属性は多いほうが楽しくないですか？　譲り合うことが出来ないのは人がエゴを優先するからではないと思うんです。譲ろうと思う人の立場になれないだけのことだと思うんです。お兄ちゃんが弟の為に我慢出来るのは、自分がお兄ちゃんであるという優越感や使命感のみからくるものじゃないですよね。弟の事情や立場を理解出来るからですよね。すき焼きで好きな人の為に高価な肉を用意しようとするのは、その人にいい恰好をしたいからだけじゃないですよね。その人の満足を心の底から望むからですよね。

お兄ちゃんになってみないと、誰かを好きになってみないと、解らない事柄って沢山あると思うんです。やれる役を沢山持つことは、だから割と重要なことなんじゃないかと。

なりたいものになれるのが共産主義といった人は、こんなこともいいました。

人類は直列回路から並列回路にシフト変更している——と。

無論、専業でしかやれないこともあると思います。でも直列と並列で、仮に同じ値やエネルギーが出せるのだとしたら、並列の方が一寸《ちょっと》、良くないですか？　二つの電池が必要な場合、直列では一つ電池が足りないともう動かないんですよ。でも並列なら電池の個数が足りなくても使用時間に影響が出るだけで動くのは動きます。用があるから抜ける。じゃ、代わりに俺がやっておく——というのが成立するのが並列ですよね。

コンビニにコンビニ店員と警察官がいる——ってのは、今、警察の人は昼休みだから、コンビニ店員の僕が代わりに落とし物の申請を受け付けますよ——くらいはしていいということでもあるんです。それはこちらの管轄でそれは向こうの管轄、みたいな区切りに僕等はうんざりとしていませんか？やれる人がやるのでいいじゃないですか。そしたらやりたくないことを誰もやらなくなる——でしょうか？　またコミケを例に出して恐縮ですが、全てボランティアで組織されているコミケでは、会場のゴミ拾いやクレーム処理も誰かが率先して引き受けているんです。それが損な役回りだとは思わない。損な仕事ってのはあると思います。でも損な役なんてないんです。

警察官の職務もサポートしないとならないなんて一寸、嫌だな。そう思いながらもコンビニの店員になる人もいるでしょう。でも実際に一緒に働いてみれば、考えていたより警察官の仕事って重要だなと気付くかもしれません。そしたら義務ではなく、自《おの》ずと手伝いますよね。このような人間の原理を、僕達は無駄なく活用したいんです。そういう甘っちょろいもので国家は動かせない、無理という前に試してみたいんです。無理だったなら、新しい策を考えればいいじゃないですか。繰り返しますが、僕等の考える共産は、共に考え、共に作り上げるというものなんですから。

不当逮捕で留置場に入れられた人を僕は知っています。取り調べでも非道《ひど》いことをいわれたらしい。それを知って、警察なんて最低だ！　僕はつい口にしちゃったんですが、その人は、それは違うといいました。彼等とて不正をなくそうとしてその任に就いている——って。

いろんなものを合体させたり兼業制にするのは単に予算を抑える為だけの政策じゃないんです。そうすることで、多くの人に自分の国を好きになって欲しいからなんです。手間が掛かろうと好きなものの為にだったら、僕等は喜んで時間を割くじゃないですか。誤魔化さないじゃないですか。愛国精神なんてものじゃなくて……。アイデンティティみたいに大袈裟《おおげさ》なものでもなくて……。解りますよね？　解らないかなぁ。説明、下手過ぎますかね？

うーん……。また後で再度、放送を再開します。すみません」

僕は途中で勝手に説明を終えてしまう。僕の声明を聴きながらも途中、無線での遣り取りをしていた大松が、慌てて、

「コマーシャルや！」

生放送を一旦、中断して欲しい旨《むね》を放送局のスタッフサイドに告げるが、大松とて不測の事態で

あったから、ＮＨＫにコマーシャルというマヌケな注文をしてしまった。しかし意図は伝わったのだろう。僕が映っていたモニターの画像は停止の状態になった。それを確認し、大松は大仰《おおぎょう》な声を上げる。

「柊木はん！　途中までええ調子やったのに、何ですねん。解りますよね？　解らないかなぁって」

僕に近付いてきて、前にあるキビタンのぬいぐるみを手にし、僕に投げ付ける。

僕はキビタンをキャッチし、いい返す。

「だってしょうがないじゃないですか。愛国とかいったら右翼って思われるでしょうし、アイデンティティとかいうのも違う気がするし……」

ついでにキビタンを投げ返す。

「やっぱり李さんの原稿をそのまま読んだ方が無難だったですかね」

「否、それでも大凡《おおよそ》はええ感じやったと思うで。頼りないのは頼りないけど、話してる内容に嘘はない」

戻ってきたキビタンを弄《もてあそ》びながら、大松は明るい笑顔を観せました。

「このキビタンというやつは、撫《な》でると幸せを呼ぶ黄色い鳥らしい。次の放送で上手いこと喋《しゃべ》れるように、柊木はんも撫でときなはれ」

近寄ってきながら差し出すので、僕は緑のアンテナか触角のようなものが付いたキビタンを撫でました。

「柊木はんが演説を打《ぶ》ってる間に連絡が入った。首相とその他、主立った閣僚は緊急会議に入っとる。とりあえず話し合いの余地があるかないんか、俺等が狂信的な過激派なんかそうでないんか、政府は同時に探っとんのやろ。政府は人質の一部の解放を要求してきた。俺等が強硬か柔軟かを見極めたいってことやろうから、この後、第三部隊が福島県知事を解放する。国道4号の宮城県との県境まで移送し日本部戦は、知事を日本国政府に引き渡す。それと一緒に先方からの視察団を受け入れる。今のところ、大きな問題はない」

「県内の様子はどうなってるんでしょうね。皆、大騒ぎですよね」

「そうでもないようやで。一番気掛かりやったのが県外に脱出しようとする人達のトラブルやったんやが、そんなにもおらんらしい。あの原発を抱えさせられただけあって、案外、肝《きも》が据わっとんのかもしれんな」

大松はスタッフに対し、

「俺等が今、放送中の民放、それと中断しとるがモニターやのうて、実際のこのNHKの放送が観られるテレビみたいなもんは、用意出来ひんのやろか？」

訊ねます。

割と年配のスタッフの男性が、可能であることを告げ、その用意を数名と始めました。

やがて数台のテレビが僕達の前に設置される。

1のチャンネルはNHK福島放送総合なので画面が僕の静止画で固まったままだ。4チャンネル、5チャンネル、6チャンネル、8チャンネル――映る他の民放のチャンネルは、全て福島県と宮城県の県境である国道4号線の様子を中継していました。

「現在、福島県と福島第一原発を占領した約三〇〇から四〇〇名とみられます日本部戦と呼ばれる武装集団と、声明を出し、NHK福島、並びに福島県庁をジャックしましたトロツキズム解放戦線、皇頼の会、僕の党から、ここ県境にて、政府の呼び掛け、交渉に拠り、福島県知事の解放と視察団の福島県入りが許可されました。

人質の解放を受け入れる用意で宮城県側の国道は動きが慌ただしくなっています。

今朝の九時に突如、武装兵士に拠って交通を遮断されました福島県ですが、午後になっても未だ、自分達の要求と犯行に至る動機を語る僕の党と名乗る柊木殉一郎という人物の様子しか映像としては情報が与えられていません。

その福島県の現在の様子ですが、県民に危害が加えられたなどという報告はまだありません。行動の制限も、県外に出られないということ以外は掛かっていないようで、買い物なども支障なく行えている模様です。福島市、郡山市《こおりやま》、いわき市など主要都市を中心にしたあちこちには、武装した兵士の姿はあるものの、市内以外でその姿を観ることは稀《まれ》で、電話取材に応じてくれた福島県の人達の中には人質になっているという実感はない——との声も多くありました。

twitterなどインターネットでも特に異変のない日常の光景が伝えられています。こういうものに対する規制は今の処、犯行グループからはなされていないようです。ここ同様、県境の主要道は全て武装兵士に拠り往来が規制され、県外への電車などもストップしている状態ですが、只、山道などを通り県外に抜け出した人も若干名いて、犯行グループは完全に県外と福島の県内とを遮断出来てはいません。

しかし、双葉郡《ふたば》の大熊町、双葉町の福島第一原発周辺の人からは、銃を構える兵士がその周囲を取り囲んでいる目撃情報が寄せられていて、この先にある福島という県そのものが戒厳令下に置かれたという状況が事実、起きているということを知らしめています」

４チャンネルのレポーターはそう伝えていました。他のチャンネルでもほぼ同様の報道をしていました。

画面には日本部戦が道路を塞《ふさ》ぐのと、盾《たて》を持ちヘルメットを被った蒼い制服の多数の機動隊員と緑色のツナギを着た自衛隊員が蠢《うごめ》くようにして対峙《たいじ》している様子が映されています。幾つかの大型車両が停車していることも解りました。

「報道では、大事《おおごと》になってるようですな」

テレビを観つつ、大松広平は他人事のようにいいます。

「前代未聞のクーデターってことでしょうしね」

僕もテレビで観る県境の模様を眺めながら、頷き、微笑んでみせます。

「こういう形式ばった放送での反応やのうて、蜂起に対する現在の、真の民の声が聴きたいところやが……」

「インターネットにアクセスするのは、まだ止した方がいいですからね」

「そういや、柊木はんは、twitter や Facebook はやってへんのか?」

「ええ、そんなに関心がないんです」

「やっとったら、ものスゴいアクセス数やろな。僕の党、柊木殉一郎とは何者か？　世界中が一斉に検索しとるで」

「余りに何もヒットしないので、却《かえ》って不自然かもしれませんね」

「そうやな。——でも、世の中には Wikipedia に記載されてへん事実、YouTube にアップがなされんニュースの方が遥かに多いんや」

本気で可笑しさが込み上げてきました。

新国家の構想の中には、リーダー不在の政治をしよう、インターネットで皆が討論に参加しルールを改定していくシステムを確立するというのがありますが、僕等のうち、そういうことに長《た》けているのは李のみだ。僕も大松も君も、インターネットには疎《うと》い。恐らく世間は、日本部戦と共闘する僕達を、サイバネティックスな指向性を持つ革命分子だと判断するだろうけども、僕達は——萌えという感情すらよく理解していないアナログなオールドタイプの集団だ。

不謹慎な笑いを誤魔化したく、僕は訊ねました。

「しかし、福島県警と陸上自衛隊駐屯地への配置人数が、少な過ぎやしませんか。県警には機動隊もいるでしょうし、自衛隊はその気になれば武力を行使出来る。ＮＨＫの占拠に割り当てられた人員をもう少しそちらに廻したほうが……」

「そりゃ、本気になれば、その二つの場所は、配した軍の数なら逆にやられてしまうかもしれまへんな。そやけど、警察にしろ自衛隊にしろ、この国ではお偉いさんのゴーサインがないと、何も出来まへんねん。兵隊は自分の意思で動かれんようがんじがらめや。どんな理由があろうと、武力制圧に来た兵士であろうと、海外の人間に銃を向ける司令なぞ、びびりの政治家が出しますかいな。後でどんな外交問題に発展するか解らへん。逆に自衛隊なんかは防衛省からの強い警告を受けとるでしょう。絶対に勝手な判断で動くな。隊員の統制を強くせよ——みたいにな」

「なるほどね」

「最も気になるのは、この蜂起に大国《たいこく》が絡んどるのか否か？　その疑心暗鬼で腹痛起こしとりますわ」

大松はそういうと、

「後、暫くは特に動きはないやろう。柊木はん、そろそろメシにするか」

僕の顔を窺った後、局長に訊きました。

「人質にとらせて貰った皆さんも、お腹、空きましたやろ。この建物の中には食堂はないんかいな」

局長は応えます。

「レストランがあります」

「そりゃ、ええ。そしたら五人ずつ、ご飯にいきなはれ。俺と柊木はんは悠長にレストランに行ってる場合やないから……ここまで何かを運んできて貰えると有り難い」

スタジオ内に拘束した人達に食事にいくよう促します。

暫くすると僕と大松広平の許に、コロッケの載ったカレーとポテトサラダ、味噌汁がトレイの上にセットになったものが運ばれてきました。

運んできてくれたスタッフに大松広平は訊ねました。

「おお、美味そうなご馳走やないか。これで幾らや？」

「五百円です」

「良心的な価格やな」

大松広平はポケットから千円札を取り出し、その職員に渡します。

「放送局をジャックしたとはいえ、どさくさに無銭飲食したと後でいわれたら義軍の名折れやからなぁ」

僕は自分がずっと座っていたテーブル席から退いて、スタジオの隅に行き、大松広平と共に食事を摂りました。

「日本部戦のメンバーの食事は、どうなってるんです？」

「彼等は武闘のエキスパートや。一週間は余裕で過ごせるように、各自が携行食を持って任務にあたっとりますわ」

食べ終わると同時に、大松広平の無線に連絡が入りました。

予定通り、福島県知事は解放、日本からの視察団、三〇名を県内に入れたという。

「ここまではほぼ、シミュレーション通りやな。何せ日本政府は、約一九九万人と壊れた原発を人質に取られとるんや。普通なら持久戦、自分達だけやのうて、抱える人質分の食料のことで俺等は悩まなあかんさかい、次第にボロが出る筈なんやが、スーパーに行けば食べ物はあるし、福島の田畑からの収穫もある。今回の蜂起はそんな遣り方で陥落させられんと政府も悟りよった筈や。それに第一原発は毎日のように状況が変わる。俺等の要求を呑んで、交通の行き来も元通りにして、一日でも早く復旧作業を今まで通りに行い、経緯を把握出来るようにせんと、困るのは日本国政府や。対外的にも日本は今、如何なる理由があろうとも原発を放置しておけん。世界各国に対しても申し開きが出来ん。交渉してる李はんに拠れば、アメリカは俺等を一網打尽《いちもうだじん》にしてしまう強攻策を提案してるが、フランスが強く反発しとるらしい。北欧の国連加盟国の中には福島の独立を認めるように働きかける意見もあって、それを全く無視する訳にもいかん。まぁ、明日か明後日には答えが出るやろう。早ければ今晩中にも日本政府は方針を固める筈や」

——夜が、きました。

一度目の放送以来、僕達から新しい放送がなされないことに対する苛立ちを、各テレビ局は隠さず、流していました。繰り返し映し出される既存の映像と、特に進展のない県境の中継——。

僕等はテレビ中継が出来るスタッフのみを残し、他のNHK福島放送局にいた人質を帰宅させることにしました。僕と大松は、ずっとテレビを観ていました。

国際政治の専門家や軍事評論家が、それぞれの見解を述べているけれども、一様に手厳しい。彼等が違《たが》えつつも、同意するのは、僕達は踊らされているに過ぎず、主犯は日本部戦と名乗る海外部隊だということでした。日本人が革命などやれる筈がない、直接的にいわずとも彼等がそう考えているのは明白でした。

テレビに拠って、帰宅させた人質達が各自、無事に家路に就けたことを知る。8チャンネルは緊急速報として先ずテロップ上で、大松が、食堂から取り寄せたカレーライスのセットの代金を二名分、律儀に支払ったことを報道しました。

「な、こういう細かいことを蔑《ないがし》ろにしたら、あかんねん。これで少しは俺等の心証がようなりまっしゃろ」

そうかもしれない——と、僕は思いました。

相変わらず僕等の行動は、未曾有のテロ行為として否定的に扱われていましたが、この速報の後、僕達への支持を表明し、共に新しい共産的国家の礎《いしずえ》になろうと福島を目指し、全国から県境へと移動し始めている若干数の人達がいる事実も、伝えられ始めましたから。

午後十一時半——。

李明正から、連絡が入ります。

日本政府は、福島を独立国家とすることを承認した——。

革命の成功を意味する伝達でした。

しかし、李に拠ると、政府は天皇の位《くらい》を福島の新しいトップに分譲するということに関しては今暫く待って貰いたいといってきているらしい。

僕等は待つことを了承しました。

そうして武装解除は何時《いつ》かという問いには、徐々に解除はしていくが、新政権が実際に機能し始めるまで、完全解除は難しいと返しました。

所詮は口約束、仮に条約を交したところでそれが守られる保証なんてない。

しかし独立を認め、天皇の位の分譲を許諾したならば、交通の遮断は撤廃し、福島と他県との往来は自由に出来るようにするという具体的な封鎖解除の条件と方法を提示し、それが出来れば約束は必ず守る旨の通達をしました。

僕達は凱歌《がいか》をあげません。まだ、目指す新しい共産主義的国家への扉をようやく開いたに過ぎないからです。これからが本番。具体的にどうしていくのか、理念通りの国政を行っていくには恐らく様々な障害が待ち受けているだろう。

それを思えば、無邪気に浮かれてはいられないのでした。

大松広平と交代で少しばかりの仮眠を取り、次の日がくる——。

テレビには昨夜と若干異なる顔ぶれの国際政治の専門家や軍事評論家が映って、いる。

声明もきちんとロクにいえない革命家気取りの大学生がですよ……。僕の悪口だ。

思想なんてない右翼と左翼の混合部隊なんですからね……。僕等の悪口だ。

蜂起中、ゆるキャラのぬいぐるみで遊んでいるような奴等がです……。僕と大松の遣り取り、流れてしまっていたのか。しまった……。

前日と同様に、僕はテーブル席に座りました。

カメラに向かって、僕は、話し始めます。

「日本政府から返答がありました。僕等の要求通り、この福島県は本日から共産主義的な方針を採用する独立した国家となります。新しいこの国に、確固たるリーダーは存在しません。この国の国民である、ありたいということが、即ち、為政者でもあるということなのですから。

首相という役職をこの新しい国でも決めるつもりですが、ざっくりいってそれは班長のようなものです。日替わりで務められるものならローテーションを組んで交代でやってもいいし、場合に拠って複数の首相がいる、みたいなこともありなんだと思います。俺、やってみたい！　という人がインターネットで立候補して、ＳＮＳを通じてお前に出来るの？　出来るよ、多分……というふうに他の人と意見交換をし合って、それならやってみては——という人が多ければ、その人が首相になる。そんな緩《ゆる》い方法で国家運営のトップを決めるなんてとんでもない。やっぱり、革命家気取りのゆとり世代だな。テレビの前で、苦笑いしている方が沢山おられるだろうことは想像出来ます。放送が中断されてると思い込んで、このスタジオでキビタンを投げ合ったりしている僕達の様子が、オンエアされちゃってたんですよね？

恥ずかしい場面を観られてしまいましたが、確かに僕自身はゆとり世代に含まれる人間です。でもね、そうして一緒にキビタンで遊んでた——別に、遊んでた訳じゃないんだけど——いかつい人、彼はゆとり世代なんかじゃないです。右翼とカテゴライズされる皇頼の会の代表、大松広平です。

彼は、俺は右翼やさかい頭が悪い、理論武装が出来ん……といいますが、僕にこんなことを訊ねたことがあります。政治ってそんなに難しいもんなんやろか？　出来る奴もトロい奴も、心の綺麗な奴も狡《ずる》っこい奴も、チビもデブもハゲも、爺さんも赤ん坊も、女も男も、アホも天才も、お互いに上手いことやっていく為の決め事を作って運営していくのが政治で、それ以上でも以下でもないんと違うやろか？

僕等は政治は、専門の知識や高度なスキルがある人達にしか託せないものだと思い込んでいる節《ふし》があります。政策や行動力ではなく、議員を選挙で選ぶ時、人柄を最重視する有権者がいたら、その人はインテリジェンスに欠けると非難したりもします。でもそういう批判をする、自分はものの解った人間だと思っている人こそが、政治の可能性を閉ざしてしまっているんじゃないでしょうか。

班長を決める時、人柄って重要ですよ。上手くやれるけどやる気のない人と、下手糞だけどやる気はある人——。どちらかに命を預けなければならないとしたら、僕は下手だけどやる気のある人に預けたいな、と思うんです。上手くやれない部分に関してはやれる人がサポートすればいいだけなんですから。この人に付いて行きたいという人よりか、この人の為に知恵や力を貸したいという人の方が班長の役には適任だと思うんですね。

　これもまた、共に考え共に作り上げる国家を目指す、僕達の新しい国での考え方です。雑な人ですが、大松さんは情に厚いし正直です。この僕が請け合います。打開策がない難問にぶつかったら、僕は彼に助けを乞いますよ。大松さんは一生懸命、尽力してくれるだろうし、それで失敗したなら仕方ないなと、僕は納得出来るだろうから。

　僕等の中で一番頭の切れる人は、トロツキズム解放戦線の李さんです。新国家のルールなどはほぼこの人が纏《まと》めてくれました。最初、僕はその高圧的な態度が苦手で、よく口喧嘩になったものですが、そうやって揉めているうち、この人も根は優しい人なんだと気付きました。喧嘩しなけりゃ、今でも李さんのことを鼻持ちならない奴だと思っていたかもしれませんね。

　もし戦争――戦争でなくとも民族と民族、国家と国家、人と人との衝突が不可避なものであるとしても、それが相手のことを知る手掛かりになるのなら、悪いものであるとも言い切れなくなる。

　僕はエロゲとかが苦手なんですが、エロゲから学べる事柄だって沢山ある――と僕にいってくれた人がいます。そんなものある訳ないと思ってたんですが、今はあるだろうなと認識を変えました。否、実際にエロゲをしてそれにハマった訳じゃないですよ。僕はエロゲなんてしたことないし、今もそれに対し否定的ですよ。でもそういうものにすら存在価値はあって、それの可能性を否定しない限り、僕等は何かを得られるんです。

　僕達がこの蜂起に拠って問いたいのは、実は僕等の作ろうとする新国家に賛同するかしないかではないのかもしれない。……ふと、昨夜、寝るまでの間に自分達のことを報じたり論じたりするテレビを観ながら、思いました。僕達の遣り方に可能性を感じるか、そうでないかを判断して欲しいんだ、と思ったりもしました。基本的には不可能の論調が優位のようですけど、でも、新国家に参加しようと、全国から福島を目指してくれている人も少しくらいはいるという報道もありました。それって可能性への賛同ですよね。だって僕等はまだ、その人達に具体的に何も保障や約束を与えられないんですから」

僕はここまで話し終えると、深呼吸をしました。

昨日のように口籠《くちごも》るようなヘマは、まだしていない筈だ。僕を映すテレビカメラにカメラ目線を送る余裕すら、多少、出てきた。福島県の公式ゆるキャラであるキビタンの正体は、撫でれば幸せを呼ぶ黄色い鳥——貴方もキビタンを撫でに来ないかといってみようかとのアイデアが頭を過《よ》ぎったけれど、また悪口をいわれそうなので、止して僕は話を再開する。

「日本政府から独立を認められた新国家で、僕達のイズムが憲法のように定めるものはたった三点です。僕達の国は、或いはこの国の国民は、人の所有、土地の所有、貨幣の所有を認めない。

認めないというよりも、これらは所有するのが不可能なものだといったほうが正確でしょう。

つまりそれは全てが国家の共有財産だという主張に取られるかもしれませんが、そうじゃない。国家もそれを所有出来ない。この国の人、領土、通貨は誰のものでもない。僕達の共産主義的な方針が今までの共産主義の方針と大きく異なるのはこの点かもしれません。そりゃ、他の国との兼ね合いがありますから、この国の国民であることを証明するパスポートも発行しますし、土地や貨幣の管理もします。住民登録などのシステムもある方が便利でしょうから、おざなりにはしません。

じゃ、新しい僕等の国は何を拠り所にするのか？　——国民です。一人一人の国民です。

国民が私は福島という国のメンバーだ——という時、僕達の国は国家としての姿を現します。サークルのようなものであっていいんですよ、国家なんて。

また自分の話になりますけど、大学に入りたての時、上級生からいわれたんです。大学生活を本当に快適に送る為の情報は、ネットなんかで得られない。自分にとって有益な情報は信頼出来る仲間しか与えてはくれない。だから大学ではサークルに入るのが得策と、いうふうに。結果として興味のない部に半ば強引に入れられてしまった訳なんですけど、その部に入って良かったと思ってます。常に興味ないエロゲをやらされそうになる困った集まりなんですが、その部が制作で大わらわな時、只、使いっ走りに行ったというだけで、あんたもスタッフの一人だ――。いわれた時、僕はスゴく嬉しかったですよ。

そのうちすぐに解っちゃうから、白状すると、同人誌を作っているサークルです。僕の政治活動とそのサークルは全く関わりがないので、変な邪推をされるのは困るんですが……。サークルの中心メンバーは、私がいてこのサークルがあるんじゃなくて、このサークルがあって私がいる、と僕にいいました。サークルの部分を国家に置き換えればいいんですが、そうすると僕等がいてこの国があるのではなくこの国があって僕等がいる――になる。さっき、国民がいて国家があるといったじゃないか。それと矛盾するぞと指摘されそうですが、同じことなんですよ。サークル、国があって僕等がいるということと、僕等一人一人がサークルであり、国であるということは。

解りますよね？　解らない……。あー、まただ。昨日、これで失敗したんだ」

僕は頭を掻いてしまう。

テレビカメラの後ろに立つ大松の、口を大きく開けた困惑の顔が眼に入ってくる。

でも、僕を映すカメラを操作するカメラマンの人は、微笑みながら小さく頷いてくれている。

それに心強くなり、「ね、解るでしょ」――、

僕は居直ってしまう。

「要するに、メンバー一人一人が国であると共に国民で、国民であると共に国で、そのどちらかに帰属するものじゃないってことなんですよ。難しくいうとですね、部分は全体であり全体は部分である──んです。常に兼任なんです。何処にも所属しないから一人きりだ、誰の決めたルールにも従う謂《いわ》れはないということをいいたい訳じゃないんです。それじゃ淋しいじゃないですか。メンバーを自負する限り、その人はそのサークルに於いて何らかの役に立つんです。迷惑を掛け続けていたとしても、迷惑な人という役柄で、リーダーシップを取る人と同様、重要な役割を果たすんです。並列として自分の代わりを誰かが補《おぎな》えるのではあるにせよ、一人一人が代用がきく同じ部品というのではないんです。スペアがあるから代えられる場合のスペアは、予備という大きなオリジナルの役割を担っているんです。

このサークルがあって──といった人は、自分が中心となって作っている同人誌を、著者名なんてどーだっていい。いい作品なら誰が描いたもんであろうが、いいものなんだから──とも、いいました。僕達の新しい国はまさにそれなんです。

日本政府から福島の独立は承認されましたが、僕達はもう一つ、政府に要求を出しています。承認の証《あかし》として、日本国の天皇よりその位《くらい》の分譲もまた、求めています。天皇の位の分譲──国として認めて貰う為の、暖簾《のれん》分けみたいなものですね。別に天皇でなくても、大統領でも、総理大臣でも、書記長でも王様でも、班長の呼び方は何でもよかったんですが、大統領や首相にすれば選挙で選んでないと不服が出るでしょうし、王様にしてしまうと独裁国家だと思われてしまいます。なので天皇くらいが適切なのかなぁと。

日本国政府としても誰に譲り渡すのか明確でないと、譲渡の決議が出来ないでしょうし……。この分譲が適《かな》えられたならば、ようやく独立国家、福島は動き始めます。

交通機関である駅、大熊町、双葉町の原発の様子などを観て廻ったといいます。

「何を視察したかったのか、よく解らなかったが……。私なら原発は無論、視察対象ながら、戒厳令下になったここ福島で滞りなく人が生活を営めているのかを知りたいと思うから、学校やスーパーの様子を気にするが、彼等は既に報道で解っていることが事実なのかどうかのみを確かめたかったようだ」

——午後零時十分。李明正の携帯電話が鳴りました。

「解った」

暫く話を聴き、こちらからは何も話し掛けることなく、棒立ちになっていた李明正は、最後にそう言葉を発すると、電話を切りました。

「独立国への天皇の位の分譲を承認された。但し、本日の午後二時まで正式にそれは伝えられない。公にしないで貰いたい。少し時間が欲しいという。位の分譲にあたっては、前例がない。相応《ふさわ》しい方法で行われるのが適切なので、政府、宮内庁などで取り決める方法に従って貰いたい——との要望だ。恐らく書面を取り交わすだけのことなのだろうが、その書面を作るのが厄介な作業なのだろう。文面を作成するのは官僚だ。重要であっても自分の得にならぬこんな事案の書面を誰が作るのか、押し付け合いをしているのだろう。それが故に、後、二時間くらい待てということだ——。内閣総理大臣及び閣議としても皇室に関わる問題だけに、一存で決定する権限を与えられていないのかもな」

「やりましたな」

「県境の封鎖、解きますか？」

「否、発表前なのだから封鎖を解くと、それは徒《いたずら》に日本政府に迷惑を掛けることとなる。実際の譲渡があった後でいい」

「まさか、神道での儀式みたいなのがあったりはしませんよね？」

僕が訊くと、大松広平は笑いました。

「そこまでのことは求めてこうへんやろ。伊勢神宮まで来て貰うて、祭主の前で譲渡の式をせんことには天皇の位は分譲出来ん――なんてことはいいださへんやろうし、いうとる余裕もあらへんやろうから、安心しなはれ。形式に拘ってるだけや。李はんのいう通り、向こうが提示する紙切れ一枚の契約書みたいなもんに、同意のサインをするだけでええやろう」

「後、二時間か――」

「メシでも食べんとしょーおまへんなぁ。昼時やさかいに」

「緊迫に欠けるが、そうしようか」

李の同意を受けて、大松広平は訊ねます。

「昨日は李はん、食事はどないしましてん」

「食堂があるのでそこのものをテイクアウトして貰った」

「こっちのNHKにも食堂がありまして、助かりましたわ。出前とかいわんでもよかったから。県庁のほうはどうやったか知りまへんけど、こっちの食堂はボリュームも味もなかなかのもんでしたで。李はんも今日はここの食堂で食べはりますやろ」

「そうするのが適切ならば、そうしよう」

「そしたら、柊木はんと三人前、昨日のカレーでも違うもんでも何でも構わん。また、このスタジオに食事を運んで貰うようにしましょか」

大松広平はいい、NHKの局員にテイクアウトをオーダーします。

しばし待っていると、食堂に行った局員が戻ってきました。

本当に僕は革命を目指しているのか？

君に認められたいだけなのではないか？

君の父親には程遠いけれど、君という人と釣り合いたくて、活動に参加しただけのお粗末な人間なのではないか？

全ての人の幸せを実現する為の革命だといいながら、君にいいところを見せたいが故に、蜂起を決めた薄っぺらな男。それが僕——？

そうならば、それが真相だというのなら、嗚呼、僕はもう一度、後、もう一度だけでいいのだ。

死ぬ前に、君の顔が観たい。

君の部屋を訪ね、禍々《まがまが》しいくらいの強い力で、その身体を、抱き締めたい。

今から君の部屋を訪ねようか。

君は——、君も——。

望み、待ってくれているのだから。

否、駄目だ。僕は大松広平ではない。もし君のその手に、その髪に、身体に少しでも触れてしまえば、僕は大松と同じ何処にでもいる男に成り下がってしまう。

僕は君の手も握ったことがないまま、死んでいくべきなのだ。

僕は君が、好きだ。

誰よりも君が好きだ。だから、その証《あかし》を立てる為、僕は敢《あ》えて君のその身体を求めない。

君の唇に自分の唇を重ね合わすことすらしない。してはいけない。

君は悲しいくらいに清廉だ。雪のように真っ白だ。

僕は仮令《たとえ》、こんな自分本位の君への想いが君を傷付け、苦しめることになろうとも、それを解《と》かな

「柊木はん、メシはゆっくり食えましたか？」

「それがね、大松さん。がっかりですよ。北据さんが作ってくれた最後のお弁当だったんですけど……。また彼女、ウィンナーをタコさんにするのを、忘れたんです」

僕の言葉に、大松はどう返していいのか解らないのだろう、笑いとも嘆息とも取れない不明の曖昧《あいまい》な表情を、観せました。いっそ、下衆《げす》の下衆だと軽蔑し、この男に唾を吐き掛けてやればよかった。浅黒い顔面に拳を叩き込んでやればよかった。そうすれば、僕は蜂起に加わることをキャンセルし、このようにして、自決の為の、MP－443を握らなくて済んだだろう。

でも、僕は憎むことが出来なかったのだ。

大松も李も誰も、憎むことが、適わなかった。

中継のスタンバイが終わる。

カメラに向かって話し始めます。

「ええと、また報告があります。日本国政府は僕達の要求を呑みました。福島は今日、否、今から天皇制共産的主義という妙な国家になりました。そしてそれに伴い、初代の天皇には僭越《せんえつ》ながらこの僕がなることになりました。以下は日本政府からです。――日本国はその国土から独立を表明せし政権に対し、超法規的措置として、新政権の長に対し、日本国天皇と同等の地位を同国に於いて有することを看過する。……これより県境の武装兵に拠る封鎖を解きます。県境を跨《また》ぐ電車などの交通機関も通常通りになります。新政権下での具体的なことは、僕と一緒に蜂起したトロツキズム解放戦線、並びに皇頼の会が取り仕切る筈ですので、新しい建国を共にと思われる人達はそちらを頼りに福島までお越し下さい。生憎《あいにく》、僕はそれに参加出来ないのですが……。

この国に棲みたくないという人の出国手続きに関しては、申し訳ないですがもう少し待って下さい。

い。解きたくはないのです。

海で、僕は君から大松とのことを打ち明けられた。僕は何をどう思っていいのか解らず、雨の中、心中、君を罵倒した。売女《ばいた》、ヤリマン、公衆便所――。

しかしそれは本気で思ったことではない。そうとでも思わなければあの時、僕は君を殺してしまいそうだったのだ。自分が放り込まれた闇の底に、君も引《ひ》き摺《ず》り込んでしまいそうだったのだ。

雨の突堤に立つ君の肩を、押し、海に突き落としてしまいそうだったのだ。

君は穢《けが》れてなんていない。純潔だ。

初めてイエス・クリストの道を説いた若き女だ。

僕は君を信仰する。

北据光雪――。

君に祈りを捧げる。ここまで僕を導いてくれた君に、敬虔なる感謝の祈りを捧げる。

僕に本当の幸せは何かを教えてくれたのは、君なのだから――。

しかし、時間が経過する毎《ごと》に、まるで周期的に訪れる発作のように、僕は君を抱きたいという欲望に駆られる。気が触れてしまいそうになる。

僕は今まで女性と性交渉を持ったことがない。キスすらしたことがない。これまでに付き合った女のコも恥ずかしながらいやしない。正真正銘の童貞だ。だからセックスがしたい。君と生きているうちに、セックスがしたい。この機を逃せば、もう僕は二度と君の髪に触れることも、君と海に行くことも、その顔を、抑揚のない口調を頭に想い浮かべることすらも、出来はしない。

なのに、僕は無意味な痩せ我慢をしている。

勃起してしまう――。

馬鹿、何を考えているのだ、この期に及んで。お前は何故にそんなにスケベなのだ。

変態！　変態！　変態！

柊木殉一郎——。お前は思想の為に死ぬのだろう。お前と彼女の間に交された信頼は、セックスなどという行為を介在させずともちゃんと成り立っているではないか。

思想を共有するという恋愛以上の価値観で絡《つな》がっているではないか。

恋愛感情——そんなありきたりのものではなく、同志という絆で強く結びついているではないか。

お前はそれを獲得したのだろう。ならば耐えろ。

この愛を低俗なものに貶《おとし》めるな。童貞として死にゆけ！

それでも、黒縁の眼鏡を外した、君の美しい顔立ちが頭に浮かぶ。

乳首が透けた白いビキニ姿の、着痩せしているが巨乳な君の姿が蘇る。

セーラー服を着た君を想像してしまう。

僕は君のことを考えてしまうからいけないのだと思い、立ち上がり、ガンガンと、壁に頭を、打ち付ける。

ひたすらにそれを繰り返す。

それでも君が、離れない。

厭らしい欲望は、消え去ってくれない。

これは僕の決定に抗《あらが》おうとする悲痛な生の——命の叫びなのか？

否、単なる……。

思春期から青年期になると、誰でも性的な衝動を持ちます。それはおかしなことでは、ありません。

ですがそれは、スポーツや勉学に拠って昇華させることが出来ます。

――小学校の時の保健の時間に習った。

僕は、ラナタンのフィギュアと共にリュックに入れた石川啄木の文庫を取り出して、開く。

しかし、読み始めると、また君と交した啄木の話題が脳裏を掠《かす》め、理性を失いそうになる。

他の本にしようとするが、ショウペンハウエル、読み通すことを諦めた『資本論』、部屋にあるあらゆるものが、君と過ごした日の想い出に絡《つな》がってしまう。

朝、五時――。

とうとう、思考が崩壊してしまったのか、僕は夢遊病者のように服を着直すと、ふらふらと、自分の部屋を出ました。夜が白々と明け始めていました。

一〇四号室は、空室。しかし幽霊が棲んでいるのだという。

結局その真相は確かめられなかったけれども、ともあれ、今はいないようだ。その部屋の灯《あかり》は点《つ》いていない。

一〇四号室の前を通り抜け、アパートの一番端《はし》、君のいる一〇五号室の前に立ちました。

君の部屋の窓からは、灯が洩《も》れていました。

――まだ、起きている。

君は、僕が訪れるのを期待して、寝ることなく夜を明かしてくれているのだ。

今もまだ……。待っていてくれる。

セーラー服を着ているだろうか？　それとも……。

僕はドアに向かってそっと耳を当てる。何も聴こえない。

ノックしようと決める。

灯を点けたまま寝てしまったのかもしれないから、なるだけ小さく一度だけドアを、ノックをしよう。

それで扉が開いたならば、僕は君とセックスをする。出てこなければ、部屋に戻ろう。

しかし、僕はノックをしませんでした。

寸前で握った手を止め、そのまま立ち尽くし、洩れている灯をずっと観続けました。

やがて夜が明け、烏《からす》が苛立たしい声で鳴き始める。

僕は君の部屋の扉にそっと口付けをすると、己《おのれ》の部屋へと、足音が知れぬよう、忍び足で引き返しました。

これでいいんだ――。

独占や権力を渇望すること、そしてそれを行使することが悪なのではない。それらに拠って他者を支配しようとする行動に悪がある。僕達は何も支配することは出来ず、する権利を持たない。

僕達は、何人《なんぴと》をも侵せないのだ……。

部屋に戻ってもう一度、蒲団に潜り込む。

もう勃起は、していない。

僕は、何時《いつ》の間にか眠っていました。


「日本政府から連絡が入った。天皇の位の分譲に関しては、こちらが以下の点に同意することでその施行となす――なしてくれということだ。天皇は象徴であり、政治目的に利用出来ないという憲法上の定義に抵触しない形で、政府も体面を取《と》り繕《つくろ》いたかったのだろう」

「昨日に私達を含め、ここにいる者の食事を賄《まかな》ったもので、メニューに限りがあり、うどんかラーメンしか出来ないそうなんですが」

「そやから何でも構へん。うどんでも何でも腹に入ればそれでええ」

大松広平は応えますが、僕は自分はいらないから二人分でいいといいました。

「何でや、柊木はん？」

「僕、弁当があるんです。昨日はうっかり食べ忘れたんですが」

僕は昨日、ラナタンを取り出したリュックから、タッパーを出す。君が作ってくれた何時《いつ》もの弁当を――。

「昨日の弁当やったら、ご飯がかちかちに固まってるんと違いますか？」

「どうでしょうね。でも食べられなくはないでしょう。まぁ、仮にお腹を下したとしても……」

それ以上、口にするのを躊躇《ためら》います。

仮にお腹を下したとしても……。

日本国政府が天皇位の分譲を了承したならば、否、了承せずとも、もはや政府は僕達が制圧した福島県を独立国家とすることを認めたのだから――僕は日本部戦が求めるよう、彼等との血の約束を果たす為、死なななければならない。多少、体調が不良になろうと問題はないのです。

李明正も大松広平も、察したのでしょう。

押し黙り、眼を背《そむ》けました。

僕は二人に向かってわざと陽気な振りをしていいます。

「お弁当もあるし、このスタジオには僕が残ります。どうせなら二人は食堂で食べてきたらどうですか。うどんかラーメンなら持ってきて貰うより、作り立てを食べたほうが美味しいですよ。新しい国

大松広平と李明正が食事から戻ってきてから間もなくし、NHK福島放送局に内閣総理大臣名義のファックスが入りました。口頭では反故《ほご》にされる可能性があるので回答を文書で寄越して欲しいとの要求を李は出していた。文面を読み上げ、李は頷きます。

「ともあれ、待たされはしたがこちらの要求は全て通ったということだ」

「日本国はその国土から独立を表明せし政権に対し、超法規的措置として、新政権の長に対し、日本国天皇と同等の地位を同国に於いて有することを看過《かんか》する——か。有することを看過するとかいう言葉を使うてくるあたりが、如何《いか》にもというか、胡散臭《うさんくさ》いけどなぁ」

「有することを看過——ですか？」

「要するに、見て見ん振りしますってことや」

「なるほど」

「まぁ、いい。もはや我々はこの国の舵取《かじと》りを如何に混乱なく執り行うかということに心を砕き準備を始めなければならない。柊木氏、君が新しい国の初代天皇になったということの発表は、君のタイミングに任せよう。好きにし給え」

李明正にいわれ、僕は頷きます。

「じゃ、徒《いたずら》に時間を延ばしても仕方ないですから、さっさと済ませますよ。NHKの人にまたカメラのスタンバイをして貰って下さい」

「ええんか？　まだ二時までには一時間くらい余裕があるけども……」

「構いません」

デリケートな口調で訊ねる大松広平の言葉尻に被せ、僕はいい、腰のホルダーベルトに仕舞っていたMP－443を取り出します。

新しい国の初代天皇には僕がなります。僕でなくてもいいんですが、他になる人がいないんで、とりあえず、僕が仮にその役を引き受ける形です。なにせ、三人しかいませんからね。

この国が歩みを始めたなら、やりたい人にやって貰って構いません。籤引《くじび》きで決めたっていいくらいのものです。

天皇になってみて初めて解ることとかも、きっとありますよ。無論、兼業で構わない。ヤオイの同人誌を作りながら天皇をやるのでも構わないし、エロゲのプログラマーをしながら天皇を務めるのでもいいと思います。いい国なら誰が天皇であろうと、きっといい国ですよ」

僕達は待つ。——日本政府が天皇の位を僕に分譲するという連絡が入るのをひたすらに。

李は福島の独立を認めるということと天皇の位を分譲することでは、問題のレベル、意味するものが異なるが故、要求が一度に通らなかったと考えているようでした。

人命尊重と国土の放棄、革命の証としての日本国憲法第一条で定められるものへの特殊な要求。国として可能な超法規的措置には、限界がある。

「独立国として認めさせることよりも天皇の位を分譲するということのほうが、国としては出来ぬことなのかもしれないな。日本政府はこの要求はどうしても呑めないといってくる可能性がある。譲歩案を求めるかもしれない。こちらとしては、そこまで天皇の位の譲渡に拘《こだわ》る必要はない。

譲歩しよう。目的は達した。新天皇を立てるというのは私達の政策の一つでしかなく、その分譲が認められないからといって私達の国の在り方の路線変更を余儀なくされるものではないのだから。日本部戦は不服かもしれないが、彼等とてその譲歩くらいは大目にみるだろう」

福島県庁をジャックしていた李明正は、知事を解放した後、福島県庁自体の占拠を解除。僕と大松広平のいるNHK福島放送局へと合流してきました。

李に拠ると知事解放と同時に受け入れた視察団三〇名は日本部戦の兵士付き添いの許、各所に散り、での幕開けの食事が、のびたうどんでは、これからの覇気も失せるでしょう」

「そやなぁ」

「それに、少し一人になる時間が欲しいんです」

「解った」

李明正は頷き、いいました。

「私達は二時まで譲渡方法に関する返事を待つしかない。それまでの間は、柊木氏、君は時間を好きに使えばいい」

「何か状況が変われればすぐに連絡を下さい。それまでは僕も自由に過ごしますから」

「私達だけでなく、人質や日本部戦のメンバーもいないほうがいいかね？」

僕は応えました。

「出来れば、そうして貰えると有り難いです」

大松広平と李明正は僕の返事を聴くと、カメラを廻したり照明を当てている人質等と日本部戦のメンバーを、自分達が退去すると同時にスタジオから捌《は》けさせてくれました。不測の事態に備え、スタジオの入り口に二名の日本部戦の兵士のみを残して。

人気《ひとけ》のなくなったスタジオ内で、僕はタッパーの蓋を開ける。

人生の最後に食べる君の手作り弁当は、相も変わらずのものでした。

僕はご飯を口に入れます。大松広平は固くなっているのではと案じましたが、弁当箱ではなく密封性の高いタッパーがその代わりだからか、ご飯はちゃんと柔らかい。

沢庵も香ばしい。ゆで玉子も問題なし。

でしたが、また君は、忘れてしまったのでしょう。

焼いてはあるものの、ウィンナーは包丁を入れられないまま、タコさんの形になっていませんでした。

何時《いつ》、この弁当が届けられたのかを僕は知りません。

朝、支度をして部屋を出ると、玄関のドアノブにコンビニエンスストアのレジ袋が掛けられ、そこにタッパーは入っていました。添えられたメモなどはありませんでした。

行動を起こす前夜、僕は君と何時ものように君の部屋で粗末な水炊きを食べました。

口数少なく、まるで喧嘩をしているかのように対面し合ったまま、僕等は鍋をつついた。

蜂起の予定、あらましを君は知っている筈でした。李は血の約束のこと、革命成功後、自分達から一人、犠牲を出すのに同意したのも語ったろう。三人でなければ君をという部分は巧妙に伏せ――。

恐らく君は、初代天皇になる僕のとる行動を知っている。

締めの麵を食べ終えてしまうと、どうしようもなく気詰まりになり、僕は自分の部屋に帰るより他なくなりました。

「じゃ、僕は……。部屋に戻りますね」

いうと、君は、卓袱台《ちゃぶだい》の前に座ったまま、視線を床に落として応えました。

「もう、戻るのか……」

「ええ」

「戻って、何をするのだ」

「そりゃ……明日の用意をして、寝るだけですよ」

「柊木君は、ホモなのか？」

「またそれですか。ホモじゃないっていってるじゃないですか」

「そうか……」

「……」

「柊木君は、私を穢《けが》れた女だと思っているだろうな」

「思ってませんよ。そんなこと、そんなこと思ったことなんて――」

「ある筈だ」

「……」

玄関まで見送りにきてくれた君は、僕が扉を閉めようとする寸前に早口でいいます。

「今夜、私は夜更かしをするだろう。明日の朝まで徹夜でやることがある。やることがあるといっても、とても忙しい訳ではない。どうしても今晩中にしておかねばならぬ類いの用件では、ない。私が伝えたいのは、私が、明け方までずっと、起きているということだ。だから……」

黒縁眼鏡の向こうの瞳の光が、とても弱々しく思えました。

「何か困ったことがあれば、何時《いつ》でも……柊木君の、相談に乗ることが出来る。それに――」

そこまでいうと、俯《うつむ》き、黙り込みました。

君は次の言葉を口にするのを躊躇《ためら》っているようでした。従い、僕は訊ねます。

「それに？」

言葉尻を繰り返すと、君は顔を上げました。

凜々しく強い眼差しが、君の瞳には戻っていました。

「柊木君が望むならば、セーラー服の用意はある」

「何ですか、それ……」

君が何をいわんとしているのか、何を求めているのかを、僕は解っていました。

しかし僕は、解っていながらも、そのままアパートの扉を閉め、自分の部屋に戻りました。部屋に帰っても、翌日の用意なんて特にない。

着ていく迷彩のツナギも既に用意済みだし、後藤隊員がくれたラナタンのフィギュアももう、リュックサックに入れてある。

親に宛てて何か遺しておいたほうがいいとも思ったけれど、どうも遺書を書く気にはなれませんでした。死ぬことへの恐怖はありませんでした。恐怖心がないというよりも、それを想像出来ないだけかもしれない……。

なのに、服を脱ぎ、Tシャツとパンツで、敷きっぱなしの蒲団の中に潜り込もうとすると、灯を消すことが躊躇われる。仕方なし、僕はずっと蒲団の上で、膝を抱えて座っていました。

君と、出逢った日のことが頭を過《よぎ》る――。

最初は大学の食堂の前でビラを渡された。

その次は歴史・民俗学基礎演習の講義が開始される教室の前でその入り口を封鎖する姿を観た。

三度目は、このアパートのゴミ置き場で会話を交した。

一体、何時の頃から、僕は愛しく思うようになってしまったのだろう。アニメ研究会の先輩達からは君には近付かないほうがいいとアドバイスを受けていたし、僕自身、君の言動は奇妙だったからいわれなくともそうしようと決めていた。それなのに――。

君が僕に近付いてきたのではない。巨大な力に動かされるように、気付けば、僕は君の後を追っていた。君と話したいと願い、君といる時間に安らぎを覚え、その一方で、思想の為にその身を捧げるストイックな生き方を尊敬し、感化されてきた。

僕の中で、新しい国の天皇に自分がなると決めてから、一つの疑念が湧いた。

持っておられる土地を買い取ったりする作業や交渉には、或る程度の時間が掛かります。土地や資産のない人に関しても最低限の補償を出さないとなりませんし。出来る限り早く説明会を開きたいと思います。きちんと議論のテーブルを設けます。お互いが納得出来るまでフレキシブルな話し合いをしましょう。新しい政府から、こうして欲しいという望みは伝えますが、強制することはありません。法律や決め事は生きている人の数と同じだけあっていいんです。同じような案件でもそれぞれに拠って事情が異なります。きちんと踏まえた上でどうすればいいか、皆で考えを出し合って解決していくのが最善の筈です。

僕達の話した新しい国家の在り方に可能性を感じ、今、この福島を目指している人達。そしてこれから目指してもいいかな、と思い始めている人達――。

僕達は皆さんを受け入れます。仲間として一緒に歩んでいきましょう。時に意見を違え、ものスゴく険悪になる場合もあると思いますが、討論しましょう。どんな稚拙《ちせつ》な提案も、この国は馬鹿にしませんよ。

新しいこの国の施政方針などに関するきちんとした条文のようなものは、この後、すぐにネット配信させて頂きます。もっと早めに配信出来ればよかったんですが、蜂起していた都合上、こちらから配信すると日本国側から逆にサイバー攻撃を受ける可能性があったので、控えなければなりませんでした。新しい国は三つの所有を認めないのみといいましたが、それでも、日本国憲法並みに膨大な文字数です。そして、纏《まと》め上げた者の性格もあって、不親切極まりなく、なかなか読んで理解するのが困難なものかもしれませんが、眼を通して貰えれば幸いです。

その上で、この国の国民になろうとは思うけれども、内容に若干の修正を求めたいと思う場合、どしどし意見を下さい。しつこいようですが、システムやルールを、この国では皆で共に考え、共に作り上げていくんです。

絶対的な憲法があって、条文に抵触しないよう解釈の議論をするなんて、本末転倒でしょ。

昨日から僕が語ってきたのは、僕達が作る国家のいわば大まかなガイドラインです。僕はこうしてスポークスマンとして選ばれましたが、こういうことをするのはこれが初めてです。上手く伝えられたかどうかよく解りません。否《いや》、どちらかというと下手でしたよね。誤解を生じさせることも、いったと思います。だからという訳ではないですが、僕達に対するテレビでの意見で、皆さんが最も危ぶんでいることがあり、それに応えておいた方がいいなと気付きました。

一つはやはり経済ですよね。寄付での運営、貨幣の所有を認めない——そんな国が成り立つのか？

これもまた知り合いの受け売りになるんですが、経済を上手く機能させるには隣のおタネさんに頼めば安いけど、裁縫は向い町のおヨシさんの方が上手い、だからおヨシさんに渡す手間賃はおタネさんより多めにしなきゃ——という差を作り、そこに選択の自由を与えることが大事なんだそうです。

これを僕等は仮想通貨を含む複数の貨幣の流通を足掛かりに、整備していきたいと考えています。急に造幣所を作る訳にはいきませんから、暫くは従来の日本銀行券と硬貨をそのまま使わせて頂きますけれども。

そして最も皆さんが心配なさっているのは戦争の問題ですよね。

こうして武力制圧での独立を勝ち取った国が、戦争をしないと幾ら口にしたって信用がならない。何時《いつ》、また武力に拠って無茶苦茶な要求を通そうとするか解ったものではないと、お考えになる気持ちはよく解ります。

だけど僕等は戦争をしないんです。非暴力の理念があるとかね、そういう根拠じゃないんです。

手っ取り早くいうと、僕達の新しいこの国は、人の所有も、土地の所有もしないから、戦争をする理由を持たないんです。

何も持ってないんですよ、新しい僕達の国、この福島は――。

そしてこれから先も、何も所有しないんです。

持ってるのは、壊れた原発くらいです。

領土を持たない国家が、どうやって戦争をするんですか？

奪うべきものが僕達にはないんです。

もし、新しい国が新しい国民と共に始まり、数日後、すぐに何処かの大国から侵略を受けてしまったとしても、この国は滅びません。陥落もしません。自分がこの国の国民であると思う人が一人でもいる限り、この国は存続するんです。僕達の一人一人が国土であり、一人一人が祖国なんです。

この国が唯一当てにするのは、各自が生み出す熱量です。

それをエネルギーに変え、命を絡《つな》いでゆきます。

全ての人が幸せを求めています。他人の幸せではなく、自分の幸せを。

幸せは唯一のもので、その人だけのオリジナルのものだから、渡したり渡されたり、ましてや交換することなど出来ません。探そうとしたって、そもそも何処にもないものです。ならば作ればいい。

一人一人が、自分だけの幸せを自分の手で拵《こしら》えればいい。

その為に役を代わったり、協力し合うんです。

僕達が新しく国を立ち上げなければならなかった理由は結局、それだけです。

出来ますよ。やろうとしなかっただけで、意外と簡単なのかもしれないですよ。これまでは一人だったから、誰にも相談出来なかったから、煮詰まっていたのかもしれないじゃないですか。

各自の幸せは何とも交換出来ない。――一寸、偉そうなことをいっちゃいましたね。すみません。

実は僕は今からおかしな交換をしなければなりません。

初代天皇である僕は、命を絶ちます。詳しくはいえませんが、契約があるんですよ。僕が亡き後、この独立国は、従って、天皇不在になります。——二代目の天皇は国民投票か何かで決定して下さい。いろいろお騒がせしました。さようなら。もうすぐいなくなる訳ですが、僕はでも、生まれてきて、こうしてここまでやってこれたことに些《いささ》かの悔いも残してはいません。有り難う。新しい国の初代天皇として、最後の時を迎えさせてくれた全ての人に、有り難う。

——皆さんの未来に、栄光あれ」

大松広平と李明正は、スタジオを出ていきました。

スタジオの外に出なければインターネットに接続する設備がないという理由もありましたが、恐らくは僕の自害をその眼で直接、二人共、観るに忍びなかったのでしょう。

僕はMP－443を右手に持って、その銃口を口に突っ込む。

ピストルで自害する場合、顳顬《こめかみ》に銃口を当てるのでなく、上向きに、口にそれを入れ引き金を引くほうが確実に脳を破壊出来ることを、僕は知らされていました。

君の顔を、思い浮かべる。

トリガーに両の手で指を掛けていたけれども、引くのを一旦《いったん》、躊躇《ためら》う。

臆《おく》したのではありません。新しい国の国民になろうと県境に集合し始めた人々——背中に巨大な荷物を背負ったバックパッカーのような出で立ちの人が多いけど、軽装の人もいて、様々だ——の様子を映していた一つのチャンネルが、憶《おぼ》えのある場所にカメラを切り替えたので、僕はつい、観入ってしまったのです。

音声に耳を傾ける。

「先程のように参加しようとする人達が福島に集結しつつある一方、今朝方から、始発列車の運転が始まると同時に全国各地で、独立国の運動を支援する人達の集まりも多く観受けられるようになってきました」

カメラが捉えているのは、秋葉原駅の電気街口——後藤隊員と逢った広場に溢れる群衆でした。県境を目指してきた人達に比べると、お祭りに参加しに来ているようで何処か緊張感に欠けてはいるが、手に持つ手作り感満載のプラカードや団扇《うちわ》には各自、僕達の独立国が承認されたのを祝したメッセージが書かれている。

「CONGRATULATIONS! FUKUSHIMA」

「FUKUSHIMANATION」

中には両手の両指にありったけのサイリウムライトを挟み、激しく振り続けている人も、いる。

集団の前列にいるその人物にカメラがフォーカスを当てると、後藤隊員であるのが知れました。

ピンク色のアニメ研のハッピを纏っています。後藤隊員の横には、畠中隊長も、いる。井上書記長も……。

赤いベレー帽のハナゲ先生も……。

印刷所のおっちゃんも……。

皆、揃いのアニメ研のハッピを着ている。

隊長達は自分達の前に、「柊木殉一郎君を応援する剝け過ぎた松茸の会」——という横断幕を掲げていました。

僕は人生で最後の、苦笑を禁じ得ない。

何処までいっても、ふざけた人達だ——。

僕はテレビカメラに背を向けようとしました。正面から自害の様子を映し出す映像を、皆に観せるのは気の毒だ。

しかし、その刹那《せつな》、僕は他のチャンネル――、僕の様子をずっと映し出していたチャンネルのテレビ画面に、現れた中継へと釘付けになる。

切り替わったモニターには、君の姿がありました。

テロップが、流れました。

「新潟県内に潜伏していた福島県占拠のテロ集団首謀者とみられる北据光雪容疑者の身柄を新潟県警が確保」

僕は両顎で銃口を噛み、MP－443のトリガーから両手を離し、映ったものの、たちまち、多くの紺色のヘルメットとツナギで完全武装した特殊部隊が何重にも重なり、確認出来なくなってしまった君の、姿を見出そうとする。

激しく手振れするカメラが、ズームのインとアウトを繰り返しながら、君の顔を捉えようとしている。

瞬間だが、表情が鮮明に解るまで画角が狭くなった。

海に行った時と同じ、古めかしいシルエットのワンピース姿の君は、眼鏡を掛けてはいない。

が、背筋をしゃんと伸ばし、眉間《みけん》には何時《いつ》ものように皺《しわ》がある。眼光《がんこう》は鋭い。

何かをじっと見据えている。

眼差《まなざ》しからは一欠片《ひとかけら》すらも決意が損なわれてはいない。

捕縛《ほばく》された――。

しかし、君は一切を、諦めてはいない――。

大松広平の声がしました。

「柊木はん、逃げるんや！」

反射的に出入り口を観ると、ありったけ腕を広げ、向こうから来るものを制止しようとする大松の後ろ姿がありました。

スタジオ内が、真っ白な煙で覆われる。

煙の向こうに、大柄な、銃を構えた無尽蔵と思われる数の、全身灰色の兵士達が、いる。

日本部戦では、ない。

乾いた、落雷に……似た音。

連射する自動小銃の音が、したかと思うと、僕の前に何かが吹っ飛んできました。

それは穴だらけの襤褸《ぼろ》雑巾《ぞうきん》のようにされた、大松広平の射殺体でした。

あなたの幸せは本当の幸せですか？

知ったと同時、僕の身体にも、無数の何かが撃ち込まれました。

２０１８.12.15（了）

跋

思想に生きる青春群像を実力をつけたら、何時《いつ》か書きたいと思っていました。

僕は余り小説が上手くない。未だ書き方がよく解っていません。思想に殉じる者達の物語であれば、どうしても登場人物が多くなる。それを処理し切れない。拠ってこの作品では、群を最低要素である三名にすることで何とか体裁を整えました。

脱稿したのは二〇一三年でしたが、この時、原稿用紙にして約千枚だった為、雑誌「新潮」での掲載が難しく、発表の見込みが立てられなかった。打開案として示されたのは一挙掲載する為、四百枚までに抑えるという方法だった。結果、四三〇枚に約《つづ》め、「新潮」二〇一五年二月号への発表となる。後、単行本にする作業に入ったが、編集者より当初の千枚を読んでいる者としては短縮版では物足りない、元のボリュームに改訂したいとの要望を得た。

有難いものであったけれど、そう易々とは出来ない。

小説——文章は彫刻と同じです。削ってコンパクトにするのは比較的簡単だけれど、肉付けして大きくすると強度が下がる。最初から作り直すほうが遥かに楽な作業となる。千枚を研磨《けんま》することで四三〇枚にしたのだから、削いだ部分は贅肉で、再利用されるべきではない。

更に逞しく筋肉質な身体を――！　改訂は困難を極めました。そして書き直したのがここに示した作品です。二〇一六年に仕上げたものを、実際の上梓《じょうし》にあたり更に変更した。

過程を記すのは、二〇一五年の「新潮」と改訂版では、結末が異なるからです。

恐らく、両方、お読みになった読者は、この差異に於ける作者の心情を議論することでしょう。そして要素として「新潮」への発表後の作者の不祥事を挙げるでしょう。特に否定するつもりはありません。確かにその頃の僕は心身ともに逼迫《ひっぱく》していたらしい。友人に拠れば死臭《ししゅう》が漂っていたという。

しかし肝心なのは先の行程に拠って同じモチーフの作品が二種類出来たことです。「新潮」掲載版とこの二〇一八年に完成させた版ではヴァージョンが違う。大福餅といちご大福の違いと思って頂ければ解りよいかもしれません。不始末を起こす前より、この変更は書き直すが決定した時点で僕にとっては必至でした。拠《よ》って二つを識別する為、タイトルも『純愛』から『純潔』へと変更した。

どちらを好まれるかは各人の判断にお任せします。

「新潮」での発表から大幅に時間が経過したので、設定を今に沿ったものに変更するアイデアもあったけれど、それならヴァージョン違いではなく、全く異なる新作を書くべきなので、これは退《しりぞ》けた。電気が発明なされず石炭を動力とする世界が続いていたなら――スチームパンクと同様、近未来にある分岐ではなく、既にある過去を分岐させるパラレルワールドとして捉えて貰っていいと思います。

最初に脱稿した二〇一三年からすれば、作家の想像力の凡庸《ぼんよう》が露呈する事柄が次々に起きました。もはや再度、近未来を想定する気力はない。僕がＩＳＩＬの台頭より腰を抜かしたのは、第一二五代天皇の退位表明でした。こんなプロテスタントをやられては、手も足も出ない。

この後に書いた未発表のものが幾つかあるけれど、『純潔』の発表をもって、僕も自己の歴史に線を引こうと思います。最初の完成から年月が遠退《とおの》いた分、逆に物語のリアリズムは明瞭になった筈です。文章を書くのを止めるのでも自殺するのでもないけれども、元号と同様、僕はここに一度、区切りを入れます。

最後に、紆余曲折に拘《かかわ》らず執念深く上梓まで尽力頂いた新潮社の田中範央氏に感謝を述べます。

二〇一八年　平成最後の冬の日に記す　嶽本野ばら

初出
「新潮」二〇一五年二月号（「純愛」を改題）
単行本化に際し、大幅な加筆修正を施しました。

造本　　松田行正＋日向麻梨子

純《じゅん》潔《けつ》　嶽《たけ》本《もと》野《の》ばら

発行　二〇一九年七月二五日

発行者　佐藤隆信

発行所　株式会社新潮社
〒一六二－八七一一
東京都新宿区矢来町七一番地
電話　〇三・三二六六・五四一一（編集部）
〇三・三二六六・五一一一（読者係）
https://www.shinchosha.co.jp

印刷所　大日本印刷株式会社

製本所　加藤製本株式会社

ISBN 978-4-10-466006-3 C0093

乱丁・落丁本は、ご面倒ですが小社読者係宛お送り下さい。
送料小社負担にてお取替えいたします。
価格はカバーに表示してあります。

『純潔』と新潮文庫

『一握の砂・悲しき玩具』

石川啄木 著

「我を愛する歌」で始まる処女歌集『一握の砂』は
自己哀惜の歌を多く含む。第二歌集『悲しき玩具』は
切迫した生活感情を虚無的に吐露し、題名は
啄木が自分の歌を「悲しき玩具」と話していたことにちなむ。

『新編　銀河鉄道の夜』

宮沢賢治 著

貧しく孤独な少年ジョバンニが、親友のカムパネルラと
銀河鉄道に乗って美しく哀しい夜空を旅する
不朽の傑作『銀河鉄道の夜』ほか、イーハトーヴォの
切なく多彩な世界を描いた童話など全14篇を収録。

『幸福について　―人生論―』

ショーペンハウアー 著／橋本文夫 訳

真の幸福とは何か？　幸福とは何処にあるのか？
プラトンとカントを研究し、ゲーテと交わり、インド哲学も
学んだドイツの哲学者が豊富な引用と平明な表現で
人生の意義を説き、幸福を教授する随筆集。

『いま生きる「資本論」』

佐藤優 著

マルクス著『資本論』の主要概念を、浩瀚な資料と
著者自身の社会体験を基に読み解き、人間と社会を規定する
資本主義の本質に迫る。薄給や過労死、自己犠牲を
強いる社会から人生と心を守る白熱の実践講義。